KYLIE SCOTT

Something Pure

KYLIE SCOTT

some thing pure

Roman

Ins Deutsche übertragen
von Katrin Reichardt

LYX

LYX in der Bastei Lübbe AG
Dieser Titel ist auch als E-Book und als Hörbuch erschienen.

MIX
Papier aus verantwortungsvollen Quellen
FSC® C014496
FSC
www.fsc.org

Textredaktion: Andrea Kalbe
Umschlaggestaltung: © ZERO Werbeagentur, München
unter Verwendung von Motiven von © Oaurea / shutterstock.com;
Ksenia Stash / shutterstock.com
Satz: Greiner & Reichel, Köln
Gesetzt aus Adobe Caslon
Druck und Verarbeitung: GGP Media GmbH, Pößneck
Printed in Germany
ISBN 978-3-7363-1541-9

1 3 5 7 6 4 2

Sie finden uns im Internet unter lyx-verlag.de
Bitte beachten Sie auch: luebbe.de und lesejury.de

PLAYLIST

»Tempo« von Lizzo (feat. Missy Elliot)
»Going to California« von Led Zeppelin
»Lover« von Taylor Swift
»You're the One« von Greta Van Fleet
»All of Me« von Billie Holiday
»All the Good Girls Go to Hell« von Billie Eilish
»Fuck It I Love You« von Lana Del Ray
»Rocky Mountain High« von John Denver
»Circles« von George Alice
»All Loved Up« von Amy Shark

1. KAPITEL

»Es ist eine allgemein anerkannte Tatsache, dass ein lediger Mann im Besitz eines stattlichen Vermögens dringend einer Frau bedarf.«

Ich stecke meinen Stift in meine Schürze und stütze mich mit dem Ellbogen auf die Bar. »Und ich nehme an, dass du in diesem Fall mit ›lediger Mann‹ dich selbst meinst?«

»So ist es«, antwortet der Neue mit gebührendem Ernst.

»Hast du dir auch schon überlegt, wer die Glückliche sein soll?«

»Du.«

»Aha.« Ich runzle etwas verwirrt die Stirn. Auch wenn ich ein Jane-Austen-T-Shirt trage, erscheint mir das alles doch etwas übertrieben. »Hat dieser Anmachspruch bei dir überhaupt schon mal funktioniert?«

»Ich habe ihn noch nie ausprobiert. Wie schlage ich mich bisher?«

»Nun ja, es gibt da vor allem ein Problem.«

»Nur eines?«

»Also ich möchte ja nicht den Eindruck erwecken, dass ich es nur aufs Geld abgesehen hätte, aber nachdem du dieses Thema zur Sprache gebracht hast, ist dir schon klar, dass ich auch einen Nachweis für dieses angebliche Vermögen brauche, oder?«, frage ich. »Denn immerhin arbeitest du hier nur als Hilfskellner.«

»Das ist hart. Aber ich kann deine Bedenken nachvollziehen. Welche Beweise willst du von mir?«

Am anderen Ende der Bar gießt der Geschäftsführer gerade einen Drink ein und beobachtet uns dabei nicht gerade unauffällig aus dem Augenwinkel. Das Gleiche gilt für die zweite diensthabende Kellnerin. Vielleicht haben die beiden ihn dazu herausgefordert, mich anzusprechen. Wahrscheinlich haben sie mit ihm gewettet, ob er es schaffen würde, mich zu einem Date zu überreden, bei dem er mich dann versetzen und wie eine Idiotin dastehen lassen kann. Hier überrascht mich nichts mehr. Es gibt gute Gründe für die hohe Personalfluktuation in dieser Bar. Zum Beispiel dass Rob, der Besitzer, ein Arschloch ist, dem es Spaß macht, sich unverschämt zu benehmen und anderen mit seinem miesen Sinn für Humor eins auszuwischen. Und Kari, seine neue Freundin und meine Kollegin im Service, ist ein gemeines Miststück.

Obwohl der Neue eigentlich ganz süß ist. Um Missverständnissen vorzubeugen: Ich finde seine Avancen nicht direkt unangenehm. Ehrlich gesagt habe ich ihn schon seit Beginn meiner Schicht die ganze Zeit vollkommen unauffällig beobachtet. Ich schätze ihn auf Mitte oder Ende zwanzig. Und mir ist aufgefallen, dass sein Po wirklich gut aussieht, wenn er sich in seinen verwaschenen Jeans über die Tische beugt, um sie abzuwischen. Außerdem habe ich registriert, dass unter dem Ärmel seines T-Shirts ein cooles Tattoo hervorlugt. Und dass sein dickes, längeres Haar die Tendenz hat, ihm wie bei einem Leinwandhelden anmutig in die Stirn zu fallen.

Was sein Gesicht angeht – sagen wir einfach, er hat ein recht schönes Gesicht.

In Anbetracht dessen, dass er optisch eine glatte Zehn ist, ich dagegen höchstens eine Sechs, ist mein Misstrauen vielleicht nachvollziehbar. Aber da der abendliche Hochbetrieb noch nicht eingesetzt hat und die Zeit im Schneckentempo dahinzukriechen scheint, ist der neue Hilfskellner bisher das

Highlight meiner Schicht. Und ein kleiner, harmloser Flirt kann durchaus amüsant sein. Insbesondere wenn der Mann in Sachen Jane Austen bewandert ist und man sich in einer so tristen Arbeitsumgebung befindet wie hier.

»Lass mich überlegen.« Ich zupfe nachdenklich an meinem langen blonden Flechtzopf. »Kontoauszüge einzufordern wäre zu krass. Außerdem könnten sie gefälscht sein.«

»Stimmt.«

»Mir einen Koffer voll Bargeld vorbeizubringen wäre auch etwas … überzogen.«

»Außerdem dürfte er ziemlich schwer zu schleppen sein.«

»Hmm.«

Er seufzt. »Was hältst du davon, wenn ich dir einfach einen Ring besorge?«

»Du meinst einen Verlobungsring, zur Feier unserer anstehenden Vermählung?«

»Genau.« Er verschränkt die Arme. Und ich lasse mich dabei nicht von den Bewegungen seiner Muskeln unter seiner gebräunten goldenen Haut ablenken. Oh nein. Wohlerzogen wie ich bin, halte ich den Blick fest auf seine hübschen haselnussbraunen Augen gerichtet. »Wie wäre es, wenn ich dir zum Beweis für meinen Wohlstand und meinen überbordenden Reichtum den perfekten Ring kaufen würde?«

»Na gut. Aber achte darauf, dass er groß und auffällig ist, ohne protzig oder übertrieben zu wirken, denn das mag niemand.«

»Verstanden.«

»Toll. Materialistisch, aber akzeptabel. Wie lautet Euer werter Name doch gleich, mein Herr?«

»Beck.« Er reicht mir die Hand und ich schüttle sie. Seine Hand ist groß und sein Griff entschlossen, aber nicht zu fest. »Darf ich dich einfach ›Ehefrau‹ nennen? Das kann ich mir leicht merken.«

»Ha. Ich heiße –«

»Alice. Ich weiß.«

»Freut mich, dich kennenzulernen, Beck.« Ich lasse seine Hand los und ziehe Notizblock und Stift aus der Schürze. »So-sehr ich unsere Unterhaltung genossen habe, muss ich mich jetzt um meine Gäste kümmern.«

»Noch eine letzte Frage. Würdest du gern mal ausgehen? Mit mir?«

Ich stutze.

»Ich habe gehört, dass es in der Bäckerei leckeren Kaffee und Kuchen gibt.«

»Das stimmt. Aber ich finde, wir sollten nichts überstürzen. Wir haben ja gerade erst diese Sache mit der Heirat geklärt. Jetzt gleich zum Kaffeetrinken überzugehen, scheint mir ein zu großer Schritt.«

»Das ist ein gutes Argument und ich möchte ganz sicher nichts übereilen. Es gibt da nur noch ein paar Einzelheiten bezüglich unserer Eheschließung, die ich gern abklären würde. Vor allem die Blumenarrangements. Mit der Planung kann man nie zu früh anfangen. Welche Schriftart sollen wir auf den Einladungskarten verwenden? Das ist fast genauso wichtig. Man kann nicht einfach Comic Sans nehmen und denken, damit ist es gut. Dann müssen wir uns auch noch um deine Aussteuer kümmern. Dabei könnte ich behilflich sein.« Witzig ist er, das muss ich ihm lassen. Aber sind seine Absichten auch ehrlich? Das ist hier die Frage. »Was sagst du dazu, Ehefrau?«

»Ich überlege es mir.«

Und, oh Mann, was für ein Lächeln er hat. Da kann man glatt weiche Knie bekommen. »Gut.«

Die Bar liegt relativ weit vom Wasser entfernt. Auch fehlt ihr die Auswahl an Wein und Craftbieren, die die anderen, cooleren Bars in Santa Monica anbieten. Unsere Kundschaft spiegelt das wider. Am Abend ist bei uns viel los und zahlreiche Stammgäste und Touristen, die auf billiges Bier, laute Musik und Großbildfernseher aus sind, finden sich bei uns ein.

In meinem Bereich sitzen die üblichen Stammgäste und Besucher, die allesamt gern noch in diesem Jahrhundert bedient werden würden. Die Trinkgelder, die ich bekomme, sind ganz gut. Ich verhalte mich höflich und freundlich, ohne zu vertraulich zu werden. Dabei bewegt man sich auf einem schmalen Grat. Trotzdem gibt es immer wieder Vollidioten, die nie begreifen werden, dass Kellnerinnen nicht zu ihrer sexuellen Befriedigung da sind. Heute Abend trägt dieser Vollidiot den Namen Phil.

»Bitte schön, Süße«, sagt er und lässt den Zwanzigdollarschein auf den Boden fallen. »Hoppla. Wie ungeschickt von mir.«

Dieses Spielchen kenne ich schon. Ich lächle einfach weiter, während ich mich nach dem Geld bücke. Dabei gehe ich in die Knie und halte mit einer Hand mein Shirt fest, um dem Arschloch den Ausblick auf mein üppiges Dekolleté zu verwehren (eine weitverbreitete Angewohnheit unter weiblichen Bedienungen). Leider kann ich nicht verhindern, dass sich dabei meine schwarzen Jeans (dunkle Farben harmonieren gut mit meiner Seele und es ist wichtig, auf passende Accessoires zu achten) über meinem ebenso üppigen Po spannen. Mehr als das wird dieser Kerl in puncto echter Action mit mir nicht erleben. Phil ist ein erbärmlicher Drecksack.

»Behalt den Rest«, sagt er und leckt sich dabei die Lippen.

Auch wenn es mich juckt, ihm eins auf die Glocke zu geben, lächle ich wieder und gehe.

»Nicht«, sagt plötzlich eine tiefe Stimme hinter mir.

Dann höre ich Phils erzürntes Geifern. »Lass mich verdammt noch mal los!«

»Sie fassen sie nicht an.« Beck hält den Trottel unerbittlich am Arm fest. Und Phil hat dem Neuen nichts entgegenzusetzen. »Nicht ohne ihr Einverständnis.«

»Ich wollte doch gar nicht –«

»Doch, Sie wollten.«

»Was gibt es hier für ein Problem?« Rob ist ganz rot im Gesicht, weil er seinen Posten hinter der Bar verlassen hat und zu uns gerannt ist. »Beck, um Himmels willen, lass ihn los. Phil, mein Freund, bist du okay?«

»Dieser Idiot hat mich angegriffen.« Phil plustert sich auf und reibt über die roten Flecken an seinem Arm. »Er hat mir fast den Arm abgerissen.«

»Er wollte ihr an den Hintern grapschen«, sagt Beck, dessen Stimme angespannt klingt.

»Ist das dein Ernst?« Rob verdreht die Augen. »Er hat doch nur Spaß gemacht. Die Kleine versteht Spaß, nicht wahr?«

Die Kleine, also ich, seufzt nur. Dann lächle ich. Ein Lächeln ist unter den gegebenen Umständen ja nicht unbedingt eine Lüge. Doch Beck reißt verdutzt die Augen auf. Was hat er denn erwartet? Ich brauche diesen Job.

»Das alles tut mir sehr leid, Phil«, beteuert Rob. »Es wird nicht wieder vorkommen.«

»Das will ich hoffen.« Der Volltrottel sammelt seinen verwundeten Stolz ein und geht zur Tür. Die Gäste um uns herum widmen sich wieder ihren Getränken. Die Show ist vorbei.

»Mach so was noch mal und du fliegst raus«, faucht Rob. »Dieser Mann ist ein geschätzter Kunde. Er kommt jeden zweiten Abend, gibt sein Geld hier aus und lässt gute Trinkgelder da. Kapiert?«

Beck nickt wortlos.

Und ich mache mich mit zusammengebissenen Zähnen wieder an die Arbeit.

»Passiert so was öfter?«

Es ist zwei Uhr morgens und der letzte Betrunkene ist gerade aus der Bar getorkelt. Kari und Rob sind schon gegen Mitternacht gegangen, als es langsam ruhiger wurde. Dann darf ich mich immer ein Weilchen hinter die Bar stellen. Rob mag es nicht, wenn ich gleichzeitig mit ihm hinter dem Tresen arbeite, weil ich dabei angeblich »zu viel Platz vereinnahme«. Also sind nur noch Beck und ich übrig, um sauber zu machen. Aus der Stereoanlage ertönt leise Musik, und auch draußen auf der Straße ist nicht mehr viel los.

»Hin und wieder«, antworte ich und wische den Tresen ab. »Das gehört zum Job. Danke, dass du versucht hast, mich vor Sexismus zu beschützen, aber ich kann auf mich selbst aufpassen.«

Schweigen.

Er fängt an, die Stühle auf die Tische zu stellen, um anschließend den Boden zu kehren und feucht zu wischen. Wenigstens muss ich das heute nicht allein machen. Rob ist so ein Geizhals. Der letzte Hilfskellner ist schon vor Wochen urplötzlich nicht mehr zur Arbeit erschienen.

»Ich sehe mich nach einem anderen Job um«, sage ich, weil mir die Stille unangenehm wird. »Obwohl das bei meinen Arbeitszeiten hier nicht so einfach ist. Alles in allem hasse ich diese Spelunke mit dem Feuer von tausend Sonnen, aber das darfst du ihm bitte nicht verraten.«

»Dein Geheimnis ist bei mir sicher.« Er lächelt. Ich lächle. Wir lächeln alle. Die dunklen Wolken haben sich verzogen. Gut so.

»Und, wie lautet deine Lebensgeschichte?«, frage ich.

Offenbar stehe ich auf die straffen Muskeln seiner Arme, denn als er beginnt, mit dem Besen den Boden zu fegen, hat das eine unglaublich sexy Wirkung auf mich. Ich brauche einen Moment, um mich daran zu erinnern, was ich eigentlich gerade vorhatte – nämlich die Kühlschränke und Flaschenregale hinter der Bar aufzufüllen. Der Neue sieht schwer nach Spaß und Herzschmerz aus. Ich sollte es eigentlich besser wissen.

»Als meine zukünftige Braut hast du wohl ein Recht darauf, von meiner dunklen Vergangenheit zu erfahren«, antwortet er mit ernster Miene.

»So schlimm also?«

Wieder lächelt er mir zu. »Nein, eigentlich nicht. Ich habe beschlossen, dass mir der eingeschlagene Weg nicht mehr gefiel, und ihn deshalb verlassen. Seitdem bin ich in unserem großartigen Land herumgereist und habe mir seine Sehenswürdigkeiten angeschaut.«

»Du bist also eine Art Streuner.«

»Könnte man so sagen. Ich hoffe, das wird unserer glücklichen Zukunft nicht im Wege stehen? Ein von Liebe erfülltes Leben auf Achse hat durchaus einiges zu bieten.«

»Ich werde es im Hinterkopf behalten.« Ich richte mich lächelnd vor dem Kühlschrank wieder auf, den ich gerade mit Bier befüllt habe. Ich muss diese ganze Sache noch mal überdenken. Nach der Szene von heute Abend erscheint es mir ziemlich unwahrscheinlich, dass sein Interesse an mir nur ein schlechter, von meinem Chef angezettelter Scherz ist. Aber wir reden noch immer um das herum, worum es hier womöglich gerade geht. »Nach reiflicher Überlegung komme ich zu dem Schluss, dass du eigentlich gar nicht auf den heiligen Bund der Ehe aus bist, sondern lediglich auf bedeutungslosen Sex. Ich kann dir keinen Vorwurf daraus machen, dass du das miteinander verwechselst. Das kommt häufiger vor.«

Er zieht seine dunklen Augenbrauen zusammen und legt eine Hand aufs Herz. »Du zweifelst an meinen Absichten? Das verletzt mich, Alice. Das verletzt mich wirklich.«

»Dann suchst du also doch die passende Ehefrau zu deinem hübschen Vermögen?«

»Auf jeden Fall.« Er macht sich wieder daran, den Boden zu fegen. »Aber keine x-beliebige Ehefrau. Oh nein. Ich will dich.«

Ich schüttele schmunzelnd den Kopf.

»Sie müssen mir gestatten, Ihnen zu sagen, wie sehr ich Sie bewundere und liebe.«

»Eins muss ich dir lassen: Mit Jane Austen kennst du dich wirklich beeindruckend gut aus.«

»Oh, vielen Dank. Das ist das Lieblingsbuch meiner Stiefmutter. Früher wollte sie andauernd, dass ich mir mit ihr die Verfilmungen ansehe. Ich hätte nie gedacht, dass mir das eines Tages von Nutzen sein könnte, aber ich habe mich wohl geirrt.« Wieder lächelt er, und meine blöden Knie werden weich. Bei diesem Mann muss ich wirklich auf der Hut sein. »Allerdings möchte ich klarstellen, dass ich bedeutungslosen Sex mit dir durchaus in Betracht ziehen würde, bis du bereit bist, dich zu binden.«

»Wie großmütig von dir.«

»Kein Problem«, erwidert er. »Wir könnten es ja als ersten kleinen Schritt hin zum gemeinsamen Kaffeetrinken in Erwägung ziehen. Es langsam angehen lassen, wie du gesagt hast.«

Ich verkneife mir das Grinsen. Dieser Kerl ist ein unglaublicher Charmeur. »Ist das normal bei dir, dass du einer Frau sofort einen Heiratsantrag machst?«

»Nein. Genau wie die Zitate von Jane Austen ist das eine ganz neue Masche, die ich gerade erprobe.«

»Gibt es einen bestimmten Grund dafür?«, erkundige ich mich.

Er überlegt einen Moment. »Das Leben ist kurz.«

»Stimmt.«

»Sind der Wischer und der Putzeimer auch im Lagerraum?«

Eine ausführlichere Erklärung bekomme ich offensichtlich nicht. Na gut. »Ja, sind sie.«

Eine Weile arbeiten wir schweigend weiter. Ich würde gern behaupten, dass seine Gegenwart keinerlei Auswirkungen auf mich hat, aber das wäre gelogen. Jedes Mal, wenn ich heimlich einen Blick auf ihn werfe, sieht auch er mich verstohlen an. Und er lächelt. Wäre er doch nur nicht so süß. Um die Wahrheit zu sagen, könnte ich ein kleines bisschen dem Untergang geweiht sein. Lust auf den ersten Blick am Arbeitsplatz ist eine haarige Angelegenheit. Das Gleiche gilt für fortgeschrittenes Flirten, das womöglich zu Kopulation führt. Sich auf dergleichen einzulassen, und sei es auch nur ein kleines bisschen, kann auf unzählige Arten schiefgehen. Andererseits scheint er nicht zu beabsichtigen, für längere Zeit hier zu arbeiten, und auch ich setze ja alles daran, möglichst bald von hier wegzukommen. Dieser kaum realisierbare und doch hartnäckige Traum, eines Tages unter einer Geschäftsleitung zu arbeiten, die nicht nur aus Volltrotteln besteht, ist derzeit das Einzige, was mich bei der Stange hält.

Aber einstweilen gilt es, eine kleine Tändelei mit Beck zu erwägen – und ich ziehe sie wirklich ernsthaft in Erwägung. Und sei es nur, um Gelegenheit zu haben, einmal mit den Fingern durch sein schönes Haar zu fahren und es zu zerzausen. Das könnte glatt mein neues Lebensziel werden. Zumindest für diese Woche. Seine Haare und seine Lippen und seine Arme – sie sind derzeit meine Favoriten.

Bevor ich die Bar abschließe, frische ich noch rasch meinen

Eyeliner und das Lipgloss auf. Es war ein langer Abend und ich mache mich gern für mich selbst hübsch. Dass Beck mich ebenfalls so sieht, ist nur ein kleiner Bonus.

»Frage«, sage ich gegen drei Uhr morgens, als wir die Bar dichtmachen. »Hast du Hunger?«

»Antwort: Ich könnte etwas essen.«

»Dann folge mir.«

»Ja, Ma'am.«

Das Diner liegt in Laufweite von der Bar am Wilshire Boulevard und lässt sich am besten als »bescheiden« beschreiben. Aber immerhin gibt es dort Kaffee und einigermaßen anständige Burger mit Pommes, und das auch zu nachtschlafender Zeit, wenn ich sie am dringendsten brauche. Dafür liebe ich es von ganzem Herzen. Beck scheint der leichte Fettfilm, mit dem dort alles überzogen ist, nichts auszumachen, und beim Anblick der kitschigen Fünfzigerjahre-Ästhetik muss er schmunzeln. Damit hat er einen weiteren meiner Tests bestanden.

»Du hast mir deine Geschichte noch nicht erzählt«, sagt er, nachdem wir uns in einer der Sitznischen niedergelassen und bestellt haben.

»Ich habe meinen Abschluss gemacht und anschließend festgestellt, dass er nutzlos ist und es außerdem sowieso kaum freie Stellen gibt. Oder zumindest keine, die mich gereizt hätten. Lehrer und Bibliotheksangestellte müssen Tag für Tag um Gelder kämpfen, und die Zeitungen geben eine nach der anderen auf. In der Verlagsbranche wird überall der Rotstift angesetzt. Englische Literatur als Hauptfach zu wählen war wahrscheinlich ein Fehler«, sage ich schulterzuckend. Es gibt diverse Gründe, weshalb ich im Leben nicht recht vorankomme, aber diese Erklärung ist am leichtesten nachzuvollziehen. »Also habe ich mir gedacht, wenn ich schon als Kellnerin ende, dann wenigstens irgendwo, wo ich auch hin und wieder am

Strand spazieren gehen kann, ohne jedes Mal stundenlang im Stau stehen zu müssen.«

Er nickt. »Klingt logisch.«

»Finde ich auch. Bestimmt wird mir irgendwann noch einfallen, was ich mit meinem Leben anfangen will.«

»Nur nichts überstürzen. Es ist gut, dass du dir die Zeit nehmen kannst, um darüber nachzudenken, ohne dass dich jemand unter Druck setzt.«

»Außer dem Studienkredit, den ich am Hals habe«, erwidere ich.

Er lächelt. »Bist du hier in der Gegend aufgewachsen?«

»In der Nähe. San Bernadino«, antworte ich. »Und du?«

»Nein, zwischen mir und meinem Zuhause liegt das halbe Land, und ich beabsichtige, es auch dabei zu belassen. Obwohl das halbe Land eigentlich noch immer nicht weit genug ist. Ich habe gehört, dass es in Island um diese Jahreszeit sehr schön sein soll.«

Ich hebe fragend die Augenbrauen.

»Familie«, meint er nur schulterzuckend. »Was soll man da machen?«

Die Bedienung bringt unser Essen. Becks Bestellung quer durchs Frühstücksangebot nimmt den halben Tisch ein. Ohne Zögern stürzt er sich darauf und beginnt, alles zu vertilgen. Würde ich so viel essen, würde mein Hintern anschließend nicht mehr auf die Sitzbank passen.

»Möchtest du auch?« Er bietet mir eine Gabel mit einem vor Sirup triefenden Stück Pfannkuchen an. »Schmeckt gut.«

»Danke, mir genügt mein Burger.« Und ich bin so was von neugierig auf seine Familie. Aber es wäre unhöflich, ihn deswegen zu löchern. Verflixt.

»Also, welche Hobbys und Interessen verfolgt meine zukünftige Frau?«

»Hmm.« Ich stecke mir eine Pommes in den Mund und überlege beim Kauen. »Lesen, Filme, Musik ... Das Übliche. Und du?«

»Vieles.«

»Zum Beispiel?«

»Ich weiß auch nicht ... Wandern, Bergsteigen. Solche Dinge.«

»Also ist es im Grunde so, dass ich gern still sitze, während du es am liebsten aktiv und sportlich magst. Wir haben nichts gemeinsam.«

»Nein. Warte. Ich kann mich ändern«, witzelt er. »Gib mir noch eine Chance.«

»Du solltest dich nicht ändern müssen.« Ich drehe noch eine Pommes in einem Klecks Ketchup. »Du bist bestimmt genau richtig, so wie du bist.«

Nun sieht er nicht mehr amüsiert aus. Seine Miene ist ausdruckslos geworden. Doch sein Blick ist düster und unzufrieden. Anscheinend habe ich einen Nerv getroffen. Und natürlich reagiere ich darauf auf die denkbar schlechteste Art und Weise, indem ich anfange, loszuplappern.

»Ich meine, was hat es für einen Sinn, mit jemandem zusammen zu sein, wenn man nichts anderes will, als ihn zu ändern?«, frage ich. »Was ist daran interessant oder herausfordernd, wenn der Partner genauso ist wie man selbst? Sitzt man sich dann einfach rund um die Uhr auf der Pelle, bis man irgendwann stirbt? Wahrscheinlich geht einem dabei ziemlich schnell der Gesprächsstoff aus, oder?«

Kein Kommentar von Beck, dafür ist jetzt zwischen seinen dunklen Augenbrauen eine tiefe Furche entstanden. Eben schien er noch so gut gelaunt und selbstsicher zu sein, doch jetzt wirkt er auf einmal fast verloren. Ein Gefühl, das ich derzeit selbst nur zu gut kenne.

»Alles in Ordnung, Beck?«

Er blinzelt und kommt wieder in Schwung. »Entschuldige. Was hast du gesagt?«

»Nichts, schon gut.« Mein Gesicht fühlt sich plötzlich warm an, und oh mein Gott – zu erröten ist so was von nervig. Verzieh dich, du dämliche Beklemmung. »Ich habe nur …«

»Deine Weisheit mit mir geteilt.«

»Klar. Genau. Die geballte Weisheit und Erfahrung aus zweiundzwanzig Lebensjahren und einem Uniabschluss, für den ich bisher noch keine Verwendung gefunden habe. Bitte nimm meine Worte mit dem gebotenen Ernst auf.«

»Werde ich machen.« Seine Anspannung scheint sich ein wenig zu lösen. Seine Schultern werden lockerer, und er gestikuliert mit den Händen. »Mir gefällt es hier.«

»Mir auch.«

»Obwohl dieses Etablissement wohl kaum für eine Hochzeit geeignet ist.«

»Wohl kaum«, stimme ich zu. Die seltsame Stimmung ist verpufft. Ich würde ihn gern fragen, was los war, aber ich kenne ihn nicht gut genug, um ihn deswegen zu bedrängen. Also verlege ich mich stattdessen darauf, ihn anzuschauen. Meine Güte, er ist so attraktiv. Das habe ich schon einmal erwähnt und werde es bestimmt bald wieder tun. Zwar habe ich ein etwas schlechtes Gewissen, weil ich ihn so auf sein Aussehen reduziere, aber was soll ich machen, wenn so ein gut aussehender Mann direkt vor meiner Nase sitzt? Noch wichtiger ist allerdings, dass ich ihn mag. Das kommt nicht oft vor. Und er kann Austen zitieren. Trotzdem fühlt es sich nicht richtig an, etwas zu überstürzen. »Ich wette, du hast in jeder Stadt, durch die du gekommen bist, eine Freundin.«

»Wenn du damit fragen willst, ob ich während meines Trips die ganze Zeit allein geblieben bin, dann lautet die Antwort

Nein«, sagt er. »Ich habe viele verschiedene Menschen kennengelernt, in zahlreichen unterschiedlichen Jobs gearbeitet. Und viel Zeit damit verbracht, aus dem Fenster eines Greyhound-Busses zu starren.«

»Hmm.«

»Was ist mit dir? Knüpfst du in der Bar oft neue Freund- oder Bekanntschaften?«

»Nein, normalerweise nicht.«

Er sieht mich an, und jedes verdammte Mal, wenn er das tut, kribbelt mein ganzer Körper. Aber das ist nur Chemie, sexuelle Anziehung. Nichts, worüber ich mir zu viele Gedanken machen müsste. Höchstwahrscheinlich will der Reptilienteil meines Gehirns mir damit mitteilen, dass sein Sperma potenziell interessant ist und er einen guten Beschützer für mich und unsere Jungen abgeben würde. Da ist keine emotionale Bindung zwischen uns. Nicht wirklich.

»Ich habe eine Entscheidung getroffen«, verkünde ich.

»In Bezug auf was?«

»Auf dich.« Ich lege die Pommes hin und wische mir die Hände an einer Serviette ab. »Ich nehme dich heute Abend nicht mit zu mir nach Hause.«

»So, tust du nicht?«

»Nein«, sage ich, doch meine Stimme klingt aufgrund mangelnder Überzeugung etwas wackelig.

Wie er mich ansieht, dieser Ausdruck in seinen Augen – als hätte er niemals zuvor etwas so Interessantes zu hören bekommen wie das, was gerade aus meinem Mund gekommen ist, und als könnte er kaum erwarten, was ich als Nächstes zu sagen habe. Nach derartiger ungeteilter Aufmerksamkeit kann man glatt süchtig werden. Allerdings hat es in der Vergangenheit zwischen heißen Männern und mir nicht besonders gut funktioniert. Die typische erbärmliche Geschichte eben – inklusive

Liebeskummer, geplatzter Träume und melancholischer Songs in wochenlanger Dauerschleife, mit denen man all seinen Mitmenschen tierisch auf die Nerven geht.

Da ist es viel sicherer, wenn ich die Hosen anbehalte. Zumindest vorerst.

»Okay«, sagt er.

»Natürlich ausgehend von der Annahme, dass diese ganze Flirterei echt ist und du Interesse daran gehabt hättest, mit mir nach Hause zu kommen?«

»Ist sie und hätte ich.«

Mehrere Schmetterlinge zusammen bezeichnet man als Schwarm, und genau so einer scheint gerade in meinem Bauch herumzuflattern. »Ein andermal vielleicht …«

All die Male, die er mich bisher strahlend angelächelt hat, sind nichts im Vergleich zu diesem zurückhaltenden, nachdenklichen Lächeln, das er mir jetzt schenkt. Lieber Himmel. Mein Herz hämmert in meiner Brust, und mein Hirn ist gleichzeitig benommen und verwirrt. Ich bin überwältigt. Das ist das richtige Wort. Dieser Mann ist witzig, attraktiv und faszinierend – die perfekte Mischung. »Nur keine Eile. Schließlich haben wir noch den Rest unseres gemeinsamen Lebens dafür Zeit. Und wenn du so weit bist, bin ich gern bereit, erst mal abzuwarten und so lange bedeutungslosen Sex mit dir zu haben, bis wir irgendwann aufs Ganze gehen und zusammen einen Kaffee trinken. Hauptsache, du fühlst dich dabei wohl.«

Ich schüttle den Kopf. »Weißt du, ich kann mich ehrlich gesagt nicht entscheiden, ob du verrückt, ein Spaßvogel oder doch etwas ganz anderes bist.«

Beck grinst nur.

Unten am Strand ist es ruhig. Die meisten der Attraktionen am Pier haben schon vor Stunden geschlossen. Normalerweise komme ich nie in den frühen Morgenstunden hierher, aber Beck hat Interesse angemeldet, und jetzt stehen wir hier. Wahrscheinlich wollen wir beide nicht, dass der Abend schon endet. Was wundervoll ist. Der Sand unter unseren Füßen fühlt sich kühl an und der Mond steht tief am Himmel. In einigen Stunden wird die Sonne aufgehen.

»Ich würde gern deine Hand halten, wenn das nicht zu übereilt ist.«

»Ich denke, das geht in Ordnung.« Ich lege meine Hand in seine, und sofort verschränkt er seine Finger mit meinen. Seine Haut ist warm, seine Hand groß. Sie passt zu seiner Körpergröße. Trotzdem scheinen wir gut zu harmonieren. Automatisch macht er kleinere Schritte, damit ich nicht zurückfalle oder er mich mitziehen muss.

»Ich finde, es langsam angehen zu lassen, ist eine gute Idee. Zumindest für die nächsten achtundvierzig Stunden oder so.« Seine Miene ist nachdenklich und sein Blick aufs Wasser gerichtet. »Wir möchten uns schließlich ein solides Fundament für unsere Ehe aufbauen.«

»Genau«, sage ich gedehnt. »Darf ich fragen, ob du schon mal verheiratet warst?«

»Nein, war ich nicht. Du?«

»Nö.«

»Dann sind unsere Fachkenntnisse in dieser Hinsicht ja auf dem gleichen Stand.« Er drückt leicht meine Finger. »Ich habe ein gutes Gefühl bei dieser Sache. Sogar ein sehr gutes Gefühl.«

Das leise Rauschen der Wellen, die ans Ufer schwappen, ist beruhigend. Nach dem Lärm in der Bar und den grellen Lichtern im Diner ist es schön, draußen an der sauberen Meeresluft zu sein. In die Ferne zu blicken und an nichts Tiefschürfendes zu denken. Meine Füße schmerzen und mein Kopf ist müde, aber ich habe angenehme Gesellschaft. Er hat seine Jeans hochgekrempelt und bohrt die Zehen in den Sand. Seine nackten Füße sind ebenso attraktiv und interessant wie der Rest von ihm. Zehen haben mich bisher nie sonderlich gereizt, aber das hat sich gerade geändert.

»Ich habe nie viel Zeit am Strand verbracht«, sagt er. »Ich bin eher die Berge gewohnt.«

»In den Bergen gibt es keine Haie.« Eine ziemlich zusammenhanglose, aber dennoch zutreffende Bemerkung. Die Hai-Dokumentationen, die ich im Fernsehen gesehen habe, haben tiefen Eindruck bei mir hinterlassen. »Entsprechend ist es dort wahrscheinlich sicherer.«

»Ja.« Er kratzt sich die dunklen Kinnstoppeln. »Das ist ein Argument für die Berge. Andererseits lebt dort Bigfoot.«

»Aber greift er auch Menschen an, oder ist er nur ein behaarter Eigenbrötler, der einfach seine Ruhe haben will?«

»Letzteres würde ich sagen.«

»Unglaublich, dass du begeisterter Bergsteiger bist. Ist das nicht schwierig?«

»Nun ja, es ist nicht immer einfach.«

»Du benutzt aber einen Sicherheitsgurt und trägst einen Helm, oder?«

Er zieht den Kopf ein. »Ähm, eigentlich nicht.«

»Du machst Freeclimbing?« Ich ziehe meine Hand aus seiner und drehe mich zu ihm um. »Beck, das ist gefährlich. Dabei sind schon Menschen gestorben.«

»Aber es ist cool, oder?«

»Tust du das nur, weil du denkst, es sei cool?«

Er schüttelt den Kopf. »Nein. Der Herausforderung wegen. Ich gegen den Berg. Weißt du, es geht dabei ja nicht nur um den körperlichen Aspekt, sondern auch um mentale Stärke. Es ist eine unglaubliche Erfahrung.«

»Ich verstehe wirklich nicht, warum du dich damit abgibst, mit mir zu flirten«, sage ich. »Für mich ist es schon ein riskantes, aufregendes Abenteuer, abends lange aufzubleiben, um ein Buch zu Ende zu lesen.«

»Bergsteigen ist ein kalkulierbares Risiko, und ich bin so vorsichtig wie möglich. Wenn es dich beruhigt, verspreche ich dir, dich in absehbarer Zeit nicht zur Witwe zu machen.«

»Danke. Ich finde dich sehr mutig.«

Er lächelt nur.

Ich dagegen mache ein skeptisches Gesicht. Ich kann spüren, wie sich meine Stirn in Falten legt. Das mit uns macht zwar viel Spaß, ergibt aber absolut keinen Sinn. Diese Unsicherheit ist eine lästige Angewohnheit, aber leider nicht immer unbegründet. »Weißt du, anfangs dachte ich, du redest nur mit mir, weil Rob mit dir eine Wette abgeschlossen hat oder so.«

»Wirklich? Wie kommst du denn darauf?« Nun runzelt er ebenfalls die Stirn.

Ich zucke nur mit den Schultern. Unnötig, mich hier und jetzt ausführlicher über meine diversen Komplexe und Probleme auszulassen. Oder überhaupt jemals darüber zu sprechen.

»Lass mich eines unmissverständlich klarstellen«, sagt er. »Ich bin nicht hier, um deine Gefühle zu verletzen oder dir etwas vorzumachen, okay?«

»Okay.«

Er winkt mich näher zu sich. »Und jetzt sagst du dasselbe zu mir.«

»Ähm, ich werde weder deine Gefühle verletzen noch dir etwas vormachen.«

»Vielen Dank«, sagt er, und es klingt aufrichtig. Anscheinend bin ich hier nicht die Einzige, die in der Vergangenheit verarscht worden ist. »Nun, meine liebe zukünftige Ehefrau, wie beurteilst du unsere Zukunftsaussichten?«

»Ich finde immer noch, dass wir komplett gegensätzlich sind.«

»Nach deiner Bemerkung beim Essen vorhin zu urteilen, sollten wir in diesem Fall genug Gesprächsstoff für den Rest unseres Lebens haben.« Er tritt näher. Mondlicht und Schatten lassen ihn noch attraktiver wirken. Ein wenig gefährlich und ziemlich mysteriös. Während die Brise seine Haare zerzaust, schaut er mich seelenruhig an. Er hält seine Emotionen gut in Schach. Ich schaffe es nicht, ihn zu durchschauen. Obwohl ich denke, dass seine Witzeleien eine Art Selbstschutz sind, ein Trick, um seine wahren Gefühle zu verbergen. Aber das kann ausgerechnet ich ihm kaum vorwerfen, denn schließlich nutze ich zu diesem Zweck Sarkasmus und meine Schlagfertigkeit.

»Ich hätte nicht gedacht, dass du mir zugehört hast«, sage ich.

»Selbstverständlich habe ich das.« Er kommt noch einen Schritt näher. Unsere Oberkörper berühren sich beinahe, und sein Blick ist fest auf mein Gesicht geheftet. Die Hitze, die sein Körper ausstrahlt, ist intensiv, seine Anziehungskraft extrem stark. Als wäre er ein riesiger Magnet, auf dem ich am liebsten aufprallen und zerbersten würde. Es war dumm von mir, ihn heute Abend nicht mit zu mir zu nehmen und mich zusammen mit ihm nackt auszuziehen (vorzugsweise im Dunkeln, weil ich hin und wieder ein paar Problemchen mit meinem Körper habe). Eine verpasste Gelegenheit. Wie oft begegne ich schon jemandem von Becks Kaliber? Antwort: So gut wie nie. »Da wir es langsam angehen lassen, darf ich dich laut den Regeln jetzt noch nicht küssen, Alice. Was mir, wenn du mich so ansiehst, verdammt schwerfällt.«

»Es gibt Regeln?«

»Kennst du sie etwa nicht? Um genau zu sein, beziehe ich mich gerade auf Artikel fünf, Unterabschnitt sieben.«

»Ach ja?«

»Genau. Kein Kuss beim ersten Date. Und auch definitiv kein Blowjob.«

Ich lache auf. »Oh, wie schade.«

»Allerdings. Aber wir können uns ja umarmen und uns dabei diskret durch unsere Kleider hindurch betatschen«, schlägt er vor. Seine Stimme klingt tief und hypnotisch. »Wenn du das möchtest.«

»Das klingt eigentlich ganz gut.«

»Ich hatte gehofft, dass du das so sehen würdest. Na dann.« Er breitet die Arme aus. »Ich bin bereit.«

Wir sind uns so nah, dass ich mich kaum bewegen muss, um in seiner Umarmung zu landen. Ich schlinge die Arme um seine Taille und schmiege die Wange an seine Brust. Er legt ebenfalls die Arme um mich und hält mich fest. Er riecht herrlich, ein warmer Männergeruch, gemischt mit einem Hauch Schweiß und dem Duft seines Aftershaves. In Kombination mit der salzigen Meeresluft einfach wundervoll. Von seinem Duft könnte ich direkt high werden. Er drückt mich mit einer Hand an sich, während er mit der anderen meinen Nacken massiert. Seine Fingerkuppen streichen über meine Haut, bevor er meine Muskeln mit genau dem richtigen Druck knetet. Der Mann weiß, was er tut. Ich gebe dieser Umarmung elf von zehn Punkten.

Derweil drückt er das Gesicht an meinen Scheitel und schnuppert an meinen langen blonden Haaren. Er versucht nicht mal, es diskret zu tun.

»Wahrscheinlich rieche ich nach abgestandenem Bier«, merke ich an.

Seine Brust bebt, als er leise lacht. »Nein. Es ist mehr ein blumiger Duft.«

»Hibiskus.«

»Ah. Schön.«

Der Geruch kommt vom Trockenshampoo, das ich benutzt habe, weil ich schon seit zwei Tagen mit Haarewaschen überfällig bin. Aber das muss er ja nicht erfahren. Das Ausmaß meiner Beinbehaarung würde dem armen Mann wahrscheinlich auch einen höllischen Schrecken einjagen, aber so ist das Leben. Manchmal muss man als Frau eben einen natürlichen Look pflegen. Außerdem stand mir eigentlich weder der Sinn danach, jemandem so nahe zu kommen wie jetzt gerade, noch hätte ich ernsthaft damit gerechnet. Zumindest nicht heute Abend. Eine Frau zu sein ist manchmal wirklich mit viel Aufwand verbunden.

Aber zurück zu unserer Umarmung.

Schon komisch. Sein Körper fühlt sich gleichzeitig fest und kuschlig an, und die Art, wie er mich in seinen Armen hält, lässt meine Knie weich werden. Ich fühle mich so geschätzt und behütet. Aber auch begehrt. Und da meine Brüste sich an seinen Oberkörper pressen, kann er zweifellos fühlen, wie meine harten Brustwarzen auf seine Berührungen reagieren. Tja. Seine Hand arbeitet sich derweil mein Rückgrat rauf und runter und rutscht dabei jedes Mal aufreizend noch ein wenig tiefer. Die Umarmung ist inzwischen alles andere als unschuldig. Außerdem regt sich in seiner Hose ebenfalls etwas.

»Ist das nicht schön?«, flüstert er. »Und so keusch.«

»Weißt du, genau das habe ich mir auch gerade gedacht.«

Er lässt die Hand über meine Pobacke gleiten, drückt leicht mit den Fingern zu und hält mich fest. Ich schiebe die Hände unter den Saum seines T-Shirts, um seine Haut zu spüren. Sie ist heiß, geschmeidig, perfekt. Dieses Verlangen nach seiner Nähe scheint eine Art Instinkt zu sein. Ich lege das Kinn an seine Brust und blicke zu ihm auf. Ihm so nah zu sein lässt meinen ganzen Körper kribbeln. Im Halbdunkel wirkt sein Blick düster und mysteriös. Und sehr sexy. Mir wird davon ganz schwummerig, sodass ich kaum noch einen klaren Gedanken fassen kann. Zu viele Emotionen. So viel lecker-schmecker. Es wäre ganz leicht, die Hand auszustrecken und seinen Mund an meinen zu ziehen. Eine verlockende Vorstellung. Ich kann mich kaum noch daran erinnern, weshalb ich der Ansicht gewesen bin, es wäre eine gute Idee, mit dem nächsten Schritt zu warten. Wenn das Blut kocht und die Hormone außer Rand und Band geraten, wird Umsicht schnell bedeutungslos.

Dann verderbe ich alles, indem ich gähne. Mein Kiefer knackt sogar vernehmlich. »Oh Gott. Tut mir leid.«

Er lacht. »Wir sollten wohl besser für heute Schluss machen, damit du etwas Schlaf bekommst.«

»Ja, wahrscheinlich.«

»Soll ich dich noch nach Hause bringen?«

Ich schüttle den Kopf. »Danke, nicht nötig.«

Und dann steht er einfach nur da und sieht mich einen langen Augenblick schweigend an. Könnte ich doch nur seine Gedanken lesen. Ich verstehe nicht, warum er mir so unter die Haut geht, warum ich seine Aufmerksamkeit so genieße. Aber so ist es nun mal. Mein Körper ist ganz verrückt nach der Art, wie dieser Mann mich ansieht, als wäre alles andere nebensächlich. Wie er sich voll und ganz auf mich konzentriert. Langsam verstehe ich, dass Beck nie halbe Sachen macht. Ganz anders als die letzten Männer, die ich gedatet habe. Obwohl das hier kein Date ist. Im Grunde habe ich keine Ahnung, was das hier genau ist.

»Dann sehen wir uns morgen, ja?«, fragt er. Seine Hand liegt auf meinem Kreuz und sein Daumen reibt über den Stoff meines Shirts.

»Ja«, antworte ich lächelnd. Ich kann es kaum erwarten.

2. KAPITEL

Als er am nächsten Tag zur Arbeit kommt, verspüre ich tiefe Erleichterung. Als hätte ich mich unbewusst darauf gefasst gemacht, dass er verschwindet und ich enttäuscht werde. Ich will so nicht empfinden. Ich will mich nicht so sehr auf diese Sache einlassen. Das ist nicht klug. Außerdem habe ich mich ein bisschen herausgeputzt – für ihn, aber auch für mich selbst. Sechzig zu vierzig ungefähr. Keine Ahnung. Die Kombination aus Skinny Jeans, die meinen Po hervorragend betonen, und einem kurzärmligen schwarzen Button-down-Hemd mit Stehkragen gehört zu meinen Lieblingsoutfits. Darin fühle ich mich richtig schick, insbesondere, weil ich mir auch noch die Haare geflochten habe und dazu kleine silberne Kreolen trage.

Ich stehe so dermaßen auf diesen Mann. Hilfe!

Aber hey, die Chancen stehen gut, dass er das Interesse verliert. Sich von einer der heißen Frauen, die die Bar frequentieren, ablenken lässt. Eine Menge Aufmerksamkeit erregt er auf jeden Fall. Nicht, dass ich ihn den ganzen Abend lang beobachtet hätte. Obwohl, irgendwie habe ich ihn doch den ganzen Abend über beobachtet. Was soll ich sagen? Er ist eben ein schöner Anblick. Oder vielleicht hat er diese Kaschemme und unseren dämlichen Chef auch bald satt und kündigt. Wer könnte es ihm verdenken? Und doch, nun da die Bar geschlossen ist und nur noch er und ich übrig sind …

»Würdest du die hier bitte freundlicherweise für mich entsorgen, Ehefrau?«, fragt er und häuft einen Berg aus Bierdeckeln, Notizzetteln und anderen Papierfetzen, die mit Nummern und Namen bekritzelt sind, auf die Bar.

»Willst du ganz sicher keine davon behalten?«

»Nö.«

»Okay.« Ich nehme den Haufen in beide Hände und befördere ihn in den Mülleimer. »Warum habe ich das Gefühl, dass du mit der Weitergabe an mich ein Statement abgeben willst?«

»Weil es so ist«, antwortet er. »Manchmal ist es wichtig, nicht nur das Richtige zu tun, sondern auch dabei gesehen zu werden.«

»Aha.«

»Die weisen Worte meiner Stiefmutter.«

»Steht ihr euch nahe?«, frage ich.

»Ja. Halbwegs.« Er wendet das Gesicht ab. »Wie ich bereits sagte, meine Familie ist kompliziert.«

»Aber bestimmt vermisst du manche von ihnen, oder?«

»Klar«, sagt er, aber es klingt so wegwerfend, dass ich es ihm nicht abnehme. »Den einen oder anderen.«

»Fühlst du dich nicht einsam, wenn du ständig von Stadt zu Stadt ziehst?«

Er sieht mich einen Moment lang an. Der Anflug von Traurigkeit in seinen Augen macht etwas anderem Platz. Freude oder Zuversicht vielleicht. Schwer zu sagen. Beck ist ein Mysterium, das ich unbedingt enträtseln möchte.

»Nicht, wenn ich mit dir zusammen bin«, sagt er. »Wenn ich bei dir bin, Ehefrau, bin ich genau da, wo ich sein will.«

»Schön gesagt.«

Er grinst, lehnt den Besen gegen einen Tisch und stützt sich mit den Ellenbogen auf den Bartresen. »Hast du zufällig auch irgendwelche Telefonnummern, die du gern loswerden würdest? Obwohl ich dich natürlich nicht unter Druck setzen möchte.«

»Ha. Von wegen nicht unter Druck setzen«, sage ich lächelnd. »Aber nein, ich nehme keine Telefonnummern entgegen.«

»Ich hoffe aber, dass du meine annehmen würdest. Wenn ich denn ein Telefon hätte.«

»Du hast kein Telefon?«

»Nein«, meint er kopfschüttelnd. »Wenn man ein Handy hat, wird man von Leuten kontaktiert, mit denen man eigentlich keinen Kontakt haben möchte. Und das führt meiner Meinung nach direkt in die Abgründe der Hölle.«

»Aha.«

»Wüsste ich, dass ich ausschließlich sexy Nachrichten von dir bekäme, würde es mich nicht stören, ein Telefon zu haben, aber leider ist es nicht so.« Und bei diesen Worten lässt er wieder einen kurzen Augenblick die Maske fallen. Genau wie am Vorabend im Diner, als seine Miene plötzlich ausdruckslos und kühl geworden ist. Nur dass er diesmal merklich die Zähne zusammenbeißt. Anscheinend hat er das, wovor er auf der Flucht ist, noch immer nicht ganz abgeschüttelt. Aber so geht es wahrscheinlich den meisten von uns mit emotionalem Ballast.

Ich finde es furchtbar, ihn unglücklich oder niedergeschlagen zu sehen. »Wenn du ein Telefon hättest, würde ich auf jeden Fall deine Nummer annehmen.«

Das Grinsen, das ich zur Antwort erhalte, ist eines von der behäbigen, sexy Sorte. Es verwandelt meine Knie in Pudding. »Es freut mich sehr, das zu hören, Alice. Wie wäre es mit einem Drink?«

»Kein Problem. Was möchtest du?«

»Das Gleiche wie du.«

»Wir trinken gemeinsam etwas? Na gut, mal sehen.« Ich stelle zwei Schnapsgläser auf den Tresen und gieße Don Julio Silver Tequila ein. Hätte ich die Bar nicht schon weitestgehend aufgeräumt, hätte ich uns Margaritas gemacht. Ein andermal vielleicht. Aber für einen warmen Sommerabend wie heute scheint mir Tequila die richtige Wahl zu sein.

»Du machst keine halben Sachen«, bemerkt er.

»Nichts zeigt deutlicher, dass man es ernst meint, als Tequila.« Wir nehmen unsere Gläser und stoßen an, bevor wir sie in einem Zug leeren. Der Schnaps wärmt meine Kehle. Shots sind immer ein bisschen gefährlich. Andererseits scheint mir auch von diesem Mann Gefahr auszugehen. Gefahr für mein Hirn und mein Herz und meine Lendengegend.

Er vollführt eine kleine Verbeugung. »Nun würde ich dich gern zum Tanzen auffordern.«

»Bist du sicher, dass wir das dürfen? Was besagen denn die Regeln dazu?«

»Da es sich beim Tanzen im Grunde nur um eine Umarmung handelt, bei der man sich zusätzlich hin und her bewegt, widerspricht es nicht den Regeln. Solange du dich zurückhältst und nicht versuchst, meinen Hintern zu betatschen.«

»Ich werde mein Bestes geben. Aber versprechen kann ich nichts.«

»Dürfte ich mal deine Playlist sehen, Ehefrau?«

Ich gebe ihm mein Handy und laufe um den Bartresen herum nach vorn. Er lässt sich bei der Songauswahl Zeit und lächelt manchmal über meine musikalischen Vorlieben, runzelt manchmal die Stirn und schnaubt sogar hin und wieder spöttisch. Etwas unverfroren der Gute. Endlich ertönt »You're the One« von Greta Van Fleet aus den Lautsprechern der Soundanlage. Es gibt wirklich kaum eine bessere Rockballade. Er hat Geschmack. Und ich stehe etwas verloren da, nicht bereit, den ersten Schritt zu tun. Wieder öffnet er einfach nur einladend die Arme.

»Ich versuche auch, dir nicht auf den Zehen herumzutrampeln«, witzele ich und gehe zu ihm.

»Tritt mich ruhig, so viel du willst. Ich halte das schon aus.«

Wo soll ich ihn nur anfassen … Seine breiten Schultern scheinen mir die sicherste Wahl zu sein, und so platziere ich dort vorsichtig meine Hände. Derweil legt er die Arme locker um meine Taille. In dem Moment, in dem ich ihn berühre, den Diskretionsabstand zu ihm aufgebe, verschwindet meine Befangenheit. Es fühlt sich aufregend und prickelnd an, aber keinesfalls unangenehm.

»Vergiss nicht, zwischen uns noch Platz für Jesus zu lassen«, mahnt er.

Doch das klappt nicht recht. Mit jeder wiegenden Bewegung rücken wir enger zusammen, bis so ziemlich jede spirituelle Gestalt Probleme hätte, sich noch zwischen uns zu zwängen. Aber ich gehe davon aus, dass Jesus um diese Uhrzeit sowieso Besseres zu tun hat. Nach einem langen Abend auf Arbeit schmerzen meine Füße, und außerdem rieche ich wahrscheinlich fragwürdig, doch in diesem Moment ist das alles belanglos. Mein Herz schlägt wie wild, und seine Arme umschließen mich. Ich bin genau da, wo ich sein will. Nie im Leben hätte ich gedacht, dass mein Arbeitsplatz so romantisch sein könnte. Aber eigentlich liegt es nur daran, dass wir allein sind. Da ist der Ort, an dem wir uns aufhalten, eigentlich egal.

»All of Me« von Billie Holliday setzt ein, und wir hören nicht auf zu tanzen und sprechen auch kein Wort. Wir bewegen uns einfach immer weiter zur Musik. Meine Hände stehlen sich seinen Nacken hinauf, wo seine Haut nicht von Kleidung verdeckt wird und sich warm unter meinen Fingern anfühlt. Seine Augen sind herrlich haselnussbraun. Ich könnte stundenlang in ihnen versinken, wie eine liebeskranke Närrin. Ich glaube, ich habe seit der Highschool nicht mehr so eng und langsam mit jemandem getanzt. Nicht falsch verstehen, in meinem bisherigen Erwachsenenleben gab es durchaus denkwürdige Augenblicke. Ich wurde schon mit Rosen beschenkt oder in schummrig beleuchtete Restaurants ausgeführt. Aber das hier entwickelt sich gerade in Windeseile zu meinem bisherigen romantischen Höhepunkt.

Als Nächstes kommt »Lover« von Taylor Swift und wir tanzen weiter. Da er nicht versucht, mich zu küssen, halte ich mich ebenfalls zurück. Es ist auch nicht nötig, weiter zu gehen. Was wir gerade tun, ihm dabei so nahe zu sein, ist wunderschön. Ich wünsche mir, noch ungefähr hundert weitere Augenblicke wie diesen mit ihm teilen zu können. Vielleicht auch noch eine ganze Menge mehr.

Als die Musik verstummt, werden auch unsere Bewegungen immer langsamer, bis wir stillstehen. Und dann ist da dieser Moment, in dem es nur ihn und mich gibt und die Stadt um uns herum plötzlich mucksmäuschenstill zu sein scheint. Wie schön es ist, einfach nur in seinen Armen zu liegen und seine ungeteilte Aufmerksamkeit zu haben. Zu wissen, dass ich vielleicht, nur vielleicht, hier bei ihm sicher bin. Stück für Stück vereinnahmt er mein Herz, und das fühlt sich wundervoll und gleichzeitig furchterregend an.

»Das war schön«, sagt er leise.

»Ja, war es.«

Er blickt nach unten, wo sich unsere Körper aneinanderpressen. »Das Jesuskind wäre entsetzt.«

»Ich finde es immer furchtbar, kindliche Götter zu enttäuschen.«

»Weißt du, in fünfzig Jahren werden wir auf diesen Abend zurückblicken und du wirst es bereuen, dass du dir die Chance hast entgehen lassen, mich zu betatschen«, sagt er. »Dass du nicht einfach losgelegt und dir mein bestes Stück gepackt hast, als würde es dir gehören.«

»Meine Güte, Beck«, sage ich und muss lachen. »Das war ein derart perfekter, romantischer Augenblick, und du hast ihn einfach zunichtegemacht.«

»Habe ich das?«

»Ja, er ist vollkommen hinüber.«

Er kratzt sich am Kopf. »Verdammt. Ich war nur ehrlich.«

»Klar warst du das.«

Mit einem Lächeln auf den Lippen tritt er ein Stück zurück. Er fehlt mir sofort. Seine Hitze, ihn zu spüren. Vielleicht hätte ich ihn gestern Abend doch mit zu mir nehmen sollen. Allerdings hat dieses langsamere Tempo auch etwas Verlockendes, Heißes, das ich zugegebenermaßen genieße. Trotz der schrägen Dinge, die er immer sagt, und des merkwürdigen Verlangens, das er in mir weckt, indem er einfach nur existiert. Dieser Mann, er soll verdammt sein.

»So«, sagt er.

Von der Art, wie er mich ansieht, bekomme ich eine Gänsehaut am ganzen Körper. Als wäre ich nicht nur die einzige Frau im Raum (was zutreffend ist), sondern womöglich die einzige Frau auf dem ganzen Planeten. Wie bereits erwähnt kann man nach derartiger ungeteilter Aufmerksamkeit geradezu süchtig werden.

»Wie wäre es, wenn ich das Wischen erledige und dich anschließend zu einem zweiten Date ins Diner ausführe?«, schlägt er vor. »Und wir sehen, ob ich unserer aufkeimenden Langzeitbeziehung wieder etwas Romantik einhauchen kann.«

»So, so, ein zweites Date?«

»Ich weiß, das ist ein großer Schritt. Aber ich glaube, wir sind bereit dazu. Was meinst du?«

Ich nicke und mein Magen zieht sich zusammen. »Tun wir's.«

Je mehr Zeit wir miteinander verbringen, desto mehr empfinde ich und desto mehr verliebe ich mich. Es ist unvermeidlich. Am Abend darauf holen wir uns nach der Arbeit eine Pizza und schlendern durchs Stadtzentrum. Dass wir nach der Arbeit Zeit miteinander verbringen, ist schnell zur Gewohnheit geworden. Dass wir den Augenblick, in dem unsere Wege sich trennen, hinauszögern. Und trotzdem habe ich ihn noch immer nicht zu mir nach Hause eingeladen, und auch er hat in dieser Hinsicht bisher nichts unternommen. Wenn wir weiterhin nichts überstürzen, wird er ja vielleicht die Bar und/oder mich so sehr mögen, dass er eine Weile bleibt. Das wäre schön. Obwohl auch die unterschwellige Angst mitschwingt, dass diese tolle prickelnde erotische Spannung zwischen uns verschwindet, nachdem wir miteinander geschlafen haben. Dann wären wir nur noch zwei Fremde, die sich zufällig nackt und in möglicherweise unvorteilhaften Positionen gesehen haben. Eine heiße Nummer ist schön und gut, doch mit ihm will ich mehr.

»Ich glaube, ich muss dieses Shirt unbedingt haben«, meint er und nickt zu einem der Schaufenster.

»Findest du diese Mischung aus fluoreszierendem Leoparden- und Zebramuster nicht etwas aggressiv?«

»Aber es gibt auch ein Kleid mit dem gleichen Print. Wir könnten im Partnerlook gehen.«

»Das wäre was.«

»So würden wir uns selbst im dichtesten Gedränge nie aus den Augen verlieren.«

»Stimmt.« Ich entledige mich unfassbar anmutig eines Käsefadens, der mir am Kinn klebt. Im nächsten Schaufenster sind verschiedene Abendkleider ausgestellt. Sie sind allesamt total schick und wunderschön und absolut nicht meine Konfektionsgröße. »Als ich noch klein war, wollte ich eine Zeit lang Modedesignerin werden.«

»Weshalb hast du es dir anders überlegt?«

»Ich kann überhaupt nicht gut nähen. Mir fehlt die Geduld.«

»Ah.«

»Aber ich habe viele Kleider gezeichnet, und meine Mom und ich haben uns zusammen Modemagazine und Internetseiten angeschaut. Das war so eine Sache, die uns verbunden hat. Mode und Bücher.«

Hoch über uns lugt der Mond hinter grauen Wolken hervor. Becks Gesellschaft ist wie immer sehr angenehm. Wir unterhalten uns so ungezwungen, als wären wir alte Freunde. Und dann ist da noch diese Art, wie er mich ansieht … Man kann mit Sicherheit sagen, dass mein Verlangen zusehends wächst. Zu behaupten, dass ich ihn nur haben will, wäre untertrieben. Ich *muss* über ihn kriechen, seine Hitze spüren und seine Haut schmecken. Ängste hin, Ängste her – vielleicht ist ja der Zeitpunkt gekommen, um zur Tat zu schreiten. Um auf Nummer sicher zu gehen, werde ich erst mal noch ein wenig darüber nachgrübeln.

»Was wolltest du als Kind werden?«, frage ich, um meine Gedanken vom Inhalt seiner Hose abzulenken.

Er grinst breit. »Profi-Skateboarder.«

»Cool. Warst du gut darin?«

»Ich stelle mich auf einer Halfpipe ganz geschickt an.«

»Warum hast du es dir anders überlegt?«, frage ich.

Die Furche zwischen seinen Augenbrauen ist wieder da. Ich kann diese Furche nicht ausstehen. Er betrachtet seufzend die Palmen. »Das ist doch nur ein alberner Kindertraum, oder?

Ungefähr so, als würde man Astronaut oder Feuerwehrmann werden wollen. Man wird erwachsen und stellt fest, dass es im Leben so nicht läuft. Nur weil einem die Vorstellung von etwas gefällt, heißt das noch lange nicht, dass man auch das Zeug dazu hat, es in diesem Bereich bis ganz nach oben zu schaffen.«

»Ich weiß nicht recht. Haben heutzutage nicht viele Leute im Lauf ihres Lebens drei bis fünf unterschiedliche Jobs?«, frage ich. »Du hast doch gesagt, dass du deinen Lebensweg bereits geändert hast. Was macht es da schon, wenn du einen weiteren Abzweig nimmst, der dich möglicherweise in eine glückliche Zukunft führt?«

»Ich bin mir ziemlich sicher, dass sogar ein Hilfskellner mehr verdient als die meisten Skateboarder.«

»Damit könntest du allerdings recht haben.« Ich recke drohend die Faust gen Himmel. »Verflucht sollst du sein, du dämliches Erwachsenenleben mit deinen unvermeidlichen Schulden und Rechnungen und endlos wiederkehrenden Existenzkrisen.«

Er lächelt. Ich habe ihn zum Lächeln gebracht. Sieg.

Ein fetter Wassertropfen landet auf meiner Wange. Und dann öffnet der Himmel auch schon seine Schleusen und es beginnt zu regnen. Wir bringen uns unter dem Vordach eines Geschäfts in Sicherheit. »Vielleicht hätte ich die Götter lieber nicht erzürnen sollen.«

»Wahrscheinlich nicht«, pflichtet er mir bei.

»Wenn Skateboardfahren also nicht dein Schicksal ist, würde ich gern wissen, wo du dich stattdessen in zehn Jahren siehst?«

Er gibt ein Brummeln von sich. Offenbar muss er über diese Frage scharf nachdenken. »Ich sehe mich mit dir auf der Veranda sitzen und unseren Kindern beim Toben im Garten zusehen.«

»Ach, jetzt bekommen wir auch noch Kinder?«

»Diese Entscheidung bleibt wohl dir überlassen.«

Ich schüttle den Kopf. »Beantworte die Frage bitte noch mal ernsthaft.«

»Okay.« Er seufzt. »Die unerfreuliche Wahrheit lautet wohl, dass ich wahrscheinlich wieder in Denver sein und für unser Familienunternehmen arbeiten werde.«

»Das, vor dem du momentan untergetaucht bist?«

»Jep. Aber diese erfreuliche Pause von all dem Schwachsinn wird irgendwann ein Ende finden. Ich werde zurückkehren und tun, was von mir erwartet wird.« Er sieht nicht aus, als würde er sich darüber freuen. »Was ist mit dir?«

»Ich weiß nicht. Ich würde gern ein Nachdiplomstudium machen. Aber die Kosten, die damit verbunden sind …« Ich verfolge den Gedanken nicht weiter. Eines Tages werde ich mir schon etwas einfallen lassen und meine Motivation finden. Nicht mehr der Kümmerling in der Familie sein. Mein Bruder arbeitet erfolgreich in der IT-Branche. Aber er gehörte auch schon in der Schule in den naturwissenschaftlichen Fächern immer zu den Besten. Ich dagegen war verträumt und hatte meine Nase permanent in einem Buch. Das wahre Leben kann für eine Träumerin, die hauptsächlich in ihrem eigenen Kopf lebt, hart sein. Oder vielleicht lag das auch nur daran, dass ich länger brauchte, um mich von Enttäuschungen zu erholen. Es ist schwer, nach vorn zu blicken, wenn der Kopf ein Faible dafür hat, dich zu quälen, indem er dich immer wieder deine schlimmsten Momente durchleben lässt und damit dein Selbstbewusstsein untergräbt. Manchmal bin ich wirklich selbst mein größter Feind. Eines Tages werde ich erwachsen werden, mir einen besseren Job suchen und endlich Erfolg haben. Ich werde meine Eltern stolz machen. Es wäre allerdings gut, wenn das möglichst bald passieren würde.

Ich esse mein Stück Pizza auf und wische mir die Finger an einer Papierserviette ab. Na toll. Auf der Brust meines hellblauen Shirts prangt ein Fettfleck.

»Komm mal her.« Er legt die Hand an mein Kinn und wischt vorsichtig mit seiner eigenen Serviette neben meinen Lippen. »Ehefrau, du siehst ganz schön verschmiert aus. Und sexy.«

Vielleicht ist es jetzt so weit. Vielleicht wird er endlich den nächsten Schritt tun. Schließlich gäbe es kaum eine romantischere Kulisse dafür. Regen und das schummrige Licht der Straßenlaternen. Nur er und ich und die schlafende Stadt. Mal abgesehen von dem Betrunkenen, der ein Stück entfernt von uns einen Led-Zeppelin-Song grölt, woraufhin ihm jemand aus einem Gebäude in der Nähe zubrüllt, er solle die Klappe halten. Typisch L.A.

»Aber dieses Lied ist ein Kalifornien-Klassiker«, murmle ich.

»Man müsste aber eine Liedzeile ändern in ›Lust in ihren Augen und Tomatensoße auf ihren Lippen‹.«

»Wenigstens klebt sie nicht in meinen Haaren.« Obwohl wir so dicht beieinanderstehen, wünsche ich mir nichts sehnlicher, als ihm noch näher zu sein. Dieser Mann macht mich gierig. »Beck?«

»Hmmm?«

»Woran denkst du gerade?«

»An Dinge. Wichtige Dinge.«

»Ach ja?« Ich lächle. »Wirst du mich küssen?«

Er richtet den Blick auf meinen Mund. Seine Pupillen sind weit und dunkel. »Dich küssen?«

»Ja.«

Er fährt mit dem Daumen sanft über meine Unterlippe. So eine kleine Berührung, doch sie scheint durch meinen ganzen

Körper zu hallen und all meine Nervenenden in Schwingung zu versetzen. Dieser Mann ist die pure Magie. Er leckt sich die Lippen, und ich schwöre, dass ich sie schon beinahe schmecken kann.

»Das sollte ich«, sagt er und seufzt. »Aber ich werde es nicht tun. Noch nicht.«

»Warum?«

Statt mir zu antworten, legt er die Arme um mich und drückt mich an seinen großen, starken Körper. Das ist natürlich auch schön und gut und fängt sogar langsam an, sich richtig vertraut anzufühlen. Sein Duft und die Art, wie er die Wange auf meinen Kopf legt. Ich schlinge die Arme fest um seine Taille und drücke mich an ihn. Im Gegenzug lässt er eine Hand über meinen Rücken hinab zu meinem Hintern gleiten und umfasst meine Pobacke. Nicht gerade subtil, aber das stört mich nicht. Wir sind so eng miteinander verschlungen, wie es mitten auf der Straße möglich ist. Einander so nah, wie wir es vollständig angezogen sein können.

»Ich werde dich küssen«, flüstert er mir ins Ohr. »Wenn der absolut unzweifelhaft richtige Augenblick dafür gekommen ist.«

»Was hoffentlich bald passieren wird.«

»Das wird es.«

Es ist so: Ein Penis an sich ist im Grunde leicht zu haben. Aber dass man die dazugehörige Person auch noch mag, kommt seltener vor. Wenn man versucht, ein einfaches, gradliniges Leben zu führen, kann einen das in ein großes Dilemma bringen. Nicht dass ich wüsste, was ich mit meinem Leben anfangen soll. Ich will nicht so tun, als hätte ich davon eine Ahnung. Aber dass ich mit einem Mann reden und schöne Stunden verbringen will, anstatt mich nackt mit ihm in den Laken zu wälzen und dann weiterzuziehen, ist ganz schön vertrackt. Sex ist auf einmal gar nicht mehr so bedeutungslos, wenn man Gefühle für den anderen entwickelt. Wenn man gar nicht mehr aufhören kann, an denjenigen zu denken, und seine Meinung zu so ziemlich allem hören will.

Und das ist ein wenig beängstigend, denn solche Gefühle sind wirklich übel.

Außerdem besteht ja noch die Schwierigkeit, dass wir Arbeitskollegen sind. Obwohl das vielleicht gar kein wirkliches Problem ist, sondern nur ein Vorwand meinerseits, um meinen Kopf und mein Herz zu zügeln. Andererseits ist jegliche Chance, mich gegen zukünftige Verletzungen zu schützen, schon seit Langem verstrichen.

»Essen?«, fragt er, als ich die Hintertür der Bar abschließe.

Obwohl wir uns erst seit vier Tagen kennen, haben wir schon eine Art Pärchenroutine entwickelt. Verrückt.

»Ehefrau«, sagt er und legt mir die Hand aufs Kreuz. »Du machst ein so ernstes Gesicht. Was kann ich dagegen tun?«

»Ich denke nur nach.«

»Worüber?«

Ihn noch weiter in die diversen Neurosen und Ängste einzuweihen, die seine Interessensbekundungen in mir auslösen, brächte uns nicht weiter. Also schüttle ich den Kopf, stecke die Schlüssel in die Handtasche und erzähle ihm eine Lüge. »Es war nur ein anstrengender Abend, mehr nicht.«

»Ja, das stimmt.«

Zu dem Müllgeruch, der in der dunklen Gasse in der Luft hängt, gesellt sich nun auch noch aufgestaute sexuelle Spannung. Er lächelt, woraufhin sich mein Magen wie immer zusammenzieht und der Gravitation zum Trotz Saltos zu schlagen scheint. Schon verrückt, was er für eine Wirkung auf mich hat. Warum können sich die Gefühle, die er in mir weckt, nicht einfach auf meinen Schoß beschränken? Das würde mir das Leben deutlich erleichtern. Ehrlich gesagt glaube ich nicht an Liebe auf den ersten Blick oder innerhalb der ersten Wochen, nachdem man sich kennengelernt hat. Das klingt zu sehr nach Hollywood. Zu überzogen. Doch obwohl ich mir noch immer nicht ganz sicher bin, was da zwischen uns ist, muss ich zugeben, dass es sich wichtig anfühlt. Und da wir beide die nächsten zwei Tage freihaben, ist die Gelegenheit günstig, dieser ganzen Angelegenheit auf den Grund zu gehen.

»Hast du Lust, bei Pommes mit Ketchup den Hof gemacht zu bekommen? Wir müssen allerdings nicht unbedingt zum Diner gehen«, sagt er. »Ich meine, wenn du nicht in Stimmung dafür bist. Wir könnten auch etwas anderes machen. Uns wieder eine Pizza holen oder vielleicht noch mal am Strand spazieren gehen?«

Mein Gehirn hat einen Hänger. Mir fällt keine Antwort ein. »Ähm …«

»Oder ich begleite dich einfach nur zu deinem Auto. Sage dir Gute Nacht.« Jetzt macht auch er ein ernstes Gesicht. Ist anscheinend ansteckend. »Sag etwas, Alice. Du machst mich nervös, und das bin ich nicht gewohnt.«

»Schon merkwürdig, wenn man bedenkt, dass das bei mir der Normalzustand ist.«

»Was ist los?«

»Nichts. Ich … muss nur überlegen. Gib mir eine Minute.«

»Eine Minute.« Er hebt das Handgelenk, an dem er eine Armbanduhr aus Plastik trägt, vors Gesicht. »Und … los.«

»Sehr witzig«, grummle ich.

Beck hat kein Auto. Er sagt, dass er keins braucht. Wenn er findet, dass es Zeit zum Weiterziehen wird, steigt er einfach in einen Bus oder einen Zug, der ihn in die nächste Stadt bringt. Im Moment wohnt er in einem Hostel ganz in der Nähe. Noch ein Hinweis darauf, dass das alles hier nicht von Dauer sein wird. Ein Flirt. Eine Gelegenheit, die sich mir nur für begrenzte Zeit bieten wird, weshalb ich das Beste daraus machen sollte, solange ich es noch kann. Das wäre am klügsten. Darüber nachzudenken, wie sehr ich ihn wahrscheinlich vermissen werde, wenn er wieder fort ist, ist dagegen weniger klug, lässt sich jedoch aus diversen Gründen nicht vermeiden.

Welche Optionen habe ich? Wenn ich ihm niemals begegnet wäre, wäre das sehr bedauerlich gewesen. Er bringt mich zum Lachen. Himmel, die letzten Tage habe ich mich sogar darauf *gefreut*, zur Arbeit zu gehen. Und der Versuch, nur mit ihm befreundet zu sein, wäre von Anfang an zum Scheitern verurteilt gewesen. Dazu ist mein Verlangen viel zu stark. Aber selbst in diesem unwahrscheinlichen Fall hätte es mich geschmerzt, ihn wieder gehen lassen zu müssen. So, dank meiner Ängste habe ich wohl nun im Geiste alle denkbaren Szenarien zwischen uns durchgespielt. Genug herumgeeiert.

Ich hole tief Luft. »Ich habe einen anderen Entschluss gefasst.«

»Hmm?«

»Ja«, sage ich. »Die Zeit ist reif. Ich finde, wir sollten es endlich hinter uns bringen und es miteinander tun … Beck?«

Er hört mir gar nicht zu.

Stattdessen schaut er über meinen Kopf hinweg zu dem Parkplatz hinüber, zu dem die schmale Gasse führt. Unter der einzigen, armseligen Laterne steht ein glänzender, luxuriöser SUV. Es gab zahllose Nächte, in denen ich aus Angst vor Stalkern über diesen Parkplatz zu meinem Auto gerannt bin. Ein Mann steigt hinten aus dem Wagen aus. Er hat silbergraues Haar und trägt einen dreiteiligen Anzug. Auch auf dem Fahrersitz sitzt jemand, den man durch die getönte Scheibe jedoch kaum erkennen kann.

Becks Unterkiefer spannt sich an und ein Muskel tritt deutlich hervor. Er ist eindeutig nicht erfreut.

Der Fremde steht einfach nur da und beobachtet uns. Bis er schließlich das Wort ergreift. »Ich bin davon ausgegangen, dass Sie nicht möchten, dass ich hereinkomme.«

Beck stößt nur ein Knurren aus.

»Wären Sie an Ihr Handy gegangen, hätte ich nicht herkommen müssen.«

»Das habe ich schon vor Monaten entsorgt«, entgegnet Beck. »Was wollen Sie hier? Ich dachte, ich hätte unmissverständlich klargemacht, dass ich in Ruhe gelassen werden möchte.«

»Das haben Sie, aber bedauerlicherweise habe ich schlechte Nachrichten.« Er seufzt schwer, bevor er auf uns zukommt. Kurz mustert er mich gleichgültig, bevor er den Blick wieder auf den Mann an meiner Seite richtet. Mit ernster Miene sagt er: »Beck, Ihr Vater …«

»Was ist mit ihm?«

»Er ist tot.«

Oh nein.

»Was?« Beck versteift sich. »Wieso? Wann?«

»Er starb vor acht Tagen an einem Herzinfarkt«, teilt der Unbekannte ihm durchaus empathisch mit. »Es ging schnell, er hat nicht gelitten.«

Beck schüttelt nur den Kopf. Ich schiebe meine Hand in seine, und sofort umschließt er sie fest. Als bräuchte er etwas, woran er sich festhalten kann.

»Es dauerte eine Weile, bis wir Sie gefunden hatten.« Der Mann holt Luft und rümpft die Nase wegen des Geruchs in der Gasse. »Sie müssen nach Hause kommen. Die Beerdigung wurde Ihretwegen aufgeschoben, aber viel länger können sie nicht mehr warten.«

»Die Leute reden sonst«, sagt Beck spöttisch.

»Die Leute reden immer. Aber eigentlich geht es darum, dass Sie jetzt bei Ihrer Familie sein sollten. Sie braucht Sie.«

Beck nickt brüsk. »Warten Sie im Auto auf mich.«

Der Mann zögert keine Sekunde, macht auf dem Absatz kehrt und tut wie ihm geheißen. Ich bin mir plötzlich nicht mehr sicher, ob ich diesen Menschen, dessen Hand ich gerade halte, wirklich kenne.

Beck betrachtet in grimmigem Schweigen das luxuriöse Gefährt.

»Es tut mir so leid«, sage ich. Weil ich nicht weiß, was ich verdammt noch mal sonst sagen soll. Und obwohl ich im Moment nichts anderes möchte, als für ihn da zu sein, ist da eine gemeine, egoistische Stimme in meinem Kopf, die mir zuflüstert, dass das hier das Ende ist. Dass dieser noble schwarze SUV ihn für immer fortbringen wird, bevor wir wirklich zusammen waren.

Er schaut mich plötzlich an, als wäre er überrascht, mich zu sehen. Aber sein Griff wird fester. Und auch ich möchte ihn nicht loslassen. »Alice.«

»Hey. Bist du in Ordnung?«

»Nein, eigentlich nicht«, sagt er. »Ich möchte, dass du mit mir kommst.«

»Was?«

Nun betrachtet er das Gebäude und verzieht angewidert den Mund. »Ich muss gehen, und du hasst diese Absteige doch sowieso. Das hast du selbst gesagt. Komm mit mir.«

»Wohin?«

»Nach Denver in Colorado. Es wird ein Abenteuer.«

»Beck, du wirst deinen Vater zu Grabe tragen. Findest du wirklich, das ist der richtige Zeitpunkt, um –«

»Wir sind gerade mitten in etwas Wichtigem«, sagt er und drückt meine Hand an seine Brust. Er strahlt eine fieberhafte

Energie aus. Eine Schärfe, wie ich es bisher nie bei ihm erlebt habe. Wenn seine Coolness und Witzigkeit nur Fassade sind, dann zeigt er mir in diesem Moment viel von dem, was darunter verborgen liegt. Ein eiserner Wille. Dem er mich gerade zu unterwerfen versucht. Sein Griff um meine Hand und sein durchdringender Blick könnten kaum erbitterter sein. »Das sind wir doch, oder?«

»Ja, aber …«

»Weißt du, ich bin mir nicht sicher, wann ich wieder zurückkommen kann. Meine Familie ist kompliziert.« Er schluckt. »Komm mit mir. Bitte.«

»Ich soll einfach alles zurücklassen?«

»Ja. Zumindest für ein Weilchen«, sagt er und beugt sich dicht zu mir. »Willst du nicht auch wissen, wie das mit uns weitergeht?«

»Beck …«

»Ich will nicht allein zurückkehren.«

In meinem Kopf herrscht Chaos. Zu viele Gedanken, Gefühle und Fragen schwirren darin herum. Und das Einzige, woran ich denken kann, ist, dass ich morgen zwei Ladungen Wäsche waschen muss. Dass ich morgen Abend bei meinen Eltern zum Abendessen erscheinen muss. Dass ich einen erdrückend hohen Studienkredit am Hals habe. So viel Alltagskram. Aber dieser Kram ist mein Leben. Der geheimnisvolle Beck und der Kitzel, den ich empfinde, wenn ich mit ihm zusammen bin … Ich sollte das bisschen Stabilität, das ich hier gefunden habe, nicht dafür aufgeben. Ich weiß genau, wie unklug es wäre, alle Vorsicht in den Wind zu schießen und mein Leben für einen Mann, den ich gerade erst kennengelernt habe, auf Eis zu legen. Selbst wenn ich Gefühle für ihn hege. »Beck, ich kann doch nicht für jemanden, den ich erst seit vier Tagen kenne, einfach alles stehen und liegen lassen und abhauen. Es tut mir sehr leid, dass du gerade so viel durchmachen musst. Dass du deinen Vater verloren hast. Aber ich kann das nicht.«

Er setzt wieder diesen distanzierten Gesichtsausdruck auf, den ich so sehr verabscheue, und drückt noch ein letztes Mal meine Hand. Das Lächeln, mit dem er mich bedenkt, ist so falsch, wie es nur geht. »Klar. Das kann ich verstehen.«

Ich habe ihn enttäuscht. Verdammt, ich habe uns beide enttäuscht. Erwachsen zu sein ist das Letzte. »Du solltest lieber gehen. Sie warten auf dich.«

»Lass mich, ähm … Ich bringe dich vorher noch zu deinem Wagen.«

»Okay. Danke.«

Ich spüre einen Schmerz in meiner Brust. Und während er darauf wartet, dass ich mich in meinem Wagen einschließe, und mir anschließend noch einmal grimmig zulächelt und aufs Dach meines alten Autos klopft, wird dieser Schmerz immer schlimmer. Für einen Moment sehen wir uns nur an. Wir verabschieden uns voneinander. So lautet die Wahrheit und diese Wahrheit ist furchtbar. Ich lasse den Motor an, und er steht einfach nur auf dem kleinen, schmutzigen Parkplatz und sieht mir zu, wie ich wegfahre, während ich ihn im Rückspiegel beobachte. Versuche, den Schmerz zu verdrängen und mir jedes noch so kleine Detail einzuprägen – alles an ihm und das Gefühl, das ich empfunden habe, wenn ich bei ihm war. Er wird kleiner und kleiner, bis er verschwunden ist.

Es ist irgendwie total verschroben, mir den Sonnenaufgang anzuschauen. Wenn man bedenkt, wie viel Wert ich auf ausreichend Schlaf lege und dass ich nicht unbedingt zu Spiritualität neige, sollte das einfach nicht vorkommen. Zieht man außerdem noch meine unkonventionellen Arbeitszeiten heran, gibt es dafür absolut keine Rechtfertigung. Und trotzdem tue ich es.

Ich sitze auf meiner heruntergekommenen, kleinen Veranda, während der Himmel über Los Angeles zuerst grau wird, dann violett, weiß, gelb und orange. Der Smog und die dicht bebaute Stadt bilden dazu eine schöne Kulisse. Ich habe Kopfhörer in den Ohren und höre mich durch die kurze Playlist, die Beck für mich zusammengestellt hat. Greta Van Fleet, Billie Holliday und Taylor Swift in Dauerschleife. Auf dem Boden neben meinen Füßen steht eine fast leere Flasche mit miesem Weißwein. Insgesamt gibt das alles ein ziemlich erbärmliches Bild ab.

Aber ich habe mich richtig entschieden. Oder doch nicht?

Das Beste wäre jetzt, eine Freundin anzurufen, um über alles zu reden. Jeder normale Mensch würde so handeln. Nur ist Natasha, die früher in der Bar gearbeitet hat, nach New York gezogen und aufgrund des Zeitunterschieds schon auf der Arbeit. Und Hanae, meine Mitbewohnerin vom College, die inzwischen in San Diego wohnt, hat schlimme Schlafstörungen. Ich kann auf keinen Fall riskieren, sie womöglich aufzuwecken. Mrs Flores, die nebenan wohnt, ist achtundsiebzig Jahre alt und braucht ebenfalls ihren Schlaf. Das Gleiche gilt für meine Schwägerin, die ein kleines Kind hat. Also muss ich mich ganz allein in Selbstmitleid suhlen.

Es ist wirklich schade, dass ich in diesem Fall nur so begrenzte Möglichkeiten habe. Aber ich bin nun mal keine besonders gute Freundin. Das mache ich nicht mit Absicht, aber irgendwie lasse ich es trotzdem zu. Im vergangenen Jahr bin ich ganz schlecht darin geworden, mit anderen in Verbindung zu bleiben oder zu irgendwelchen Treffen zu erscheinen. Die Kontakte zu meinen Highschool- und Collegefreunden sind auch irgendwie eingeschlafen. Mich jetzt wegen dieses Melodramas an sie zu wenden, käme mir komisch vor. Vielleicht ist das etwas, das Beck und ich gemeinsam haben: Wir sind beide im Leben momentan etwas verloren und allein. Ich könnte Mom anrufen. Sie hätte nichts dagegen. Aber was, wenn sie vernünftig reagiert und sagt, dass es dumm ist, jemandem nachzuweinen, den man erst vier Tage kennt? Nein, danke. Ich brauche Mitgefühl und keine Ermahnungen.

Hoffentlich geht es ihm gut. Meine Eltern leben beide noch. Die Vorstellung, dass einer von ihnen sterben könnte, ist schrecklich. Dass jemand, der so ein wichtiger Teil meines Lebens ist, nicht mehr da sein könnte. Allerdings hat er auch gesagt, dass er auf absehbare Zeit seiner Familie aus dem Weg gehen will. Und jetzt muss er sich nicht nur mit dem Tod seines Vaters, sondern auch mit Familienmitgliedern en masse auseinandersetzen. Armer Beck.

Ich stürze den letzten Schluck Wein hinunter und verziehe angewidert das Gesicht, weil er nicht nur warm ist, sondern auch noch sauer und einfach widerwärtig schmeckt. Verdammt, warum kaufe ich auch immer billigen Alkohol. Aber das war das Einzige, was ich noch in der Wohnung hatte. Zu blöd, wenn man von Millionen Menschen umgeben in einer Stadt wohnt und sich doch so einsam fühlt. Das ergibt absolut keinen Sinn. Aber ich vermisse ihn. Dämliche Gefühle.

Wahrscheinlich kann ich mich in meinem angetrunkenen Zustand genauso gut erst mal ins Bett legen. Und später wieder aufstehen und die Wäsche machen, einkaufen gehen und mit meinem normalen Leben weitermachen. Denn das ist genau das, wohin ich gerade wieder zurückkehre. Zur Normalität. Noch nie kam mir die Welt so klein und bedrückend vor.

Zurück auf der Arbeit ist Rob vollkommen entrüstet darüber, dass sich schon wieder ein Hilfskellner aus dem Staub gemacht hat. Ich versuche, ihm das mit dem verstorbenen Vater und so weiter zu erklären, aber es bringt nichts. Rob brüllt ungerührt weiter. Der Mann ist ein Arsch. Wie dem auch sei, ich bin mir ziemlich sicher, dass Beck nicht so bald zurückkehren wird und dass er den Job und das Geld sowieso nicht braucht. Spätestens seit ich den Luxuswagen und den Typen im schicken Anzug gesehen habe, der seine Anweisungen entgegengenommen hat.

Was sollte das eigentlich, und wer zum Teufel ist er? Auf diese beiden Fragen hätte ich zu gern eine Antwort. Allerdings stehen die Chancen dafür eher schlecht. Vielleicht könnte Google sie beantworten, doch ich kenne noch nicht einmal seinen Nachnamen. Da er hier schwarzgearbeitet hat, könnte nicht einmal Rob mir Auskunft geben, selbst wenn er wollte.

Über Themen wie Familie und Finanzen haben Beck und ich eigentlich nie richtig geredet. Zumindest nicht ausführlich. Aber normalerweise spricht man ja auch über derart persönliche Dinge nicht, wenn man sich erst ein paar Tage kennt. Vertrauen aufzubauen braucht Zeit. Und wir hatten ja genügend andere Gesprächsthemen. Aber vielleicht ist er tatsächlich ein alleinstehender Mann mit einem Vermögen. Wie bizarr. Meine Eltern sind beide Lehrer. So haben sie sich kennen- und lieben gelernt. Es ging uns immer gut, aber vermögend sind wir nicht gerade. Alles, was ich über das Leben der Reichen weiß, habe ich aus dem Fernsehen oder dem Internet. Ich kann mir kaum vorstellen, wie der Beck, den ich kennengelernt habe und der schmutzige Gläser eingesammelt und den Boden gewischt hat, sich von vorne bis hinten bedienen lässt. Das will mir einfach nicht in den Kopf.

Zweieinhalb Tage ist er nun schon weg, und mein Herz ist immer noch verkatert. Ich will ihn wiedersehen. Aber ich sollte mir lieber keine Hoffnungen machen. Das bringt nur noch mehr Leid mit sich.

Auf Arbeit ist es furchtbar. Wir haben doppelt so viel zu tun wie sonst, weil wir nicht nur die Bestellungen aufnehmen, sondern auch noch die Tische abräumen müssen. Außerdem stellt sich Kari noch dümmer an als sonst, was zur Folge hat, dass die Hälfte ihrer Gäste lieber auf meine Seite wechselt. Doch noch viel schwerer wiegt Becks Abwesenheit. Meine ganze Welt scheint mir dadurch viel kleiner und bedeutungsloser geworden zu sein. Wir können uns nicht mehr zulächeln. Ich kann nicht mehr in all dem Lärm in der Bar auf seine Stimme lauschen. Keine nächtlichen / frühmorgendlichen Spaziergänge am Strand, kein Tanzen und keine Besuche im Diner mehr. Jetzt, da er nicht mehr da ist, fühlt es sich so an, als ginge alles wieder im alten Trott. Dass ich heute mein blaues Lieblingsoberteil im Boho-Stil trage, hilft leider auch nicht.

Ich muss endlich etwas mit meinem Leben anfangen. Das ist die unangenehme Wahrheit. Die Leere, die ich in mir verspüre, lässt sich nicht einfach mit Liebeleien oder anderen Ablenkungen füllen. Mein Glück zu finden ist meine eigene Aufgabe. Jetzt muss ich mir nur noch überlegen, wo ich anfangen soll.

Im Lauf des Abends setzt sich ein großer Kerl in einem schwarzen Anzug an einen der Tische. Er legt mir Geld hin und bedenkt mich mit einem nichtssagenden, unpersönlichen Lächeln. »Eine Cola light. Behalten Sie das Wechselgeld.«

»Sie wollen nur eine Cola?«

Er hat die Hände vor sich auf den Tisch gelegt und die Finger verschränkt. »Richtig.«

»Das ist ein Fünfzigdollarschein.«

»Ja, das stimmt.«

»Na schön.«

Ich hole ihm sein Getränk, während er mit seinem Handy herumspielt. Und das ist alles. Er sitzt am Tisch und nippt an seiner Cola light. Nachdem eine Stunde verstrichen ist, bestellt er wieder eine und legt auch diesmal einen Fünfziger auf den Tisch. Der Vorgang wiederholt sich noch ein weiteres Mal. Neben dem befremdlich hohen Trinkgeld irritiert mich auch diese merkwürdige Förmlichkeit, die der Mann an den Tag legt. Ich weiß nicht, wie ich es sonst beschreiben soll. Aber es ist viel los und ich habe keine Zeit, eingängiger darüber nachzudenken. Doch er beobachtet mich die ganze Zeit. Und das ist ganz schön unheimlich.

»Kann ich Ihnen sicher nicht noch etwas anderes bringen?«, frage ich, als ich ihm die dritte Cola light des Abends serviere.

»Es gibt da etwas, das ich gern mit Ihnen besprechen würde, wenn Sie Pause machen.« Ein Satz, der von roten Warnleuchten und Alarmsirenen begleitet sein sollte.

»Ich bin in einer Beziehung«, lüge ich.

»Darum geht es nicht«, beteuert er rasch. »Beck hat mich gebeten, Ihnen eine Nachricht zu überbringen.«

Mein Herz setzt aus. »Beck?«

»Ja.« Der Mann hebt die Augenbrauen. »Sie sind doch Alice, richtig?«

»Ja. Ja, die bin ich. Und ich habe vorhin schon Pause gemacht.« Wie üblich habe ich mich während besagter Pause auf der Damentoilette in einer der Kabinen eingeschlossen und mich auf dem Klo niedergelassen (mit geschlossenem Deckel). Das ist der einzige Ort, wo ich mal fünf Minuten ungestört die Füße hochlegen kann. »Wie lautet die Nachricht?«

»Dass ich hier bin, falls Sie es sich anders überlegen.«

Sieh an. »Das hat er gesagt? Das ist alles?«

»Ja, Miss«, sagt der große, muskulöse Kerl. »Ich heiße Smith und werde mich die kommende Woche jeden Abend zwischen acht Uhr abends und zwei Uhr morgens in der Bar aufhalten. Anschließend werde ich draußen auf dem Parkplatz warten, um sicherzustellen, dass Sie unbehelligt zu Ihrem Wagen gelangen. So lauten meine Anweisungen.«

Ich weiß nicht, was ich dazu sagen soll.

»Und falls Sie Ihre Meinung ändern, soll ich Sie nach Denver bringen.«

Jemand ruft nach mir, doch ich ignoriere es. »Geht es ihm gut?«

»Das darf ich nicht sagen, Miss.«

»Also, wer ist er?«, frage ich. »Damit will ich sagen ... Das ist ganz schön ungewöhnlich. Das kann man nicht unbedingt als normales Verhalten bezeichnen. Verstehen Sie, was ich meine?«

»Ich verstehe, was Sie meinen«, sagt er. »Aber diese Frage darf ich ebenfalls nicht beantworten. Tut mir leid.«

»Sollen Sie mir so viel Trinkgeld geben?«

Diesmal ist sein Lächeln echt. »Ihre Zeit ist kostbar, und ich wurde angewiesen, Sie angemessen zu entschädigen.«

»Okay.« So etwas habe ich noch nie erlebt. Irgendjemand ruft immer wieder »Bedienung«, aber ich brauche einen Moment, um das alles zu verdauen. Vielleicht auch zwei. »Sind Sie ein Freund von ihm oder ein Angestellter oder was genau?«

»Ein Fahrer, Miss.«

»Dann ist das hier keine Falle eines Menschenhändlerrings oder so?« Vielleicht hätte ich das nicht sagen sollen, aber wer weiß. Für einen Augenblick kommt mir diese Erklärung durchaus logisch vor. Und man kann nie vorsichtig genug sein.

Smith sieht mich erstaunt an. »Nein, ist es nicht. Wenn Sie wollen, dürfen Sie gern mich und mein Fahrzeug fotografieren und die Bilder an einen Freund oder Familienangehörigen schicken. Wir können auch in einem Geschäft vorbeigehen und einen Elektroschocker und Pfefferspray kaufen, wenn Sie sich dadurch sicherer fühlen.«

»Das ist sehr rücksichtsvoll von Ihnen.«

Er nickt.

Jetzt schreit Rob mich auch noch an. Er brüllt etwas davon,

dass ich meinen fetten Hintern gefälligst wieder in Bewegung setzen und weiterarbeiten soll. Ich hebe die Hand, denn ich brauche noch einen Augenblick, um mein Leben zu sortieren. So wie ich das sehe, gibt es folgende Hauptargumente für beziehungsweise gegen ein Mitkommen mit Smith: Mein Job ist beschissen. Meine Wohnung ist nicht viel besser. Tatsächlich gibt es eigentlich nichts, was mich in L.A. hält. Schließlich ist meine Familie nicht auf meine Unterstützung angewiesen oder dergleichen.

»Hat die Beerdigung schon stattgefunden? War es schwer für Beck? Stand er seinem Vater nah?« Ich mache schnell den Mund wieder zu. Dann schaffe ich es endlich, die einzige Frage zu stellen, die wirklich wichtig ist. »Glauben Sie, dass es ihm helfen würde, wenn ich bei ihm wäre?«

»Ich bin hier, oder?«

Bevor ich weitere Schritte unternehme, brauche ich erst noch mehr Beweise. »Können Sie ihn bitte ans Telefon holen?«

Der große Kerl drückt ein paar Tasten, und prompt erscheint Beck auf dem Display. Ich gehe sofort näher ans Handy heran, aber trotzdem ist seine Stimme wegen der lauten Musik kaum zu hören. »Was ist los, Smith? Ist bei ihr alles in Ordnung?«

»Sie würde gern mit Ihnen sprechen, Sir.« Er dreht das Telefon in meine Richtung, lässt es mich jedoch nicht selbst halten. Wahrscheinlich ist er empfindlich, wenn es um seine Sachen geht. Oder er möchte keine neuen Anweisungen verpassen.

Beck lächelt, doch es ist ein müdes, abgespanntes Lächeln. »Ehefrau, steig ins Flugzeug.«

»Du bist nicht mein Boss.«

»Nein. Aber ich wäre es gern. Das wäre unterhaltsam. Oder du könntest mein Boss sein. Was auch immer.« Sein Blick wandert zu etwas, das sich außerhalb des Bildschirms befindet, und sein Lächeln wird noch matter. Er hat dunkle Ringe unter den Augen. »Ich wünschte, du wärst hier bei mir.«

»Ich auch.«

»Dann hast du jetzt die Gelegenheit dazu«, sagt er. »Du willst bei mir sein, und ich will bei dir sein. Schluss mit den Ausreden. Wage den Sprung ins kalte Wasser, Alice. Ich verspreche, ich fange dich auf.«

Ich seufze. Das Angebot ist so verdammt verlockend.

»Tut mir leid, ich muss jetzt los. Hier tut sich einiges.«

»Okay.«

»Du bist bei Smith in sicheren Händen. Versprochen.« Und schon hat er aufgelegt.

Das Display wird kurz schwarz, bevor es zu einer Großaufnahme von einer Perserkatze zurückspringt. Smith dreht das Handy mit versteinerter Miene wieder um. Ich hätte ihn nicht als Katzenfan eingeschätzt.

Aber das eigentlich Wichtige ist, dass Beck gerade schwere Zeiten durchmacht und möchte, dass ich bei ihm bin. Das ist das entscheidende Argument. Außerdem hat er mich gefragt, ob ich ein Abenteuer erleben möchte, und die Antwort lautet Ja. Das will ich wirklich unbedingt. Ich würde sogar so weit gehen, zu behaupten, dass mir eines zusteht.

Ich bin mir nicht sicher, ob es überhaupt irgendwelche Argumente gibt, die dagegensprechen.

»Einen Augenblick bitte«, entschuldige ich mich bei Smith, bevor ich zur Bar gehe. Dort knalle ich meine Schürze, meinen Stift und meinen Notizblock auf die Theke. »Ich kündige, Rob. Du bist so ein Riesenarschloch. Ich will nicht mehr für dich arbeiten. Das will ich eigentlich schon geraume Zeit nicht mehr.«

Robs helle Haut wird knallrot. Zuerst stammelt er etwas Unverständliches, bevor er sich darauf verlegt, mich lauthals zu beschimpfen. Seine Beleidigungen sind nicht mal besonders originell. Man würde sie auch an jeder x-beliebigen Toilettentür finden. Phil, der Vollpfosten, sitzt derweil seelenruhig an seinem Tisch. Als er sieht, dass ich auf ihn zukomme, grinst er anzüglich. Dabei starrt er mir unverhohlen auf die Brüste und leckt sich die Lippen. Er ist so dermaßen abstoßend.

»Entschuldigen Sie bitte, ich muss mir das kurz ausleihen«, sage ich zu einem der Gäste, der an einem Tisch in der Nähe sitzt, und nehme mir sein Bierglas. Mit einem höflichen Lächeln kippe ich Phil die kalte Flüssigkeit in den Schoß. Das fühlt sich gut an. So gut. Dann fängt auch er an, herumzubrüllen. Die anderen Gäste lachen und klatschen Beifall. Vielleicht halten sie es für eine Showeinlage oder dergleichen. Egal. Ich bin hier fertig.

»Danke, mein Freund«, sage ich zu dem Mann, dessen Bier ich mir gemopst habe, und klatsche ihm einen von Smiths Fünfzigern auf den Tisch. »Die nächste Runde geht auf mich.«

»Sind Sie bereit, Miss?«, fragt Smith.

»Gehen wir.«

3. KAPITEL

»Netter Elektroschocker«, bemerkt Beck. Er steht vorm Hangar und hat die Hände in die Taschen seiner schwarzen Anzughose geschoben. Seine dunklen Schuhe glänzen, sein Hemd ist blütenweiß, und seine schwarze Krawatte wurde offenbar gelockert und sitzt ein wenig schief. Sein Haar ist immer noch etwas zu lang, aber raffiniert frisiert. In dieser schicken Kleidung, die sein Tattoo verdeckt, hat er plötzlich eine ganz andere Ausstrahlung. Er wirkt sogar ein wenig einschüchternd. »Hast du ihn schon an jemandem eingesetzt?«

»Noch nicht.«

»Nein?«, fragt er. »Na, der Tag ist noch jung und du hast meine Familie noch nicht kennengelernt.«

Mit dem Elektroschocker in der Hand steige ich vorsichtig die letzten Stufen des schicken Privatjets hinab. Smith hat darauf bestanden, mir einen zu besorgen, damit ich mich sicherer fühle. Nachdem er sich standhaft geweigert hat, mir Becks Nachnamen zu verraten, weil er dazu angeblich nicht befugt sei, hatte ich möglicherweise tatsächlich kurz Bedenken, mit ihm mitzukommen. Warum zum Teufel ist seine Identität so ein Riesengeheimnis? Egal, jedenfalls komme ich mir in meinen schwarzen Jeans, dem schwarzen T-Shirt und dem dazu passenden Cardigan ziemlich underdressed vor. Aber andererseits fühle ich mich in Becks Gegenwart generell irgendwie nichtssagend. Sein Gesicht ist wie gemacht für Reklametafeln oder die Kinoleinwand. Ich sollte ihn lieber um ein Autogramm bitten, anstatt darüber nachzugrübeln, ob mich der Umstand, dass ich seinetwegen durchs halbe Land geflogen bin, offiziell zu seiner Freundin macht. Aber ich kann es nicht lassen.

»Wie geht es dir?«, frage ich.

»Ganz gut.«

»Wirklich? Denn wenn das nicht so wäre, wäre das auch in Ordnung.«

Er zuckt mit einer Schulter und sieht mich an. Er ist so blass und wirkt so bedrückt, als hätte ihm etwas oder jemand die Lebensenergie ausgesaugt. Aber wenn man einen Todesfall in der Familie hat, ist das auch nicht verwunderlich. Am liebsten würde ich mich mit Schwert und Schild vor ihn stellen, um ihn zu beschützen. Auf einem weißen Hengst angaloppiert kommen wie eine heldenhafte Prinzessin und so weiter und so fort. Aber ich kann ihn vor diesem Schmerz nicht behüten.

»Jetzt, da du hier bist, geht es mir schon besser«, sagt er sanft.

Und ich bin ebenfalls überglücklich, ihn zu sehen. Allerdings ist zwischen meiner Kündigung gestern und meiner heutigen Ankunft in Colorado einiges passiert.

Smith war sehr erpicht darauf gewesen, noch am selben Abend oder spätestens am nächsten Morgen aufzubrechen, doch vorher gab es noch einiges zu erledigen. Da ich keine Ahnung hatte, wie lange dieses Abenteuer dauern und wohin genau es mich verschlagen würde, brauchte ich allerlei Sachen. Kleidung, Kosmetik, das Übliche. Und eine kurze Verschnaufpause, um zu begreifen, was eigentlich gerade geschah. Meine Topfpflanze namens Gretchen musste zu Mrs Flores in Pflege gebracht werden, und außerdem musste ich noch meine Eltern anrufen und ihnen alles grob erklären. Ihre Reaktion darauf, dass ich meinem Job (endgültig) und Kalifornien (vorübergehend) den Rücken kehren würde, war nicht gerade positiv. Aber ich bin verdammt noch mal eine erwachsene Frau und treffe meine eigenen Entscheidungen. Nebenbei grübelte ich darüber nach, was es wohl bedeuten mochte, dass Beck mir über sein Leben nur Halbwahrheiten offenbart hatte. Ob sie überhaupt von Bedeutung waren. Ob er mir die volle Wahrheit über seinen Background schuldig gewesen wäre. Aber letztendlich kannten wir uns noch nicht sehr lange. Am Ende entschloss ich mich dazu, es zu wagen und ins Flugzeug zu steigen.

»Also … Dieses Flugzeug hat wirklich große, bequeme Ledersitze und den nobelsten Waschraum, den ich je gesehen habe«, sage ich. »Auch der Schlafbereich ist nicht von schlechten Eltern. Darum stellt sich mir nun die Frage: Wie vermögend bist du eigentlich?«

Er legt die Hand in den Nacken und wendet den Blick ab. »Du kannst nicht behaupten, dass ich dich nicht vorgewarnt hätte.«

»Hmm.«

»Wenn du dich dazu entschließt, mir nicht zu glauben, ist das eigentlich nicht meine Schuld.«

»Ach ja?«

»Ich würde mich dir ja nähern, aber ich habe Angst, dass du dieses Ding gegen mich einsetzt«, sagt er mit Blick auf den Elektroschocker. »Wie hoch ist deiner Ansicht nach die Wahrscheinlichkeit, dass das passiert?«

»Vermutlich nicht sehr hoch. Eigentlich mag ich dich ganz gern. Tief in meinem Inneren.«

Er neigt nachdenklich den Kopf. »Wie tief genau? Nur aus Neugier.«

»Ich hätte da einige Fragen an dich.«

»Ich weiß. Aber würde es dir etwas ausmachen, wenn ich vorher …« Er nimmt mir sehr vorsichtig den Elektroschocker aus der Hand und reicht ihn an Smith weiter, der gerade zufällig vorbeiläuft. Der Fahrer legt ihn zusammen mit meiner ramponierten Reisetasche in den Kofferraum eines großen, glänzenden Range Rovers. Wie alles, was zu dieser neuen Version von Beck gehört, sieht auch er neu und teuer aus. Weit jenseits meiner Preisklasse.

»Darf ich dich berühren?«, fragt er.

»Das wäre mir sehr recht.«

Er legt die Hände seitlich an meinen Hals und streicht sanft mit den Daumen über meinen Unterkiefer. Wie er mich ansieht … Ich weiß auch nicht, wie ich es beschreiben soll. Es fühlt sich an, als würden zahllose aufgewühlte Emotionen in meinem Inneren darum kämpfen, hervorzubrechen. Dieser Mann beschert mir am ganzen Körper eine Gänsehaut. Und als seine Lippen schließlich meine berühren, ist auf einmal alles viel besser und gleichzeitig viel schlimmer. Einerseits ist es nicht genug. Ich würde am liebsten unter seine Haut kriechen. In seinen Kopf eindringen und mir die Antworten auf meine Fragen suchen. Andererseits fühlt es sich verdammt noch mal perfekt an. Seine Zunge in meinem Mund und meine in sein schickes Hemd gekrallten Hände. Er erkundet unerschrocken meinen Mund, als gehöre er ihm, und dagegen ist nichts einzuwenden. Wir machen keine halben Sachen. Unsere Münder verschmelzen miteinander zu einem feuchten, gierigen, nicht enden wollenden Kuss. Sechs verrückte Tage verschmelzen zu diesem Augenblick. Alles andere ist nebensächlich. Als er schließlich von mir ablässt und die Stirn an meine legt, sind wir beide außer Atem. Ich habe seinen Geschmack auf meinen Lippen, und er schmeckt köstlich. Keiner von uns will den anderen loslassen.

»Das wollte ich schon lange tun«, sagt er mit leiser, rauer Stimme. »Ich bin wirklich froh, dass du da bist.«

»Ich auch. Du hast mir gefehlt.«

Er nimmt meine Hand und führt mich zum Wagen. Sein

Lächeln ist wieder da. Vielleicht nicht so strahlend wie sonst, aber es ist da. Obwohl ich mich nun tausendsechshundert Meter über dem Meeresspiegel befinde, habe ich das Gefühl, dass mir das Atmen leichter fällt, weil ich in seiner Nähe bin. Er schwingt unsere verschränkten Hände zwischen uns hin und her und legt eine Begeisterung, eine Jungenhaftigkeit an den Tag, die einfach nur bezaubernd ist. »Hoffentlich ist Smith nicht unseretwegen vor Scham errötet.«

»Wie lange arbeitet er schon für dich?«

»Er ist schon seit meiner Kindheit bei unserer Familie.«

»Dann hat er bestimmt schon Schlimmeres erlebt.«

»Alice«, sagt er und kräuselt die Nase. »Willst du damit etwa andeuten, dass das hier nicht mein erster Kuss gewesen ist?«

»Das würde ich niemals wagen. Übrigens, wie alt bist du?«

»Sechsundzwanzig.«

»Dann hast du auf deinen ersten Kuss ziemlich lange gewartet.«

»Um unsere liebe Freundin Miss Austen zu zitieren: ›Hat man einen wichtigen Grund, ist die Entfernung nicht von Bedeutung‹.«

»Schön gesagt.«

»Danke sehr.« Er zieht eine Ray-Ban-Sonnenbrille aus einer seiner Gesäßtaschen und setzt sie auf. »Allerdings war das ein ziemlich guter erster Kuss. Ich kann nachvollziehen, dass dich das vielleicht verwirrt.«

Ich schüttle nur den Kopf. »Oh Gott, ich habe dich so vermisst.«

»Gut. Das ist gut.«

»Ich bin absolut unpassend angezogen.«

»Ist schon in Ordnung«, entgegnet Beck, öffnet die Wagentür und steigt aus. »Immerhin trägst du die richtige Farbe.«

Ich mustere noch einmal die Herren, die gerade das Haus betreten. Keiner von ihnen trägt Jeans und T-Shirt. Oh nein. Sie sind alle angezogen wie Beck.

»Meinst du Schwarz? Oh mein Gott. Darum stehen hier so viele Autos?« Verdammt. Ich steige rasch ebenfalls aus. »Ich kann doch nicht einfach bei der Beerdigung deines Vaters auftauchen.«

»Ähm, das hast du bereits getan.«

»Vielleicht könnte Smith mich schnell fahren, damit ich mir ein angemessenes Outfit kaufen kann. Oder ich nehme mir ein Uber.« Zwar müsste ich dafür meine Ersparnisse plündern, aber sei's drum. »Geh du schon mal rein. Ich brauche nicht lange.«

»Hör auf, dir Sorgen zu machen.«

Er hat leicht reden. Mein Kopf versinkt immer tiefer zwischen meinen Schultern und meine Schweißdrüsen arbeiten auf Hochtouren.

Wir stehen auf der Eingangstreppe eines weitläufigen Anwesens aus grauem Stein. Die ganze Straße ist gesäumt von beeindruckenden Bauwerken, aber dieses Gebäude sticht sie alle aus. Schon am schmiedeeisernen Tor und der heckengesäumten Auffahrt zu makellosen Rasenflächen und gepflegten Gartenanlagen war klar, dass wir uns hier tief im Land der Reichen befinden. Auf der Fahrt hierher hat Beck mich ein bisschen abgelenkt, indem er mir die Wahrzeichen von Denver gezeigt hat und so weiter. Da Smith mit uns im Wagen saß, konnte ich Beck nicht die Fragen stellen, die mich eigentlich interessieren. Zwar habe ich ihm die Geschichte von meinem dramatischen Abgang aus der Bar erzählt, aber um die wirklich wichtigen Dinge zu besprechen, brauchen wir Privatsphäre. Danach zu urteilen, wie viele Menschen hier herumschwirren, dürfte das allerdings noch eine Weile dauern.

»Sag mal, seid ihr so was wie das Königshaus von Denver?«, frage ich.

Er lächelt. »Du bist witzig.«

Beck nimmt das alles vollkommen seelenruhig hin. Ich dagegen bin weitaus weniger gelassen. »Das ist keine gute Idee.«

»Komm schon, es wird schon gut gehen«, sagt er und führt mich hinein. »Du bist hier bei mir. Das ist das Einzige, was zählt.«

Damit hat er recht. Ich atme noch einmal tief durch und verdränge das nagende Gefühl von Unzulänglichkeit. Es ist zwar nicht ganz unbegründet, aber das heißt noch lange nicht, dass es auch relevant ist. Auch wenn es mir schwerfällt, muss ich mir bewusstmachen, dass es bei der Beerdigung von Becks Vater nicht um mich geht.

Jenseits der hölzernen Doppeltür liegt ein zweigeschossiges Foyer. Aus den Zimmern, die sich rechts und links daran anschließen, strömen unablässig Menschen. Alle tragen makellose schwarze Anzüge oder elegante Kleider. Bedienstete in gepflegter Dienstkleidung gehen mit Tabletts mit Getränken und Häppchen herum. Hoch über unseren Köpfen hängt ein absolut spektakulärer Kronleuchter. Und schon starren uns einige der Gäste an. Was nicht verwunderlich ist. Meine Turnschuhe quietschen laut auf dem Marmorfußboden. Verflixt.

»Da bist du ja«, sagt ein großer Mann, der etwa zehn Jahre älter als Beck sein dürfte. Sie sehen sich ein wenig ähnlich. Nur trägt er das dunkle Haar kurz und in seinem Gesicht ist keine Spur mehr von Jungenhaftigkeit. Sein dunkler Anzug sitzt perfekt. Er ist das Paradebeispiel für weltmännische Erscheinung und Seriosität. Er sieht mich kurz an, bevor sein Blick auf unsere verschränkten Hände fällt und er missbilligend eine Braue hebt. »Besprechung in der Bibliothek. Jetzt gleich.«

»Alice, darf ich dir meinen Halbbruder Ethan vorstellen?«,

sagt Beck, obwohl der Angesprochene sich bereits wieder in Bewegung gesetzt hat. »Ethan, das ist meine Alice.«

Ich schicke mich an, ihm zur Begrüßung zuzulächeln, lasse es dann aber doch lieber sein. Weil wir bei einer Trauerfeier sind und ein Lächeln fehl am Platz wäre. Aber sein Bruder schaut auch gar nicht hin. Ethan hebt nur die Hand und winkt kurz, während er sich einen Weg durch die Gästeschar bahnt.

»Wir sollten ihm lieber folgen«, sagt Beck und will mich weiterführen.

»Ich glaube nicht, dass er auch mich gemeint hat.«

»Aber wir bleiben zusammen, oder?«, fragt er und neigt den Kopf dicht zu mir. »Ich glaube, das wäre das Beste. Unter diesen Leuten bist du ohne deinen Elektroschocker nicht sicher. Jemand könnte dich schnappen und versuchen, dich gegen ein neues Teil von Louis Vuitton oder Gucci einzutauschen. Weiß der Henker, was dir alles zustoßen könnte, wenn ich nicht da bin, um dich zu beschützen.«

»Beck …«

Der Mann ist eine Naturgewalt. Oder ich bin einfach nur schlecht darin, Nein zu ihm zu sagen. Vielleicht etwas von beidem.

Plötzlich stellt sich ihm eine Frau in den Weg, was ihn abrupt stehen bleiben lässt. Ich pralle gegen seinen Rücken. Alle um uns herum scheinen sich sehr für dieses Zusammentreffen zu interessieren, denn die Gespräche verstummen. Ich habe plötzlich ein mulmiges Gefühl.

»Du gehst mir aus dem Weg«, sagt die Frau und legt eine Hand an seine Brust. Die Berührung wirkt nicht gerade familiär. Die Frau ist hübsch und zierlich, hat dunkle Haare und gebräunte Haut. Mit ihrem schwarzen Etuikleid, den hochhackigen Schuhen und den Diamanten, die an ihren Ohren baumeln, fügt sie sich perfekt in die Schar der anderen Gäste ein. Im Gegensatz zu mir. Ich spüre, wie Beck die Hand fester um meine schließt, als befürchte er, dass ich die Flucht ergreifen könnte.

»Richtig.« Beck nickt und tritt einen Schritt zurück, um aus ihrer Reichweite zu gelangen. Er klingt unzufrieden. Sogar zornig. »Und ich beabsichtige mit hundertzehnprozentiger Sicherheit, das auch weiterhin zu tun.«

Dann gehen wir weiter, marschieren an der nun äußerst aufgebrachten Frau vorbei, und schlängeln uns noch schneller als zuvor durch die Gästeschar. Beck zerrt mich geradezu hinter sich her und hält meine Hand dabei resolut fest.

»Wer war das?«, frage ich, während ich versuche, mit ihm Schritt zu halten.

»Jemand, von dem ich keine gute Meinung mehr habe.«

»Verstehe.« Ich verstehe kein Wort. Eigentlich habe ich keinen blassen Schimmer, was das bedeuten soll oder was hier gerade passiert.

An einem Konzertflügel biegen wir nach rechts in einen Gang ein, an dessen Wänden formelle Familienporträts und Landschaftsgemälde hängen, vereinzelt begleitet von antik aussehenden Beistelltischchen, auf denen jeweils eine Vase mit einem üppigen Bukett aus weißen Rosen steht. In der Bibliothek haben sich bereits etwa ein Dutzend Menschen versammelt. Ein großer Raum voller Bücher und dunklem, glänzendem Holz. Alle Blicke sind auf uns gerichtet. Manche sind neugierig, manche forschend. Und alle wenig herzlich.

»Schließt die Türen«, sagt eine elegante ältere Dame mit kurzem weißem Haar. Sie sitzt in einem Sessel, der fast so groß und prachtvoll ist wie ein Thron. Sie richtet den Blick auf mich und runzelt die Stirn. Ihre blassen Finger schließen sich fester um den kunstvoll verzierten, silbernen Kopf ihres Gehstocks. »Beeilung. Setzt euch, damit wir anfangen können.«

Beck schließt wie befohlen die Flügeltür und führt mich anschließend zu einem ledernen Ohrensessel, der letzten freien Sitzgelegenheit im Raum. Ich nehme darin Platz, während er sich auf die Armlehne setzt. Einige der anderen mustern mich missbilligend. Ich lehne mich so weit wie möglich in dem Sessel zurück, um mich einigermaßen vor ihren bohrenden Blicken zu verstecken. Als ich acht Jahre alt war, hat meine Mutter mir eine Einladung zum Geburtstag eines Nachbarkindes verschafft. Weder das Geburtstagskind noch die Freunde des Jungen wollten mich bei der Feier dabeihaben und ließen mich das auch deutlich spüren. Ungefähr so fühlt es sich jetzt auch wieder an. Während meiner Zeit auf dem College hatte ich zwei Nebenjobs gleichzeitig. Aber ich wette, dass niemand der Anwesenden schon einmal mit Geldproblemen zu kämpfen hatte. Ich fühle mich dieser Situation absolut nicht gewachsen. Außerdem hätte ich mehr Deodorant verwenden sollen, denn ich bin total nervös.

An einem Tisch sitzt ein Mann in einem dreiteiligen Anzug. Er richtet einige Papiere und räuspert sich. »Sollen wir beginnen?«

Die ältere Dame nickt majestätisch.

»Dies ist der letzte Wille und das Testament von Jack William Elliot junior. Mit diesem Dokument werden andere testamentarische Verfügungen, die ich zuvor getroffen habe, unwirksam. Hiermit erkläre ich Mr Rahul Nair zu meinem Testamentsvollstrecker – «

»Beschränken Sie sich doch bitte auf das Wesentliche, Rahul«, unterbricht sie ihn. »Ich möchte nicht den ganzen Tag hier verbringen.«

Rahul presst säuerlich die Lippen zusammen. »Meine gesamten Anteile an Elliot Industries sollen zu gleichen Teilen zwischen meinen vier Kindern Ethan, Emma, Beck und Henry aufgeteilt werden. Die Anteile meines jüngsten Sohns sollen von meinem ältesten Sohn Ethan verwaltet werden, bis Henry einundzwanzig Jahre alt ist.«

Eine Frau schnappt keuchend nach Luft. Sie ist etwa vierzig Jahre alt und trägt ein körperbetontes schwarzes Kostüm. Ich bin noch nie einem Supermodel begegnet, aber sie könnte glatt eines sein. »Aber was ist mit mir? Ich bin Henrys Mutter, verdammt noch mal!«

Der Anwalt sucht in den Papieren kurz nach den entsprechenden Informationen. »Meiner Ehefrau Giada hinterlasse ich das Anwesen in der Bertram Street und zwanzig Millionen Dollar. Ein Fonds zur Weiterbezahlung der Angestellten und zur Finanzierung der Instandhaltung und Pflege des Gebäudes und der Außenanlagen wurde bereits eingerichtet. Dieser Fonds wird so lange weitergeführt, wie sich das Gebäude in Familienbesitz befindet.«

»Ist das alles?« Ihre beigelackierten Fingernägel bohren sich in die Schulter des Jungen im Teenageralter, der neben ihr sitzt. Er verzieht das Gesicht und befreit sich aus ihrem Griff. »Das kann nicht sein. Es wird doch nicht ernsthaft von mir erwartet, dass ich davon meinen Lebensunterhalt bestreite.«

Irgendjemand schnaubt spöttisch. Ich kann nicht sehen, wer.

»Ich bin gezwungen, den Rest meines Lebens in diesem grässlichen Museum zu verbringen? Das werde ich keinesfalls tun!«

»Fahren Sie bitte fort, Rahul«, sagt die alte Dame und beachtet das Gezeter nicht weiter.

»Sehr wohl, Mrs Elliot«, antwortet er. »Das Cottage auf Cape Cod erhält meine Ex-Frau Rachel und dazu meine aufrichtige Entschuldigung. Du hattest recht, ich war ein Idiot.«

Eine modisch gestylte Blondine mittleren Alters lacht kurz auf und seufzt leise. »Ja, das warst du.«

»Abgesehen von den bereits bestehenden Treuhandfonds für die Enkelkinder und einigen kleineren Zuwendungen an langjährige Angestellte sowie mehreren Spenden war es das im Grunde«, verkündet der Anwalt. »Seine übrigen Besitztümer und Liegenschaften gehen an die vier Kinder. Alles Unerwünschte soll mittels Auktion veräußert und der Erlös gleichmäßig zwischen ihnen aufgeteilt werden.«

Beck sitzt schon die ganze Zeit vollkommen reglos da. Er könnte auch eine Statue sein. Seine Körperhaltung ist perfekt und seine Miene starr. Was immer er denken oder fühlen mag, er lässt sich nichts anmerken.

Eine andere Frau, die neben Ethan sitzt, steht grinsend auf. Ich schätze sie auf Anfang oder Mitte dreißig. »Nach all den Jahren voller Ärger und Manipulationen tut er so etwas. Teilt den Kuchen bequem in vier Stücke auf. Was für eine Scheiße.«

Mrs Elliot, die ältere Dame, klopft zweimal mit ihrem Gehstock auf den Boden. »Achte auf deine Ausdrucksweise, Emma.«

»Entschuldige, Großmutter. Aber ernsthaft ... Du musst doch auch erkennen, was für ein Witz das alles ist.«

»Das ist überhaupt nicht witzig«, ruft Giada aus. Ihre Tränen hinterlassen Spuren auf ihrem dick aufgetragenen Make-up. Aber ich habe den Eindruck, dass sie sie eher ihres Bankkontos als ihres verstorbenen Ehemanns wegen vergießt.

»Wenn du tatsächlich nicht mit zwanzig Millionen in bar und Grundbesitz, der mindestens doppelt so viel wert ist, auskommst, dann wird es vielleicht Zeit, dass du wieder für deinen Lebensunterhalt arbeitest.« Emma schüttelt den Kopf. »Oder du setzt auf deine Stärken und heiratest wieder einen reichen alten Mann.«

»Emma«, sagt Mrs Elliot ungehalten. »Es reicht.«

Aber Giada ist schon aufgesprungen und stürmt aus dem Zimmer. Keine Ahnung, wie sie es schafft, auf derart hohen Absätzen zu rennen. Ich würde mir den Knöchel brechen oder auf meinem Hintern landen.

»Liebes«, sagt die kultivierte Blondine mit dem Cottage auf Cape Cod. »Das war nicht nett. Außerdem ist das hier weder der richtige Zeitpunkt noch der richtige Ort dafür.«

»Ja, Mom.« Emma setzt sich auf den freien Platz neben dem Teenagerjungen und legt ihm einen Arm um die Schultern, doch er schüttelt ihn ab. Sie lächelt unbeeindruckt weiter. »Willkommen im Club der Milliardäre, Kleiner.«

»Was habe ich davon, wenn ich die nächsten fünf Jahre sowieso nicht an das Geld rankomme?« Henry, der Teenager, zieht ein Smartphone aus der Tasche und tippt darauf herum.

»Als würde dich dein Treuhandfonds nicht mit Designerturnschuhen und Sportwagen und sonstigem Unsinn, den du glaubst haben zu müssen, versorgen«, sagt Mrs Elliot. »Das wäre dann alles, Rahul. Vielen Dank.«

Der Mann sammelt schweigend seine Papiere ein und erhebt sich. »Jeder von Ihnen erhält noch heute eine vollständige Kopie des Dokuments. Sollten Sie noch Fragen haben, zögern Sie bitte nicht, mich zu kontaktieren. Ich werde in Kürze mit der Umsetzung der Bestimmungen beginnen.«

»Je schneller, desto besser.« Mrs Elliot richtet den Blick auf die Tür, durch die die erzürnte Witwe gerade verschwunden ist.

Rahul nickt. »Selbstverständlich.«

»Vielen Dank, Rahul«, sagt die Cape-Cod-Lady.

Ethan, der große Bruder, steht auf und schüttelt ihm die Hand. Sie sprechen so leise miteinander, dass ich nicht verstehen kann, was sie sagen. Aber es geht mich natürlich auch nichts an.

Und dann ist der Anwalt fort. Nur noch die Familie und ich

sind übrig. Nachdem er weg ist, legt sich die steife, formelle Atmosphäre im Raum ein wenig.

Beck sitzt noch immer neben mir und starrt finster auf den Boden. Könnte er mit den Augen Laserstrahlen schießen, hätte er schon längst ein Loch ins Parkett gebrannt. Vermutlich ist er nun ebenfalls Mitglied im Milliardärsclub, wenn er es nicht schon vorher gewesen ist. Anscheinend haben hier alle eine Art Treuhandfonds. Denn meine Güte, die Summen, über die hier gesprochen wird … Die sind beträchtlich. Größer, als mein Hirn sich vorstellen kann. Wenn man so viel Geld hat, braucht man auch eine entsprechende, hochklassige Freundin. Jemanden mit dem passenden sozialen Background. Nicht mich. Und doch sitze ich jetzt hier – die Frau, an dessen Hand er sich klammert, als wäre sie eine Rettungsleine. Ich wünschte, ich könnte mehr für ihn tun.

»Er hat gesagt, dass ich draußen wäre«, sagt Beck stirnrunzelnd. »Dass er sein Testament ändern würde.«

Ethans ernste Miene wird etwas freundlicher. »Dad hat so manches gesagt.«

»Es ist so seltsam, dass er jetzt nicht hier ist, uns böse ansieht und uns spüren lässt, wie enttäuscht er über unsere Lebensgestaltung ist«, sagt Emma und zerzaust Henry die Haare. Er versucht halbherzig, sich ihr zu entziehen. »Apropos: Wer zum Teufel bist du eigentlich?«

Sie nagelt mich mit ihrem Blick fest.

»Sie ist meine Alice«, beantwortet Beck ihre Frage.

»So?« Emma hebt die Augenbrauen. »Und was sagt Selah dazu?«

»Ich habe sie nicht nach ihrer Meinung gefragt.«

»Sie bleibt vermutlich bei uns?«, meldet sich Mrs Elliot zu Wort. »Dann lasse ich ein Zimmer für sie herrichten.«

»Danke«, sagt Beck. »Aber das ist nicht nötig, wir können – «

»Es ist nötig.«

Henry grinst. »Da hat Großmutter dir aber gründlich die Tour vermasselt.«

Mrs Elliot knallt ihren Gehstock wieder auf den Boden und ihre blasse Haut wird etwas rosiger. »Achte auf deine Ausdrucksweise. Ihr alle geht jetzt und kümmert euch um unsere Gäste. Das Vermächtnis meines Sohnes werdet ihr mit keinem Wort erwähnen. Ich verbitte mir belanglose Zankereien bei Jacks Trauerfeier. Diese Familie wird sich als geeinte Front präsentieren. Und du Beck sorgst bitte dafür, dass deine Mutter nicht wieder halb nackt auf dem Rasen vor dem Haus meditiert. Ich habe keine Lust, ihre merkwürdigen Gewohnheiten den Nachbarn zu erklären.«

»Ich rede mit ihr«, sagt Beck.

»Gut. Rachel, würdest du dich bitte des Mädchens annehmen?«

»Natürlich«, antwortet die Cape-Cod-Lady und lächelt mir zurückhaltend zu. Moment mal. Bin ich etwa *das Mädchen*? Und falls ja, was bedeutet denn, dass sie sich meiner annehmen soll? Schon folgt Rachel, die Cape-Cod-Lady, der alten Dame nach draußen. Was immer sie mit mir vorhat, kann offensichtlich noch etwas warten.

Sobald sie den Raum verlassen haben, legt Emma ihre Füße auf den Beistelltisch aus Stein. Der rote Absatz ihrer Schuhe bildet einen starken Kontrast zum schwarzen Lackleder. Diese Schuhe kosten wahrscheinlich mehr, als ich in einem Monat verdiene. Genau wie ihre Mutter ist sie leicht gebräunt, hat perfekte Lippen und hellblondes Haar. Allerdings ist ihres ganz glatt und reicht ihr bis zu den Schultern.

»So«, sagt sie an Ethan gerichtet, »du wirst zwar der nächste König hier im Schloss, aber wir haben alle die gleichen Anteile bekommen. Das verspricht, interessant zu werden.«

Ethan knurrt nur missmutig.

»Spätestens in fünf Jahren, wenn du die Kontrolle über Henry und sein Stimmrecht abgeben musst«, fügt sie hinzu. »Schon witzig. Ich dachte immer, dass Dad mich ausschließen würde, weil ich eine Gebärmutter habe und so weiter.«

»Nein, du hast dir deinen Platz unter uns verdient«, entgegnet Ethan.

»Und ich wohl nicht?«, fragt Beck und löst seine Hand von meiner.

Sein Bruder sieht ihn ausdruckslos an. »Es kommt nicht gut an, wenn man sich aus dem Staub macht, sobald es Schwierigkeiten gibt. Das weißt du.«

»Er hat es mir unmöglich gemacht, zu bleiben.«

»Ach, werde verdammt noch mal erwachsen.« Ethans Miene ist kalt und hart. »Er hat uns alle auf verschiedene Arten auf die Probe gestellt. Du warst der Einzige, der beschlossen hat, zu verschwinden, weil deine zarten Gefühle verletzt wurden.«

»Könnt ihr beiden verflucht noch mal damit aufhören?«, blafft Henry, springt auf und läuft zur Tür.

Emma seufzt. »Ist schon in Ordnung, Kleiner …«

Aber er ist schon verschwunden.

»Gut gemacht, ihr Trottel. Ich brauche jetzt einen Drink.« Emma hat den Kopf gegen die Rückenlehne des Sofas gelegt. Sie zieht das Handy aus der Tasche und verschickt eine Nachricht. Zumindest gehe ich davon aus, dass sie das tut, denn kaum eine Minute später klopft es an der Tür.

»Wird ja auch Zeit«, murmelt sie. »Ich sterbe gleich.«

Beck und Ethan durchbohren sich weiter mit Blicken. Nicht gerade eine harmonische Familie. Viele unterschwellige Spannungen. Oprah und Dr. Phil wären begeistert. Ein Todesfall in der Familie ist immer schwierig. Das sind Veränderungen immer. Doch aufgrund der komplizierten Familiendynamik und des vielen Geldes, um das es hier geht, scheint sich der Stresslevel noch ums Hundertfache zu erhöhen. Wie heißt es so schön: Mit Geld kann man sich keine Liebe kaufen.

Ein attraktiver Mann, der ebenfalls einen gut sitzenden Anzug trägt, betritt das Zimmer. Er hat dunkle Haare, dunkle Augen, olivfarbene Haut und Wangenknochen, an denen man sich schneiden könnte. Er schließt die Tür hinter sich und mustert die Versammelten interessiert. Am längsten ruht sein Blick jedoch auf Emma, die verkündet: »Ich brauche einen Drink.«

»Du brauchst verdammt viel mehr als das«, entgegnet er. »Aber zum gegenwärtigen Zeitpunkt kann ein starker Drink sicher nicht schaden.«

»Ich versichere dir, dass die Therapie und die Medikamente später noch kommen.« Sie vollführt eine ausholende Handgeste. »Alice, das ist Matías. Matías, das ist Alice. Damit hätten wir die offizielle Vorstellung erledigt.«

Er lächelt und begibt sich zu einem gut ausgestatteten Barwagen. »Ich bin der Vorzeige-Ehemann.«

»Moment mal«, sagt Emma, die sich gerade die Schläfen massiert. »Sind wir etwa wieder zusammen?«

»Nee. Wir lassen uns nach wie vor scheiden. Gott sei Dank.«

»Oh, gut. Auch wenn es eine anstrengende Woche war, hätte es mich doch gewundert, wenn ich so etwas vergessen hätte.«

»Ich fand nur, dass Vorzeige-Ex-Mann nicht so gut klingt.« Matías sieht vom Barwagen auf. »Was ist los, macht dir das Botox wieder Probleme?«

Emma zeigt ihm den Mittelfinger. »Ich habe Kopfschmerzen, weil mein Vater gerade gestorben ist und zwei meiner Brüder sich wie kleine Kinder benehmen und der dritte, der tatsächlich noch ein Kind ist, von einer Kannibalin in Jimmy Choos aufgezogen wird.«

»Ist Giada nicht inzwischen Veganerin?«, fragt Matías und

gießt Whisky in fünf Gläser. »Ich dachte, Lise hätte sie schon vor einigen Monaten dazu bekehrt.«

Beck zuckt gleichgültig mit den Schultern. »Mich darfst du nicht fragen. Ich habe keine Ahnung, was meine Mutter so treibt.«

»Apropos, Lise war so stolz auf dich, weil du dich von deinem kapitalistischen Joch befreit hast und lieber auf der Suche nach spiritueller Erleuchtung durch unser schönes, weites Land gereist bist«, bemerkt Emma. »Weil du endlich in ihre Fußstapfen trittst.«

»Ähm, nein«, sagt er und verzieht das Gesicht. »So war das eigentlich nicht.«

»Was ist denn? Hast du deinen Patronus nicht gefunden?«

»Wie viel ist ihre esoterische Klitsche inzwischen eigentlich wert?«, erkundigt sich Ethan.

»Keine Ahnung, vierzig Millionen vielleicht?«, antwortet Emma. »Die Biokräuteraroma-Wässerchen scheinen einträglich für sie zu sein.«

Ethan schüttelt den Kopf.

Matías teilt die Drinks aus, erst an Beck und mich, dann an Ethan und Emma. Die Gläser sind aus wunderschönem geschliffenen Kristallglas, liegen schwer in der Hand, und der Whisky duftet herrlich. Nach Honig und Zimt. Viel besser als alles, was in der Bar auf dem oberen Regalbrett stand.

»Der Macallan?«, fragt Ethan mit amüsiertem Unterton.

»Warum nicht? Schließlich ist er nicht da, um uns davon abzuhalten.« Matías lächelt. »Auf Jack.«

»Auf Dad«, sagt Emma leise.

Wir trinken alle. Der Whisky ist wirklich überragend und samtweich. Obwohl er an einer eingefleischten Wodka- und Tequilatrinkerin wie mir verschwendet ist. Einen Augenblick lang schweigen alle und gedenken des Verstorbenen beziehungsweise genießen den teuren Alkohol. Es herrscht Stille, denn die Geräusche aus dem Rest des Hauses werden von den dicken, alten Wänden verschluckt. Fast scheint es, als wären die Hunderte von Gästen gar nicht da. Doch die Illusion wird zerstört, als Rachel plötzlich die Tür öffnet.

»Ethan«, sagt sie mit einem rügenden Unterton, wie ihn nur Mütter beherrschen. »Der Bürgermeister möchte gern mit dir sprechen.«

Er nickt. »Ich komme gleich.«

»Und soweit ich weiß, wollte deine Großmutter, dass du dich unter die Gäste mischst«, sagt sie zu Emma, bevor sie wieder im Flur verschwindet.

»Oh Captain. Mein Captain.« Emma steht auf und nimmt ihr Glas mit. »Bin schon unterwegs. Na los, Ex. Wenn wir die anderen Ehefrauen deinen Hintern begaffen lassen, muss ich vielleicht nicht ganz so lange Höflichkeiten austauschen.«

»Oh Mann, das klingt nach richtig viel Spaß«, entgegnet Matías. »Beck, wir müssen uns unterhalten. Möglichst bald. Ich weiß, dass du stiller Teilhaber sein wolltest, aber sechs Monate lang einfach zu verschwinden ist doch etwas stiller, als ich erwartet hatte.«

Beck nickt. »Ich melde mich.«

»Gut.«

Nun ist nur noch Ethan übrig, der den Rest seines Whiskys austrinkt. Dann erhebt er sich und rollt mit den Schultern. »Nun?«

»Ich will das Erbe.« Beck sieht ihn mit ernster Miene an. »Und zwar gleich.«

»Ich kann nicht behaupten, dass mich das überrascht«, sagt Ethan und presst missmutig die Lippen aufeinander. »Na schön, es gehört dir. Aber damit hat es sich. Das Vertrauen des Vorstands und der Anteilseigner musst du selbst zurückgewinnen. Glaub ja nicht, dass Emma dir nach dem, was du dir geleistet hast, helfen wird. Und nicht vergessen: Ich behalte dich im Auge.«

Beck nickt wortlos.

An der Tür bleibt Ethan noch einmal stehen. »Sei morgen früh um neun Uhr in meinem Büro, damit wir den Papierkram erledigen können. Denk dran, dass du mir etwas schuldest. Ich werde es nämlich bestimmt nicht vergessen.«

4. KAPITEL

»Das ist wirklich ein besonders gelbes Zimmer.«

»Warst du noch nie hier drinnen?«, frage ich, während ich auf der Suche nach meinen spärlichen Besitztümern Schubladen und Schranktüren öffne. Ein Zimmer zugewiesen zu bekommen bedeutet hier offensichtlich auch, dass jemand schon das Auspacken für einen übernimmt. Ich weiß nicht recht, was ich davon halten soll. Meine coolen, abgetragenen braunen Lieblingsboots wirken in dem antiken Kleiderschrank, in dem sie jetzt stehen, ziemlich ärmlich. Wenigstens habe ich mein eigenes Bad, das an mein Zimmer angrenzt. Wenn ich mich mitten in der Nacht im Haus auf die Suche danach hätte machen müssen, hätten sie wahrscheinlich anschließend einen Suchtrupp losschicken müssen.

Beck streckt sich auf dem großen Himmelbett aus, legt die Hände hinter den Kopf und verschränkt die Füße. »Ich glaube nicht. An diese Unmengen Chintz würde ich mich sicher erinnern.«

»Wie viele Schlafzimmer gibt es hier eigentlich?«

»Nur acht oder so.«

»Nur.«

Er lacht.

»Dann verfügst du also tatsächlich über ein hübsches Vermögen.«

»Zumindest seit heute«, sagt er und klingt wieder verhalten. »Ich schätze, ich schulde dir endlich eine Erklärung.«

»Das wäre nett. Ich will nicht lügen – ich bin unheimlich neugierig. Aber wenn du nicht in Stimmung bist, kann ich das auch verstehen.«

»Dann setz dich, damit ich dich mit einer Geschichte ergötzen kann.«

»Du klingst wie ein Barde.« Ich setze mich ans Bettende, mache es mir bequem und schaue ihn an. »Wenn deine Großmutter dich mit Schuhen im Bett erwischt, bekommst du bestimmt mächtig Ärger.«

»Ach was«, entgegnet er. »Sie wird mich nur mit einem missbilligenden Blick bedenken. Vor ihrem Haushofmeister musst du dich allerdings wirklich in Acht nehmen. Dieser Mann ist richtig boshaft.«

Die Trauerfeier unten geht langsam zu Ende. Wie von seiner Großmutter angeordnet haben wir uns vorhin auf die Suche nach seiner Mutter gemacht und uns im Eiltempo durch die Gäste geschlängelt, aber das war es dann auch schon mit geselligem Zusammensein. Alle Unterhaltungen, die ich bruchstückhaft mitbekam, drehten sich um Galerie-Eröffnungen und darum, wie der Dollar gerade gehandelt wird. Noch nie hatte ich so stark das Gefühl, dem gemeinen Pöbel anzugehören, wie heute. Wie auch immer, seine Mutter Lise war jedenfalls nirgends zu finden. Das schien Beck allerdings nicht besonders zu beunruhigen. Er schien sogar erleichtert zu sein. Er murmelte nur etwas davon, dass sie wahrscheinlich früher gegangen sei, und damit war das Thema erledigt. Ich hatte den Eindruck, dass sie nicht gerade eine verlässliche Stütze für ihren Sohn ist. Die andere Frau, die uns vorhin über den Weg gelaufen ist, war zum Glück auch nicht mehr da. Ich hatte für einen Tag auch wirklich genug Drama. Meine Güte.

Anstatt sich weiter mit seiner Familie zu befassen, hat er mich zu meinem Zimmer geführt und dabei einen Abstecher in die Küche unternommen. Dort schnappte er sich ein Tablett mit Appetithäppchen (die Feigen mit Speck und Chili mag ich am liebsten) und zwei Flaschen Rotwein (Beck hat inzwischen schon die zweite zur Hälfte geleert), und nun sitzen wir hier, sind endlich unter uns, in diesem Zimmer, in das sich offensichtlich alles, was gelb, geblümt und kostspielig ist, zum Sterben schleppt.

Doch das stört mich nicht. Mit Beck allein zu sein, ihn ganz für mich zu haben, ist herrlich. Ich schaue ihn an, höre ihm zu und kann nicht aufhören, glückselig zu lächeln. Was etwas befremdlich ist, wenn man bedenkt, dass vorhin noch eine Trauerfeier stattgefunden hat. Aber vielleicht sollte man gerade an Tagen wie heute das Leben feiern. Wenn ich jetzt nicht hier wäre … hätte er sich höchstwahrscheinlich in seinem Zimmer vergraben und betrunken und mit all dem ganz allein fertig werden müssen. Wenn ich nur daran denke, schmerzt mein Herz. Ich habe in seinem Gesicht heute schon eine Vielzahl von Emotionen gesehen. Fröhlichkeit, Traurigkeit und alles, was dazwischen liegt. Zorn und Schmerz, Verlorenheit und auch Erschöpfung. Ich finde nicht immer die richtigen Worte, weiß oft nicht, wie ich ihn trösten kann. Trotzdem sind auch die letzten Zweifel daran, ob es richtig war, meinen Job aufzugeben und ins Flugzeug zu steigen, wie weggewischt. Weil es für mich unvorstellbar ist, dass er den heutigen Tag allein durchstehen muss.

Tief in meinem Inneren weiß ich, dass ich die richtige Entscheidung getroffen habe.

»Was schaust du an?«, fragt er.

»Dich.« Verdammt, ich liebe sein Lächeln. Und seinen Körper und den Rest auch. Ich bin verloren.

»Wie lange kannst du bleiben?«, fragt er und klingt nun nicht mehr so unbeschwert.

»Beck, ich bin doch gerade erst eingetroffen und habe noch nichts entschieden …«

Er fährt mit der Zunge über seine Zähne. »Okay. Ich nehme die Herausforderung an.«

»Wie bitte?«

»Ich werde dich davon überzeugen, dass du dauerhaft hierherziehst«, stellt er vollkommen sachlich fest. Ich wünschte, ich hätte auch nur ein Quäntchen seines Selbstbewusstseins. Denn diese Ankündigung ist zwar durchaus schmeichelhaft, aber auch ein wenig irritierend. Er ist ein reicher, gut aussehender Mann und könnte so ziemlich jede Frau haben. Warum ich?

Doch ich gedenke nicht, mir meine Verunsicherung anmerken zu lassen. »Vielleicht sollten wir einen Schritt nach dem anderen machen. Wie wäre es, wenn du dich vorerst darauf beschränken würdest, mir deine Geschichte zu erzählen?«

»Vorerst … Na gut. Los geht's.« Er trinkt noch einen Schluck Wein direkt aus der Flasche und räuspert sich. »Es war einmal ein pfiffiger Schweinehund namens Jack Elliot, der eines Tages beschloss, dass es keine gute Sache sei, sein ganzes Leben im Krämerladen seines Onkels zu schuften. Die Bezahlung war lausig, die Arbeitszeiten lang und sein Cousin nutzte jede sich bietende Gelegenheit, um ihn herumzukommandieren.«

»Was für ein Blödmann.«

»In der Tat«, pflichtet Beck mir bei. »Unser lieber Jack war Schotte und, wie viele seiner Landsleute, in drei Dingen besonders gut: Kämpfen, Quatschen und sein Geld beisammenhalten. Diese Talente machte er sich zunutze, um Grundbesitz aufzukaufen. Er fing klein an und arbeitete sich hoch. Es lief gut für ihn. Insbesondere, nachdem er noch in die Baubranche eingestiegen war. Später begann er, in die Firmen seiner Freunde zu investieren. Ihnen dabei zu helfen, zu wachsen, indem er ihnen Kredite zu horrenden Zinsen gewährte. Manchmal, wenn sie das Geld nicht mehr zurückzahlen konnten, half er ihnen auch, indem er sie unter Wert aus ihren Unternehmen herauskaufte.«

»Wie wörtlich ist ›Freunde‹ gemeint?«

Er lächelt gequält. »Es gibt gute Gründe dafür, dass meine Familie bei vielen nicht sonderlich beliebt ist.«

»Verstehe.«

»Doch es ging ihm eigentlich nicht ums Geld. Unser lieber Jacky wurde von der Elite noch immer nicht akzeptiert, und das wurmte ihn gewaltig.« Er lächelt versonnen und liest das Etikett der Weinflasche. »Also hat er getan, was jeder vernünftige, reiche Emporkömmling tun würde, und sich eine Dame aus der etablierten, feinen Gesellschaft geangelt und geheiratet. Die einzigartige Catherine Greenway von der Colorado Greenways Shipping Company.«

»Deine Großmutter?«

»Stimmt genau. Ihr Stammbaum lässt sich sogar bis zu einem eher unbedeutenden europäischen Adelsgeschlecht zurückverfolgen. Ein großer Pluspunkt für sie.« Er lässt den Blick über die Decke und schließlich zu mir schweifen, und zwischen seinen Augenbrauen bildet sich eine Furche. »Was machst du dahinten eigentlich?«

»Ich höre dir zu.«

»Du könntest mich bestimmt besser verstehen, wenn du näher kommst«, sagt er. »Und ich müsste meine Stimme nicht so strapazieren. Sie ist nämlich sehr zart und empfindlich, musst du wissen. Das habe ich vielleicht vergessen zu erwähnen.«

»Deine Stimme ist empfindlich?«

»Also mehr mein Hals.« Er tut so, als müsse er husten. Es klingt ziemlich erbärmlich. »Hörst du?«

»Das ist bedauerlich.«

»Nicht wahr?« Als wäre sein sexy Körper nicht schon verführerisch genug, hat er auch noch diese wunderschönen, haselnussbraunen Augen, die er effektiv einzusetzen weiß. Ganz zu schweigen von seinen dunklen Wimpern, mit denen er gerade klimpert. »Na los, Alice. Auf diesem Monolith von einem Bett liegen dreihundertfünfundachtzig Kissen herum. Du wirst es hier neben mir also bestimmt bequem haben.«

»Beck …«

»Ich hatte einen sehr harten Tag. Willst du mich nicht ein bisschen aufheitern?«

»Du weißt genau, dass ich das möchte.«

»Und trotzdem sitzt du noch immer auf der falschen Seite des Bettes.«

Ob ich ihn nun vernaschen möchte oder nicht, ist hier nicht der Punkt. Ich lege den Kopf in den Nacken und blicke einen Moment lang zur hohen, mit Stuck verzierten Decke, bevor ich ihn ernst ansehe. »Nach diesem Kuss am Flughafen möchte ich dir sehr gern näher kommen. Aber bei dieser Gelegenheit möchte ich ebenfalls erwähnen, dass die Zimmertür kein Schloss hat.«

»Tatsächlich?« Er verzieht das Gesicht. »Bestimmt hat sie deswegen dieses Zimmer ausgesucht. Was für eine verschlagene, fast schon boshafte Großmutter sie doch ist.«

»Wenn es dich tröstet, kann ich dir versichern, dass ich höchstwahrscheinlich sowieso nicht mit dir im Haus deiner Großmutter schlafen würde. Das kommt mir irgendwie grundlegend falsch vor. Insbesondere jetzt, nachdem ich sie kennengelernt habe«, sage ich. »Ich hätte die ganze Zeit das Gefühl, dass sie mich missbilligend ansieht, weil ich die Bettwäsche zerknittere. Ein echter Stimmungskiller.«

Zuerst lacht er, doch dann runzelt er die Stirn. »Moment mal, Sex? Wer redet denn davon?«

»Hast du das denn nicht gemeint?«

»Keinesfalls.«

»Oh. Ich dachte, ›aufheitern‹ wäre ein Euphemismus dafür.«

»Was für eine verdorbene Fantasie du hast. Und dann überprüfst du auch noch gewohnheitsmäßig, ob deine Tür ein Schloss hat. Wer kommt denn auf so was?«

»Tut mir leid.«

»Hör mal, Alice«, sagt er mit todernster Miene. »Versteh mich nicht falsch. Ich mag dich als Person sehr gern. Aber ich finde, dass wir noch nicht so weit sind.«

»So, so, findest du?«

»Ja.«

»Und gleichzeitig soll ich mich deinem Wunsch fügen und dauerhaft nach Denver ziehen. Na gut. Mein Fehler«, sage ich und hebe die Brauen. »Wow. Wie peinlich.«

»In derselben Stadt zu leben und Sex zu haben sind zwei vollkommen verschiedene Dinge. Und es muss dir nicht peinlich sein.« Er seufzt. »Es ist nur so, wenn wir etwas überstürzen …«

»Ja?«

»Es ist am besten, wenn wir es langsam angehen. Wenn wir uns Zeit lassen, damit sich zwischen uns Gefühle und eine Verbindung aufbauen können.« Er unterstreicht seine Aussage mit diversen komplexen Handgesten. Eine Art rollende und drehende Bewegung. Ich bin mir nicht ganz sicher, was das alles zu bedeuten hat. Wo endet das spielerische Geplänkel und wo beginnt die Wahrheit? Aber vielleicht bin ich es auch nur nicht gewohnt, dass jemand ernsthaftes Interesse an mir hat und es langsam angehen lassen will. In der heutigen Dating-Welt ist das eine eher altmodische Vorstellung. Und ungefähr zu dem Zeitpunkt, als er mich in einem Privatflugzeug quer durch mehrere Staaten zu sich hat einfliegen lassen, war dieses

Konzept auch bei uns in gewissem Sinne überholt. »Nun, Alice, würdest du vielleicht gern kuscheln? Das ist ungefähr so, als würde man sich umarmen, nur dass man es in der Horizontalen tut.«

»Klar. Das klingt gut.«

Ich lasse mich neben ihm auf dem Bett nieder. Auf dem Nachttisch steht eine verwaiste leere Rotweinflasche. Beck schiebt einen Arm unter meinen Nacken, den anderen legt er mir um die Hüfte und zieht mich näher zu sich. Er riecht gut. Aber das tut er immer. Die Hitze seines Körpers und das leise Lächeln, das er mir schenkt, fühlen sich so unglaublich vertraulich an. Sind nur für mich bestimmt. Als wären wir wieder in unserer ganz eigenen, kleinen Welt, und alles um uns herum wäre bedeutungslos. Sogar unsere luxuriöse Unterkunft.

»Hey«, sagt er mit leiser, tiefer Stimme.

»Hi.«

Ich streiche mit der Hand über seine Brust, spiele mit den Fingern an seiner schwarzen Seidenkrawatte. Eine seiner Hände gleitet über meine Hüfte abwärts zu meinem Oberschenkel. Dann zieht er mein Knie auf sein Bein. Nun liegen wir so eng beieinander, dass wir uns praktisch von Kopf bis Fuß berühren. Ich spüre, wie er mit der Fingerspitze Kreise auf meinen Rücken malt. Das ist entspannend. Bald schon atme ich im gleichen Rhythmus wie er. Ein und aus, vollkommen ruhig. Seine Anspannung von vorhin scheint wie weggeblasen.

»Angenehm?«, fragt er.

»Sehr.« Ich lächle und kuschle mich noch etwas enger an ihn. »Du wolltest mir von Jack und seiner fantastischen Eheschließung erzählen.«

Er blickt zur Decke. »Da gibt es eigentlich nicht viel zu berichten. Sie stammte aus einer alten, wohlhabenden Familie, deren Vermögen jedoch langsam schwand. Er hatte keinen

Stammbaum vorzuweisen, dafür aber einen Haufen Geld. Die beiden gaben ein kapitalistisches Traumpaar ab. Sie tolerierten einander sogar so weit, dass Jack junior entstand, und der wiederum zeugte den Rest von uns. Wir verdienten noch mehr Geld. Wir verloren noch mehr Freunde. Und so weiter und so fort. So geht es immer weiter.«

»Und hier bist du aufgewachsen? Inmitten von all dieser Pracht?«

»Zum Teil«, sagt er. »Mom war ein Model. Sie stammt ursprünglich aus Dänemark.«

»Moment mal. Deine Mutter ist Lise *Olson?*«

»Du hast also schon von ihr gehört?«

Oh Mann. »Ein wenig. Sie war immer in den Modemagazinen, die meine Mutter gekauft hat, als ich noch klein war.« Meine Mutter hätte sich all die Markenkleider, die wir immer angeschmachtet haben, niemals leisten können – insbesondere, weil sie immer etwas zur Seite gelegt hat, um später mein College zu bezahlen. Aber wenigstens hatte sie genug Geld für die Magazine, und wir verbrachten viele gemeinsame Abende damit, sie seufzend und träumend anzuschauen.

»Das ist sie«, bestätigt er. »Wie viele meiner Mitschüler auf dem Internat Fotos von ihr unter ihren Betten versteckt hatten, war schon … verstörend. Gelinde ausgedrückt.«

»Igitt.«

»Du sagst es.« Er seufzt. Das tut er heute oft. »Jedenfalls haben sie und Dad etwas miteinander angefangen. Als Rachel, die Mutter von Ethan und Emma, es herausfand, ließ sie sich von ihm scheiden. Zu diesem Zeitpunkt war Mom schon mit mir schwanger. Ob das ein Unfall war oder nicht? Wer weiß. Jedenfalls fiel mir die Ehre zu, seit Generationen der erste und einzige Bastard in der Familie zu sein.«

»Spielt das heutzutage denn noch eine Rolle?«

»Für manche Menschen schon«, sagt er. »Ihre Beziehung hielt nicht lange. Mit der Maßgabe, dass ich seinen Familiennamen tragen sollte, quartierte er meine Mutter in einem noblen Apartment in New York City ein – damit ich noch im Land war, jedoch gleichzeitig so weit weg von ihm wie nur möglich. Ein paarmal im Jahr reiste ich gen Westen, um etwas Familienzeit mit ihm zu verbringen und zu lernen, wie man ein richtiger Mann wird. Zumindest drückte er es so aus. Die meiste Zeit geisterte ich in irgendwelchen Penthouse-Apartments oder Anwesen herum, versuchte unbeholfen, mit seinen neusten Damenbekanntschaften ins Gespräch zu kommen, und war mit dem Rest der Familie zusammen, während er Tag und Nacht arbeitete. *Geld verdient sich nicht von allein, mein Sohn.* Das ist ein Leitspruch der Familie Elliot. Neben *Denk immer an einen Ehevertrag*, *Superjachten sind eine schlechte Geldanlage* und *Im Zweifelsfall bringen Diamanten Frauen zum Schweigen.*«

Ich lege die Wange an seine Schulter. »Ach du Schande. Das klingt ja einsam.«

»Jeder ist irgendwann mal einsam.«

»Das hast du schon mal gesagt.«

»Weil es der Wahrheit entspricht«, murmelt er. »Das war also meine Vorgeschichte.«

»Du hast doch hoffentlich auch schöne Erinnerungen an deinen Dad.«

»Sicher, ein paar schon. Du solltest meine Klagen nicht zu ernst nehmen, denn eigentlich war meine Kindheit gar nicht so schlimm. Ich hatte alle Spielsachen, die man sich nur wünschen kann. Reisen nach Europa. Solche Dinge. Und als Rachel mitbekam, dass er mich hier nur ablud, um arbeiten zu können, kümmerte sie sich um mich. Sie ging mit mir zu Baseballspielen oder ins Kino. Verdonnerte mich unzählige Male dazu, mit ihr *Stolz und Vorurteil* anzusehen. Außerdem animierte sie Emma und Ethan dazu, ebenfalls etwas mit mir zu unternehmen.« Er schiebt die Hand in meine Haare, wickelt sich eine Strähne um den Finger. »Alice, würde es dir etwas ausmachen, wenn wir es erst einmal dabei bewenden lassen? Ich weiß, du hast noch immer viele Fragen, aber –«

»Ist schon gut.« Ich habe durchaus noch Fragen. Hauptsächlich, wie es sein kann, dass er aus einer stinkreichen Familie stammt und als Hilfskellner in einer miesen Bar in L.A. gearbeitet hat. Und vielleicht würde ich auch noch gern wissen, wie es dazu kam, dass er nach Ladenschluss mit der Kellnerin getanzt hat. Aber das ist eindeutig nicht der richtige Moment dafür. »Das mit deinem Vater tut mir wirklich leid.«

»Ja, mir auch. Das war ein grauenvoller Tag«, sagt er leise und schließt die Augen. »Es ist schon merkwürdig, dass jemand einfach so nicht mehr da ist.«

»Vor ein paar Jahren ist meine Großmutter an einem Schlaganfall gestorben. Allerdings lebte sie auf der anderen Seite des Landes, und ich kannte sie auch nicht sehr gut.«

Einen Moment lang schweigt er. Ich habe mir immer gedacht, wenn ich eine Superkraft hätte, dann würde ich gern Portale erschaffen können. Doch in diesem Augenblick wäre die Fähigkeit, Gedanken lesen zu können, nützlicher gewesen. Ich spüre, wie er mich fester in die Arme nimmt, seine Finger sich leicht in meine Haut drücken. »Falls ich es nicht schon zehnmal gesagt habe, möchte ich noch einmal betonen, dass ich froh bin, dass du hier bist.«

»Ich bin auch froh, dass ich hier bin.«

»Master Beck«, ertönt eine laute, strenge Stimme.

Neben mir regt sich Beck stöhnend auf dem Bett. Anscheinend sind wir eingenickt. Ein Blick auf die Uhr verrät mir, dass es tatsächlich schon fast neun Uhr abends ist. Seitdem wir unser improvisiertes Picknick gemacht und er mir ein wenig über sein Leben erzählt hat, sind einige Stunden vergangen. Wir setzen uns beide auf, verwirrt durch die unerwartete Störung. Vielleicht hätte ich einen Stuhl unter die Türklinke klemmen sollen. Allerdings kenne ich das nur aus Filmen und weiß nicht, ob es in Wirklichkeit auch funktioniert.

»Ihre Großmutter hat befürchtet, dass Sie sich auf dem Weg in Ihr Zimmer verlaufen haben könnten«, fährt der Mann fort. Das Licht aus dem Flur beleuchtet ihn von hinten, sodass er nur ein schwarzer Schemen in der offenen Tür ist. »Gestatten Sie mir, Sie zurückzubegleiten.«

»Das ist nicht nötig, Winston«, entgegnet Beck. »Aber vielen Dank, sehr aufmerksam von Ihnen. Lassen Sie meine Großmutter wissen, dass ich mich auch allein sehr gut zurechtfinde und dass ich mich in Kürze auf den Weg machen werde.«

»Wenn es Ihnen genehm ist, warte ich im Flur auf Sie?«

»Ach, und Winnie?«, fährt er in schärferem Ton fort. »Betreten Sie nicht noch einmal unaufgefordert das Zimmer von Miss Lawrence.«

»Ich habe geklopft«, erwidert der Mann. »Anscheinend haben Sie mich nicht gehört.«

»Dann klopfen Sie beim nächsten Mal lauter und warten Sie auf eine Antwort. Sie wissen doch, wie sehr Großmutter schlechte Manieren verabscheut.«

»Beinahe so sehr wie unerwarteten Familienzuwachs.«

Die beiden starren sich schweigend an. Dann wird die Tür ohne weiteren Kommentar wieder geschlossen.

»Das ist der Haushofmeister, vor dem ich dich gewarnt habe«, meint Beck kopfschüttelnd. »Als Kind hat er mir eine Riesenangst eingejagt. Aber man muss ihn schon dafür bewundern, mit welcher Hingabe er sich wie ein Fiesling benimmt.«

»Bezog sich seine Bemerkung darauf, dass du unehelich geboren wurdest, oder meinte er damit, dass ich eine geldgeile Schlampe bin, der man dein Sperma nicht anvertrauen darf?«

»Wahrscheinlich beides«, erwidert er. »Der Mann ist unglaublich gut im Multitasking.«

»Ich komme mir vor, als wäre ich wieder ein Teenager.«

»Meine Großmutter kann ziemlich altmodisch, herrisch und kontrollsüchtig sein«, sagt er ungehalten. »Tut mir leid.«

»Zum Glück haben wir gerade nichts Interessantes gemacht.«

»Hmm.« Er rauft sich das zerzauste Haar und wirkt wieder angespannt. »Du bist hier sicher, Alice. Das verspreche ich dir.«

»Nun ja, vor den Lebenden bestimmt. Vor dem Arsch draußen vor der Tür habe ich keine Angst. Aber was ist mit Gespenstern?« Wenn ich ehrlich bin, ist mir nicht wohl dabei, um diese Uhrzeit von ihm getrennt zu sein. Wenn wir auch noch nicht dazu bereit sind, im erotischen Sinn miteinander zu schlafen, so fände ich es zumindest gut, wenn wir es im wortwörtlichen Sinn täten. Und jetzt bringt mich dieser ungehobelte Haushofmeister-Idiot auch noch darum. Ich mache ein finsteres Gesicht. Eventuell schmolle ich sogar ein bisschen. Zuzutrauen wäre es mir.

Er grinst. »Gespenster?«

»Das ist schließlich ein altes Haus, oder?«

»Das stimmt. Aber soweit ich weiß, ist hier noch nie jemand ermordet worden«, sagt er. »Obwohl Catherine die Große durchaus ein aufbrausendes Temperament hat. Großmutter hat es schon geschafft, ganz Denver in Angst und Schrecken zu versetzen. Aber trotzdem ist meines Wissens bisher niemand in diesem Haus auf grausame Weise zu Tode gekommen.«

»Ja, aber was, wenn irgendwann mal einem empfindsamen Menschen dieser Überfluss an Chintz in diesem Zimmer zu viel geworden ist und ihn der Schlag getroffen hat? Dann hätte es wie ein natürlicher Tod ausgesehen, obwohl ihm in Wirklichkeit das Haus den Garaus gemacht hat, genau wie im Film.«

Er sieht mich nachdenklich an. »Weißt du, das ist mir noch nie in den Sinn gekommen.«

»Es könnte passieren.«

»Oh, auf jeden Fall. Tod durch Blumenmuster. Was für eine grausame Art, draufzugehen.« Er nimmt meine Hand und küsst meine Fingerknöchel, sodass ich lachen muss. »Geliebte Alice. Bitte, stirb mir heute Nacht nicht. Das würde mich wirklich runterziehen.«

»Ich tue mein Bestes.«

»Mehr kann ich nicht verlangen.« Jetzt lächelt er wieder, womit ich erreicht habe, was ich wollte. Er lässt meine Hand los und steht vom Bett auf. »Sei tapfer. Ich glaube an dich. Gute Nacht.«

»Gute Nacht.«

Ich weiß auch nicht genau, was ich eigentlich erwartet habe. Jedenfalls kommt am nächsten Morgen leider niemand in mein Zimmer, um die Vorhänge aufzuziehen, das Feuer im Kamin anzuzünden und mir Tee und Toast ans Bett zu bringen. Aber da wir nicht mehr im neunzehnten Jahrhundert leben, ist das wohl auch nicht verwunderlich. Ich dusche, ziehe mich an, föhne mir die Haare und so weiter. Es geht doch nichts über einen schönen, geschwungenen Lidstrich zur Stärkung des Selbstbewusstseins. Dazu noch Jeans, ein sauberes T-Shirt und meine Lieblingsboots, und das Outfit ist komplett. Das ist das Bestmögliche, was ich zu bieten habe. Die Reichen werden mich so nehmen müssen, wie ich bin. Ich bin keine von ihnen und werde es auch nie sein.

Im Haus herrscht Stille. Ich schleiche auf Zehenspitzen die

noble Treppe hinunter und weiß nicht recht, wo ich eigentlich hingehen und was ich als Nächstes tun soll. Auf die Textnachricht, die ich an Beck geschickt habe, kam noch keine Antwort. (Er hat mir seine Nummer auf der Fahrt vom Flughafen gegeben.) Vielleicht sollte ich zum Tor hinausgehen, mir ein Uber rufen und mich zum nächstgelegenen Café oder Einkaufszentrum bringen lassen. Klingt nach einem guten Plan.

»Miss Lawrence.«

Ich zucke zusammen. »Verdammt. Sie haben mich erschreckt.«

Das Gesicht von Winston, dem Haushofmeister, ist wie aus Stein gemeißelt. Nichts regt sich darin. Es bleibt immer unverändert. »Miss MacKenna erwartet Sie im Salon.«

»Aha. Wo war der gleich noch mal?«

Er weist nickend auf ein Zimmer zu meiner Linken.

»Danke.«

Winston dreht sich um und geht die Treppe hoch. Ich möchte wetten, dass er in meiner Tasche nachsehen will, ob ich etwas gestohlen habe.

Das Zimmer ist in Cremeweiß gehalten und mit goldenen Akzenten versehen. Rachel trinkt gerade einen Schluck aus ihrer Kaffeetasse, während sie sich mit einem iPad beschäftigt. Vielleicht werde ich jetzt endlich herausfinden, was Großmutter mit ihrer Bemerkung, Rachel solle sich »des Mädchens annehmen«, gemeint hat. Ein wenig fürchte ich mich davor, aber neugierig bin ich auch. Außerdem fällt mir auf, dass mir kein koffeinhaltiges Heißgetränk angeboten wurde. Arschlöcher. Trotzdem stürze ich mich nicht auf die Frau und entreiße ihr ihren Kaffee. Das nennt man Selbstbeherrschung.

»Guten Morgen«, sage ich.

»Alice.« Rachel stellt ihre filigrane Tasse ab und steht lächelnd auf. Sie trägt einen blassgrünen Bleistiftrock und eine

Seidenbluse. Das blonde Haar hat sie zu einem Knoten gewunden. Die Frau sieht perfekt aus. Bestimmt würde kein Stäubchen es wagen, diese Makellosigkeit zu besudeln. »Lass uns gehen. Leider habe ich nicht viel Zeit, weil ich in einer Stunde zu einem Meeting muss.«

»Wohin gehen wir?«

»Hat man dir das nicht gesagt? Wir gehen einkaufen.« Sie marschiert zur Tür und nimmt von einem wartenden Dienstmädchen, das aus dem Nichts gekommen zu sein scheint, ihren hellbraunen Wollmantel und ihre Handtasche in Empfang. Die Dienstboten hier sind wirklich auf Zack.

»Oh, gut«, sage ich erfreut. »Ich wollte mir sowieso ein paar Kleinigkeiten besorgen.«

»Hervorragend. Unterhalten wir uns im Auto weiter.«

Dank des Einkaufstrips komme ich wenigstens aus diesem Mausoleum heraus und weg von Winston. Ich werfe einen Blick aufs Handy, doch Beck hat noch immer nicht geantwortet. Aber es ist auch schon halb zehn und ich weiß, dass er sich mit seinem Bruder treffen wollte. Durch den Zeitunterschied und das ganze Drama gestern habe ich ziemlich lange geschlafen. Aber wir sehen uns bestimmt später noch.

Rachel stolziert in ihren hellbraunen Pumps anmutig vor mir her und steigt schließlich in einen Rolls Royce ein. Diesmal ist es nicht Smith, sondern ein anderer Fahrer, der ihr die Tür aufhält. Obwohl er mich befremdet ansieht, gehe ich um den Wagen herum und öffne selbst die Tür. Innen ist das Auto mit unglaublich bequemen, weichen, hellbraunen Ledersitzen ausgestattet. Rachel ist eine klassische Schönheit. Sie hat große blaue Augen, eine gerade Nase und wohlgeformte Lippen. Noch eine Frau in dieser Familie, die problemlos als Model durchgehen würde. Becks Vater hat eindeutig einen bestimmten Frauentyp favorisiert. Weshalb ich mich mal wieder frage, was ich eigentlich hier zu suchen habe. Allerdings ist Beck nicht sein Vater. Das sollten sich auch meine Komplexe dringend hinter die Ohren schreiben.

»Es ist bestimmt nicht einfach, so viel auf einmal zu verarbeiten«, sagt sie gerade, als der Motor schnurrend anspringt und wir losfahren.

»Das könnte man so sagen.«

»Beck ist ein guter Junge. Beziehungsweise ein guter Mann.«

»Ja, das ist er.«

Sie nickt. »Es dürfte nicht einfach werden, wenn du dich entschließen solltest, zu bleiben. Wenn ihr euch weiterhin sehen wollt. Diese Familie ist … kompliziert. Aber ich kann mir vorstellen, dass Beck dafür sorgen wird, dass sich die Mühen für dich lohnen.«

Keine Ahnung, ob sie mich aushorchen will oder nicht, aber ich halte trotzdem vorsichtshalber den Mund.

Wir setzen die Fahrt schweigend fort. Draußen werden die gepflegten Gartenanlagen und Luxusanwesen von Villen im Kleinformat abgelöst, die jedoch kaum weniger beeindruckend aussehen. Ich bin in einem Vierzimmerbungalow in einer relativ guten Gegend aufgewachsen. Hier ist es ganz anders.

»Fahren wir zum Einkaufszentrum?«

»Ja, zu Cherry Tree.«

»Gibt es dort auch Old Navy oder Nordstrom Rack?«

Rachel blinzelt kurz. »Ich bin mir nicht sicher.«

»Es ist nur … Mein Budget ist etwas begrenzt.«

»Alice«, sagt sie und nimmt die Hand vom iPad. »Deswegen musst du dir keine Gedanken machen. Es wurde diesbezüglich bereits alles arrangiert.«

»Was soll das bedeuten?«

»Ich weiß, das klingt etwas befremdlich, aber ich würde dich bitten, mir einfach zu vertrauen.«

»In Bezug auf was?«

»Da sind wir schon«, verkündet sie.

Der Wagen hält bereits vor einem weitläufigen und ziemlich prunkvollen Einkaufszentrum. Es scheint nur aus glänzendem braunen und schwarzen Stein zu bestehen und ist bestimmt das prächtigste Shoppingcenter, das ich jemals gesehen habe. Höchstwahrscheinlich kann ich mir hier nicht mal einen Kaffee leisten. Ein Mann in einem graukarierten, zweiteiligen Anzug wartet bereits auf dem Gehweg. Er ist schätzungsweise zehn Jahre älter und ungefähr hundertmal schicker gekleidet als ich. Die türkisfarbene Krawatte ist ein deutlicher Beweis dafür. Hinter ihm steht eine ältere Dame in einem Seidenjumpsuit mit Blumenmuster. Und ich fühle mich mehr als nur fehl am Platz.

»Die beiden sind Personal Shopper.« Rachel kramt in ihrer Handtasche und zieht schließlich eine schwarze Kreditkarte hervor. »Sie werden dir heute helfen. Gib ihnen einfach nur das hier.«

»Gehört die Beck?«

»Die Karte? Ja.«

»Nein.« Ich schüttle den Kopf. »Ich will nicht … Dabei ist mir nicht wohl.«

Sie sieht mich einen Moment lang an. »Alice, du vertrittst deine moralischen Werte und dafür kann ich dir nur gratulieren. Eine wirklich erfrischende Haltung. Aber es ist nun mal so, dass du mit einem Elliot zusammen bist, und das ist in dieser Stadt von Gewicht. Ich möchte nicht unhöflich erscheinen, aber so, wie du gerade aussiehst, passt du nicht in diese Welt.«

»Ich weiß, ich bin nicht so –«

»Also, ich zweifle nicht daran, dass du eine wundervolle Persönlichkeit hast. Aber ich wiederhole: Du passt nicht zu uns«, sagt sie und es klingt nicht direkt unfreundlich. »Solange du Teil unserer Welt bist, musst du das aber. Ansonsten führt das nur zu unnötigen Spannungen für Beck und dich selbst. Mit seiner Familie, seinen Freunden, seinen Geschäftspartnern … Mit so ziemlich jedem.«

Meine Secondhand-Levis fühlt sich gerade sehr abgekanzelt. Was sie aber nicht sollte, denn ich liebe sie. Aber trotzdem.

»Beck wird sicherlich nicht ganz reibungslos in sein altes Leben hier zurückfinden. Insbesondere nach Jacks Tod. Beck hat mit der Art, wie er von hier verschwunden ist, viele vor den Kopf gestoßen. Und damit, dass er dich hergebracht hat, wieder. Wenn du dir von den Personal Shoppern helfen lässt, hat er zumindest eine Sorge weniger.«

»Da du seine Kreditkarte hast, gehe ich davon aus, dass er über all das Bescheid weiß?«, frage ich.

»Als wir uns heute Morgen begegneten, habe ich erwähnt, dass ich mit dir zu Mittag essen möchte und dass möglicherweise Extraausgaben anstünden.«

»Dann hast du ihm also nichts davon gesagt.«

Sie blickt ins Leere, und zwischen ihren Augenbrauen erscheint eine leichte Furche. »Ich finde, dass wir Angelegenheiten dieser Art unter uns Frauen ausmachen sollten.«

Diese Leute sind doch das Letzte.

»Selbstverständlich liegt die Entscheidung bei dir, Alice«, betont sie. »Ich kann nicht mehr tun, als dir zu empfehlen, das große Ganze zu sehen und dein weiteres Handeln auf die größtmöglichen Erfolgsaussichten auszurichten.«

Einen Augenblick lang sitze ich nur da und starre meine Hände in meinem Schoß und meinen abgesplitterten schwarzen Nagellack an. Meine Nagelhäutchen sehen ebenfalls katastrophal aus, weil ich immer daran herumzupfe – eine meiner zahlreichen nervösen Angewohnheiten. Ich habe das Gefühl, dass mir die Kontrolle aus der Hand genommen wird, und das gefällt mir nicht. Wenigstens hat Beck nichts mit diesem Schwachsinn zu tun. Und so gern ich Rachel sagen würde, wo sie sich ihre Ansichten hinstecken kann, darf man nicht vergessen, dass sie immerhin eine der wenigen war, die sich um Beck gekümmert haben, als er als Kind von seinem Vater im Stich gelassen wurde. Bei dieser Entscheidung gibt es vieles zu bedenken.

Aber will ich mich überhaupt an seine Familie anpassen? Das ist die Frage.

Ich möchte auf keinen Fall, dass Beck glaubt, ich hätte es nur auf sein Geld abgesehen. Aber ich möchte auch kein schlechtes Licht auf ihn werfen. So sieht es aus. Und es gibt tatsächlich schon merkliche Spannungen. Er muss gerade mit so vielem klarkommen, und wer weiß, wie es gerade in ihm aussieht. Wer weiß, aus welchem Grund ich überhaupt hier bin. Aber solange ich das bin, möchte ich ein positiver Teil seines Lebens sein. Etwas, weswegen er sich keine Sorgen machen muss.

Sie hält mir die Karte mit einem mitfühlenden Lächeln hin. »Tut mir leid, aber in einer Beziehung muss man immer Kompromisse eingehen.«

Damit hat sie grundsätzlich recht. Aber in diesem speziellen Fall hege ich trotzdem Zweifel. Die Kreditkarte ist dicker und schwerer, als ich es erwartet habe. Ich stecke sie zur sicheren Aufbewahrung in eines der Innenfächer meiner Handtasche. Wenn in dieser Welt Geld gleichbedeutend ist mit Macht, dann werde ich mir zumindest dieses kleine bisschen Kontrolle nicht nehmen lassen. Ein kalter Wind bläst mir ins Gesicht. Der Motor des Rolls erwacht schnurrend wieder zum Leben, und dann ist Rachel verschwunden. Ich lege den Kopf in den Nacken und schaue zum wolkenlosen blauen Himmel hinauf. So wie mein Tag bisher gelaufen ist, wundert es mich, dass mir nicht noch ein vorbeiziehender Vogel auf den Kopf kackt. Ernsthaft.

»Hi«, begrüße ich das wartende, dynamische Shopper-Duo. Die beiden sind so mondän. Bestimmt gehören sie zu diesen Leuten, die bei Modenschauen in der ersten Reihe sitzen. »Ich bin Alice. Ähm, ich weiß nicht, was man Ihnen gesagt hat, aber ein paar wenige Outfits sind mehr als genug. Man muss es nicht übertreiben, nicht wahr?«

Die beiden wechseln schweigend einen Blick.

Ich werde in einen Umkleideraum geschickt, der größer ist als meine Wohnung. Er ist mit einem luxuriösen weißen Teppich, einigen dazu passenden Sofas und riesengroßen, goldgeränderten Spiegeln ausgestattet. Die Angestellten laufen unermüdlich hin und her und bringen Dessous, Schuhe, Abendkleider, Sport- und Freizeitkleidung und was es sonst noch alles gibt. Nicht alles passt. Und einige der vorgeschlagenen Outfits probiere ich gar nicht erst an (wenn man der unscheinbare Typ ist, sollte man nicht auch noch beige Kleidung tragen). Trotzdem schaffen wir es, ein paar Sachen für mich zu finden. Am Ende hängt eine komplette Kleiderstange voller abgelehnter Outfits, eine weitere voller Kleidung, die ich vielleicht in Betracht ziehen würde, und eine halbe voller Sachen, die ich toll finde.

Da spaziert plötzlich die Frau herein, der Beck bei der Trauerfeier so freimütig gestanden hat, dass er ihr aus dem Weg geht. Ach du Schande.

»Nicht übel«, meint sie und mustert mich, bevor sie einen jungen Mann anweist, eine Kollektion Einkaufstaschen diverser Läden an der Seite des Raums zu deponieren.

In Anbetracht dessen, dass ich so viel figurformende Unterwäsche drunter trage, dass ich kaum noch Luft bekomme, hätte ich meiner Meinung nach mindestens ein »Gut« verdient. Das schwarze, plissierte, eng anliegende Woll-Midikleid von Oscar de la Renta ist einfach wunderschön, und ich möchte gern darin beerdigt werden. Das Gleiche gilt für die Stiefeletten aus Leder. Obwohl ich mich so sehr dagegen gewehrt und befürchtet habe, mir selbst untreu zu werden, sieht es ganz danach aus, dass ich doch unter gewissen Umständen kostspielige Reiche-Leute-Mode ganz gut finde. Das kann man durchaus etwas heuchlerisch nennen.

Doch jetzt habe ich für heute erst mal genug. Normalerweise gehe ich gern shoppen. Ich liebe es sogar. Aber wenn irgendwelche Leute geschlagene drei Stunden insistieren, dass einem Neo Mint (was immer das sein soll), Dottergelb und Knallblau hervorragend stehen, und einem anschließend Klamotten mit Federn, dicken Schulterpolstern (auch wenn ich *Anne auf Green Gables* respektiere, kommt das für mich auf keinen Fall infrage) oder einen Seidenoverall andrehen wollen, ist das schon heftig. Offensichtlich zu heftig für mich. Ich werde mich nicht dazu beschwatzen oder drängen lassen, etwas zu kaufen, das nicht zu mir passt. Darüber sind die Personal Shopper zwar nicht glücklich, aber das ist nicht mein Problem.

»Hi«, sage ich. »Ich bin Alice.«

Ihr Kopf zuckt zu mir. »Entschuldige. Selah. Nett, dich kennenzulernen. Wir sind uns kurz bei der Trauerfeier begegnet. Du erinnerst dich vielleicht.«

»Ich erinnere mich.«

Sie nickt und wendet den Blick wieder ab. »Ich bin Rachels Assistentin. Sie hat mich geschickt, um nachzusehen, wie es hier vorangeht.«

»Gut. Ich glaube, wir sind gleich fertig.«

Sie erwidert nichts.

»In welcher Branche ist Rachel eigentlich tätig?«, erkundige ich mich neugierig.

»Du stehst gerade in ihrem Kaufhaus«, antwortet Selah. »Oder besser gesagt in dem ihrer Familie.«

Ach du meine Güte.

Jeder kennt die Mac-Kaufhäuser, obwohl es im ganzen Land nur ein paar davon gibt. Bei Mac kaufen die richtig Reichen ein. Bis zum heutigen Tage habe ich mir gar nicht erst die Mühe gemacht, auch nur einen Fuß in eines dieser Häuser zu setzen. Und das war durchaus eine kluge Entscheidung, wenn man bedenkt, dass das Kleid, das ich gerade trage, mehr als fünftausend Dollar kostet. Die Personal Shopper wollten mich zwar davon abbringen, auf die Preisschilder zu achten, aber meine Neugier war stärker. Wenn ich daran denke, welcher Betrag bereits zusammengekommen ist, habe ich das Gefühl, mich übergeben zu müssen – aber dann wären diese hübschen Schuhe ruiniert.

»Rachel möchte sicherstellen, dass wir für alle Eventualitäten gerüstet sind.« Selah umrundet mich und begutachtet dabei das Kleid. Ich bin es ehrlich gesagt nicht gewohnt, dass sich andere Leute dermaßen dafür interessieren, wie ich aussehe. So viel Aufmerksamkeit zu bekommen ist gleichzeitig befremdlich, irgendwie nett und unangenehm. Aber ausgerechnet von diesem perfekten, zierlichen, brünetten Püppchen gemustert zu werden ist schon etwas einschüchternd. Nicht falsch verstehen, ich verfüge trotz meiner diversen Neurosen über ein gesundes Selbstbewusstsein. Aber ich bin mir nicht ganz sicher, welche Rolle sie in Becks Leben spielt.

Just in diesem Moment vibriert mein Handy, das auf einem der Sofas liegt.

Beck: Habe vergessen, Bescheid zu sagen, dass Rachel mit dir mittagessen will.

Ich: Ja, hast du …

Beck: Tut mir leid. Das Meeting dauerte länger als geplant. Alles okay?

Ich: Bestens. Ich hoffe, das Treffen verlief gut.

Beck: Erzähle ich dir später. Als Nächstes geht es zum Anwalt. Wünsch mir Glück.

Ich: Viel Glück. X

Ich werde ihm später von meinem Tag (und meiner eventuellen Liste mit Vorbehalten gegen seine Familie, die Gesellschaft und das Patriarchat) berichten. Momentan hat er schon genug um die Ohren.

»Hallo! Was haben wir denn hier?« Becks Halbschwester Emma rauscht herein. Privatsphäre ist für diese Leute offenbar nicht von Bedeutung. »Oh, dieses Kleid steht dir gut.«

»Findest du?« Ich betrachte mich noch einmal im Spiegel. »Ich fühle mich jedenfalls toll darin.«

»Hervorragend.«

»Wie ich sehe, ist die neue Baguette von Fendi hereingekommen«, bemerkt Selah mit einem begehrlichen Blick auf die grüne Samthandtasche, die an Emmas Arm hängt. »Sehr hübsch.«

»Nicht wahr? Ich warte schon ewig darauf.« Emma lässt den Blick über die voll behängten Kleiderstangen und die Verpackungen, die auf dem zweiten Sofa und dem Boden liegen, schweifen. »Wer hat eingekauft?«

»Ich habe ein paar Sachen für sie besorgt«, sagt Selah.

Emma schnaubt amüsiert. »Das wird Beck noch bereuen. Der Ex sein Geld anzuvertrauen … Höchst unklug.«

»Sprichst du aus Erfahrung?«, fragt Selah und sieht sie mit geneigtem Kopf an.

Emma setzt sich auf eines der Sofas, legt die Beine übereinander und wippt mit einem Fuß. »Nur, dass du es weißt:

Matías hält nicht viel von meinem Reichtum. Er hat gesagt, nur wer Geist hat, sollte auch Besitz haben.«

»Wie bitte?«

»Furchtbar, nicht? Ich hasse es, wenn er mir mit Nietzsche-Zitaten kommt.«

Selah rümpft die Nase. »Als hätte Nihilismus jemals jemanden glücklich gemacht.«

»Genau so sehe ich das auch«, sagt Emma. »Aber nein, wir sind angeblich alle seelenloser, kapitalistischer Abschaum, süchtig nach materiellen Gütern, und haben den Kontakt zum gemeinen Volk verloren.«

»Nietzsche war kein Nihilist«, bemerke ich, ohne darüber nachzudenken. Mein Lieblingsprofessor für Englische Literatur hatte eine Schwäche für Nietzsches Frühwerk und konnte *Die Geburt der Tragödie* fast wortgetreu wiedergeben. »Und das gemeine Volk war ihm ziemlich egal. Er befürchtete nur, dass die Menschen sich einzig auf ihre Besitztümer konzentrieren könnten, anstatt auf Kultur, den Geist und andere Dinge, die wirklich wichtig sind. Kunst. Literatur.«

Eine Pause entsteht und beide drehen sich zu mir um. Selah kneift die Augen zusammen, und in ihrem Blick liegt etwas, das vorher noch nicht da war. Als würde sie mich zum ersten Mal sehen. Richtig wahrnehmen. Obwohl ihr das, was sie sieht, offenbar nicht besonders gefällt.

Emma zuckt lächelnd mit den Schultern. »Also, ich weiß nicht, wie Nietzsche das gehandhabt hat, aber Matías trug, als er das gesagt hat, einen Anzug von Brioni. Du musst mir also nachsehen, wenn ich etwas missverstanden haben sollte. Das Ganze war schon recht widersprüchlich.«

Ich lächle großmütig und überlasse sie wieder ihrer Unterhaltung. Doch in meinem Kopf rattert es. Selah und Beck waren also zusammen. In Anbetracht der seltsamen Stimmung und der Feindseligkeit (zumindest von Becks Seite) zwischen ihnen ergibt das Sinn. Und ganz offensichtlich hat sie zumindest am Rande noch immer Anteil an seiner Familie und seinem Vermögen.

Interessant.

Ein Mann kommt mit einem Tablett voller Gläser und einem Eiskübel, in dem eine Flasche steckt, herein und stellt alles auf einem kleinen Tisch ab. In solchen Augenblicken finde ich es immer seltsam, nicht selbst als Bedienung zu fungieren. Was mich wieder einmal daran erinnert, dass ich keine von den Reichen bin und nicht hierher gehöre. Ganz egal, wie toll mein Kleid ist. Obwohl es wirklich unglaublich toll ist. Wenn Beck mich irgendwann durch eine andere ersetzt, die seiner Familie genehmer ist, werde ich das Kleid mitnehmen, um meinen Herzschmerz zu lindern. Die Stiefeletten dürfen auch mitkommen.

Selah gießt uns Champagner ein. »Etwas Dom. Ich dachte mir, eine kleine Erfrischung würde uns jetzt guttun.«

»Ich glaube, wir sind hier fertig«, sage ich.

Selah hört auf, die Gläser zu füllen, und wirft einen Blick auf die Kleiderstangen. »Welche davon nimmst du?«

Ich deute auf die kleinste Auswahl.

»Wenn das alles ist, was du finden konntest, müssen wir vielleicht den Radius erweitern. Ich werde mal meine Kontakte bei den anderen Warenhäusern ansprechen, und auch ein paar Designer, die eine gute Auswahl in Übergröße haben.«

»Nicht nötig. Das wird genügen.«

Selah klappt den Mund auf, schließt ihn jedoch gleich wieder. »Nun gut. Wie wäre es, wenn ich hier alles fertig mache und Emma dich derweil zum Friseur- und Beautysalon begleitet?«

»Ihr schneidet mir nicht die Haare«, sage ich, und es ist keine Bitte, sondern eine Feststellung.

»Ich kann sie nicht hinbringen, ich habe noch ein Meeting. Es wird sich jemand anderes mit der neuen Freundin herumschlagen müssen.« Emma nippt an ihrem Champagner. »Und du hast wirklich einen Haarschnitt nötig. Ich kann deine gespaltenen Haarspitzen von hier aus sehen. Und eine Keratinbehandlung und ein paar Strähnchen könnten auch nicht schaden.«

»An ihrer Haut muss einiges gemacht werden«, fügt Selah hinzu. »Und diese Augenbrauen …«

Emma nickt. »Und diese ungepflegten Klauen, die man kaum als Fingernägel bezeichnen kann, müssen auch dringend in Ordnung gebracht werden.«

»Von ihrer Beinbehaarung möchte ich erst gar nicht reden.«

»Hast du aber gerade«, sage ich ungehalten. Was für dumme Kühe die beiden sind.

»Komm schon, Alice«, sagt Emma. »Meine herzallerliebste Mutter hat dir doch bestimmt schon den üblichen Vortrag gehalten. Du weißt schon, *du darfst keinesfalls die Familie blamieren*, gefolgt von *du wirst noch immer wie du selbst aussehen – nur eben wie die bestmögliche, edelste Version deiner selbst*. Etwas in dieser Art.«

»Ja, hat sie.«

Emma zuckt mit den Schultern. »Was soll ich sagen? Sie hat weitestgehend recht. Das hier ist vor allem zu deinem eigenen Besten. Ich will dir nicht zu nahetreten, aber einige Gäste haben sich gestern durchaus erkundigt, wer die Landstreicherin an Becks Seite ist.«

»Was?«, frage ich entrüstet. »Wow.«

»Ja. Das ist hart.«

»Sehr hart.«

»Und in gewisser Weise kann ich sie verstehen«, sagt Emma. »Ich glaube, ich mag dich doch nicht.«

Selah lacht. »Niemand mag sie.«

»Ach, mein süßes Unschuldslamm«, sagt Emma und lächelt gütig. »Wir sind nicht da, um gemocht zu werden. Sondern um den ganzen Mist hier am Laufen zu halten. Glaubst du vielleicht, du bekommst diese ganzen schicken Klamotten, weil Großmutter dich wirklich mag oder dich hier haben will? Das tut sie nur, weil sie Beck wieder unter Kontrolle bekommen will. Zumindest gehe ich davon aus, dass sie das gestern Mama gegenüber ausdrücken wollte. Ich rate dir, das Beste aus der ganzen Situation zu machen, solange du es kannst, denn man weiß nie, was der nächste Tag bringt. Und jetzt hör auf zu jammern, bevor ich davon noch Kopfschmerzen bekomme.«

Ich erwidere nichts. Manchmal ist es am besten, den Mund zu halten. Und sie hat mir nichts erzählt, was ich nicht schon wusste oder zumindest vermutet habe. Aber trotzdem … Nach dem ganzen Blödsinn, den ich heute erlebt habe, verspüre ich einen starken Widerwillen dagegen, mir von anderen noch irgendwelche Veränderungen aufzwingen zu lassen. Ich darf nicht vergessen, dass Beck mich so mag, wie ich bin. Zumindest glaube ich, dass er das tut. Er hat jedenfalls nie erwähnt, dass ich fulminante Makel hätte und dringend einer Generalüberholung bedürfe, welche die beiden mir offensichtlich verpassen wollen. Aber vielleicht hat er das auch nur vergessen?

Nein, nichts da, das lasse ich mir nicht einreden.

Das ist alles eine Falle. Die Kleider und die Accessoires und der ganze Rest. Wie soll man dabei jemals ein Ende finden und das Gefühl haben, gut genug zu sein? Hübsch genug, klug genug, einfach generell gut genug. Das Ganze hat etwas Verzweifeltes, bei dem ich mich ganz und gar nicht wohlfühle (noch unwohler als sowieso schon). Und gleichzeitig möchte ich mich gern anpassen und Beck stolz machen. Aber man muss mich doch nur ansehen. Ich bin quasi die Anti-Selah. Breit statt schmal, unbeholfen statt anmutig. Ich werde ihr niemals das Wasser reichen können. Wahrscheinlich muss ich mich einfach damit begnügen, ich zu sein. Wenngleich eine etwas schickere Version meiner selbst.

»Ich bringe sie zum Salon«, sagt Selah wenig erfreut.

»Ach wie schön«, seufzt Emma. »Das wird sicherlich ein tolles Erlebnis für euch beide, bei dem ihr euch näherkommen könnt.«

Ich kippe den Dom hinunter. Er schmeckt nicht schlecht. »Von mir aus. Aber ich finde auch allein dorthin. Selah hat bestimmt Besseres zu tun. Wo sind die Klamotten, die ich vorhin anhatte?«

Selah zögert keine Sekunde, sieht mir jedoch auch nicht in die Augen. Sie ist keine gute Lügnerin. »Wahrscheinlich auf dem Weg in die Reinigung. Zieh doch eines der neuen Outfits an.«

»Lügst du mich an?«

Emma, die schon halb aus der Tür ist, kichert wie eine böse Hexe. »Viel Spaß noch, Ladys!«

»Selah, hat jemand meine Sachen entsorgt?«, frage ich mit einem unüberhörbar aggressiven Unterton. »Denn das fände ich nicht in Ordnung. Absolut nicht.«

Sie reißt die Augen und den Mund auf. Ich weiß nicht, ob aus Angst oder Verblüffung oder warum auch immer. »Weißt du, Alice …«

»Das kann nicht dein Ernst sein.«

Selah sieht nun ernsthaft gekränkt aus und bedenkt mich mit einem schweren Seufzen und einem müden Blick. »Hör mal, ich weiß es selbst nicht, aber es würde mich nicht überraschen. Rachels Anweisungen in Bezug auf dich waren, gelinde gesagt, detailliert.«

Dass ich mich beherrschen kann und nicht lauthals zu fluchen beginne, ist ein persönlicher Triumph. Diese Leute sind das Allerletzte. Wenn meinem Austen-Shirt etwas zugestoßen ist, werde ich irgendetwas abfackeln.

»Aber ich werde mich bemühen, deine Sachen wiederzufinden.«

»Vielen Dank.« Das klingt zwar nicht besonders dankbar, aber was soll's. Es war ein langer Tag.

»Und was diese andere Angelegenheit betrifft … Weißt du, wir müssen einander nicht mögen. In Anbetracht der Situation wäre es auch befremdlich, wenn wir das täten. Aber nur weil es dir gut in den Kram passen würde, dass ich hier die Böse bin, heißt das noch lange nicht, dass es auch wirklich so ist.«

Darüber muss ich kurz nachdenken. »Nur aus Neugier: Hast du vor, dich an Beck ranzumachen?«

»Er und ich haben noch einiges zu besprechen.«

»Ich bin mir nicht sicher, ob er der gleichen Meinung ist.«

Sie presst die Lippen aufeinander. »Das geht nur ihn und mich etwas an.«

»Du hast recht, wir werden wahrscheinlich keine Freundinnen werden«, sage ich. »Aber ich habe auch nicht genug Energie für eine Feindschaft. Zumindest heute nicht.«

»Dann lass uns einfach oberflächlich nett zueinander sein und das Ganze erledigen, einverstanden?«

»Was genau müssen wir noch erledigen?«

Sie trinkt ihren Champagner aus. »Nur ein bisschen Klarschiff machen. Ich verstehe nicht, warum du das alles so aufbauschst.«

»Weil ich mich eigentlich so mag, wie ich bin, und nicht einsehe, weshalb ich mich radikal verändern soll, nur um euch Blödmännern zu gefallen?«

»Wow«, sagt sie verblüfft. »Hast du dir vielleicht den falschen Mann ausgesucht oder was?«

Jetzt würde ich gern auf etwas eindreschen. Selbst nur so zu tun, als wäre ich nett zu diesen Leuten, fällt mir verdammt schwer. »Das ganze Theater hier ist doch nicht für Beck, sondern nur für seine Familie.«

Sie lächelt. »Aber das ist doch dasselbe, Alice. Das ist verdammt noch mal ein und dasselbe.«

5. KAPITEL

»Kann ich Ihnen helfen, Miss?«, fragt der Hotelpage.

Ich stehe auf dem Gehsteig vor einem spektakulären, riesigen alten Hotel und bin irgendwie jedem im Weg. Ich weiß selbst nicht, was ich hier zu suchen habe. Vielleicht ist das alles ein Irrtum. Ich bin über die Jahre schon in zahlreichen Motels abgestiegen, aber noch nie in einem richtigen Hotel. Mom und Dad wollten im Familienurlaub immer campen, und ich hatte auch nie genug Geld, um es dafür zu verschleudern. Doch jetzt stehe ich hier.

Nach dem Abstecher zum Schönheitssalon hat Selah mich in ein anderes Auto gesetzt. Vielleicht hat der Fahrer mich hier irrtümlich abgesetzt. Obwohl mir das in Anbetracht der Wendungen, die mein Leben gerade genommen hat, recht unwahrscheinlich erscheint.

»Miss?«, wiederholt der Page noch einmal.

Wenigstens sehe ich inzwischen dank meines glänzenden Pferdeschwanzes, meiner perfekt schwarz lackierten Nägel und meines makellosen Make-ups so aus, als wäre ich hier richtig – obwohl ich mich innerlich wie ein pummeliges Aschenputtel fühle. Mein Katzenaugen-Lidstrich ist so vollendet wie nie zuvor. Ich trage hochtaillierte Designerjeans mit Bundfalten und einen weißen T-Shirt-Body, kombiniert mit einem schwarzen Burberry-Trenchcoat und ganz einfachen, hübschen, schwarzen Wildledermules von Manolo Blahnik. Das ist mein legerer Freizeitlook. Denn obwohl das Wetter es durchaus zulassen würde, sind Flip-Flops und abgeschnittene Jeans in Becks Welt offenbar nicht angesagt. Außerdem habe ich mir noch ein paar Outfits für etwas gehobenere Anlässe ausgesucht. Jetzt kann mir seine Familie zumindest nicht mehr vorwerfen, dass ich sie komplett blamieren würde.

»I-Ich, ähm …«, stottere ich. Na ja, also vielleicht bin ich doch noch zu etwa siebzig Prozent peinlich.

»Schon gut, ich kümmere mich um sie, Sam.« Beck tritt in einem marineblauen Anzug aus dem Eingang des Boutique-Hotels. Als er mich mustert, setzt er wieder diese betont ausdruckslose Miene auf. »Kenne ich Sie nicht irgendwoher?«

»Sie sind mit deiner Kreditkarte auf mich losgegangen.«

Er schiebt die Hände in die Hosentaschen. »Rachel hat nur gesagt, dass sie mit dir essen gehen wollte. Meine Karte wollte sie vorsichtshalber mitnehmen, falls dir etwas ins Auge fallen sollte. Ich bin schon davon ausgegangen, dass du die eine oder andere Kleinigkeit gefunden hast, weil der Concierge erwähnte, dass deine Sachen vorhin gebracht wurden.«

»Ich will wirklich nicht überdramatisch klingen, aber … sie haben einiges mit mir angestellt«, sage ich. »Was denkst du?«

»Was denkst *du?*«

»Was ich denke, dass du denkst? Oder andersherum?«

»Andersherum. Glaube ich.« Er runzelt nachdenklich die Stirn. »Es war ein langer Tag.«

Ich schaue an mir hinab. »Ich bin mir nicht sicher. Ich glaube, es gefällt mir ganz gut. Zumindest teilweise.«

»Nun, ich mag die Teile, die du auch magst.«

Ich lächle.

»Aber vor allem mag ich dich.«

»Danke. Ich mag dich auch.« Ich mache einen kleinen Schritt vorwärts und drücke sanft die Lippen auf seine. Der Kuss fällt wirklich recht unschuldig aus, denn immerhin sind wir in der Öffentlichkeit, dafür aber recht lang. Sobald ich in seiner Nähe bin, geht es mir besser. Als würde ich unabhängig von Haarstyling, Wachsbehandlungen und Designerklamotten einfach hierher gehören. »Mir ist der Name auf dem Gebäude aufgefallen. Wahrscheinlich war es ziemlich dumm von mir, zu hoffen, dass es sich beim *Heritage* nur um eine Art Kaffeestand oder etwas Vergleichbares handelt.«

»Wir haben drinnen ein Café. Zählt das auch?«

»Nein, leider kein bisschen. Was habt ihr sonst noch zu bieten?«

»Gestatte mir, es dir zu zeigen, liebreizende Alice.« Er hält mir den Ellenbogen hin, damit ich mich bei ihm einhake. »Willkommen im *Heritage*.«

Die Lobby ist geprägt von viel Glas, schwarz gestrichenen Wänden und zahlreichen Art-déco-Akzenten. Das passt gut, denn das Gebäude ist bestimmt schon hundert Jahre alt. Weiter drinnen sind die Wände mit dunklem Holz getäfelt und an den hohen Decken hängen antike Leuchten. Samtsofas, lange, niedrige Beistelltische und lederne Ohrensessel laden zum Verweilen ein. Moderne Kunst ist mit Antiquitäten und üppigen Blumenarrangements kombiniert. Dieses Hotel ist so cool, dass man es kaum aushält.

Und alle scheinen uns zu beobachten – Angestellte und Gäste gleichermaßen. Irgendjemand zückt sogar ein Handy und macht ein Foto von uns. Verdammt, das ist so was von unhöflich. Beck bemerkt es entweder nicht oder schert sich nicht darum. Wahrscheinlich ist er es gewohnt, Aufmerksamkeit zu erregen. Aber in diesem Moment bin ich irgendwie dankbar für die Kleider, die ich trage. Sie sind fast wie ein Panzer gegen all die neugierigen Blicke. Entweder das, oder diese starrenden Leute bringen mich auf ganz seltsame Gedanken. Keine Ahnung. Die Schuhe finde ich jedenfalls richtig hübsch, und der Trenchcoat ist auch cool. Das ist zumindest etwas tröstlich.

»Wir haben hier auch einen Geschenkeladen, einen Friseur, eine Cocktaillounge und ein Restaurant.« Er nickt den Angestellten am Empfangstresen zu und führt mich zu einer Reihe von Aufzügen. »Ich weiß, sie sehen schon ziemlich alt aus, aber sie funktionieren einwandfrei.«

»Sie sind wunderschön. So wie alles hier. Und das gehört jetzt dir?«

»Ich bin dafür zuständig«, erklärt er, als wir in den Aufzug steigen. Er drückt den Knopf für das Stockwerk unterhalb des Dachgeschosses. Die vierzehnte Etage. Anscheinend beginnen wir mit unserer Besichtigungstour fast ganz oben. Von mir aus. Ich würde ihm überallhin folgen. »Aber derzeit gehört es noch der Firma. Bis der Verkauf abgewickelt ist, muss ich mich also noch vor der Familie und den Anteilseignern verantworten.«

Ich nicke. Der Aufzug setzt sich mit einem leisen, nostalgischen Rasseln in Bewegung, wie man es heutzutage gar nicht mehr kennt.

»Woran denkst du gerade?«, fragt er.

»An vieles.«

»Zum Beispiel?«

»Also … Für den Anfang, dass dieses Hotel wirklich wahnsinnig beeindruckend ist.«

»Das Beste kommt erst noch.«

Ich blicke einen Moment zu Boden. In Aufzügen fühlt man sich immer so befangen. »Ist dir aufgefallen, wie die Leute uns unten angestarrt haben?«

»Das kommt vor«, meint er nur. »Beachte es nicht weiter.«

»Kann es sein, dass du auf der Liste der begehrtesten Junggesellen dieser Stadt ganz oben stehst?«

»Auf der staatsweiten Liste liege ich an zweiter Stelle. Ethan ist die Nummer eins.«

Heiliger Bimbam.

»Aber so etwas macht mich nicht aus, Alice«, versichert er eindringlich. »Das ist nur ein Nebeneffekt unseres Vermögens. Ignoriere es einfach, okay?«

Er hat leicht reden.

Im vierzehnten Stock angekommen zieht er eine Schlüsselkarte aus der Tasche. Was immer er mir zeigen möchte, befindet sich am Ende eines langen Flurs, der ebenfalls mit tollen alten Leuchten ausgestattet ist. Beck strahlt eine Energie aus, wie ich sie seit seiner Abreise aus Kalifornien nicht mehr bei ihm erlebt habe. Natürlich habe ich nicht erwartet, dass er so kurz nach dem Tod seines Vaters mit blendender Laune herumlaufen würde, aber es ist trotzdem schön zu sehen, wie ein wenig seiner Lebensfreude zurückkehrt.

Er öffnet eine Tür und lächelt mich an. »Na los. Sieh es dir an.«

»Okay.«

Ich gehe hinein und lasse mir Zeit dabei, alles zu begutachten. Wenn es Beck so viel bedeutet, möchte ich auch alles gebührend würdigen. Und es ist ihm offenbar sehr wichtig, denn er beobachtet mich unablässig mit Adleraugen. Die Wände sind in einem Grafitton gehalten, und die Möbel sind ebenso luxuriös wie die im Erdgeschoss und in verschiedenen Blautönen gepolstert. In dem großen, offen gestalteten Raum befinden sich ein Wohnbereich, ein großer Esstisch aus Holz und eine kleine Einbauküche mit Arbeitsflächen aus glänzendem weißen Stein. Außerdem gibt es einen offenen Kamin, einen riesengroßen Fernseher, eine Bar, einen Weinkühlschrank … im Grunde alle luxuriösen Annehmlichkeiten, die man sich nur wünschen kann. Die deckenhohen Fenster bieten einen tollen Ausblick auf den Innenstadtbezirk von Denver, und draußen gibt es sogar einen Sitzbereich mit Feuerstelle und Whirlpool. Für ein einfaches Mädel wie mich ist das ganz schön überwältigend.

»Sind das die Penthouse-Apartments?«, frage ich und schaue mich weiter hinten um. Hier gibt es noch ein Arbeitszimmer mit einem vollgestopften Bücherschrank und ein strahlend weiß gefliestes Badezimmer.

»Nein, die befinden sich ein Stockwerk höher. Sie haben eine doppelt so große Grundfläche.«

»Wow.«

»Sie sind schön«, räumt er ein. »Aber ich fand, dass es besser wäre, sie für Gäste freizuhalten. Dieses Apartment ist nur zum persönlichen Gebrauch bestimmt. Außerdem dachte ich mir, dass wir momentan noch keinen Flügel oder zwei zusätzliche Schlafzimmer benötigen.«

»Dieses Apartment ist nur für die Familie?«

»Wenn du mit Familie dich und mich meinst.«

Ich weiß nicht, was ich sagen soll. Ich befürchte, dass ich das Wörtchen *wow* langsam überstrapaziere. Höchstwahrscheinlich werde ich mich niemals an derartigen Reichtum gewöhnen. Zumindest hoffe ich, dass es nie so weit kommt. Nicht auszudenken, dass man eine derartige Pracht als selbstverständlich erachten könnte. Aber andererseits haben Beck und ich so endlich etwas Privatsphäre. Und ich muss zugeben, diese Vorstellung ist einfach herrlich.

»Eigentlich dachte ich, dass Dad mich ausquartiert hätte, nachdem ich weggegangen war«, sagt er gedankenverloren. »Aber das hat er nicht getan. Hunde, die bellen, beißen nicht – das galt offenbar auch für den alten Mann. Zumindest in Bezug auf seine Kinder. Dass man so etwas immer erst begreift, wenn es zu spät ist.«

»Hast du hier gewohnt, bevor du dich auf die Reise gemacht hast?«

Er nickt und lehnt sich an die geschlossene Tür. »Hier habe ich gewohnt und gearbeitet. Letztes Jahr habe ich die Renovierungsarbeiten überwacht. Das war mein Projekt, mit dem ich mich meinem lieben alten Vater und dem Vorstand beweisen wollte.«

»Du musst sehr stolz sein«, sage ich und gehe zur anderen Seite des Zimmers. »Dieses Apartment ist unglaublich. Das ist ein wunderschönes Hotel, Beck.«

»Vielen Dank. Sehr viele Menschen haben hart daran gearbeitet.«

»So war es bestimmt. Aber dieses Hotel ist dein Baby, oder?«

Er lächelt.

Ich warte einfach ab.

»Dieses Gebäude ... Es gab eine Menge Leute, die es nutzlos fanden. Die der Meinung waren, wir sollten es komplett entkernen und noch mal ganz von vorn anfangen. Das wäre jedenfalls kostengünstiger gewesen. Modern und schick sollte es werden, um Gäste anzulocken und ihnen das Geld aus der Tasche zu ziehen. Die Geschichte dieses Gebäudes interessierte den Vorstand nicht.«

»Aber dich schon.«

Er zuckt gleichmütig mit den Schultern, doch sein Lächeln verschwindet nicht.

»Du hast ihnen bewiesen, dass sie sich geirrt haben.«

»Es bringt uns Geld ein, und das ist das Einzige, was zählt.«

»Rede das, was du hier geleistet hast, nicht klein. Ich glaube, in deiner Seele steckt sehr viel Kreativität.«

Er schnaubt spöttisch. »Die Elliots scheren sich nicht um ihre Seelen. Oder Konsequenzen. Zu umständlich. Wir wurden geboren und erzogen, um Geldmaschinen zu werden.«

»Du bist mehr als das.« Ich recke das Kinn. »Und das weißt du auch.«

»Tue ich das?«

»Ja. Du wolltest mehr. Du hast dich auf die Suche nach mehr gemacht. Schon vergessen?«

»Und doch stehe ich jetzt wieder genau da, wo ich angefangen habe.« Er leckt sich die Lippen und wendet sich ab. »Ich plane, mir ein eigenes Imperium aufzubauen, indem ich eine ganze Kette von Boutique-Hotels eröffne. Neben einigen anderen Investitionen, die ich bereits getätigt habe.«

»Das ist unglaublich.«

»Was man nicht alles mit Geld erreichen kann, nicht wahr? Und trotzdem wehrst du dich noch immer dagegen, dass ich mir mit Geld deine Liebe kaufe«, witzelt er.

»Würdest du sie überhaupt noch wollen, wenn sie käuflich wäre?«

Er sieht mich einen Moment schweigend an. »Gutes Argument, meine Liebste.«

Er folgt mir ins Schlafzimmer, wo ein großes, weiß bezogenes Bett den Ehrenplatz einnimmt. Die Wände sind mit coolen dunkelgrauen Tapeten im Vintagelook tapeziert, und es gibt eine hellblaue Chaiselongue, die perfekt zum Lesen geeignet ist. Aber zurück zum Bett. Es hat Orgiengröße. Und es gibt nur eines.

»Wo soll ich denn schlafen?«, frage ich und teste die Weichheit der Matratze mit der Hand. Sie ist weder zu fest noch zu weich und federt ideal. Hervorragend.

»Wo immer du willst.«

»Und wo schläfst du?«

»Wo immer du willst. Selbstverständlich im Pyjama. Wir wollen ja schließlich nichts überstürzen.«

»Nicht? Könntest du mir noch einmal sagen, warum?«

»Meine verdorbene Alice. Du bist einfach entzückend.«

»Das Problem ist, dass du glaubst, ich würde nur Witze machen.«

»Oh, du kannst mir glauben, dass ich dich sehr ernst nehme.« Bilde ich mir das nur ein oder klingt Becks Stimme eine Oktave tiefer? Das ist sexy Musik in meinen Ohren. Er lehnt sich mit dem Rücken an den Türrahmen. Oh ja, da ist eindeutig ein hitziges Flackern in seinen Augen. »Das Bad und der Kleiderschrank befinden sich übrigens hier hinter mir.«

»Bleib ruhig stehen. Ich kann mich bestimmt an dir vorbeiquetschen.«

»Wenn du darauf bestehst.«

Ich schiebe mich in aller Ruhe an ihm vorbei, mache auf dem Weg in den Flur nur winzige Schrittchen. Außerdem könnte es sein, dass ich so tue, als wäre der Türdurchgang nur halb so breit wie in Wirklichkeit. Aber was interessiert mich dieses tolle Apartment, wenn ich mich stattdessen an diesen tollen Mann schmiegen kann? Mir fällt auf, dass Beck sich keinen Millimeter von der Stelle bewegt und zulässt, dass meine Brüste seinen Brustkorb streifen. Obwohl mindestens vier Lagen Kleidung zwischen uns sind, kribbelt es in meinem Schoß und meine Brustwarzen werden steif. Die ganze Zeit sehen wir uns direkt in die Augen. Aber selbst wenn ich gewollt hätte, hätte ich den Blick nicht abwenden können. Ihm so nah sein zu können ist das Highlight des Tages. Wenn ich mir ausmale, was wir mit ein bisschen Zeit und ein bisschen Privatsphäre alles in diesem Bett tun könnten … Ich hatte bisher noch nie Gelegenheit, mit einem Anzugträger etwas Spaß zu haben. Das wäre bestimmt eine erfreuliche Erfahrung.

»Du darfst gern noch ein paarmal hin und zurück laufen«, sagt er mit seiner erotischen, tiefen Stimme. »Wenn du möchtest, könntest du dich auch mal umdrehen.«

»Ach ja?«

»Ich hatte schon immer größte Hochachtung vor deinem Po.«

»Du sagst immer so süße Dinge.«

»Gelegentlich mache ich mir ein Vergnügen daraus, mir solch kleine Komplimente vorab zurechtzulegen.«

»Ich fand dich so heiß, bis du ausgerechnet Mr Collins zitieren musstest«, sage ich mit Verweis auf *Stolz und Vorurteil*. »Sonst hätte ich auf jeden Fall meinen Hintern an dir gerieben.«

»Es kommt nie wieder vor, ich verspreche es.« Er beugt sich vor und drückt mir einen sanften Kuss auf die Lippen. Den festen, warmen Druck seines Mundes auf meinem zu spüren ist himmlisch. »Du bist so verflucht schön.«

»Ich glaube, Mr Collins hätte es auch mit diesem Spruch versuchen sollen. Wer weiß, wie weit er damit gekommen wäre.«

Beck lässt die Arme hängen und schließt die Hände. Als würde er mich gern umarmen, hielte sich aber aus irgendeinem Grund zurück. Also strecke ich stattdessen die Arme nach ihm aus, streiche mit den Händen über seine Anzugjacke und richte seine Krawatte.

»Ich mag diesen Businesslook«, raune ich.

»Ach ja?«

»Aber vor allem mag ich dich.«

Er sieht mir ins Gesicht. Und noch immer hält er sich aus irgendeinem verdammten Grund zurück. Trotz seiner liebevollen Worte spüre ich, dass er Zweifel hat, seitdem wir zusammen in Denver sind. Von mir kenne ich das ja, aber bei ihm bin ich das nicht gewohnt.

»Küss mich, Beck, berühr mich … Tu, was immer du willst.«

Ein lüsternes Grinsen huscht kurz über seine Lippen, bevor

er sich auf mich stürzt. Er legt die Hände an meine Wangen, schiebt die Finger in mein Haar. Und sein Mund … meine Güte, den weiß er wirklich einzusetzen. Seine Lippen sind so warm, seine Zunge ist so geschickt und er nimmt genauso viel, wie er gibt. Der zarte, zurückhaltende Kuss vorhin war eine Lüge. Das hier ist der wahre Beck. Voller Hitze und Emotionen. Wer oder was auch immer ihm eingebläut hat, er müsse sich beherrschen, sich im Zaum halten, verdient einen kräftigen Tritt in den Allerwertesten. Denn wenn er mich so küsst, dreht sich mir alles, und mein Körper schmerzt vor Verlangen. Er knabbert mit den Zähnen an meiner Unterlippe, lindert den köstlichen Schmerz jedoch sofort wieder, indem er an ihr saugt. Dann verwöhnt er mich mit intensiven, feuchten Küssen, die so herrlich sind, dass ich wahrscheinlich sterben muss, wenn er jemals wieder damit aufhört. Klingt melodramatisch, ist aber die Wahrheit.

Als er schließlich von mir ablässt, sind wir beide außer Atem. Behutsam wischt er mit dem Daumen über meinen Mundwinkel. »Ich befürchte, ich habe dein Make-up und deine schicke Frisur ruiniert.«

»Du hast auch ein bisschen Lipgloss abbekommen.«

»Falls ich es heute noch nicht gesagt habe: Ich bin froh, dass du hier bist.«

»Ich auch.«

»Das ist doch viel besser, als bei Großmutter zu wohnen und sich von Winston erwischen zu lassen, als wären wir zwei geile Teenager, oder?«

»Na klar. Allerdings stecken wir jetzt in einem moralischen Dilemma. Welches Verhalten sehen die Dating-Regeln vor, wenn nur ein Bett vorhanden ist?«, frage ich und versuche, so keusch zu lächeln wie möglich. Wahrscheinlich sehe ich wenig überzeugend aus. Wenn es um diesen Mann geht, werde ich eher zum lüsternen Tier. Was soll ich sagen? Er macht mich verrückt vor Verlangen. Ich lege eine Hand auf seine Brust, erspüre seinen Herzschlag. Er ist kraftvoll und ruhig. Seit L.A. hat sich zwischen uns einiges geändert, und doch ist das Knistern zwischen uns stark wie eh und je. Genau wie unsere wachsende Verbindung.

»Aber im Hotel wie auch im Rest der Stadt ist leider kein einziges Zimmer mehr frei«, behauptet er. »Ich habe mich schon diesbezüglich erkundigt.«

»Verdammter Mist.«

Er schnalzt mit der Zunge. »Was für eine Ausdrucksweise für eine junge Dame. Nicht zu fassen. Wie gefällt dir übrigens der Rest des Apartments?«

Ich muss grinsen. Dann lasse ich ihn los und wende mich ab, um den begehbaren Kleiderschrank zu inspizieren. »Heilige Scheiße!«

»Was ist los?«, fragt er beunruhigt.

»Ähm, Beck?«

»Ja?«

»Hier hast doch nur du gewohnt, oder? Ganz allein?«

»Ja.« Er legt die Hände auf meine Hüften, stützt das Kinn auf meine Schulter und wirft einen Blick in den nicht gerade kleinen Raum. »Was sagt man dazu.«

»Du nennst nicht zufällig eine umfangreiche Designerhandtaschen-Sammlung dein Eigen?«

»Nicht, dass ich wüsste.«

»Was ist mit Damenschuhen?«

»Nein. Besitze ich auch nicht.«

Ich seufze. »Das hatte ich schon befürchtet. Wie viel Platz beanspruchen deine Sachen hier drin?«

»Sie befinden sich in den Schubladen hier drüben. Dazu kommt noch die Hälfte der Kleiderstange dort links. Aber wie du sehen kannst, habe ich meine Maßanzüge schon zusammengeschoben, damit du mehr Platz für deine Kleider und Mäntel hast«, erläutert er hilfsbereit. »Die Vitrinen dort hinten habe ich nie benutzt, was offensichtlich gut war, denn jetzt sind sie voll mit deinen Handtaschen und so weiter. Außerdem sieht es so aus, als wären meine sämtlichen Schuhe auf die untere Ablage gewandert. Der Rest gehört dir.«

»Leck mich.«

»Unbedingt. Bei Gelegenheit. Aber in der Zwischenzeit sollten wir uns das mal etwas näher ansehen, oder?« Er schiebt mich mit den Händen auf meinen Hüften ein wenig nach links.

»Ich kann nicht fassen, dass sie sich das gewagt haben.«

Der Raum ist in einem zarten Grau gehalten und besteht im Grunde nur aus Schubladen, Kleiderstangen und einigen hohen Spiegeln. In der Mitte steht eine Kommode mit noch mehr Schubladen sowie einem Plüschsofa auf der einen und einem Schminktisch plus Stuhl auf der anderen Seite. Und soweit ich sehen kann, sind alle Schubfächer gefüllt.

Beck öffnet eine Schublade nach der anderen. »Was haben wir denn da? Schals, Handschuhe … ein bisschen langweilig. Wo sind die guten Sachen? Ah, da sind sie ja. Höschen, BHs … Oh ja, eine hübsche, umfangreiche Dessous-Auswahl. Das gefällt mir schon besser.«

»Du musst mir glauben, dass ich dazu nicht meine Einwilligung gegeben habe.« Mein Herz hämmert und mein Atem geht schnell. »Ich würde niemals dein Geld so verschleudern.«

»Hey –«

»Ein paar Outfits, mehr habe ich nicht zugestimmt. Weil ich dachte, dass du wahrscheinlich nichts dagegen hättest. Damit ich mich deiner Familie besser anpassen kann und so weiter. Rachel meinte, das sei wichtig.« Im Zweifelsfall niemals zögern, der netten, reichen Lady die Schuld zuzuschieben. »Wir können das bestimmt alles wieder zurückgeben, oder?«

Er hält einen transparenten schwarzen Boxerslip im Vintagelook hoch. »Warum sollten wir das tun?«

»Weil das alles viel zu viel ist.«

»Meine Liebste.« Er legt seufzend das Höschen weg. Dann schlingt er die Arme um meine Schultern und lächelt. Diesmal ist es dieses Lächeln, das besagt, dass er sich über mich amüsiert. Zum Glück ist er nicht sauer. »Ganz ruhig bleiben und tief durchatmen. Brauchst du vielleicht eine Mund-zu-Mund-Beatmung?«

»Es tut mir so leid.«

»Das ist nicht deine Schuld. Entschuldige dich niemals für irgendwelchen Mist, den du nicht verbockt hast. Noch so ein Wahlspruch meiner Mutter. Obwohl sie ihn ein wenig anders formulieren würde.«

»Wie hat dein Dad in solchen Fällen gehandelt?«

»Dad hat sich niemals entschuldigt, ganz egal, ob er nun Schuld hatte oder nicht. Niemals ein Schuldeingeständnis abgeben. Immer einen Anwalt anrufen. ›Glaubhafte Bestreitbarkeit‹ war sein zweiter Vorname.« Er legt die Stirn an meine. »Alice, solange dir die Sachen gefallen, ist alles in Ordnung.«

»Das sehe ich nicht so.«

»Was würde deine Mutter dazu sagen?«, fragt er hörbar neugierig.

»Dass keine Frau so viel Zeug braucht. Aber sie würde auch nachsehen, von welchen Designern die Sachen stammen, und vielleicht ein bisschen sabbern.« Ich seufze. »Außerdem würde sie sagen, dass Frauen sich viel zu oft für Dinge entschuldigen, die entweder kein Problem darstellen oder an denen sie nicht schuld sind. Das ist wohl etwas, was unsere Mütter gemeinsam haben.«

»Ich bin ihrer Meinung. Alles, was du nicht willst, kannst du zurückgehen lassen. Die Entscheidung liegt bei dir.«

Meine Miene wird noch finsterer.

»Du hast mich mit Leib und Seele verzaubert. Und meinetwegen musst du nicht mal das kleinste Härchen auf deinem hübschen Kopf verändern. Das weißt du, oder?«

»Aber eine Vielzahl dieser Haare wurde bereits geschnitten, gefärbt und verändert«, bemerke ich lächelnd. »Trotzdem danke. Es ist schön, das von dir zu hören. Ich komme mir vor wie eine dieser Frauen, die nur aufs Geld aus sind.«

»Sei nicht albern. Ich habe eben Geld und gebe es gern für dich aus. Ende der Geschichte.« Er küsst mich auf die Nasenspitze. »Aber wenn du die Sachen nicht möchtest, dann gib sie zurück. Doch falls es hier etwas gibt, das dir gefällt, dann behalte es. Lass dich ein bisschen von mir verwöhnen.«

»Das ist mehr als nur ein bisschen.«

»Hör mal«, sagt er, legt die Arme um mich und zieht mich an sich. »Wenn du dir so früh in unserer Beziehung schon Sorgen darüber machst, dass wir finanziell nicht gleichgestellt sind, könnte ich das nur beheben, indem ich dir die Hälfte meines Vermögens überlasse.«

Ich schnappe nach Luft. »Das ist nicht witzig.«

»Ich hätte nicht übel Lust, es wirklich zu tun, nur um dein Gesicht zu sehen. Und das von Ethan. Wahrscheinlich dürfen wir ohne Übertreibung davon ausgehen, dass mein Bruder komplett ausrasten würde. Das könnte amüsant werden.«

»Bitte bleib ernst.«

»Das ist mein Ernst. Lass dich von all dem nicht verrückt machen«, sagt er seelenruhig. »Ich weiß, dass du von meinem Reichtum nicht die geringste Ahnung hattest, als wir uns kennenlernten, aber er gehört nun mal zu meinem Leben. Und du möchtest doch ein Teil meines Lebens sein, oder?«

Ich sehe ihn schweigend an.

»Und nein, damit möchte ich nicht andeuten, dass du dich für mich ändern sollst.«

»Was willst du dann damit sagen?«

»Dass ich genug Geld habe. Aus dem Treuhandfonds und nun auch noch aus dem Erbe. Das nimmt uns niemand weg. Warum sollten wir es nicht ein wenig genießen?«

Er hat leicht reden. »Beck, kannst du nicht verstehen, dass ich hin- und hergerissen bin? Dass ich dich einerseits mit meinen Bedenken nicht nerven will, aber andererseits auch nicht den Eindruck erwecken möchte, dass ich dich ausnutze?«

»Du nutzt mich nicht aus«, sagt er und klingt fast verärgert. »Glaub mir, ich weiß, wie sich das anfühlt. Sieh mich an.«

Ich tue, was er sagt. Beck streicht mit den Fingerknöcheln zärtlich über meine Wange. »Ich will das hier nicht vermasseln«, gestehe ich. »Aber ich fühle mich so fehl am Platz.«

»Entspann dich und genieße es einfach. Geld zu haben kann auch Spaß machen.« Er grinst schief. Dieses Lächeln ist wahrscheinlich das bezauberndste in seinem Arsenal. Ich bekomme sofort weiche Knie. Die Wirkung, die dieser Mann auf mich hat, ist atemberaubend. Allerdings hat sich auch gerade eine Gelegenheit aufgetan, ihm eine wichtige Frage zu stellen. Und das Einzige, was mir ebenso wichtig ist, wie bei ihm zu sein, seine Berührungen zu spüren, ist, ihn noch besser kennenzulernen.

»Aber warum hast du dann all dem den Rücken gekehrt, um Tische abzuwischen?«, frage ich.

»Weil ich dich finden musste.«

Ich halte kurz inne. »Das hast du wirklich schön ausgedrückt.«

»Und diesmal habe ich nicht mal bei Austen abgekupfert.« Er lässt mich los und schiebt die Hände in die Hosentaschen.

»Ich musste einen klaren Kopf bekommen, und ich musste dich finden. Ich glaube, ich habe beides ganz gut hinbekommen. Obwohl ich mit Letzterem besonders zufrieden bin.«

»Oh Gott. Deinetwegen bekomme ich schon wieder ganz weiche Knie.«

»Tut mir leid.«

»Nein, tut es nicht.«

»Stimmt«, sagt er und lächelt liebevoll. »Tut es nicht.«

»Ich bin heute übrigens Selah begegnet.«

Beck, der gerade in sein mit geräuchertem Rippchen belegtes Sandwich beißen will, das wir beim Zimmerservice bestellt haben, verharrt mitten in der Bewegung. »Tatsächlich?«

»Mm-hmm.«

»Das erklärt einiges. Wenn du es mit ihr und Rachel zu tun hattest, wundert es mich nicht, dass dein Kleiderschrank jetzt dem der Kardashians Konkurrenz macht.«

Ich deute mit einer Fritte auf ihn. Die Pommes frites schmecken wirklich gut und der Burger war auch nicht schlecht. Mir fällt auf, dass mir ein Klecks Ketchup am Finger klebt, und ich lutsche ihn schnell ab. Lecker.

Beck sitzt wie erstarrt da und glotzt auf meinen Mund.

»Alles in Ordnung?«, erkundige ich mich.

Er blinzelt. »Was?«

»Unterhalten wir uns doch über dich und Selah … Denn ich werde den Eindruck nicht los, dass da eine Geschichte dahintersteckt.«

»Warum erzähle ich dir eigentlich ständig meine Geschichten, aber du mir nie deine?«

»So viel hast du mir noch gar nicht erzählt, und ich bin gern bereit, mich für jede deiner Geschichten mit einer von meinen zu revanchieren.«

»Abgemacht«, sagt er. »Du fängst an. Ich bin noch nicht mit dem Essen fertig.«

»Was willst du denn wissen?«

Er überlegt einen Augenblick. »Wie wäre es mit deiner ersten Liebe? Gegen wen muss ich mich behaupten?«

Wir sitzen uns auf den Sofas auf der Terrasse des Apartments gegenüber und haben gegen die kühle Herbstluft ein Feuer angezündet. Unser erster Abend zu zweit in Denver. Über uns funkeln die Sterne, und von weit unten dringen die Geräusche der Stadt zu uns herauf. Wundervoll.

»Meinen ersten richtigen Freund hatte ich im letzten Collegejahr.« Ich lasse die übrigen Pommes liegen und staple alle leeren Teller aufeinander, bevor ich es mir wieder auf dem Sofa bequem mache. »Er hieß Paul.«

»Ich kann ihn jetzt schon nicht ausstehen.«

»Du magst den Namen Paul nicht?«

»Ich habe keine Vorbehalte gegen den Namen Paul. Ich verabscheue nur diesen speziellen Paul aus Gründen, die ich für mich behalten werde.«

Ich verkneife mir ein Grinsen. »Na schön. Also, Paul war im Footballteam. In meinen Augen war ich ein echter Glückspilz, weil ausgerechnet er sich für mich interessierte. Weil eine so große Nummer auf dem Campus mein Freund war. Er und ich verbrachten viel Zeit miteinander, fuhren im Auto herum, betrachteten die Sterne oder hingen in meinem Zimmer ab. Da wir beide auch Hormone hatten, schliefen wir natürlich schon bald miteinander. Was mir dabei geraume Zeit nicht auffiel, oder mich zumindest nicht stutzig machte, war, dass wir eigentlich nie etwas mit seinen Freunden unternahmen. Hin und wieder waren meine Freunde dabei, aber niemals seine. Er hatte die üblichen Ausreden parat. Dass er mich ganz für sich haben wolle, dass wir zu zweit und ohne Kleider so viel Spaß hätten, dass seine Freunde langweilige, kindische Idioten wären, die sich nur für Besäufnisse interessieren würden … Du weißt, was ich meine.«

Beck sieht mich an und hat das Sandwich offenbar vergessen.

»Aber in Wirklichkeit war es ihm peinlich, mit mir gesehen zu werden. Ich war eben keines von den spargeldünnen, coolen Mädchen.«

Seine Miene verfinstert sich. »Wusste ich doch, dass es einen Grund für meine Ablehnung ihm gegenüber gibt.«

»Das ist also die Geschichte von meiner ersten Liebe.«

»Du hast ihn geliebt?«

»Nein«, entgegne ich lächelnd. »Ich dachte nur, dass ich es tue. Der Trottel hat mir noch nicht mal meinen ersten vaginalen Orgasmus beschert.«

»Also, das ist eine Geschichte, die ich unbedingt hören möchte. Und geize nicht mit Details.«

Ich schüttle den Kopf. »Wir wechseln uns ab. Jetzt bist du dran.«

»Na gut. Aber ich möchte noch einmal bemerken, dass ich eigentlich die Geschichte von deiner ersten Liebe hören wollte.«

»Wenn ich ehrlich bin«, sage ich nachdenklich, »war ich, glaube ich, noch nie richtig verliebt.«

»Okay. Interessant.« Er wischt sich die Hände an einer Serviette ab, bevor er etwas von seinem Bier trinkt. Selbst seine einfachsten Bewegungen haben so viel männliche Anmut. Und wie es in seiner Kehle arbeitet, wenn er schluckt. Dieser Mann macht mich ganz gaga. »Selah also? Mit Selah war es so, dass mein Vater entschied, sie gäbe eine gute erste Ehefrau für mich ab. Sie sah gut aus, hatte einen Treuhandfonds und entstammte der richtigen Familie, weshalb mit ihr beim Aufsetzen eines Ehevertrags kaum Probleme zu erwarten gewesen wären. Also hat er Rachel beschwatzt, sie ein Praktikum bei uns machen zu lassen, und anschließend dafür gesorgt, dass wir uns immer wieder über den Weg liefen. Und ich war so dumm und bin darauf hereingefallen. Ich habe ihr sogar einen Ring gekauft.«

»Wusste Selah von den Plänen deines Vaters?«

»Das tat sie. Sie wurde vorab mit Insiderinformationen versorgt. Meine Vorlieben und Abneigungen. Wo ich schon überall gewesen bin, was ich schon alles getan habe, mit wem ich vorher zusammen gewesen bin und so weiter.«

»Mist.«

»Genau.« Er wendet den Kopf ab und blickt auf die Lichter der Stadt und die Berge in der Ferne. Ein wirklich atemberaubender Ausblick, der mit Beck allerdings nicht mithalten kann. Der sieht gerade leider alles andere als glücklich aus. »Selah ging es von Anfang an um den gesellschaftlichen Status und den Reichtum, die aus der Heirat mit einem Elliot resultieren. Schließlich hat Rachel eins und eins zusammengezählt und angefangen, die richtigen Fragen zu stellen. Sie und Dad hatten deswegen einen heftigen Streit. Dann hat Selah mir schließlich alles gebeichtet und … Na ja.«

»Hat sie dich geliebt?«

»Ist das wichtig?«

»Aber du hast sie anscheinend geliebt, oder?«, frage ich. »Ich meine, du hast ihr einen Ring gekauft.«

Beck legt die Stirn in Falten. »Ich weiß es nicht. Ich glaube, die Beziehung zu ihr erschien mir vor allem logisch zu sein. Sie passte in das Leben, das mein Vater und ich vermeintlich für mich geplant hatten. Meine großartige, strahlende Zukunft als Teil der Elliot-Dynastie. Nicht unbedingt romantisch, aber das ließ sich nicht ändern.«

»Tut mir leid.«

»Mir nicht. Wäre mir das alles nicht passiert, dann hätte ich womöglich nie erkannt, wie klein meine Welt war und dass in meiner Zukunft nur eine kalte, emotionslose Leere auf mich wartete. Ich war dabei, genauso wie mein lieber alter Vater zu werden. Tja, was tun wir nicht alles, um anderen Menschen zu gefallen.«

»Aber du hast nie mit ihr zusammengewohnt?«

Er spielt mit der Zunge an der Innenseite seiner Wange. »Nein. Sie hat es mehrmals vorgeschlagen, aber aus irgendeinem Grund habe ich es immer wieder aufgeschoben.«

»Du warst bereit, einer Frau einen Ring zu geben, aber nicht, ihr eine Schublade zu überlassen.«

»Vielsagend, nicht wahr?«, meint er ironisch.

Ich nehme einen Schluck von meinem Getränk. »Frage: Wenn Selah selbst Geld hat und aus gutem Hause stammt, warum arbeitet sie dann noch als Assistentin für deine Stiefmutter?«

»Antwort: Weil sie ebenfalls Probleme mit ihrem Daddy hat. Nach Meinung ihres alten Herrn soll sie primär eine gute Partie machen und Erben produzieren. Darum lässt er nicht zu, dass sie im Familienunternehmen Fuß fasst.«

»Meine Güte.«

»Und da er zahlreiche Freunde hat, sind ihre Aussichten, hier in der Stadt einen Job zu finden … nicht gut. Rachel ist so ziemlich die Einzige, die es wagt, ihm Paroli zu bieten. Aber sie sorgt auch dafür, dass Selah sich nach oben arbeiten muss. Verwunderlich, dass sie sie nach dem ganzen Mist, der zwischen ihr und mir passiert ist, überhaupt behalten hat.«

»Verübelst du ihr das?«

»Bist du jetzt meine Therapeutin?«, fragt er grinsend.

»Nein. Ich bin nur neugierig.«

»Wir alle machen Fehler. Dass Rachel ihr eine zweite Chance gibt, bedeutet noch lange nicht, dass ich es auch tun werde.«

»Okay. Dann war das also der Grund dafür, dass du auf Wanderschaft gegangen bist?«

»Teilweise.« Er lehnt sich mit seinem Bier in der Hand zurück. Das flackernde Feuer wirft Schatten auf sein Gesicht, wodurch seine markanten Wangenknochen und die kantige Kieferpartie noch mehr zur Geltung kommen. »Es ist doch so: Wäre hier nicht alles zum Teufel gegangen, hätte ich dich nie gefunden. Eine Frau, die fast eine Panikattacke bekommt, wenn ich Geld für sie ausgebe. Eine Frau, der nun fast jede Schublade in diesem Apartment gehört.«

»Oh Mann, erinnere mich nicht daran.«

»Ich hätte das alles hier nicht hinter mir gelassen und nicht die Chance gehabt, eine neue Sichtweise auf alles zu entwickeln.«

»Hat Tische abzuwischen das bei dir bewirkt?«, frage ich.

»Ich habe gelernt, dass man erst, wenn man sich vollständig von seiner Familie und seinen vertrauten Unterstützungsnetzwerken löst und auf eigenen Füßen steht, erkennt, wer man selbst wirklich ist. Ich war noch nie zuvor in der Situation, ohne Geld und ohne den Namen Elliot mein Leben bestreiten zu müssen«, sagt er nachdenklich. »Selbstverständlich hätte ich mit nur einem Telefonanruf alles wieder zurückbekommen können. Dad hätte unser Privatflugzeug geschickt, um mich abzuholen. Ich hätte ein bisschen vor ihm kriechen müssen, und schon wäre mit Sicherheit alles vergeben und vergessen gewesen.«

Ich halte mein Getränk in der Hand und nicke. »Aber das hast du nicht getan.«

»Ich habe die Widrigkeiten und Entbehrungen, die es mit sich bringt, für den Mindestlohn zu arbeiten, überlebt«, sagt er mit vor Selbstironie triefendem Tonfall. »Wie Millionen meiner Mitmenschen.«

»Und jetzt bist du zurückgekehrt.«

»Ja, das bin ich.«

»Mit einer Frau, die das komplette Gegenteil deiner Ex ist.«

Er hebt fragend eine Augenbraue.

»Körperlich, finanziell und gesellschaftlich sind wir sehr verschieden.«

»Okay.« Er richtet sich auf und beugt sich vor. »Jetzt bin ich mal dran, den Therapeuten zu spielen. Lass mich dir eines ganz deutlich sagen: Du bist für mich kein Akt jugendlicher Rebellion. Ich bin nicht mit jemandem von außerhalb unserer üblichen Kreise zusammen, um meinem toten Daddy oder meiner Familie eins auszuwischen. Ich wollte etwas über die Welt jenseits der Blase lernen, in der man als Elliot lebt, und habe dabei jemanden gefunden, der mich um meinetwillen mag und nicht meines Geldes wegen. Jemanden, der witzig und sexy ist und mit dem ich sehr gern Zeit verbringe. Dich. Hast du das verstanden?«

»Ja.«

»Gut.« Er seufzt. »Des Weiteren bin ich nicht Paul. Weder benutze ich dich, noch bist du mir peinlich. Und ich bin auch nicht sexuell inkompetent.«

»Dabei muss ich mich allerdings blindlings auf dein Wort verlassen, nicht wahr?«

Er neigt das Kinn. »An welchem Punkt meiner Aufzählung hegst du Zweifel?«

»An dem, der sich auf dein Geschick im Bett bezieht.«

»Alice, Alice, Alice.« Er schnalzt mit der Zunge. »Wenn du glaubst, dass ich dich nur ranlasse, um dir etwas zu beweisen oder weil du mich so schamlos herausforderst, dann irrst du dich gewaltig.«

»Über diese ganze Sache mit dem Abwarten müssen wir uns ernsthaft unterhalten«, murmele ich. »Erklär mir doch bitte noch einmal ausführlich und detailliert, weshalb das nötig ist. Insbesondere da wir uns inzwischen offiziell ein Bett und eine Wohnung teilen.«

»Ich finde einfach, dass es besser ist, wenn wir warten.« Das sagt er so beiläufig, als wäre es bereits beschlossene Sache.

»Warum?«

»Aus diversen Gründen.«

»Zum Beispiel?«

»Eigentlich gibt es nur einen einzigen: die Stabilität unserer Beziehung«, verkündet er. »Achtung, jetzt wird es hochwissenschaftlich. Versuche einfach, mir so gut du kannst zu folgen. Du musst wissen, dass meine Hypothese auf meinen ganz persönlichen Experimenten fußt, die ich in der Vergangenheit in diesem speziellen Bereich angestellt habe.«

»Ich höre.«

»Es mag dich vielleicht schockieren, aber bisher war Sex in jeder meiner Beziehungen relativ bald ein Thema. Und jede einzelne dieser Beziehungen ist in die Brüche gegangen.« Er streckt die Hand aus, als würde er etwas präsentieren. Als wäre er ein Zauberer und kein sexy Volltrottel. »Summa summarum bin ich deswegen zu dem Schluss gelangt, dass zu früher Sex auf lange Sicht alles verdirbt.«

Ich kräusle die Nase. »Nein.«

»Doch.«

Ich fasse es nicht. »Vielleicht haben diese anderen Frauen einfach nur nicht zu dir gepasst.«

»Vielleicht.«

»Oder vielleicht waren du oder deine Partnerin zum jeweiligen Zeitpunkt nicht bereit für eine Beziehung oder nicht wirklich daran interessiert.«

»Gut möglich.«

»Oder es könnte an mangelndem gegenseitigen Vertrauen oder hundert anderen Gründen, aus denen Beziehungen schiefgehen, gelegen haben und nicht am Sex.«

»Ja. Das könnte durchaus sein«, räumt er ein. »Oder aber ich habe doch recht und wir sollten es langsam angehen lassen.«

Ich brauche jetzt Alkohol. Eine ganze Menge davon. »Dann sind also all meine guten Argumente für dich gegenstandslos, weil deine Meinung bereits feststeht.«

Er erwidert nichts.

»Weißt du, wahrscheinlich überinterpretiere ich mal wieder alles, aber irgendwie fühle ich mich ein bisschen wie eine Schlampe, weil ich mir wünsche, so bald wie möglich mit dir Sex zu haben.«

»Was?« Seine Miene verfinstert sich. »Nein.«

»Ursprünglich dachte ich, es langsam angehen zu lassen ist ein Spielchen, das wir gemeinsam spielen. Aber inzwischen kommt es mir so vor, als ob nur du hier den Ton angibst.«

Er sieht mich stirnrunzelnd an. »Nein, Alice. Das ist keinesfalls so. Wir werden Sex haben, massenhaft, das verspreche ich dir. Wir lassen es nur langsam angehen.«

»Ich kann diese Formulierung wirklich nicht mehr hören.«

»Das bedeutet nicht, dass ich dich nicht begehren würde. Zweifle nicht an dir selbst«, sagt er. »Wenn ich unter der Dusche masturbiere, bist du eindeutig der Star der Show. Morgens und abends.«

Ich blinzle verdattert. »Das war jetzt wirklich heiß. Sag das noch mal.«

»Dass das nicht bedeutet, dass ich dich nicht begehren würde?«

»Nein, den anderen Teil.«

»Zweifle nicht an dir selbst oder an uns.«

»Versteh mich nicht falsch, aber manchmal würde ich dir gern etwas an den Kopf werfen«, gestehe ich. »Nicht unbedingt etwas Scharfkantiges oder besonders Schweres, aber, na ja, irgendetwas auf jeden Fall.«

Seine Augen funkeln vor Schalk. »Du willst, dass ich noch mal wiederhole, dass ich masturbiere und dabei an dich denke? Möchtest du detaillierte Informationen über meine Fantasien, oder gefällt es dir nur im Allgemeinen, wenn ich dir verruchte Sachen ins Ohr raune?«

Ich keuche nicht. Das war jemand anderes. »Du kannst mir doch nicht erzählen, dass du masturbierst und dabei an mich denkst, und dann ernsthaft von mir verlangen, dass wir mit dem Sex warten. Das ist unzumutbar.«

»Und trotzdem tue ich es.« Er sammelt die benutzten Teller und das Besteck ein, bringt alles nach drinnen und kehrt mit zwei Bieren in der Hand zurück. »Die nächste Frage, die sich stellt, ist, warum du es so eilig damit hast, dass wir zur Sache kommen.«

»Vielleicht, weil es mich einfach interessiert, was du in der Hose hast?«

»Warum hast du das nicht schon früher gesagt? Ich schicke dir herzlich gern ein Dickpic.« Er reicht mir grinsend ein Bier. »Mein Dad hat uns zwar immer ermahnt, darauf zu achten, dass unser digitaler Fußabdruck so unverfänglich und legal wie möglich bleibt, aber nachdem ich deine letzten zweiundzwanzig Geburtstage verpasst habe, ist ein hübsch ausgeleuchtetes Foto meines besten Stücks das Geringste, was ich für dich tun kann. Ich suche mir auch gern extra für dich einen dekorativen Filter aus.«

Ich schnaube und lache gleichzeitig. Wie damenhaft. »Ich werde es auf jeden Fall als Handyhintergrund benutzen.«

»Das will ich doch stark hoffen.« Er lässt sich wieder auf

seinem Platz mir gegenüber nieder. Obwohl die Sterne und die Lichter der Stadt ein herrlicher Anblick sind, kann ich mir nichts Schöneres vorstellen, als ihn anzusehen. »Woran denkst du gerade?«

»Dir ist bewusst, dass du Humor als eine Art Verteidigungsmechanismus einsetzt? Als Mittel, um andere Menschen auf Distanz zu halten?«

Er sieht mich verwundert an. »So habe ich das noch nie betrachtet.«

»Hmm.«

»Ich frage mich, ob das eine Gemeinsamkeit von uns beiden ist – sich hinter Witzen und Sarkasmus zu verstecken.«

Ich mache den Mund auf, doch es kommt nichts heraus. Ich kann ihm nicht wirklich widersprechen. Nicht, wenn ich tief in meinem Inneren weiß, dass in seinen Worten ein Fünkchen Wahrheit steckt. Also sage ich stattdessen: »Kann sein.«

»Mein erster Impuls wäre jetzt, etwas Scharfsinniges zu erwidern – was deine Behauptung bestätigen würde. Aber ich werde diesem Drang widerstehen und dir stattdessen einfach die Wahrheit sagen.« Einen Moment lang sieht er mich nur an. »Ich will, dass das hier funktioniert, Alice. Es muss funktionieren.«

»Aber du würdest doch auch ohne mich zurechtkommen.«

»Ohne dich wäre ich allein. Und du wärest ohne mich allein. Ist es das, was du willst?«

»Manchmal ist es sicherer, allein zu sein.«

»Klar«, sagt er und neigt das Kinn. »Ich kann jetzt sagen, dass ich dir niemals wehtun werde und dass ich jedes Wort ernst meine. Aber manchmal passiert einfach etwas. Das Leben passiert. Dass wir zusammen sind, dass wir versuchen, das hier hinzubekommen, birgt ein gewisses Risiko. Aber ich bin der Ansicht, dass es das wert ist, und ich hoffe, dass du es genauso siehst.«

In diesem Augenblick begreife ich plötzlich. »Du hast Angst davor, allein zu sein.«

»Nein, ich bin es gewohnt, allein zu sein. Ich war den Großteil meines Lebens allein. Und bevor ich mich benutzen oder anlügen lasse, bleibe ich auch lieber allein.« Er schluckt. »Aber ich möchte wetten, dass du keines von beidem mit mir vorhast. Ich möchte wetten, dass du die nette, witzige Frau bist, die ich in L. A. in einer heruntergekommenen Bar kennengelernt habe und deren Lächeln mich ein bisschen verrückt gemacht hat. Die über meine albernen Witze gelacht hat, mich in ihr Lieblingsdiner eingeladen und meine Hand gehalten hat, als wir am Strand spazieren gegangen sind.«

»Beck ...«

»Manchmal habe ich stundenlang wach gelegen und an dich gedacht. Ich bekam dich einfach nicht mehr aus dem Kopf.« Sein Lächeln ist echt. Anders lässt es sich nicht beschreiben. »Ich hatte nicht geplant, länger in L. A. zu bleiben. Aber ich wollte mehr.«

»Ich hatte solche Angst, dass du wieder weggehen würdest. Ich kannte dich eigentlich kaum, aber ...« Ich will es gar nicht laut aussprechen, aber mein blöder Mund redet einfach weiter. »Das geht alles so schnell. Vom Sex abgesehen, meine ich.«

Er schweigt. Doch in seinen Augen liegt ein Ausdruck von Besorgnis. Ihn so zu sehen, bricht mir schier das Herz. Ich stehe auf, gehe zu ihm und rolle mich neben ihm auf der Couch zusammen. Er legt mir einen Arm um die Schultern und zieht mich an sich. Gemeinsam ist eindeutig besser. In dieser Hinsicht hat er recht.

»Du bist nicht allein.« Ich lege meine Hand auf seine. »Ich bin da, Beck, und ich gehe nirgendwohin.«

»Okay«, sagt er leise. »Danke.«

»Selah ist eine Idiotin. Auch ohne Geld oder deinen berühmten Namen bist du ein absoluter Traummann. Du bist offiziell viel zu gut, um wahr zu sein.«

»So, so, ganz offiziell?«

»Jep.« Ich lehne den Kopf an seine Schulter und betrachte die Flammen. Ich finde, langsam haben wir genug offen und ehrlich über unsere Sorgen und Ängste gesprochen. »Das heißt allerdings nicht, dass ich ebenfalls der Meinung bin, durch Abstinenz würde die Zuneigung wachsen und die Beziehung stärker werden.«

»Dass du darüber anderer Meinung bist als ich, bedeutet aber noch lange nicht, dass ich dich ranlasse.« Er stößt mit seiner Flasche gegen meine, dann trinkt er einen großen Schluck Bier. »Ich finde, dass angeregte Diskussionen und gelegentliche Unstimmigkeiten zu einer gesunden Beziehung dazugehören. Ein Hoch auf uns.«

»Hoch«, sage ich frohgemut.

Beck küsst meinen Scheitel, bevor er die Wange auf meinen Kopf legt. Alles wird gut werden. Dessen bin ich mir ungefähr fünfundsiebzigprozentig sicher.

6. KAPITEL

Beck vereitelt meine Versuche, ihn beim Zubettgehen beziehungsweise am Morgen nach dem Aufstehen zu Sex zu verführen, indem er schlicht nicht da ist. Am Abend ist er lange aufgeblieben und hat im Büro gearbeitet, und als ich aufwache, ist er schon wieder weg. Ich schreibe ihm eine Nachricht, und er antwortet, dass er im Fitnessstudio ist und danach direkt zur Arbeit geht. Aber so leicht lasse ich mich nicht beirren. Nur weil seine bisherigen Beziehungen immer in die Brüche gegangen sind, heißt das nicht, dass es bei uns zwangsläufig genauso enden wird. Er kann mir nicht ewig auf der Matratze aus dem Weg gehen. Sie ist vielleicht groß, aber nicht so groß.

Nach unserem Gespräch am Vorabend habe ich das Gefühl, dass unsere gefühlsmäßige Bindung stärker geworden ist. Was leider nicht bedeutet, dass wir nicht mehr Gefahr laufen, zu scheitern, aber so ist es nun mal. Alles kann angsteinflößend sein, wenn man mit der falschen Betrachtungsweise herangeht. Ich möchte ihn jedenfalls noch sehr lange Zeit ansehen, ihm zuhören und neben ihm liegen.

Selah hat meine Kleider offensichtlich wiedergefunden, denn sie liegen mit all den neuen Sachen im begehbaren Kleiderschrank. Zum Glück. Ich darf nicht vergessen, mich bei ihr zu bedanken. Obwohl es mir nach allem, was ich gestern Abend von Beck über sie und ihren Anteil an den Machenschaften seines Vaters erfahren habe, widerstrebt, ihre Wohltaten zu honorieren. Sie hat meinem Freund wehgetan. So etwas vergesse ich nicht so schnell.

Zwar habe ich nichts dagegen, ein wenig aufgehübscht zu werden, aber ich sehe nicht ein, mein ursprüngliches Ich einfach aufzugeben. Bei den Kleidern und allem anderen haben sie aber wirklich ein feines Händchen bewiesen. Der Großteil ist in Farben gehalten, die ich mag, und stilistisch nicht so weit von meinem Geschmack entfernt, dass ich mich darin nicht wiedererkennen würde. Natürlich gibt es auch ein paar Teile, die ich nie im Leben anziehen würde. Aber alles in allem verstehen die Personal Shopper offenbar ihr Handwerk. Da sie für Rachel arbeiten, ist das aber auch nicht weiter verwunderlich – sie weiß ganz offensichtlich, wie man stets die Kontrolle behält.

Da Beck mir einen Zettel geschrieben hat, auf dem steht, dass er bis zum späten Nachmittag arbeiten muss, wird es Zeit für mich, ein bisschen Touristin zu spielen. Ich rufe meine Mutter an und lasse sie wissen, dass ich noch lebe und noch immer bei Beck bin. Außerdem erzähle ich ihr alles über sein Vermögen und seine Familie. Sie reagiert, gelinde gesagt, ein wenig verwundert. Wer könnte es ihr verdenken. Ich bin mir nicht sicher, ob ich selbst überhaupt schon alles so richtig begriffen habe.

Ich gehe zu Fuß zum Larimer Square und sehe mich ein wenig um. Viele coole Boutiquen und ein italienisches Restaurant, wo es leckere Pizza und einen unwiderstehlichen Gin Rickey mit Gurke und Lavendel gibt. Toll, dass solche altmodischen Cocktails inzwischen wieder hip sind. In diesem Moment meldet sich mein Handy.

Natasha: Hey.

Ich: Hi! Wie geht es dir?

Natasha: Arbeit, Leben, bla bla bla. Wie sieht es bei dir aus?

Ich: Ich habe jemanden kennengelernt, meinen Job gekündigt und bin vielleicht nach Denver gezogen.

Natasha: Vielleicht? Bist du umgezogen oder nicht? Halb umziehen geht nicht. Außer vielleicht, man steckt auf halbem Weg in Utah fest.

Ich: Dann habe ich es getan. Denke ich. Der Mann, den ich getroffen habe, kommt von hier.

Da klingelt auch schon mein Handy.

»Ich kann nicht warten, bis du mir schreibst«, sagt Natasha zur Begrüßung. »Ich brauche sofort Antworten. Hast du Rob also endlich in die Wüste geschickt?«

Wir beide waren Kolleginnen in der Bar, bis sie irgendwann nach New York durchgebrannt ist. Sie weiß aus persönlicher Erfahrung, was für ein Idiot Rob ist. »So ist es«, bestätige ich. »Es war herrlich. Ich habe ihn beschimpft und so weiter.«

»Und jetzt bist du in Denver?«

»Ja. Ein Mann hat in der Bar angefangen zu arbeiten. Nennen wir ihn in dieser Geschichte einfach den scharfen Hilfskellner. Wir haben geflirtet und dann kam eins zum anderen.«

»Okay.«

»Dann stellte sich heraus, dass er reich ist und aus Denver stammt und zurück nach Denver musste, und schließlich bin ich ihm dorthin gefolgt und damit sind wir am heutigen Tag angelangt.«

»Moment mal«, hakt sie ein. »Er ist reich? Wie reich?«

»Sehr reich. Stell dir eine wohlhabende, zerrüttete Familie mit einer Menge nobler Anwesen und Unternehmen vor, in die ich absolut nicht hineinpasse.«

»Aber er will dich dort bei sich haben.«

Ich lächle. »Ja, will er. Wie auch immer, was hast du zu berichten?«

»Ich arbeite, ich habe Dates, ich trinke Kaffee. Das Übliche.« Sie seufzt. »Erzähl mir mehr über den reichen Hilfskellner. Das ist viel interessanter. Guter Fang übrigens.«

»Bitte, sag so etwas nicht«, seufze ich. »Ich habe es sicher nicht darauf angelegt, mir einen reichen Mann zu angeln. Es ist einfach so passiert.«

»Du hast recht. Tut mir leid.«

»Er ist so toll. Ich mag ihn wirklich.«

»Du klingst wie ein Schulmädchen. Gib mir mehr Details. Wie behandelt er dich? Wie ist er im Bett?«, rattert sie ihren Fragenkatalog herunter. »Wie heißt er?«

»Sehr gut. Geht dich nichts an. Und Beck Olson.«

»Ich schalte mal schnell auf Freisprechen um, damit ich kurz über ihn recherchieren kann.«

»Okay.« Ich warte. »Was hast du herausgefunden?«

»Hast du denn noch nicht selbst versucht, etwas über ihn herauszufinden?«, fragt sie. »Was stimmt denn mit dir nicht?«

»Ich weiß gar nicht, womit ich da anfangen soll.« Ich rühre mit einem Papierstrohhalm in meinem Getränk. »Seine Stiefmutter hat mir gestern ein Umstyling verpasst. Haare, Make-up … Das komplette Programm.«

»Warum klingst du deswegen so unglücklich? Normale Menschen freuen sich über ein Umstyling. Insbesondere wenn jemand anderes dafür bezahlt.« Sie gibt ein nachdenkliches Summen von sich. »Die Ex-Verlobte ist hübsch. Ich kann sie jetzt schon nicht ausstehen.«

»So schlimm ist sie eigentlich nicht. Zumindest war sie zu mir einigermaßen nett.«

»Ach du Scheiße, seine Mutter ist ein Supermodel.«

»Verrückt, nicht?«

»Das ist unglaublich«, sagt Natasha. »Oha, ein wirklich gut aussehender Kerl. Diese Kieferpartie, dieses dunkle, strubbelige Haar. Ich glaube, ich bin verliebt.«

»Mach so weiter, und ich lege sofort auf.«

»Hey, da ist ein Foto von euch beiden.«

»Tatsächlich? Wo?«

»*Denver Days*. Scheint eine Lifestyle Schrägstrich Klatschseite zu sein«, sagt sie. »Wenn es dir hilft, kann ich dir versichern, dass dein Umstyling wirklich hervorragend gelungen ist. Du siehst richtig klasse aus. In dem Artikel spekulieren sie über seine neue, mysteriöse Freundin und die Gründe, weshalb er nach dem Tod seines Vaters zurückgekehrt ist. Sonst steht da nicht viel.«

Ich schalte sie ebenfalls auf Lautsprecher, rufe die entsprechende Seite auf und verziehe gequält das Gesicht. Ich schaue mir generell nicht gern Fotos von mir an. Obwohl ich zugeben muss, dass mein Outfit und meine Haare wirklich super aussehen. Das Foto wurde gestern gemacht, als wir zusammen vorm *Heritage* standen. Ich hatte gar nicht bemerkt, dass ein Fotograf in der Nähe gewesen war. »Hmm.«

»Ich hatte noch nie eine prominente Freundin.«

»Hast du immer noch nicht. Er hat den berühmten Namen und das Geld, nicht ich«, entgegne ich. »Bisher haben sich noch nie irgendwelche Leute für mein Privatleben interessiert. Das ist sehr befremdlich. Und dazu noch dieser Lebensstil und all diese Dinge, die ich jetzt besitze, ohne jemals etwas getan zu haben, womit ich sie mir verdient hätte.«

»Versuch, deine Schuldgefühle zu verdrängen und es als merkwürdig im Sinne von Spaß und nicht im Sinne von schrecklich zu sehen.«

»Ja, ja.«

»Du sagst in deinem Kopf gerade wieder gemeine Dinge zu dir selbst, nicht wahr?«, sagt sie streng. »Lass das gefälligst. Das ist Mobbing. Du bist hübsch und cool, und er kann sich glücklich schätzen, dich zu haben.«

»Nat-«

»Was würdest du zu mir sagen, wenn ich mich selbstmitleidig und mäkelig benehmen würde?«, fragt sie.

»Reiß dich zusammen, du wunderschöne Göttin?«

»Genau. Jetzt such dir einen Spiegel und sag das zu dir selbst.«

»Mache ich.« Ich atme tief durch. »Ich hab dich lieb.«

»Ich dich auch.«

»Haltung annehmen, Rücken gerade und Brust raus«, sage ich.

»So ist es richtig.« Sie lacht. »Du schaffst das.«

Als ich am frühen Nachmittag ins *Heritage* zurückkehre, ist Kaffeezeit. Doch das Café quillt immer noch vor Mittagsgästen über und es gibt keinen einzigen freien Platz mehr. Also gehe ich in die Cocktailbar, wo nicht ganz so viel Trubel herrscht. Trotzdem hat die Barkeeperin alle Hände voll zu tun, und der diensthabende Kellner rennt geradezu zwischen der Küche und dem Gastraum hin und her, um den zahlreichen Gästen an den niedrigen Tischen ihr Essen zu bringen. Offenbar ist das *Heritage* sehr beliebt.

Ich suche mir einen Platz am Ende der Bar und warte.

»Miss Lawrence.« Wie von Zauberhand steht plötzlich der Kellner neben mir. »Was darf ich Ihnen bringen?«

»Kaffee bitte. Aber es eilt nicht. Ich sehe ja, dass Sie viel zu tun haben.«

Er gibt meine Bestellung in den Computer ein. »Ich bringe ihn sofort.«

Tatsächlich steht schon wenige Minuten später ein Kaffee vor mir. Ich frage ihn gar nicht erst, woher er weiß, wer ich bin. Entweder ist der Mann verdammt gut in seinem Job, oder Beck hat vorgesorgt, damit ich mich hier wie zu Hause fühle, oder aber es hat sich einiges an Klatsch herumgesprochen. Vielleicht eine Mischung aus allem? Einerlei.

»Wir haben herumtelefoniert. So kurzfristig kann niemand einspringen«, höre ich jemanden sagen. Eine Frau in einem schwarzen Hosenanzug. »Es dauert mindestens noch zwei Stunden.«

Der Kellner sieht sichtlich angespannt aus.

»Tut mir leid, ich muss jetzt wieder zurück«, sagt die Frau und verschwindet im Hotelrestaurant nebenan. Dort herrscht ebenfalls Hochbetrieb.

»Gibt es ein Problem?«, frage ich.

Der Kellner, der laut Namensschild Isaac heißt, sieht mich argwöhnisch an. »Nein, Miss Lawrence. Es ist nur jemand vom Personal krank geworden. Das kommt vor. Es ist alles in bester Ordnung. Sind Sie mit Ihrem Kaffee zufrieden?«

Ich rutsche von meinem Hocker herunter. »Brauchen Sie für ein paar Stunden Unterstützung? Ich bin Kellnerin. Sagen Sie mir, was ich tun soll.«

Ihm bleibt der Mund offen stehen.

»Isaac, ich kann helfen«, wiederhole ich.

»Oh, nein. Mr Elliot – «

»Würde es bestimmt nichts ausmachen. Das verspreche ich Ihnen.« Ich lasse prüfend den Blick durch den Raum schweifen. »Ich schlage vor, dass ich damit anfange, diese Tische dort drüben abzuräumen und zu wischen. Und dann sagen Sie mir, was ich als Nächstes tun soll.«

Und schon lege ich los. Wenn ich Teil dieser Welt sein möchte, dann muss ich Möglichkeiten finden, meinen Beitrag zu leisten. Das hier ist eine hervorragende Möglichkeit, Beck zu unterstützen.

Leider ist einer der Nachteile von brandneuen Schuhen, dass man sie einlaufen muss. Bestimmt habe ich nachher Blasen an den Füßen. Zum Glück habe ich mir zu meinem ärmellosen Midikleid von Oscar de la Renta Stiefeletten mit flachem Keilabsatz ausgesucht. Kleid und Schuhe sind schwarz, deshalb falle ich unter dem Personal gar nicht auf. Statt Uniformen tragen die Angestellten normale Kleidung in Schwarz und Weiß. Logisch. Diese Farben lassen sich besser waschen.

In der Küche ernte ich einige verwunderte Blicke, aber es fällt mir nicht schwer, herauszubekommen, wo das schmutzige Geschirr hingehört, und einen Lappen zu finden, mit dem ich die Tische abwischen kann. Isaac gibt die Bestellungen in den Computer ein und wickelt die Zahlungen ab, während ich bediene und abräume. Wir arbeiten gut zusammen und die Zeit vergeht wie im Flug. Es ist schön, etwas zu machen, wobei ich mich wohlfühle. Obwohl ich trotzdem nicht für den Rest meines Lebens Kellnerin sein möchte.

Als die Aushilfe schließlich eintrifft, ist schon fast Happy Hour und es wird langsam voller, weshalb ich noch etwas länger bleibe, um zu helfen. Eigentlich läuft alles prima, bis eine Gruppe von vier Männern das Restaurant verlässt. An ihrer Spitze geht Ethan. Als Becks Bruder mich mit einem Stapel schmutziger Teller in der Hand sieht, bleibt er wie angewurzelt stehen. Sein Stirnrunzeln ist höchst beeindruckend. Ich bin noch nie so missbilligend angeschaut worden. So verdammend. Als müsste ich mich dafür schämen, in seiner Gegenwart zu existieren. Diese verdammten Leute.

»Alice«, sagt Beck, der hinter seinem Bruder hervortritt.

»Hey. Von euren Angestellten ist jemand krank geworden. Ich bin nur eingesprungen.«

»Vielen Dank. Lass mich dir unter die Arme greifen.« Er sammelt die benutzten Gläser ein und folgt mir zurück in die Küche. Dort waschen wir uns beide die Hände, bevor wir wieder nach draußen gehen.

»Das darf doch verdammt noch mal nicht wahr sein«, sagt Ethan, als wir zurückkehren.

Wenigstens sehe ich annehmbar aus. Die Friseurin und die Visagistin haben mir gestern einiges beigebracht. Selbst wenn er nicht gutheißt, was ich hier tue, kann er sich zumindest nicht über mein Äußeres beschweren. »Ethan. Schön, dich wiederzusehen.«

»So etwas kann sie nicht tun«, sagt er zu seinem kleinen Bruder. »Was sollen die Leute denken?«

»Denken die Leute überhaupt? Das ist hier die Frage.« Becks finstere Miene ist nicht ganz so grimmig wie die seines Bruders, aber dennoch durchaus beeindruckend. »Was mich angeht, so kann sie tun und lassen, was immer sie möchte. Und momentan hat sie sich dafür entschieden, in diesem Unternehmen auszuhelfen. Dem Familienunternehmen – zumindest bis der Verkauf abgewickelt ist. Wie kannst du daran etwas auszusetzen haben?«

»Willst du vom Vorstand ernst genommen werden oder nicht?«

»Selbstverständlich möchte ich das.«

»Zuzulassen, dass deine neue Freundin sich unters Küchenpersonal mischt, ist dabei sicher nicht zielführend«, grummelt Ethan. »Mir ist klar, dass ihre beruflichen Optionen bei ihrem Background begrenzt sind. Aber wenn du eine Beschäftigung für sie suchst, dann kann Rachel sie sicher für wohltätige Arbeit einsetzen oder etwas anderes, Passenderes für sie finden.«

Ich balle die Hände zu Fäusten. Ich mag es nicht, auf Konfrontationskurs zu gehen, aber ich kann mir das auch nicht einfach tatenlos bieten lassen. »Könnten wir bitte nicht über mich reden, als wäre ich gar nicht da?«

»Ihr habt Alice durchleuchten lassen?«, fragt Beck kühl und mit steinerner Miene.

»Selbstverständlich haben wir das«, antwortet sein Bruder, ohne mit der Wimper zu zucken. Als wäre es das Normalste der Welt. Dieser verdammte Widerling. »Das Positivste, was ich über sie sagen kann, ist, dass ich beim Lesen ihrer Akte fast eingeschlafen wäre. Ich weiß, dass du sauer warst, weil Dad dich mit Selah verkuppelt hat, aber musstest du ausgerechnet zurückschlagen, indem du dir eine Frau suchst, die so dermaßen durchschnittlich ist?«

Beck sieht ihn starr an.

»Andererseits hattest du schon immer eine Schwäche für ungeliebte und vernachlässigte Dinge. Deswegen hast du dich ja auch dieses Hotels angenommen.«

Autsch.

Doch er ist immer noch nicht fertig. »Wahrscheinlich sollte ich mich erleichtert fühlen, weil du keine zugekokste Pop-Prinzessin angeschleppt hast wie beim letzten Mal.«

»Das reicht«, fauche ich mit zusammengebissenen Zähnen. Meine Eltern haben mir beigebracht, freundlich und höflich zu sein. Aber ich bin nicht sein Fußabtreter. Manche Leute mögen einen eben aus irgendeinem Grund nicht. So ist das Leben.

»Du hast deinen Standpunkt klargemacht, Ethan, und du kannst sicher sein, dass wir vom Ausmaß deiner Arschigkeit alle tief beeindruckt sind. Doch jetzt solltest du dringend in Betracht ziehen, zu gehen.«

Ethan bläht erzürnt die Nasenflügel.

Der Anzugträger neben ihm gibt ein ersticktes Keuchen von sich.

Mir egal. »Sieh dich doch nur um, welches Aufsehen du gerade erregst. Alle starren uns an und belauschen uns, und schon bald wird die ganze Stadt hierüber tratschen. Von jemandem wie mir erwarten die Leute ja nichts anderes. Aber von dir …

Dein Verhalten ist für einen Elliot nicht gerade angemessen, oder?«

Beck versucht, sich das Grinsen zu verkneifen.

»Beck, du musst morgen beim Meeting anwesend sein«, sagt Ethan hörbar angespannt. »Komm nicht zu spät.«

»Ich werde da sein«, antwortet Beck.

Nachdem er mir noch einmal einen vernichtenden Blick zugeworfen hat, marschiert sein Bruder mit Anzugträger Nummer drei im Schlepptau davon. Der vierte Mann lächelt mich dagegen freundlich an. »Schön, dich wiederzusehen, Alice.«

»Matías. Hi.«

Eine neue Kellnerin erscheint in der Bar, und Isaac lächelt mir zu. Damit bin ich wohl für heute mit Kellnern fertig.

Ohne ein weiteres Wort nimmt Beck meine Hand und führt mich zu den Aufzügen. Ich habe nicht gelogen. Die Leute starren uns tatsächlich an. Matías folgt uns mit einigen Schritten Abstand. Erst als wir im Fahrstuhl stehen und nach oben zum Apartment fahren, kommen wir auf die Szene zu sprechen.

»Ist Arschigkeit überhaupt ein richtiges Wort?«, fragt Beck.

Matías neigt nachdenklich den Kopf. »Falls nicht, sollte man das dringend ändern. Das Benehmen deines älteren Bruders ist jedenfalls ein Musterbeispiel dafür.«

»Hoffentlich bist du nicht böse auf mich«, sage ich. »Aber ich hatte die Nase voll. Es gibt konstruktive Kritik und es gibt Rufmord, und die kleine Ansprache deines Bruders war eher Letzteres. In Bezug auf uns beide.«

»Du warst absolut perfekt.« Beck drückt meine Hand an seinen Mund und küsst meine Fingerknöchel. »Ich kann mich nicht erinnern, schon jemals eine Freundin gehabt zu haben, die bereit war, mich vor Ethan zu beschützen. Das finde ich gut.«

Puh. »Was glaubst du, steht in dieser Akte über mich?«

»Versuch dir darüber keine Gedanken zu machen«, rät Matías. »Es gibt über jeden von uns eine Akte.«

Beck lächelt und schweigt vielsagend.

»Zugekokste Pop-Prinzessin?«, hake ich nach.

Sein Lächeln verschwindet. »Das ist schon eine ganze Weile her.«

»Monate«, pflichtet Matías ihm bei.

»Jahre.«

»Jahre ist aber Plural.«

»Na schön. Jedenfalls länger als ein Jahr«, meint Beck ungehalten. »Stell mich vor meiner Freundin gefälligst nicht in ein schlechtes Licht, du Trottel.«

Matías lacht nur.

»Aber da wir gerade bei dubiosen Themen sind, über die man besser Stillschweigen wahrt: Worüber streitest du dich denn diese Woche mit Emma?«

»Über die Suppenterrine.«

Die Aufzugtür öffnet sich, und wir steuern auf unser Zuhause zu. Zumindest unser vorläufiges Zuhause. Wer weiß, wenn Ethan erst mal über meine neuste schändliche Eskapade Bericht erstattet hat, werde ich vielleicht von den Angestellten der Olsons mit Mistgabeln aus der Stadt gejagt. Großmutter und Co. werden jedenfalls nicht erfreut sein. Meine Güte, wie kompliziert das alles ist. Normalerweise riskiert man nicht gleich einen Unternehmenskleinkrieg, wenn man von irgendjemandem nicht gemocht wird.

Wie und wann ist mein Leben eigentlich so interessant geworden?

Beck öffnet die Tür und hält sie uns auf. Der Ausblick auf den Stadtkern, über dem gerade die Sonne untergeht, ist atemberaubend. Vielleicht kommen wir ja heute Abend dazu, den Whirlpool zu benutzen. Ich steure direkt die Couch an und ziehe meine Schuhe und diese kleinen Sockendinger aus, die ich trage. Dann strecke und dehne ich die Füße und die Zehen. Oh, barfuß nach einem langen Tag – einfach himmlisch. Wenn das als ungehobelt angesehen wird und sich ein Elliot nicht barfuß in seinem eigenen Apartment zeigen sollte, dann will ich auf keinen Fall einer sein. Von mir aus können Beck und ich für immer und ewig in Sünde leben. Amen.

»Matías, versteh mich nicht falsch, ich frage dich das jetzt als Freund und mit allem gebührenden Respekt, aber was zum Teufel willst du verdammt noch mal mit einer dämlichen Suppenterrine?«, erkundigt sich Beck, während er drei Craftbiere aus dem Kühlschrank holt und an uns verteilt.

»Sie ist antik, aus Silber und einiges wert.«

»Aber es ist trotzdem eine Suppenterrine.«

Matías macht es sich bequem und fläzt sich mit gespreizten Beinen in Manspreading-Manier auf die Couch gegenüber. »Ich habe Emma gesagt, dass ich sie vielleicht bei Grillfesten als Eis- oder Bierbehälter verwenden möchte, oder als Aufbewahrung für all die einzelnen Socken, für die man das Gegenstück nicht mehr findet. Beinahe hätte sie der Schlag getroffen. Es war zum Schießen.«

»Nur aus Neugierde: Wie hoch sind deine Anwaltsrechnungen bisher?«

»Für solche Kinkerlitzchen bemühen wir die Scheidungsanwälte inzwischen nicht mehr«, sagt Matías. »Sie wegen jeder Kleinigkeit offizielle Schreiben aufsetzen zu lassen, hat den ganzen Spaß verdorben. Wir bevorzugen beide die direktere Herangehensweise.«

»Soll eine Scheidung denn Spaß machen?«, frage ich nach.

»Es sieht jedenfalls so aus, als würden er und Emma sich königlich amüsieren.« Beck setzt sich neben mich und legt mir den Arm um die Schultern. Seine Finger spielen an meinem

Pferdeschwanz herum. »Keine Sorge, wir verstehen alle nicht, warum.«

»Man lässt sich schließlich nur einmal scheiden«, meint Matías bierernst. »Darum wollen wir das Beste daraus machen.«

Ich nicke, als würde ich begreifen. »Okay.«

»Eines Tages, wenn ihr beiden beschließt zu heiraten, wirst du es verstehen.«

»Allerdings könntet ihr stattdessen auch wieder zur Eheberatung gehen«, bemerkt Beck.

Matías verzieht ungläubig das Gesicht. »Unsere Scheidungsverhandlungen gehen gerade ins zweite Jahr. Da kann man doch nicht mehr erwarten, dass wir uns noch wie Erwachsene verhalten.«

Beck trinkt einen Schluck Bier. »Das schmeckt übrigens gut.«

»Habe ich dir doch gesagt«, meint Matías. »Diese Mikrobrauerei ist wirklich spitze, aber sie brauchen Geld, um zu expandieren. Das Programm zu erweitern und vielleicht zusätzlich verschiedene Sorten Cider anzubieten.«

»Und die Firma ist solide?«

»Die Zahlen stimmen. Die Firma ist zwar etwas größer als unsere üblichen Investments, aber sie ist mir sympathisch.«

»Kürzlich hast du erwähnt, dass ihr Geschäftspartner seid, oder?«, frage ich nach, einfach weil ich neugierig bin. Das Bier ist für meinen Geschmack etwas zu hopfig, aber trotzdem nicht übel.

»Nachdem ich Zugriff auf meinen Treuhandfonds hatte, haben Matías und ich die Crooked Company gegründet«, erklärt Beck. »Wir geben Anschubfinanzierungen und sind darauf spezialisiert, kleine Unternehmen zu unterstützen. Das ist unsere Art, dem Schaden, den große Firmen wie die Elliot Corp. anrichten, entgegenzuwirken.«

»Das klingt großartig.«

»Ist es auch«, sagt Matías unüberhörbar stolz. »Wir arbeiten mit kleinen Brennereien und Eismanufakturen zusammen, einem Antiquariat, einem Plattenladen, einem Hersteller von Elektrofahrrädern, einem Lippenstifthersteller, Biometzgereien, Vertreibern von Slow Fashion, einem Donutbäcker, Betreibern von Imbisswagen, einem Serviceanbieter, der einen dabei unterstützt, seinen eigenen essbaren Garten anzulegen, diversen Anbietern von Apps und so weiter und so fort.«

»Und obendrein konnten wir damit noch meinen Vater so richtig auf die Palme bringen«, fügt Beck hinzu.

Ich lächle. »Bei einem Firmennamen wie Crooked Company verstehe ich gar nicht, warum.«

Beck zwinkert mir zu.

Matías legt einen Knöchel aufs Knie, wie es echte Kerle eben tun. An attraktiven Männern in Maßanzügen herrscht in dieser Stadt wirklich kein Mangel. Ich könnte es Emma nicht verdenken, wenn sie ihn seines Aussehens wegen geheiratet hätte. Seine dunklen Augen sind wirklich bezaubernd. »Dafür, dass es angeblich reine Zeit- und Geldverschwendung ist, wirft unser Unternehmen eine ordentliche Dividende ab.«

Sie sind alle solche Erfolgsmenschen. Ich dagegen weiß immer noch nicht, was ich mit meinem Leben anfangen soll. Ethan hatte in Bezug auf meine Durchschnittlichkeit vielleicht nicht ganz unrecht. Diese Leute sind alle so entschlossen und motiviert. Man kann nicht ewig ziellos durchs Leben taumeln. Momentan verfüge ich nicht mal über ein eigenes Einkommen, und die Vorstellung, auf Becks Kosten zu leben, behagt mir überhaupt nicht.

Er räuspert sich. »Meine Liebste, hast du zufällig diesen riesigen Steinbrocken gekauft, der da auf dem Tisch liegt?«

»Nein.«

»Aha.«

»Das ist ein Kristall, Quarz oder etwas in dieser Art, richtig?«, frage ich.

Matías betrachtet das Ding kritisch. »Was immer das sein mag, dieser Klotz ist jedenfalls größer als meine Hand.«

»Offenbar hat meine Mutter vorbeigeschaut«, sagt Beck. »Wahrscheinlich soll er uns vor negativen Schwingungen beschützen.«

Ich stelle meine Flasche auf dem Couchtisch ab. »Das schmeckt ganz gut, aber wenn es euch nicht stört, mache ich mir lieber einen Wodka Soda. Ich habe eigentlich gerade keine Lust auf Bier.«

»Das ist schließlich auch dein Zuhause.« Beck trinkt noch einen großen Schluck. »Du musst mich nicht um Erlaubnis bitten.«

»Dann ist sie also nicht nur auf Urlaub hier?«, fragt Matías.

»Wenn es nach mir geht, bleibt sie dauerhaft«, sagt Beck. »Allerdings werde ich sie davon erst noch überzeugen müssen.«

»Ich bin doch erst seit ungefähr achtundvierzig Stunden hier«, entgegne ich.

Becks Schweigen spricht Bände. Unter seiner sexy, witzigen Fassade steckt ein Kerl, der es gewohnt ist, zu bekommen, was er will. Das ist wahrscheinlich eine Nebenwirkung des Geldes. Und seiner unterschwelligen Alphatier-Veranlagung. Aber bisher haben sich alle Elliots, denen ich begegnet bin, als Kontrollfreaks entpuppt.

»Hattest du schon Gelegenheit, dich ein wenig umzusehen?«, möchte Matías wissen.

»Ich habe heute einen Spaziergang zum Larimer Square gemacht. Das war schön.«

Beck sieht mich an. »Du warst heute unterwegs?«

»Für ein Weilchen«, antworte ich.

»Und Smith hat dich nicht gefahren?«
»Es war doch nicht weit zu laufen.«
»Schon, aber …«
Matías blickt schweigend zum Fenster hinaus.
»Aber was?«, frage ich.
»Du hast mir nichts davon gesagt.«
»Ich sage es dir doch jetzt.«
Beck lächelt auf eine Art, die ich bisher nur selten bei ihm erlebt habe. Und da sein Lächeln kein bisschen echt ist, kann es auch gern so bleiben. »Nun, ich möchte gern wissen, was du tust, und ich habe dem Concierge auch entsprechende Anweisungen gegeben. Wenn du irgendwo hinmöchtest, sollen sie Smith anrufen.«
»Ich wurde gefragt, ob ich einen Wagen brauche, und das habe ich verneint.«
Er schweigt sich aus.
»Ist das ein Problem?«
Es dauert einen Moment, bis er antwortet. »Ich will nur, dass du sicher und zufrieden bist.«
»Und ich war beides, vielen Dank. Du hast viel zu tun. Da muss ich mich doch nicht stündlich bei dir melden.«
»Nein, aber ab und zu eine Nachricht darüber, wie es dir geht und was du gerade tust, wäre nett.«
Dagegen ist eigentlich nichts einzuwenden. Eine vernünftige Bitte. »Na gut. Ich ziehe es zukünftig in Erwägung.«
»Vielen Dank.«
»Aber ich fühle mich nicht wohl dabei, Smith so in Anspruch zu nehmen. Und einen Bodyguard brauche ich auch nicht. Für deine Familie ist das vielleicht normal, aber für mich nicht.«
»Das kann sein, aber du bist neu in der Stadt und du bist meine Freundin. Also wäre es mir lieber, wenn –«

Er wird unterbrochen, als es an der Tür klingelt. Da ich sowieso gerade stehe, gehe ich hin und öffne.

»Wir haben das noch nicht zu Ende diskutiert«, ermahnt mich Beck.

»Doch, haben wir. Du willst es bloß nicht wahrhaben.«

Draußen steht ein Fremder, der mehrere Taschen schleppt. Und neben ihm Selah – ein deutlicher Hinweis darauf, dass dieser Kristall uns rein gar nicht beschützt. Als sie mich in der Tür zu Becks Apartment sieht, zuckt sie zusammen. Sie rührt sich nicht vom Fleck und schaut mich erwartungsvoll an. Ich habe keine Ahnung, warum sie das tut. Wieder einmal wird mir überdeutlich klar, wie unterschiedlich wir sind. Sie ist in so vieler Hinsicht so verdammt perfekt. Außer in den Bereichen, auf die es ankommt. Ich drücke den Rücken durch. Die Gute wird sich daran gewöhnen müssen, mich in ihrem ehemaligen Revier zu sehen, denn ich habe nicht vor, auf absehbare Zeit etwas daran zu ändern.

»Verdammt!« Beck steht plötzlich hinter mir und legt mir eine Hand aufs Kreuz. »Ich habe es vergessen.«

»Natürlich hast du das«, entgegnet Selah und drängt sich an uns vorbei ins Apartment.

»Heute Abend findet eine Wohltätigkeitsgala statt. Dort soll auch meines Vaters gedacht werden.« Beck macht ein zerknirschtes Gesicht. »Wir müssen anwesend sein. Das heißt, zumindest ich.«

Ich atme tief durch. »Aha.«

»Du musst nicht mitkommen.«

»Selbstverständlich muss sie das«, sagt Selah höhnisch. »Das gehört zum Job. Alice, das ist Tex, dein Hairstylist und Visagist. Er wird sich im Schlafzimmer einrichten. Fangen wir gleich an, wir haben einen knappen Zeitplan.«

Beck ist stinksauer. Aber wahrscheinlich würde ich meinen Ex-Partner auch nicht in meiner Wohnung haben wollen. Doch seine Miene ist wirklich arktisch kalt. »Ich bin mir sicher, dass Alice allein zurechtkommt. Deine Gegenwart ist nicht vonnöten.«

»Deine Großmutter hat Rachel angerufen und sie gebeten, mich zu schicken«, entgegnet Selah, die das dunkle Haar in einem makellosen Knoten trägt. »Willst du dich tatsächlich mit den beiden anlegen?«

Als Antwort zückt er das Handy, bereit, einen entsprechenden Anruf zu tätigen.

»Ist schon gut«, sage ich und lege beschwichtigend die Hand auf seinen Unterarm. »Wirklich.«

»Bist du sicher?«

»Sehen wir zu, dass wir das über die Bühne bekommen.« Dann fällt mir plötzlich wieder ein, was Natasha gesagt hat. »Wer weiß, vielleicht macht es mir sogar Spaß.«

Matías hat die ganze Zeit kein Wort gesagt. Jetzt prostet er mir mit seinem Bier zu, von einem Elliot-Außenseiter zum anderen. Ich frage mich, wie oft er im Lauf der Jahre schon Ähnliches mitmachen musste. Und ob der Druck und die ständigen Einmischungen dazu beigetragen haben, dass er und Emma sich getrennt haben. Kein schöner Gedanke.

»Danke«, sagt Beck.

»Kein Problem.«

Ich streichle über die Stoppeln an Becks Wange, woraufhin er zögerlich näherkommt und seinen Mund auf meinen drückt. Der Kuss fällt nicht gerade keusch aus, aber das ist uns beiden egal. Zum Teufel mit unserem Publikum und seinen schrägen Beziehungsregeln. Ich kann die Blicke der anderen spüren, aber das kümmert mich nicht. Seine Zunge gleitet über meine, während er mir die Hand in den Nacken legt und mich festhält. Als ob ich auf die Idee käme, wegzulaufen. Obwohl er immer betont, dass er warten will, und sich stets cool gibt, legt er in diesem Augenblick eine sinnliche Dominanz an den Tag, die einfach verdammt heiß ist. Wir keuchen beide atemlos und verlieren uns vollständig in diesem Moment. Mir ist schwindelig und mein Schoß zieht sich lustvoll zusammen. Ich lege die Hände um seine Oberarme, zum einen weil ich etwas brauche, woran ich mich festhalten kann, zum anderen weil ich es genieße, wie stark sich sein Körper anfühlt. Am liebsten würde ich mich an ihm reiben, ihn ausgiebig erkunden. Jedes Mal, wenn wir uns so nah sind, wird es schwieriger, sich zurückzuhalten. Seine gespannten Muskeln und ungestümen Berührungen verraten mir, dass er ebenfalls mit sich zu kämpfen hat. Mal ehrlich, der gute Mann muss schleunigst mit diesem Warten-Blödsinn aufhören, sonst kann ich für nichts mehr garantieren.

Schließlich zieht er sich zurück und fährt mit dem Daumen über meine feuchte Unterlippe. »Was immer du willst, Alice.«

Meine Güte, dieser Mann bringt mich immer wieder zum Lächeln. Selah dagegen sieht aus, als hätte sie in eine Zitrone gebissen.

Alles ist genau so, wie es sein sollte.

7. KAPITEL

»Sei nicht nervös«, sagt Beck. »Du siehst wunderschön aus.«

»Ich bin nervös, wann immer ich will. Aber ich werde mich nicht davon aufhalten lassen.«

»So gefällst du mir.«

Er steht neben mir und trägt einen Smoking und ein Lächeln im Gesicht. Und verdammt noch mal, beides steht ihm hervorragend. Von seinen dunklen Haaren, die zu einer Schmalztolle gestylt sind, und seinen haselnussbraunen Augen, in denen ich tagelang versinken könnte, möchte ich erst gar nicht reden. Wenn er mich ansieht, ist da eine Wärme in diesen Augen … Ich könnte glatt ins Schwärmen geraten. Ich weiß nicht, ob mich schon jemals jemand wirklich wahrgenommen hat. Nicht so, wie er es tut, wenn er mich ansieht.

»Wir hätten auch zu Hause bleiben und miteinander schlafen können«, bemerke ich.

Er grinst. »Du hast unser Apartment gerade als Zuhause bezeichnet.«

»Du verstehst nicht, worauf ich hinauswill.«

Wir sind in einer Limousine vorgefahren. Zum letzten Mal saß ich bei meinem Abschlussball in solch einem Wagen. Die Gala findet im Festsaal eines großen Hotels statt. Überall Orchideen in eleganten Blumentöpfen und glitzernde Kronleuchter. Selah und ich hatten eine angeregte Diskussion über mein Outfit. Sie wollte mich in eine paillettenbesetzte Scheußlichkeit stecken, die für mich absolut nicht infrage kam. Ich habe sie ihr gleich wieder in die Hand gedrückt und ihr dazu noch die Hälfte des Inhalts meines Kleiderschranks aufgenötigt, damit sie die Sachen zu Mac zurückbringt. Aus irgendeinem Grund war ich beruhigt, als ich sah, wie viel Platz plötzlich in dem begehbaren Kleiderschrank war. Als wäre mein Leben nicht komplett auf den Kopf gestellt worden (wenn auch auf schöne Weise) und als hätte ich nicht komplett die Kontrolle verloren.

Das ist das Tolle daran, wenn man zu Ängsten neigt – man findet immer etwas, worüber man sich Sorgen machen kann. Läuft es schlecht, könnte es noch schlimmer werden. Läuft es gut, könnte es passieren, dass einem von einem Augenblick auf den anderen alles wieder genommen wird und man in einen tiefen Abgrund fällt. Manchmal habe ich von dem, was in meinem eigenen Kopf vorgeht, wirklich die Nase voll.

Alles ist gut. Ich schaffe das. Und das werde ich mir so lange vorsagen, bis es wahr wird.

Normalerweise trage ich keine Kleider, weil ich mir darin die Oberschenkel wundscheure. Natürlich kann man das verhindern, indem man beispielsweise Unterwäsche mit längeren Beinen trägt, aber trotzdem sind mir Hosen generell lieber. Allerdings ist das hier ein besonderer Anlass. Ich habe mich für ein Kreppkleid von Juan Carlos Obando entschieden. Es ist marineblau (weil Essensflecken auf dunklen Farben weniger auffallen), knöchellang und einseitig schulterfrei. Ein einfaches, elegantes Kleid, und ich liebe es. Für ein bisschen Glanz sorgen meine silbernen Gucci-Sandalen mit Blockabsatz und ein Armreif aus Weißgold, der mit Diamanten im Baguette-Schliff besetzt ist. Außerdem trage ich herrliche Diamantohrstecker. Ich tue einfach so, als wären sie nicht echt, sondern nur aus Strass. Andernfalls könnte es nämlich passieren, dass ich angesichts des Werts dieser Steine Nervenflattern bekomme.

Da ich vor noch nicht allzu langer Zeit manchmal so knapp bei Kasse war, dass ich mich nur von Ramen-Nudeln ernährt habe, fühlt es sich merkwürdig an, plötzlich die Freundin eines Millionärs zu sein.

Das Merkwürdige an diesem Schmuck ist, dass ich schwören könnte, dass er gestern noch nicht dagewesen ist. Im Schrank lagen eine Perlenkette mit passenden Ohrringen, eine Kette mit einem Diamantanhänger und noch ein paar andere Kleinigkeiten, die bestimmt ein Vermögen gekostet haben. Aber diese Schmuckstücke nicht. Vielleicht hat Selah sie mitgebracht. Keine Ahnung.

Was lernen wir jedenfalls daraus? Man muss kein Hungerhaken sein, um gut auszusehen. Aber ein bisschen Kleingeld kann definitiv nicht schaden. Insbesondere weil unzählige Fotografen auf der Veranstaltung herumschwirren. Wahrscheinlich für die Klatschspalten der Zeitungen. Auf dem Weg nach drinnen werden wir mehrmals angehalten. Meine Wangen schmerzen schon vom ständigen Lächeln.

Ein Kellner führt uns zu unserem Tisch, wo Becks Großmutter bereits ihren Platz eingenommen hat und Hof hält. Ethan sitzt neben ihr. Leider muss ich zugeben, dass er im Smoking fast genauso gut aussieht wie sein Bruder. Aber da ich kein oberflächlicher Mensch bin, bringt mich das nicht davon ab, ihn auch weiterhin zu verabscheuen. Unsere Ankunft erregt unter den Gästen einige Aufmerksamkeit. Ich ziehe eine Menge bewundernde und neugierige Blicke auf mich, was sehr angenehm ist. Es muss merkwürdig sein, wenn man ein Elliot ist und die Leute einen ständig beobachten und sich so sehr dafür interessieren, was man tut und mit wem man es tut. Diese Leute sollten endlich erwachsen werden.

Selah sitzt am Nachbartisch neben einem attraktiven jungen Mann. Als sie mich ansieht, wirkt sie resigniert. Kein Lächeln, aber auch keine bösen Blicke. Als sie jedoch Beck ansieht, wird ihre Miene wehmütig. Sie bekommt große, traurige Augen und lässt die Schultern hängen. Wäre ich bei ihm so sehr in Ungnade gefallen wie sie, würde ich mich wahrscheinlich genauso fühlen.

»Deine Ex ist hier«, sage ich leise, damit es keiner hört.

»Das war zu erwarten. Ihre Familie spendet häufig ans Krankenhaus.«

»Hat sie es vorhin im Apartment geschafft, dir ein Gespräch aufzunötigen?«

»Ich habe ihr deutlich gemacht, dass ich kein Interesse habe, egal, was sie mir zu sagen hat.« Er hebt die Brauen. »Du bist doch nicht etwa eifersüchtig?«

»Ich weiß es nicht.«

Er kommt dem Kellner zuvor und zieht für mich den Stuhl unter dem Tisch heraus. Seine Miene ist nachdenklich. »Das solltest du nicht sein.«

»Wenn es um Gefühle geht, ist es mit der Vernunft oft nicht weit her.« Ich setze mich hin und achte dabei auf eine perfekte Körperhaltung. Je weniger Anlass ich Großmutter & Co gebe, über mich zu meckern, umso besser.

Catherine unterbricht die Unterhaltung, die sie gerade mit einem grauhaarigen Mann neben sich geführt hat. In ihrem schwarzen Samtkleid sieht sie äußerst glamourös aus. »Beck. Alice. Ihr habt die Vorspeise versäumt. Ich dachte schon, ihr kommt nicht mehr. Emmas Abwesenheit heute Abend ist enttäuschend genug.«

»Sie ist geschäftlich in Chicago«, sagt Ethan. »Es ließ sich nicht vermeiden. Das weißt du doch.«

Catherine rümpft ungehalten die Nase.

Beck drückt seiner Großmutter einen flüchtigen Kuss auf die Wange und raunt ihr etwas zu (höchstwahrscheinlich eine

Entschuldigung), bevor er seinen Platz neben mir einnimmt. Während ihn die Dame, die an seiner anderen Seite sitzt, sofort in eine Unterhaltung verwickelt, nimmt er unter dem Tisch meine Hand. So ist das also, wenn reiche Leute etwas Wohltätiges tun und gleichzeitig eine Party feiern. Alles glitzert und glänzt und ist vom Feinsten. Es sind bestimmt mehrere Hundert Gäste anwesend.

Fünf Minuten später ist Beck noch immer damit beschäftigt, mit der Dame neben sich zu reden. Dann muss ich mir eben selbst eine Beschäftigung suchen. Kein Problem.

»Seien Sie nachsichtig mit ihm«, sagt die Dame, die neben mir sitzt. Ethans Begleitung. Ihre Haut hat einen Bronzeton und bildet einen perfekten Kontrast zu ihrem roten Seidenkleid. »Beck ist es gewohnt, dass sich bei solchen Veranstaltungen alle untereinander kennen, entweder vom Country Club oder der Kunstgala oder aus Aspen.«

Ich lächle höflich.

»Penny Hollis. Ich arbeite als Rechtsanwältin für die Elliot Corp.«

»Alice Lawrence.«

»Sie sind die Neue in der Stadt, die alle in Aufregung versetzt.«

Was soll ich dazu bitte schön sagen?

»Entschuldigen Sie, Miss.« Der Kellner serviert mir einen Wodka Soda und erspart mir damit, auf Pennys Bemerkung etwas erwidern zu müssen. Bestimmt hat Beck ihn für mich bestellt. Wusste ich doch, dass es gut ist, ihn in meiner Nähe zu haben.

Diesmal fällt mein Lächeln glaubwürdiger aus. »Vielen Dank.«

»Also, die Dame, die Ihren Lebensgefährten gerade mit Beschlag belegt, ist im Investmentbereich der Elliot Corp. tätig.

Der Herr neben ihr ist Herzchirurg und ihr Partner. Daneben sitzt ein Immobilienspezialist, der hofft, Ethan ein Penthouse andrehen zu können«, informiert sie mich. »Die gelangweilte Blondine ist die Trophäenfrau des älteren Gentlemans, der Catherine gerade etwas zu verkaufen versucht. Er ist ein großes Tier in der Medienbranche und aus New York angereist. Und die anderen kennen Sie ja.«

»Nehmen Sie häufig an solchen Veranstaltungen teil?«, frage ich.

»Oft genug.«

Die wunderschöne Blondine mit der sandfarbenen Haut sieht tatsächlich gelangweilt aus und schüttet einen Champagner nach dem anderen in sich hinein.

»Wenn man des Geldes wegen heiratet, muss man es sich am Ende auch verdienen«, raunt Penny mir zu. »Vorher war sie Profigolferin, aber er wollte, dass sie das aufgibt, weil das besser zu seinem Terminplan und seinem Lebensstil passt. Ich frage mich, was sie wohl heutzutage über ihre Entscheidung von damals denkt.«

Das Essen wird aufgetragen. Ein Stück Rindfleisch ist auf einem Bett aus Röstkartoffeln angerichtet. Dazu gibt es eine Art italienischer Tomatensoße und Spargel. Um zu essen, müssen Beck und ich mit dem Händchenhalten aufhören. Die Frau neben ihm hingegen hört noch nicht mal so lange mit dem Reden auf, um sich auch nur einen Bissen in den Mund zu schieben. Ihr Pech. Das Essen ist vorzüglich. Beck lächelt mir hin und wieder kurz zu, aber mehr leider nicht. Ich versuche, mich nicht darüber zu ärgern. Ich bin eben mal wieder auf mich allein angewiesen und fest entschlossen, es zu überstehen und mich zu behaupten.

»Wie lange arbeiten Sie schon für die Firma?«, erkundige ich mich.

Penny schluckt ihr Essen herunter und spült mit einem Schluck Rotwein nach. »Inzwischen fast ein Jahrzehnt.«

»Und Sie stammen aus Denver?«

Sie nickt. »Ich bin hier geboren und aufgewachsen. Es mag eine große Stadt sein, aber im Herzen ist Denver eine Kleinstadt. Ich kann mir nicht vorstellen, woanders zu leben. Hatten Sie schon Gelegenheit, sich einiges anzusehen?«

»Bis jetzt nur den Larimer Square.«

»Lassen Sie sich von Beck in die Berge bringen. Dort ist es wirklich wunderschön.«

»Das werde ich.«

Catherine mustert mich hin und wieder kühl, doch damit kann ich leben. Da ich weder mit meinem Essen kleckere noch auf dem Tisch tanze, kann sie sich eigentlich nicht beschweren. Ethan ignoriert mich komplett. Weshalb es noch merkwürdiger ist, dass seine Begleiterin das nicht tut. Ob aus politischen Gründen oder der Höflichkeit wegen, weiß ich nicht.

»Ich werde Sie jetzt einfach rundheraus fragen, denn das ist unsere Art, etwas in Erfahrung zu bringen«, setzt Penny an. »Hat Beck Sie tatsächlich in einer Bar getroffen, wo er als Hilfskellner gearbeitet hat?«

»Ähm …«

»Denn so hat es mir Ethan erzählt, aber ich kann mir das ehrlich gesagt nicht ganz vorstellen.«

»Stehen Sie und Ethan sich nahe?«, frage ich, weil ich nicht weiß, was Becks Meinung nach die anderen wissen dürfen und was nicht, und deswegen ein Ablenkungsmanöver angebracht ist. Ich schäme mich nicht für unsere Vorgeschichte und möchte auch nicht lügen. Aber er verkehrt geschäftlich mit diesen Leuten. In Sachen Manipulation und Listigkeit bin ich nicht gerade geschickt. Mit Strategiespielen konnte ich noch nie etwas anfangen. Aber geschicktes Ausweichen, das bekomme ich hin. Schließlich habe ich jahrelange Übung darin, in Bars aufdringlichen Fragen und Händen von diversen Idioten mit variierenden Alkoholpegeln auszuweichen.

»Wir sind Arbeitskollegen und Freunde. Aber ein Paar sind wir nicht. Ich bin nicht so dumm, zu versuchen, einen Elliot zu daten.« Dann merkt sie offensichtlich, was sie da gerade zu mir gesagt hat, und hebt schnell eine Hand, deren manikürte Fingernägel perfekt zu ihrem Kleid passen. »Das soll selbstverständlich keine Kritik an Ihnen sein. Wenn die Hilfskellner-Geschichte stimmt, dann konnten Sie nicht ahnen, in welches Wespennest Sie gestochen haben. Man könnte sogar fast sagen, dass er Sie unter Vorspiegelung falscher Tatsachen für sich gewonnen hat.«

Ich denke in aller Ruhe über ihre Worte nach. Dass über die Geschichte, wie Beck und ich zusammengekommen sind, in der ganzen Stadt getratscht wird, hinterlässt bei mir einen üblen Nachgeschmack. Aber ich kann leider absolut nichts dagegen tun. Und was soll ich schon dazu sagen? Dass ich beinahe in Mathe durchgefallen wäre, mein neuer Freund aber ein Milliardär ist? Dass ich aus freien Stücken als Kellnerin und Versagerin durchs Leben gehe? Viele sind der Ansicht, dass Beck etwas Besseres als mich hätte finden können. Das kann ich nachvollziehen. Doch ungeachtet meiner vermeintlichen Unzulänglichkeiten würde ich ihn sofort in die Wüste schicken und mich ins nächste Flugzeug setzen, sollte er mich schlecht behandeln. Aber das geht nur ihn und mich etwas an. Dieses ganze Theater hier ist nur wieder ein deutlicher Beweis dafür, dass Small Talk dämlich ist und Menschen das Letzte sind. Es wird Zeit, etwas zu trinken.

Penny schwenkt den Wein in ihrem Glas. »In Sachen Diskretion sind Sie schon mal sehr gut. Das sollten die Ihnen auf jeden Fall hoch anrechnen.«

Ich beschränke mich weiterhin darauf, nichts zu sagen, denn diese Strategie funktioniert recht gut.

»Ich fasse Ihr Schweigen als Zustimmung auf«, verkündet sie schließlich. »Beck war schon immer das schwarze Schaf der Familie, aber das ist eine andere Geschichte. Schön für ihn, dass er mal rausgekommen ist und sein eigenes Ding machen konnte. Selbst wenn es nur für kurze Zeit war.«

Obwohl die Versuchung groß ist, Beck unter dem Tisch einen Tritt zu versetzen, damit er interveniert, lasse ich es sein. Wenn es um ihn geht, gewinnt stets meine Neugier. Was schadet es schon, wenn ich die Lady noch ein bisschen erzählen lasse?

»Selbstverständlich ist Jack damals bei ihm zu weit gegangen. Er hätte nie für möglich gehalten, dass Beck tatsächlich auf und davon sein würde. Keiner von ihnen hätte das geglaubt. Wenn man finanziell vollkommen abhängig ist, steht man schon unter extremem Druck, sich den Wünschen der Familie und der Firma zu beugen.« Sie sieht nachdenklich aus und unterbricht sich kurz, um etwas zu essen. »Aber nun sammeln Catherine und Ethan ihre Streitkräfte, um dem Vorstand und der ganzen Welt als geeinte, starke Front entgegenzutreten. Und Ihr Freund ist ein Teil davon.«

»Ja, das ist er«, sage ich, weil es eben ziemlich offensichtlich ist.

Sie wirft einen Blick über die Schulter zum Tisch hinter uns, an dem Selah sitzt. Der Blick, mit dem uns Rachels Assistentin bedenkt, ist eine Mischung aus Abscheu und Misstrauen. Kann ich ihr nicht verdenken. Als Nächstes fällt ihr Blick auf die redefreudige Investmentspezialistin neben Beck. Jene, die seine ganze Aufmerksamkeit für sich beansprucht. Offensichtlich weckt diese Dame bei ihr ebenso viel Missfallen wie wir beide. Interessant.

»Um Ihre Position herrscht ein großer Konkurrenzkampf, Alice. Ich wünsche Ihnen viel Glück.«

Anstatt ihr zu antworten, nehme ich einen Schluck von meinem Drink. Also wirklich, wenn es einen Wortkargheitspreis gäbe, hätte ich ihn mir heute Abend mehr als verdient. Aber lieber halte ich den Mund, als dass ich noch etwas sage, was ich anschließend bereue.

»Alles in Ordnung?«, fragt Beck und lässt die Hand zu meinem Nacken hinaufgleiten.

»Alles bestens.«

»Soll ich dir noch etwas zu trinken besorgen?«

»Nein.« Unter diesen Leuten muss ich einen klaren Kopf behalten. Reden ist Silber, Schweigen ist Gold und so weiter. »Vielen Dank.«

Die Kellner sammeln die Teller vom Hauptgang ein und ersetzen sie durch den Nachtisch. Ganache aus dunkler Schokolade an Himbeermus. Für meinen Geschmack ist sie ein wenig zu üppig – genau wie das Gehabe der meisten Anwesenden. Aber vielleicht bin ich ungeachtet meines neuen noblen Äußeren ja auch nur ärmlich und vorurteilsbefrachtet.

Vorne auf der Bühne begrüßt nun eine Frau die Gäste und dankt ihnen für ihre Spenden, bevor sie schließlich Becks Bruder ankündigt. Ethan erhebt sich und schreitet unter donnerndem Applaus zum Mikrofon. Auf der Großbildleinwand hinter ihm erscheint ein Foto seines kürzlich verstorbenen Vaters. Die Familienähnlichkeit ist nicht zu übersehen. Jack ist die ältere, etwas hagerere und faltigere Version seiner Söhne. Genau wie Catherines und Ethans Augen sind auch seine eisblau, seine Miene ist würdevoll und streng.

»Würde ich behaupten, mein Vater sei ein Heiliger gewesen, wäre das eine Lüge«, beginnt Ethan.

Verblüfftes Gelächter hallt durch den Raum.

Catherine sieht nicht amüsiert aus. Aber das tut sie ja sowieso fast nie.

»Wahrscheinlich wird er mich sogar aus dem Grab heimsuchen, weil ich seinen Ruf ruiniere«, fährt Ethan fort. »Jack Elliot war ein hart arbeitender Mann, der es sich zur Lebensaufgabe gemacht hat, das Imperium, das sein Vater begründet hat, auszuweiten. Diese Aufgabe hat er mit vollem Einsatz und absoluter Zielstrebigkeit verfolgt – wie sicher alle, die ihn kannten, bestätigen können. Die Loyalität der Familie bedeutete meinem Vater alles. Dass seine Kinder zu verstehen und zu schätzen lernten, welche Hingabe und Opfer notwendig sind, wenn man ein Elliot und Teil dieser Gemeinschaft ist, und dass sie alle auf ihre Art ihren Teil dazu beitragen. Das war sein großes Ziel, seine Vision, und es ist das, was uns heute Abend hier zusammengeführt hat. Es ist mir eine Ehre, ankündigen zu dürfen, dass ein neuer Krankenhausflügel errichtet werden wird, zum Andenken an meinen Vater und an seinen unermüdlichen Einsatz für diese großartige Stadt und ihre Einwohner.«

Im Festsaal brandet Applaus auf.

Ethan schüttelt der Moderatorin und noch einigen weiteren Leuten die Hand. Wahrscheinlich sind es Vertreter des Krankenhauses oder der Stadt. Ich will mir gar nicht vorstellen, wie viel Geld ein Krankenhausflügel kosten mag. Aber es ist schön, dass sie mit ihrem Geld etwas Gutes tun und nicht nur an den Kauf der nächsten Villa denken. Verrückt, dass sie einfach eine solche Entscheidung treffen können, die Leben rettet und so viele betrifft. Ich kann mir nur schwer ausmalen, wie es sein muss, solche Macht zu haben.

Musik setzt ein, und damit ist die Präsentation beendet. Catherine nimmt anmutig nickend die Lobesworte der Gäste, die in unserer unmittelbaren Nähe sitzen, entgegen. Ethan muss so viele Hände schütteln und wird so oft anerkennend auf den

Rücken geklopft, dass es eine Weile dauert, bis er schließlich wieder an den Tisch zurückkehrt.

»Penny, schön, dich zu sehen«, sagt Beck und legt den Arm auf die Lehne meines Stuhls. Und sieht in seinem Smoking so atemberaubend aus wie immer. »Ich hatte gehofft, dich nach deiner Meinung über den Amari-Vertrag fragen zu können. Mein Bruder ist begeistert davon, aber ich habe einige Bedenken.«

Sie fangen an, sich zu unterhalten, und ich klinke mich aus und lausche stattdessen dem Kammerorchester. Als Beck, Penny und Ethan schließlich eine Diskussion über Derivate versus Aktien beginnen, beschließe ich, dass es Zeit für ein Päuschen wird.

Sogar die Waschräume sind nobel. Alle Böden, Wände und Oberflächen sind in grauem Marmor gehalten. Als ich mir gerade die Hände wasche, stellt sich mir eine Frau vor, die ungefähr in meinem Alter ist, und erkundigt sich, welche Schule ich besucht habe. Als ich den Namen meiner örtlichen Schule nenne, sieht sie mich verwundert an. Trotzdem ist es angenehm, ein bisschen zu verschnaufen und mir die Beine zu vertreten. Leider laufe ich auf dem Weg nach draußen der Investmentspezialistin in die Arme, die an unserem Tisch sitzt. Ihr Lächeln scheint nur aus scharfen Zähnen zu bestehen. Ich schätze, wir werden keine Freundinnen werden.

»Sie sind Alice«, sagt sie, als wäre das etwas Neues.

Ich nicke und versuche, mich an ihr vorbeizuschlängeln, aber sie versperrt mir den Weg. »Sie sollten wissen, dass heute Abend mindestens sechs Frauen anwesend sind, mit denen Ihr Freund im Bett war. Und das sind nur diejenigen, von denen ich es sicher weiß. Er hat eine begrenzte Aufmerksamkeitsspanne. Wenn er erst mal seinen Schwanz in dir hatte, ist es vorbei. Angeblich ist er ein Tier im Bett. Aber in Sachen

Bindungen ist er weit weniger gut. Sehen Sie sich doch nur die arme Selah an. Sie entstammt einer der angesehensten Familien der Stadt, doch er hat sie einfach sitzen lassen. Und bei einer wie Ihnen … Sagen wir es mal so: Ihre Zeit dürfte jeden Augenblick abgelaufen sein. Also genießen Sie es lieber, solange Sie noch können.«

»Ernsthaft?«, frage ich skeptisch.

Ihr Blick fällt auf meinen diamantbesetzten Armreif, und ihre Lippen verziehen sich zu einem boshaften Grinsen. »Wie praktisch. Das lässt sich leicht einsacken, wenn es zurück nach Cali geht, nicht wahr?«

»Sind Sie fertig?« Ich verschränke die Arme. Von Konfrontationen jeglicher Art wird mir schlecht. Aber was soll's. »Haben Sie mich jetzt genug heruntergeputzt?«

»Gute Frage«, sagt eine vertraute, tiefe, männliche Stimme.

»Ethan.« Die Frau bekommt große Augen. »Ich habe dich gar nicht bemerkt.«

»Du bist für heute Abend hier fertig, Jenna.«

»Was? Aber ich habe doch nur –«

»Geh«, befiehlt er. »Sofort.«

Die Gute rennt geradezu davon.

Ethan sieht ihr schweigend nach, bevor er sich wieder nach mir umdreht. Er sieht nach wie vor nicht gerade begeistert aus. Aber ich bin mir nicht sicher, ob er das überhaupt kann. »Sag mal, Alice, kannst du tanzen?«

»Ich kann mich zu Musik hin und her bewegen. Zählt das auch?«

»Das wird genügen.« Ethan bietet mir seinen Arm an. »Gehen wir.«

Auf der Tanzfläche befinden sich nur wenige Paare. Und sie lassen zwischen sich auf jeden Fall genug Platz für Jesus. Ethan führt mich mit steifer Förmlichkeit. Bestimmt weiß er, wie man Walzer, Foxtrott und so weiter tanzt. Ich glaube mich zu erinnern, wie der Macarena geht. Aber ich habe den Eindruck, dass er für diesen Vorschlag nicht offen wäre. Und die Musik ist dafür sowieso viel zu lahm. Wir nehmen die Standardwalzerposition ein und beginnen, uns hin und her zu wiegen.

»Vielen Dank für die Intervention, aber ich hätte das auch allein regeln können«, sage ich, als das Schweigen zwischen uns unangenehm wird.

Ein gibt nur ein Brummeln von sich.

»Ist das jetzt der Moment, in dem du mich vor deinem Bruder warnst?«

»Hätte ich mit meinen Worten größere Erfolgsaussichten als Jenna mit ihren Gemeinheiten?«

Ich kräusle die Lippen. »Nein.«

»Dann spare ich mir die Mühe.«

»Und du willst mir auch keinen dicken Scheck anbieten, damit ich die Stadt verlasse?«, sage ich, weil die ganzen Worte, die ich während des Essens zurückgehalten habe, jetzt anscheinend in einem Schwall herauskommen wollen. »Ich würde ihn natürlich nicht annehmen. Aber anscheinend bist du doch kein so abgebrühter High-Society-Hai, wie ich dachte.«

»High-Society-Hai?«, fragt er verdutzt. »Ist das dein Ernst?«

Ich zucke unschlüssig mit den Schultern.

»Ich kann nachvollziehen, weshalb ihr beiden euch so gut versteht. Ihr teilt einen merkwürdigen Sinn für Humor.« Und sein Gesichtsausdruck lässt keinen Zweifel daran, was er von besagtem Sinn für Humor hält. Aber immerhin ist er hier und tanzt in aller Öffentlichkeit mit mir. Schon überraschend, wenn man bedenkt, dass er keinen Hehl daraus macht, was er über mich denkt.

»Ich darf übernehmen«, sagt Beck, der plötzlich neben uns steht.

»Ich habe mich schon gefragt, wann dir auffällt, dass sie fort ist«, entgegnet Ethan.

»Hast du etwas auf dem Herzen, großer Bruder?«

»Vielleicht solltest du deine Begleitung zukünftig nicht einfach ignorieren. Vorausgesetzt, dass du sie behalten möchtest. Ich muss jetzt zurück ins Büro. Habt einen schönen Abend.« Ethan tritt einen Schritt zurück, nickt mir zu und zupft den Ärmelaufschlag seines Hemdes zurecht, bevor er die Tanzfläche verlässt. Zahlreiche Gäste verfolgen interessiert seinen Abgang.

Beck kneift die Augen zusammen. Er hält sich nicht wie sein Bruder mit Förmlichkeiten auf, sondern legt die Arme um meine Taille und zieht mich dicht an sich, sodass wir uns von der Brust bis zu den Knien berühren. »Habe ich dich ignoriert?«

Ich öffne den Mund, um zu antworten, denke kurz nach und klappe ihn schließlich wieder zu. Ehrlichkeit ist nicht immer hilfreich.

»Scheiße«, murmelt er. »Tut mir leid. Diese Unterhaltung hat der Elliot Corp. wahrscheinlich irgendwas zwischen zwei und vier Millionen gespart. Aber diese Zeit hätte ich auch mit dir verbringen können. Ich werde meine Prioritäten nicht noch einmal so falsch setzen.«

Es fällt mir schwer, nicht zu kichern. »Meinst du das ernst?«

»Absolut.«

»Ach, ich habe mich nett mit Penny unterhalten. Alles in Ordnung.«

Ich lege die Hände auf seine Schultern, und wir bewegen uns gemächlich im Rhythmus der Musik. Es ist genauso wie damals in der Bar und gleichzeitig ganz anders. So ziemlich alles hat sich seitdem verändert, außer dass ich seinetwegen weiche Knie bekomme. Und die Art, wie er mich ansieht, als hätte ich gerade die Sonne als Zentrum des Universums abgelöst. So etwas kann einer Frau durchaus zu Kopf steigen.

»Du bist ja auch beruflich hier«, sage ich. »Anfangs habe ich vielleicht nicht ganz verstanden, was das mit sich bringt, aber jetzt tue ich es.«

»Das ist aber keine Entschuldigung für mein Verhalten.«

Ich zucke nur mit den Schultern.

»Insbesondere wenn ich mich so sehr danebenbenommen habe, dass Ethan es anspricht.«

»Ist die Meinung deines Bruders denn von Bedeutung?«, frage ich.

»Seine Meinung über uns? Nein. Kein bisschen.« Er schüttelt den Kopf. »Aber wenn er findet, dass ich dich nicht ordentlich behandle? Oh ja. Das ist sogar sehr bedeutsam.«

»Warum interessiert ihn das überhaupt?«

»In unserer Kindheit und Jugend haben wir beide miterlebt, wie mein Vater die Frauen in seinem Leben wie Dreck behandelt hat«, erklärt er. »Wir möchten diese Tradition nicht fortsetzen. Für Ethan heißt das, dass er sich auf keine ernsthaften Beziehungen einlässt. Für mich bedeutet es, dass ich das mit dir richtig machen will.«

»Ich finde, bei uns läuft es gut«, sage ich. »Vor allem wenn man die großen Umwälzungen in jüngster Zeit bedenkt, und dass wir erst seit ungefähr zwei Minuten zusammen sind.«

»Die besten zwei Minuten meines Lebens«, raunt er.

Er sieht mir in die Augen, und ich schwöre, für einen Augenblick verliere ich jeden Kontakt zur Realität. Vergesse die Welt und unsere Probleme und alles andere, was wichtig ist. Das ist so ungerecht. Ich hatte nie eine Chance, mich nicht bis über beide Ohren in diesen Mann zu verlieben. Doch dann meldet sich eine bösartige Stimme in meinem Hirn und erinnert mich daran, dass anscheinend sechs Frauen hier im Raum Gelegenheit hatten, sich splitternackt an ihm zu reiben, und ich nicht. Und das sind nur die, von denen sie wusste. Verdammt.

»Warum hast du gerade so ein finsteres Gesicht gemacht?«, fragt er.

»Habe ich nicht.«

»Du bist keine gute Lügnerin, stimmt's? Hast du schon mal in Erwägung gezogen, vor dem Spiegel zu üben?«

»Beck, es ist nichts.«

»Das sehe ich anders. Du hast dich gerade über etwas geärgert, und ich möchte wissen, was es ist.«

Ich seufze auf. »Können wir uns nicht einfach entspannen und Spaß haben?«

»Ich finde Ehrlichkeit sehr entspannend und unterhaltsam. Du nicht?« Er lässt die Hände tiefer gleiten und legt sie auf meinen Poansatz. Unsere Hüften sind sich nun so nah wie öffentlich möglich, ohne dass jemand verhaftet wird.

»Na schön«, stöhne ich. »Deine Freundin Jenna hat mich vorhin auf dem Flur abgepasst und einige wenig freundliche Dinge zu mir gesagt. Deswegen habe ich mit Ethan getanzt. Er ist in ihre kleine Szene hineingeplatzt und hat sie auf ihr Zimmer geschickt. Obwohl ich auch allein problemlos klargekommen wäre.«

»Natürlich wärest du das. Ich war ja schließlich dabei, als du meinem Bruder den Marsch geblasen hast, schon vergessen?«

Damit ist es offiziell. Hört mein Brüllen.

»Welche wenig freundlichen Dinge hat sie genau zu dir gesagt?«, will er wissen.

»Können wir das Thema nicht einfach auf sich beruhen lassen? Bitte?«

»Nein.«

»Hast du schon mal den Spruch gehört, dass das, was andere über dich denken, dich selbst nichts angeht?«, entgegne ich ein wenig hochmütig. »Das habe ich mal auf Instagram gelesen, glaube ich. Keine Ahnung, von wem der Ausspruch stammt.«

Er sieht mich nur auffordernd an.

»Beck …«

»Was immer sie gesagt hat, hat dich verärgert, und ich glaube, dass es etwas mit dir und mir zu tun hatte. Aber ich kann dich nicht beruhigen und dir nicht versichern, dass es Schwachsinn ist, wenn ich nicht weiß, worum es ging.«

Verflucht. »Sie hat gesagt, dass du mit einer stattlichen Anzahl der hier anwesenden Frauen geschlafen hast und nur auf Sex mit mir aus bist, bevor du mich am Morgen danach mit der Mülltonne auf die Straße setzt. Das ist die grobe Zusammenfassung. Das mit der Mülltonne ist vielleicht eine kleine zusätzliche Ausschmückung von mir. Aber im Großen und Ganzen … war es so.«

Er beißt sichtlich die Zähne zusammen.

»Und dabei ahnt sie nicht, dass wir gar keinen Sex haben, nicht wahr? Also ist eigentlich sie die Angeschmierte.«

Er wendet den Blick ab. Sein Mund ist eine gerade Linie.

»Wolltest du mich jetzt nicht beruhigen und so weiter? Mit entspannender und unterhaltsamer Ehrlichkeit?«

Er sieht mich wieder an, als suche er etwas. Ich lächele, in der Hoffnung, dass es das ist, was er sehen will. »Alice, es tut mir leid, dass du dir das anhören musstest.«

»Ich bin schon ein großes Mädchen. Kein Problem.«

»Was Jenna über die anderen Frauen gesagt hat, war nicht gelogen.«

»Du wirst es wahrscheinlich kaum glauben«, sage ich, »aber ich habe dir deine Andeutungen, dass du noch Jungfrau sein könntest, sowieso nie abgekauft.«

Sein Lächeln wirkt gequält. »Ich war immer aufrichtig zu

ihnen. Ich habe ihnen niemals den Eindruck vermittelt, dass ich mehr will. Ganz anders als bei dir.«

»Gut, das freut mich. In beiderlei Hinsicht.« Ich verschränke meine Hände in seinem Nacken. »Es wird immer Menschen geben, die mich nicht leiden können. Und ganz sicher wird es auch immer jemanden geben, dem es nicht gefällt, uns zusammen zu sehen. Aber die Sache ist die: Diese Leute sind egal. Allein du und ich entscheiden, was das Beste für uns ist.«

Er nickt sehr nachdenklich. »Du wirst mich wahrscheinlich nie davon überzeugen können, dass es Situationen gibt, in denen du dich mit solchen Unverschämtheiten ganz allein auseinandersetzen solltest. Aber trotzdem bist du sehr weise.«

»Vielen Dank.«

Er beugt sich zu mir nach unten, ich komme ihm entgegen und wir küssen uns. Ohne Zunge, damit seine Großmutter oder eventuelle weitere Zuschauer keinen Grund haben, sich aufzuregen. Aber trotzdem ist der Kuss wunderschön. Ihn zu küssen könnte gar nicht anders sein.

Dann fällt mir etwas wieder ein. »Oh, um ganz ehrlich zu sein, hat sie außerdem noch erwähnt, sie hätte gehört, dass du ein Tier im Bett bist.«

»Ja«, sagt er. »Dieses Gerücht habe ich selbst in die Welt gesetzt.«

Ich muss lachen, und wir tanzen weiter. Der Abend ist doch gar nicht so übel. Aber er ist noch nicht vorbei.

»Beschäftigt?«

Beck sitzt zusammengesunken zu Hause auf der Couch und starrt stirnrunzelnd auf ein Tablet. »Während ich weg war, habe ich einiges verpasst. Es wird eine Weile dauern, wieder auf den neusten Stand zu kommen. Wenn vielleicht alle für ein oder zwei Stunden aufhören könnten, mir E-Mails zu schicken, wäre das hilfreich.«

»Hmm.«

Er hat das Jackett abgelegt und seine Fliege ebenfalls. Erfreulicherweise hat er auch die beiden oberen Hemdknöpfe geöffnet, wodurch man seinen starken Hals und die kleine Mulde am Halsansatz bewundern kann. Ein verführerischer Anblick. »In Boulder steht ein Hotel zum Verkauf, das ich mir gern ansehen würde. Zwar müsste man einiges an Arbeit hineinstecken, aber es macht trotzdem einen vielversprechenden Eindruck.«

»Aber das ist nicht das Hotel aus Stephen Kings *Shining*, oder?«

Er grinst. »Haha. Nein.«

»Klingt trotzdem aufregend.«

»Ich habe heute bei Ethan den Vertrag unterzeichnet, dass ich das *Heritage* kaufe«, sagt er, ohne den Blick vom Bildschirm zu nehmen.

»Ja?«

»Dad hat sich immer gern Immobilien unter den Nagel gerissen. Sie sind in den meisten Fällen eine stabilere Geldanlage als Aktien. Entweder man streut seine Investitionen oder man geht unter. Immer schön dafür sorgen, dass das Geld für einen arbeitet.«

»Also, du kannst Catherine mitteilen, dass ich auch nach dem Labor Day noch weiß tragen und bei der nächsten Abendgesellschaft die falsche Gabel benutzen werde, sollte sie sich weigern, das *Heritage* zu verkaufen.«

»Schockierend.« Er schaut grinsend zu mir auf. Dann erstarrt er. »Meine Liebste.«

Ich gehe zur Couch und hocke mich neben ihn auf die Lehne. Der arme Kerl weiß gar nicht, wo er zuerst hinschauen soll.

Mein Negligé ist aus hellblauem Satin und an den Rändern mit Spitze besetzt. Es hat Spaghettiträger und ist so knapp, dass es gerade so den Ansatz meiner Schenkel bedeckt und meine Brüste ein wenig verhüllt. Es ist sogar ein dazu passender Stringtanga vorhanden. Doch davon ahnt er noch nichts.

»Also, da ich dich auf dem Kissen riechen kann, gehe ich davon aus, dass du wirklich im selben Bett schläfst wie ich«, stelle ich fest. »Du bist nur nie da, wenn ich wach bin.«

»Das schien mir am sichersten zu sein. Obwohl du auch im Schlaf angenehm kuschelig bist.«

»Ach ja?«

Er nickt bedächtig. »Wir haben Löffelchen gemacht. Zwar warst du währenddessen nicht wach, aber trotzdem ist es passiert.«

»Das ist ein großer Fortschritt für unsere Beziehung.«

»Finde ich auch.«

»Zu schade, dass ich es verpasst habe.« Ich finde, dieses Tablet braucht er gerade wirklich nicht, deshalb nehme ich es ihm aus der Hand und lege es auf den Couchtisch. So ist es auch viel leichter, mich auf seinen Schoß zu setzen. Selbstverständlich mit dem Gesicht zu ihm. Ich mache doch keine halben Sachen.

»Alice.«

Ich nehme seine Hände und platziere sie auf meinen Oberschenkeln. »Ja?«

»Ist das eine Kriegserklärung?«

»Hmm. Ich mache lieber Liebe als Krieg.«

»Damit lassen wir es aber nicht mehr langsam angehen.«

»Ehrlich gesagt habe ich dem nie wirklich zugestimmt. Zu warten war allein deine Idee, und wir haben uns doch bereits darauf geeinigt, dass diese Entscheidung auf unvollständigen Daten fußt.«

»Das kann sein. Aber mir ist es wichtig«, entgegnet er. »Nehmen wir uns doch kurz die Zeit, das Ganze noch einmal ausführlich zu besprechen.«

»Nicht nötig. Ich kenne deine Argumente bereits und bin nicht deiner Meinung. Aber um des lieben Friedens willen und zugunsten von gegenseitigem Vertrauen und Respekt schlage ich vor, dass wir eine Grenze für die Aktivitäten der heutigen Nacht festsetzen.«

»In Ordnung.« Seinen Worten zum Trotz spüre ich, wie er unter mir größer und härter wird. Ich kann unmöglich widerstehen, mich an ihm zu reiben. Er fühlt sich dick und steif und herrlich an. Ein Kribbeln schießt von meinem Schoß meinen Rücken hinauf. Er flucht leise und packt mit den Händen meine Hüften. »Hör für einen Moment auf, dich zu bewegen. Wenn du so etwas tust, kann ich nicht klar denken.«

»Es fühlt sich so gut an, Beck.« Trotzdem halte ich widerwillig still.

»Du wolltest über Grenzen reden«, sagt er mit ernster Miene. »Ich höre.«

»Du bist wirklich ein Kontrollfreak. Weißt du das?«

»Ja«, antwortet er. »Aber es soll ein Geheimnis bleiben. Sag es also niemandem weiter.«

Ich schlinge die Arme um seinen Hals und schmiege das Gesicht an seine Schulter. Wenn ich dabei Make-up an sein Hemd schmiere, ist das eben Pech. Ich muss kurz nachdenken. »Du machst mich ganz verrückt. Normalerweise bin ich kein Sexmonster.«

»Du siehst wunderschön aus, wenn du schmollst«, sagt er und streicht mit den Fingern über meine Arme. »Du bist das hübscheste spärlich bekleidete, schmollende Sexmonster hier im Raum.«

Ich atme tief durch und setze mich auf. »Okay, wir machen

es folgendermaßen: Wir werden ein bisschen Spaß haben, und zwar indem wir uns küssen und angezogen befummeln. Da wir das mehr oder weniger schon getan haben, nehme ich an, dass das für dich in Ordnung ist.«

»Ich stimme deinen Bedingungen zu.«

»Und da du mir bereits gestattet hast, mich auf deinen Schoß zu setzen, gehe ich davon aus, dass du dagegen ebenfalls nichts einzuwenden hast?«

Er nickt. »Du darfst gern bleiben, wo du bist.«

»Gut.«

»Eine Frage noch.« Er senkt den Blick wieder auf meine Brüste. »Bestehst du darauf, das hier zu tragen, während wir uns küssen?«

»Ja. Es fühlt sich gut an und sieht hübsch aus. Vielleicht schlafe ich sogar darin.«

»Flanellschlafanzüge fühlen sich auch gut an«, sagt er. »Oder du könntest lange Unterhosen tragen. Das ist doch eine gute Idee. Sie sind äußerst bequem und ziemlich praktisch und obendrein auf ihre ganz eigene Art und Weise wunderschön.«

»Hast du einen Holzfällerfetisch, den du mir vielleicht beichten möchtest?«

»Nein.«

»Dann vergiss es.«

Er spielt mit der Zunge an der Innenseite seiner Wange. »Na gut … Das kann ich verstehen.«

»Schön, dass wir uns einig sind.«

»Dann quäle mich eben mit deinen Dessous. Ich fürchte mich nicht vor dir. Zumindest nicht allzu sehr.«

Er legt mir die Hand an den Hinterkopf und zieht mich an sich, um mich zu küssen. Als sich unsere Lippen treffen, stiehlt sich seine Zunge in meinen Mund und reibt sich an meiner. Das kann er so gut. Der Mann schafft es, dass sich mir der

Kopf dreht. Und ich erwidere seine Zärtlichkeiten mit gleicher Leidenschaft, presse meinen Mund an seinen und kralle die Hände in sein Hemd. Wir halten uns beide nicht zurück. Unsere Nasen und Zähne stoßen aneinander, und vielleicht ist das, was wir da tun, doch ein wenig wie Krieg. Aber falls das zutreffen sollte, bin ich mir sicher, dass wir auf derselben Seite kämpfen. Zumindest die meiste Zeit. Zwar gebe ich mir Mühe, meinen Unterleib nicht zu bewegen, um sicherzugehen, dass ich keine der aktuellen Dating-Regeln breche, aber das fällt mir sehr schwer. Jeder Zentimeter seines Körpers fühlt sich so heiß und straff an. Und ich schmelze geradezu auf ihm dahin. Er wickelt meinen Pferdeschwanz fest um seine Hand und drückt die andere auf meine Brust. Als er mit dem Daumen über meine steife Brustwarze streicht, erzittere ich am ganzen Leib.

Genau das will ich. Mehr und mehr und mehr.

Meine Lunge leistet Schwerstarbeit und mein Herz hämmert wie wild. Er stößt ein tiefes Grollen aus. In meinen Mund hinein. Oh Mann. Es mag stimmen, dass er dieses Gerücht selbst gestreut hat, aber ich habe ganz den Eindruck, dass er tatsächlich ein Tier im Bett sein könnte.

»Das ist nicht langsam«, zischt er.

Er legt eine Hand an meinen Po, die andere auf meinen Rücken und dreht uns herum. Nun liege ich unter ihm auf der Couch und klammere mich an ihn, als ginge es um mein Leben, während er sein steifes Glied an mir reibt und mich einem Orgasmus entgegentreibt. Sein Blick ist fest auf mein Gesicht gerichtet und seine Miene entschlossen. Dann verändert er den Winkel ein wenig und du meine Güte. Meine Klitoris war noch nie so überglücklich. Heute muss mein Geburtstag sein, denn das hier ist das spektakulärste Geschenk der jüngeren Geschichte. Deswegen fällt es mir auch äußerst schwer, dem Ganzen ein Ende zu setzen.

»Halt«, keuche ich. »Stopp.«

Er hält sofort inne. Wir sind beide außer Atem. Seine Stirn ist sogar mit einem dünnen Schweißfilm bedeckt. »Was ist los?«

»Oh Mann, das ist aber schnell aus dem Ruder gelaufen. Das … das ist nicht, worauf wir uns geeinigt haben.«

»Gib die Schuld deinen Dessous. Die gefallen mir eben etwas zu gut.«

»Hmm.«

»Genug geredet. Ich muss dir einen Höhepunkt bescheren. Und zwar sofort.«

Meine Brustwarzen, mit denen man Diamanten schneiden könnte, sind ein deutlicher Hinweis, dass er bereits auf dem besten Wege dorthin war. Mein Schoß zuckt leer und traurig. Das arme, unschuldige Ding. »Verrate mir zuerst, wie unsere Trockensexnummer enden wird. Damit, dass du in deiner Hose kommst, oder …?«

Er blinzelt verdattert.

»Lass mich raten. Du wolltest es schon wieder mit deiner Faust unter der Dusche treiben?«

»Aus deinem Mund klingt das wie etwas Schlechtes.« Seine Wangen sind gerötet und seine Pupillen geweitet. »Ist es denn etwas Schlechtes?«

»Ich schlage eine neue Regel vor«, sage ich und versuche, wieder gleichmäßig zu atmen. »Keiner von uns hat einen Orgasmus, bevor wir gemeinsam zum Höhepunkt gekommen sind. Und damit meine ich Penis in Vagina. Dass wir richtig miteinander schlafen.«

Jetzt macht er ein finsteres Gesicht.

»Ich habe genug davon, aus deinem Liebesleben ausgeschlossen zu werden. Du und deine Flüssigseife habt ein Rendezvous miteinander und lasst mich einfach im Regen stehen. Das ist das genaue Gegenteil einer Beziehung.«

»Alice – «

»Ich meine es ernst.«

»Ja, das habe ich gemerkt.« Er rutscht von mir herunter und setzt sich ein Stück weit von mir entfernt auf die Couch. »Glaubst du, dass du mich damit unter Druck setzen kannst, das zwischen uns schneller voranzutreiben?«

»Nein, Beck. Ich versuche nicht, dich zu manipulieren.« Ich setze mich ans andere Ende der Couch und bemühe mich, tief durchzuatmen und an etwas Beruhigendes zu denken. Sich selbst die Tour zu vermasseln ist wirklich die Hölle. »Aber ich will nicht ohne dich kommen. Und ich möchte auch nicht, dass du weiterhin ohne mich kommst. Wenn wir es tun, dann richtig.«

Er sieht mich schweigend an.

»Und?«

»Na gut. Einverstanden.« Er legt den Kopf nach hinten an die Rückenlehne und starrt zur Decke hinauf. »Dafür, dass ich ein Kontrollfreak bin, kommt mir in deiner Gegenwart verblüffend oft die Kontrolle abhanden. Beunruhigend.«

»Ich bin noch nicht fertig«, fahre ich fort. »Ich möchte mit dir schlafen gehen und mit dir auch wieder aufwachen. Wie bei einem richtigen Paar.«

»Wir sind ein richtiges Paar.«

»Hör mal …« Wie soll ich es ihm erklären? »Ich habe noch nie mit einem Freund oder einem Lebensgefährten, oder wie immer du es offiziell bezeichnen möchtest, zusammengelebt. Außerdem war ich noch nicht mal gemeinsam mit einem Mann im Urlaub. Deswegen wünsche ich mir während unserer Wartezeit zumindest diesen Grad an Intimität mit dir. Ich brauche das.«

Er denkt darüber nach. »Na schön. Aber Schluss mit Negligés, sonst bekomme ich überhaupt keinen Schlaf mehr. Deine

Brüste in Kombination mit durchscheinendem Stoff sind offensichtlich mein Kryptonit.«

»Okay.«

»Komm her zu mir«, sagt er und streckt mir die Hand hin.

Ich krabble über die Couch zu ihm und setze mich neben ihn, während er mir den Arm um die Schultern legt. Zwischen unseren Oberkörpern ist noch ein guter Zentimeter Platz. In Anbetracht der deutlichen Beule in seiner Hose ist das auch bitter nötig. Ein beeindruckender Ständer. Ich kann es kaum erwarten, ihn aus nächster Nähe zu sehen. Allerdings sind solche Gedanken nicht gerade hilfreich, weshalb ich mich darauf verlege, aus dem Fenster zu starren. Beck zieht derweil eine Decke von der Lehne des Sofas und hüllt mich von Kopf bis Fuß darin ein. Eine Verkühlung werde ich mir jedenfalls nicht zuziehen. Aber das hatte ich eigentlich auch nicht befürchtet.

»Viel besser.« Er schlingt sich eine Strähne meines Haars um den Finger. Abgesehen vom Klicken der Klimaanlage, die anspringt, herrscht Stille.

»Frage: Wenn ich dich an jenem Abend, an dem wir uns kennenlernten, gebeten hätte, mit mir nach Hause zu kommen, hättest du es getan?«

Er brummt nachdenklich. »Antwort: Vielleicht. Wahrscheinlich. Wem mache ich etwas vor. Ich wollte dir an die Wäsche. Aber je besser ich dich kennenlernte, desto wichtiger wurde es mir, dass du mich ernst nimmst.«

»Ich nehme dich ernst.«

»Danke«, sagt er leise. »Falls ich es heute noch nicht gesagt habe: Ich bin froh, dass du da bist.«

»Ich bin auch froh, dass ich hier bin. Aber du musst mir das nicht jeden Tag sagen.«

»Und ob ich das muss«, meint er lächelnd. »Ich habe morgen früh einige Termine, die ich nicht versäumen darf, aber wie wäre es, wenn wir anschließend etwas unternehmen würden? Nur wir beide?«

»So ähnlich wie bei einem Date?«

»Genau wie bei einem Date.«

Ich muss grinsen. »Sehr gern.«

8. KAPITEL

Er steht zu seinem Wort. Wir gehen tatsächlich zusammen schlafen (nachdem ich eines seiner T-Shirts und einen zweckmäßigen Boxerslip angezogen habe), und er weckt mich am nächsten Morgen, bevor er zur Arbeit aufbricht. Es gibt doch nichts Schöneres, als morgens von einem Mann im Anzug geweckt zu werden, der einem einen Kaffee reicht und einem mitteilt, dass er Pfannkuchen bestellt hat.

Derzeitiges Qualitätsniveau meines Lebens: Nirwana.

Allerdings müssen wir unbedingt auch noch das Essen vertilgen, mit dem der Kühlschrank vollgestopft ist. Ein furchtbarer Gedanke, wenn das alles verschwendet werden würde. Aber Beck ist eben daran gewöhnt, einfach den Telefonhörer in die Hand zu nehmen und alles von anderen erledigen zu lassen. Ganz bequem, ohne sich Gedanken über die Kosten machen zu müssen. Es muss für ihn wirklich sehr merkwürdig gewesen sein, diesem Leben vorübergehend den Rücken zu kehren. Allerdings scheint er sich auch wieder sehr gut in seinen alten Lebensstil eingefügt zu haben.

Aber zurück dazu, dass wir zusammen geschlafen haben. Da ich normalerweise meinen Freiraum brauche, hätte ich es nie für möglich gehalten, dass ich zur Kuschelmaus mutieren könnte. Doch dass ich in der Nacht einige Male aufgewacht bin und wir jedes Mal ineinander verschlungen waren, spricht eine andere Sprache. Beim ersten Mal hatte er seinen Arm um mich gelegt, und beim zweiten Mal lag mein Bein auf ihm. Mein schlafendes Ich liebt es einfach, Beck nahe zu sein. Mein waches Ich hat dagegen immer noch mit Zweifeln zu kämpfen.

Ich versuche, mir keine Sorgen zu machen, grüble aber trotzdem unaufhörlich, während ich mich meiner neuen, erweiterten Schmink- und Haarstyling-Routine widme. Mein heutiges Outfit besteht aus einer schwarzen Hose mit weit geschnittenen Beinen von Altuzarra, einem Seidenhemd und flachen Louboutins. Als Accessoire genügen mir kleine, mit Diamanten besetzte Ohrstecker.

Die Frau im Spiegel sieht umwerfend aus. Und zu meiner Überraschung lächelt sie. Wenn diese ganze Pracht eine Bürde ist, die ich unvermeidlich tragen muss, dann werde ich mich eben damit abfinden. Ganz tapfer und stoisch.

Aber manchmal ist es auch zu viel des Guten. In einer der Glasvitrinen im begehbaren Kleiderschrank ist plötzlich eine goldene, mit Diamanten besetzte Damenuhr von Patek Philippe aufgetaucht. Die war gestern ganz sicher noch nicht da. Rätselhaft. Google informiert mich darüber, dass ihr Gegenwert ungefähr dem meines erstgeborenen Kindes entspricht, und wahrscheinlich auch noch des zweiten und der Hälfte des dritten. Die Uhr bleibt besser sicher verstaut im Schrank. Zum einen ist das alles ja sehr hübsch und glänzend und macht Spaß. Aber andererseits möchte ich nicht, dass mein Verhältnis zu Geld durch diese Exzesse verzerrt wird. Ich will mich nicht zu sehr daran gewöhnen. Ich könnte das alles jeden Augenblick wieder verlieren, und was wäre dann mit mir? Ich würde pleite und arbeitslos mit einer Hermès-Handtasche auf der Straße sitzen. Mein Leben ist derzeit wirklich sehr merkwürdig.

Während die Zimmermädchen im Apartment Ordnung schaffen (was eine Sache ist, an die ich mich durchaus zu gewöhnen bereit bin, obwohl ich natürlich trotzdem meinen

Kram aufräume, weil sich das gehört), gehe ich nach unten. Bevor ich andere Pläne schmiede oder es mir einfach mit einem Buch gemütlich mache, möchte ich nachsehen, wie die personelle Situation in der Bar ist. Doch da heute ein ganzer Trupp Kellner im Einsatz ist, werde ich nicht gebraucht. Sie sehen allerdings nicht gerade zufrieden aus. Der Grund dafür ist eine Gruppe rüpelhafter Teenager, die in einer Ecke sitzen und alkoholische Getränke bestellen. Und die bekommen sie nur serviert, weil sich Becks kleiner Bruder Henry unter ihnen befindet. Er sieht bleich aus und schwitzt. Nicht gut. Die anderen Gäste, die ihren Morgenkaffee einnehmen, sind von dem Theater auch nicht gerade begeistert – zu Recht.

»Verdammt«, murmele ich.

»Es ist noch nicht mal zehn Uhr morgens. Als die Angestellten sich geweigert haben, ihn zu bedienen, ist er kurzerhand hinter die Bar gegangen und hat sich die Flaschen selbst geholt«, sagt ein Mann neben mir. Er sieht gut aus, trägt einen kurzen Afrohaarschnitt und einen Nadelstreifenanzug mit silberfarbener Krawatte. Ich schätze ihn auf Mitte dreißig. Er streckt mir die Hand hin. »Freut mich, Sie kennenzulernen, Miss Lawrence. Ich bin Aaron Watson, Geschäftsführer des *Heritage*.«

»Hi.« Wir schütteln uns die Hände. »Nennen Sie mich Alice.«

»Gern, Alice.«

»Wie sollen wir das regeln?«, frage ich.

Kurz sieht er überrascht aus, überspielt es jedoch rasch mit professioneller Freundlichkeit. »So gern ich ihn am Schlafittchen packen und vor die Tür setzen würde, bin ich angewiesen, bei Problemen stets Smith zu verständigen, damit er sich der Sache annimmt. So wünscht es die Familie. Außer Sie haben einen besseren Vorschlag?«

»Lassen Sie mich erst einmal versuchen, mit Henry zu reden.«

»Die Jungs sind alles andere als nüchtern. Halten Sie das für klug?«

»Ich habe beruflich überwiegend mit Menschen zu tun gehabt, die alles andere als nüchtern waren«, sage ich schulterzuckend. »Aber wenn es schiefgeht, können Sie Beck sagen, dass es meine Schuld war.«

Aaron lächelt. Er sollte sich nicht mit den Eskapaden der Elliots herumschlagen müssen. Aber daran lässt sich jetzt nichts mehr ändern.

Henry und seine drei Kumpane lassen es ordentlich krachen. Auf dem Tisch stehen eine leere und eine halb volle Flasche. Single Malt Whisky vom Feinsten. Was auch sonst. Verwöhnte kleine Rotzlöffel.

Es sieht so aus, als hätte Henry den Whisky auch noch mit Cola gemischt. Teurer Scotch und ein billiges Softgetränk – was für eine Todsünde.

»Die Party ist zu Ende, Henry«, sage ich lächelnd. »Es wird Zeit, aufzubrechen, Jungs.«

Henrys Gesicht ist knallrot. Er lacht. »Hey, schaut mal, das ist Becks neuste Eroberung. Entschuldigung. Ich wollte natürlich Freundin sagen. Wie geht's dir so? Ich würde dich ja den anderen vorstellen, aber ich kann mich ehrlich gesagt nicht mehr an deinen Namen erinnern. Aber warum sollte ich mir auch die Mühe machen, ihn mir zu merken? Ihr bleibt ja sowieso nie lange.«

Seine Freunde kichern, als wäre er ein meisterhafter Komiker. Betrunkene Arschlöcher sind eigentlich auf der ganzen Welt gleich. Wenn der Alkohol erst mal im Blut angekommen ist, spielen Alter und Geld nur noch eine Nebenrolle.

Ich nehme die Whiskyflasche und reiche sie Aaron.

»Gib das zurück«, herrscht mich Henry an und knallt die Hand auf den Tisch. »Oder ich lasse euch alle feuern.«

»Ich arbeite hier gar nicht, also … zieht die Drohung nicht bei mir.«

»Mir gehört dieser beschissene Laden. Du und die anderen Langweiler könnt euch jetzt verziehen.«

»Aber ich gehöre dir nicht.« Ich lächle. Der Trick beim Umgang mit Betrunkenen ist Selbstbewusstsein. Man muss so tun, als hätte man uneingeschränkt das Sagen, bis sich ein dunkler, betrunkener Teil ihres Hirns plötzlich fragt, ob das vielleicht tatsächlich stimmt. »Ihr drei, Henrys Kumpane – aufstehen und raus mit euch.«

Seine Freunde sehen ihn fragend an. Henrys Wangenknochen treten jetzt überdeutlich hervor. »Du dämliche, geldgeile Schlampe hast uns nicht vorzuschreiben, was wir zu tun haben! Geh und such dir einen Schwanz zum Lutschen. Für etwas anderes bist du nicht zu gebrauchen.«

»Eine kurze Frage, Henry. Weshalb sollte ich nicht die Polizei rufen? Ich könnte auch deine Großmutter verständigen, aber es wäre sicher noch denkwürdiger, wenn man dich armseliges Würstchen aufs Revier und in eine Zelle zerren würde. Und das Gleiche gilt für deine Freunde.«

Jetzt tauschen sie untereinander beunruhigte Blicke.

»Ich weiß nicht, wer ihr seid, und es interessiert mich auch nicht im Geringsten«, sage ich. »Macht euch vom Acker. *Sofort.*«

Sie murmeln unflätige Dinge und funkeln mich erbost an, aber schließlich rappeln sich seine drei Kumpane auf und stapfen davon. Ein Teil des Problems wäre damit erledigt. Aaron nickt einigen Männern vom Sicherheitsdienst diskret zu, woraufhin sie den dreien folgen. Hoffentlich bringen sie sie wohlbehalten nach Hause. Ich habe mit Becks kleinem Bruder schon genug am Hals.

Henrys gerötete Augen blitzen vor Zorn.

»Zwing mich nicht, sie anzurufen«, sage ich ruhig. »Ich habe auch schon einiges von ihr abbekommen. Du weißt, dass du sie nicht gegen dich aufbringen willst.«

Auch wenn er sich wie ein kleiner Giftzwerg aufführt, weiß ich doch, dass er innerlich leidet. Schließlich ist sein Vater gestorben. Veränderungen sind immer schwer. Und etwas von diesem inneren Kampf tritt nun zutage, indem er sich wie ein besonders übellauniger Teenager benimmt. Er sieht mich empört an und fragt herausfordernd: »Was willst du denn sonst machen?«

»Wo ist deine Mutter?«

»Nicht da.«

Das darf doch nicht wahr sein. »Wo ist sie?«

Er zuckt nur mit den Schultern.

»Okay. Also du und die drei anderen habt zusammen eineinhalb Flaschen geleert?«, frage ich. »Ich hoffe, du fühlst dich deswegen jetzt richtig toll, denn schon sehr bald wird es dir höllisch schlecht gehen.«

»Als wäre das was Neues.«

Ich seufze schwer. »Komm rauf mit mir ins Apartment, Henry.«

»Lässt du mich dort oben noch was trinken?«, fragt er und rappelt sich wankend auf. Er ist jetzt schon groß wie seine Brüder, aber noch nicht so stattlich.

»Vergiss es. Aber ich erlaube dir, dich auf die Couch zu legen, fernzusehen, Wasser zu trinken und eine Schmerztablette zu nehmen und deinen Rausch auszuschlafen.«

Ein Anflug von Angst oder Misstrauen huscht wie ein Schatten über sein Gesicht. »Und du wirst Großmutter nichts sagen?«

»Nein.«

»Okay«, beschließt er. Er legt die Hand auf seinen Bauch. »Ich fühle mich nicht so gut.«

»Das überrascht mich nicht. Gehen wir.«

In diesem Moment übergibt er sich auf mich.

Kurz nach ein Uhr nachmittags kommt Beck zurück. Er hat eine Vase mitgebracht, in der Rosen zusammen mit etwas zierendem Grün arrangiert sind. »Liebling, ich bin zu Hause.«

»Pst!«

Mit kritischer Miene begutachtet er meinen Spitzen-BH. Wenigstens ist meine untere Körperhälfte mit Jeans verhüllt. Er stellt die Blumen auf der Arbeitsfläche in der Küche ab. »Wir haben doch darüber gesprochen, dass deine Dessous mich in Versuchung führen, zu sündigen.«

»Ich will dich auch gar nicht in Versuchung führen, sondern verhindern, dass du deinen kleinen Bruder aufweckst, der vollkommen weggetreten in deinem Büro schläft. Sprich bitte leise.«

»Henry?«, fragt er verwundert. »Was hat er denn hier zu suchen? Und warum ist er hier und du bist nur halb angezogen? Dieser Anblick ist allein für mich bestimmt.«

»Er hat sich mehrmals auf mich übergeben, weshalb ich mich waschen und umziehen musste. Ich war fast damit fertig, als du kamst.« Ich schließe vorsichtig die Tür zum Büro, in dem Henry schnarchend seinen Rausch ausschläft. Was für ein Tag. Wenigstens habe ich das Schlimmste von meinen Schuhen abbekommen, und die schmutzigen Kleider weichen gerade in einem der Waschbecken im Bad ein. Hoffentlich gehen die Flecken wieder raus. »Aaron hat ein Rollbett hochgeschickt, womit wir ihn bei dir einquartiert haben. Hoffentlich wolltest du heute nicht in deinem Büro arbeiten.«

»Irgendwie habe ich das Gefühl, dass mir der Anfang dieser Geschichte entgangen ist.«

»Okay«, setze ich an und hole tief Luft. »Ich bin nach unten gegangen, um nachzusehen, ob heute genug Kellner da sind, und Henry hat mit ein paar Freunden einen Brunch in Flüssigform eingenommen. Ich habe seine Freunde vergrault und ihn hierher mitgenommen. Ende der Geschichte.«

»Sie haben hier im Hotel getrunken?«, fragt er streng.

»Keiner eurer Angestellten hat sie bedient. Er ist selbst hinter die Bar gegangen und hat sich einige Flaschen genommen.«

Er stemmt die Hände in die Hüften und wendet sich verdrossen ab. Der Mann ist stinksauer. Hätte jemand diesen Zwischenfall gefilmt und in den sozialen Medien gepostet, wäre das sicherlich eine PR-Katastrophe für die Familie gewesen. Reich zu sein hat einige Vorteile, aber Anonymität gehört nicht dazu.

»Wie auch immer«, sage ich. »Ich habe alles im Griff.«

Das scheint ihn nicht zu beruhigen. »Warum hast du nicht Smith verständigt, damit er die Angelegenheit regelt?«

»Wem ist Smith unterstellt?«, frage ich und stemme nun selbst die Hände in die Hüften. »Deiner Großmutter, oder? Der Kleine hat gerade seinen Vater verloren, und jetzt lässt seine Mutter ihn auch noch im Stich.«

»Giada ist nicht da?«

»Sieht so aus. Unter diesen Umständen würde so ziemlich jeder durchdrehen, und erst recht ein Sechzehnjähriger. Dass Catherine auf ihn losgeht, ist so ziemlich das Letzte, was er in dieser Situation gebrauchen kann.«

Beck sagt nichts dazu.

»Ich verstehe, dass du ihm am liebsten den Hals umdrehen würdest, und das hätte er auch in gewisser Weise verdient.«

»In gewisser Weise?«

»Aber er erinnert mich an das, was du darüber erzählt hast, als du noch jung warst und ständig alleingelassen wurdest. Genauso ergeht es ihm auch gerade.«

Er nickt bedächtig. »Verdammt. Du hast recht. Ich würde ihm zwar nach wie vor gern den Hals umdrehen, aber du hast die richtige Entscheidung getroffen.«

Ich schenke ihm ein Lächeln.

»Obwohl ich wünschte, du hättest mich angerufen, dann hätte ich früher hier sein können, um zu helfen.« Er legt die Arme um meine Taille und zieht mich an sich. »Danke, dass du dich um meinen kleinen Bruder gekümmert hast.«

»Gern geschehen.«

»Aber nächstes Mal rufst du mich an, okay? Damit ich den Mist regeln kann, den meine Familie verzapft.«

»Einverstanden.«

»Tut mir leid, dass er sich auf dich erbrochen hat.«

»Das ist mir nicht zum ersten Mal passiert«, sage ich gelassen. »Ich werde es überleben. Sind die Blumen da für mich?«

»Na klar.«

»Sie sind wunderschön. Vielen Dank.«

»Ich hatte eigentlich große Pläne für uns«, sagt er. »In Form eines romantischen Abends.«

»Wir können aber nicht einfach gehen und ihn alleinlassen so wie alle anderen.«

»Nein, das geht nicht.« Er küsst meine Stirn und lächelt. »Zieh dich fertig an. Ich werde ein wenig herumtelefonieren, herausfinden, was mit seiner Mutter los ist und so weiter.«

»In Ordnung.«

Als ich mich schließlich frisch gemacht habe und in ein sauberes schwarzes T-Shirt und kniehohe Stiefel von Aquatalia geschlüpft bin (die viel praktischer sind als flache Schuhe, wenn man vollgekotzt wird), sitzt Beck auf der Couch und starrt ins Leere.

»Wie ist es gelaufen?«, erkundige ich mich und mache es mir neben ihm auf der Couch bequem.

»Giada ist in einem Wellnesstempel in der Schweiz.«

»Sie ist einfach verreist und hat ihren halbwüchsigen Sohn beim Personal zurückgelassen?«

»So sieht's aus.«

Dass sie ihren Ehemann verloren hat, ist furchtbar. Aber dass sie unter solchen Umständen ihr Kind bei irgendjemandem ablädt, um zu verschwinden und sich eine Gesichtsbehandlung machen zu lassen ... Das ist mir unbegreiflich.

»Sie haben ihn offensichtlich nicht im Griff«, sagt Beck und legt mir einen Arm um die Schulter. »Er war in den letzten Wochen nicht in der Schule. Dieses Wochenende sollte er zurückkehren.«

»Er geht auf ein Internat?«

»Das ist Familientradition«, sagt er, aber es klingt nicht begeistert. »Ich werde versuchen, mit ihm zu reden. Früher standen wir uns recht nahe, aber seit meiner Rückkehr straft er mich mit Schweigen.«

»Was, wenn dieser kleine Aufstand, den er in der Bar provoziert hat, ein Hilferuf war?«

»Du bist süß. Aber solche Aktionen sind nicht gerade untypisch für Henry.« Wie so oft spielt er versonnen mit meinem Haar, während er nachdenkt. »Als er neun Jahre alt war, hat ihn mein Vater bei meiner Großmutter gelassen und ist mit Giada nach Monaco geflogen. Er hat Spülmittel in den großen Springbrunnen vor dem Haus gekippt. Die halbe Auffahrt war mit Schaum bedeckt. Winston ist schier ausgerastet, wie ich es noch nie bei ihm erlebt habe. Es war urkomisch. Andererseits hat er letztes Jahr an Thanksgiving eine Flasche achttausend

Dollar teuren Wein mit einem Strohhalm ausgetrunken und einen Ferrari rückwärts gegen einen Baum gesetzt. Das war weniger witzig. Der kleine Idiot hätte sich verletzen können. Oder jemand anderen.«

»Negative Aufmerksamkeit ist auch eine Form von Aufmerksamkeit«, bete ich herunter. »Ich habe einen Einführungskurs in Psychologie belegt.«

»Aha.«

»Wir können ihn nicht einfach sich selbst überlassen und zusehen, wie er in weiß Gott welche Schwierigkeiten gerät.«

Er seufzt. »Nein, das dürfen wir nicht.«

»Es ist ja nur für ein paar Tage. Er ist dein Bruder. Es wäre die richtige Entscheidung.«

»Dafür, dass du heute mehrmals vollgekotzt wurdest, bist du sehr verständnisvoll.«

»Versteh mich nicht falsch. Er hat sich unten wie ein Vollidiot benommen. Aber er tut mir leid. Außerdem war das nicht das erste Mal, dass sich ein Betrunkener auf mich übergeben hat. Berufsrisiko.«

Die Bürotür öffnet sich, und Henry schlurft ins Zimmer. »Oh. Hey.«

»Setz dich«, sagt Beck und deutet auf die Couch uns gegenüber. »Es wird Zeit, dass wir uns ein bisschen unterhalten.«

»Scheiß drauf. Ich gehe zurück zum Anwesen.« Nicht nach Hause, sondern zum Anwesen. Mann, ist das vielsagend. Ich habe den Eindruck, dass er als Kind nicht oft genug in den Arm genommen wurde. Obwohl er rechtlich gesehen ja immer noch ein Kind ist. Ich bin auch nicht der Typ, der ständig jemanden umarmt, und in zwischenmenschlichen Dingen bin ich sowieso eher durchschnittlich (genau wie meine Mutter, von der ich das wahrscheinlich habe). Aber trotzdem ist es essenziell wichtig, zu wissen, dass man geliebt und gewollt ist.

Meine Eltern haben immer zu meinem Bruder und mir gesagt, wir wären ein Geschenk. Auch wenn wir manchmal Dummheiten gemacht haben oder Meinungsverschiedenheiten hatten. Und Henry hat nichts Geringeres verdient.

»Pflanz deinen Hintern auf die Couch«, sagt Beck strenger.

Henry sieht ihn nur verächtlich an.

»Ein Anruf bei Ethan und du hast keinen Zugriff mehr auf deinen Treuhandfonds. Sobald ihm Hinweise darauf vorliegen, dass du das Geld nicht zu deinem eigenen Besten einsetzt, ist er als dein Treuhänder gesetzlich verpflichtet, den Zugriff zu verweigern. Deine Entscheidung.«

Sein kleiner Bruder sieht ihn finster an, lümmelt sich aber schließlich doch auf die Couch und mahlt genauso mit dem Kiefer, wie Beck es immer macht, wenn er wütend ist. Außerdem stinkt der Kleine nach Schweiß und Erbrochenem. Igitt.

»Wenn Großmutter erfahren würde, dass du so kurz nach Dads Beerdigung Alkohol getrunken und in der Öffentlichkeit derartiges Aufsehen erregt hast, würde sie aus der Haut fahren. Wahrscheinlich würde sie dich nach Idaho in eines dieser knallharten Reha-Zentren verfrachten. Eine nette, kleine Hochsicherheitsschule für unartige, reiche Kinder mit Problemen. Aus den Augen, aus dem Sinn und so weiter.«

»Mom würde sie daran hindern«, blafft er.

»Bist du dir da sicher?«

Henry schluckt und weicht unseren Blicken aus.

»Und wie Ethan reagieren würde, haben wir ja gerade schon erörtert.« Beck legt den Knöchel aufs Knie. »Natürlich werden sie früher oder später unweigerlich erfahren, was für eine dämliche Nummer du unten abgezogen hast. Die Frage ist also nicht, ob sie davon Wind bekommen, sondern wann.«

»Und?«

»Ich kann für dich diese Angelegenheit mit ihnen regeln. Sie dir vom Hals halten. Aber das hat, wie in unserer Familie üblich, selbstverständlich seinen Preis.«

Henry kneift argwöhnisch die Augen zusammen. »Was willst du?«

»Erstens wirst du dich bei Alice entschuldigen, und anschließend auch bei Aaron und dem Personal unten in der Bar. Zweitens wirst du hier bei uns bleiben, bis es Zeit wird –«

»Ich schlafe doch nicht in deinem Büro auf einem bescheuerten Rollbett.«

»Und ob du das tust«, entgegnet Beck freundlich und ruhig. »Das ist fast wie Glamping und außerdem nur für ein paar Tage. Du wirst es überleben. Drittens wirst du, wenn du wieder zur Schule gehst, dich wie ein Musterschüler verhalten. Kein Alkohol mehr mitten am Tag oder sonstige Dummheiten. Hast du mich verstanden?«

»Du lässt mir ja kaum eine Wahl«, meckert er.

»Nein, tue ich nicht, Henry. Denn ehrlich gesagt bin ich gerade ziemlich verärgert über dich.« Becks ganzer Körper vibriert geradezu vor Anspannung. »Sind wir doch ehrlich: Unser Vater war mies in seiner Elternrolle und meistens viel zu beschäftigt, um sich um uns zu kümmern. Aber jetzt ist er tot. Die Regeln haben sich geändert. Du kommst in mein Unternehmen, an den Ort, wo ich wohne und arbeite, und verursachst einen solchen Schlamassel?«

Henry lacht harsch auf. »Bei euch Arschlöchern dreht sich immer alles nur ums Geschäft.«

»Wenn es mir nur ums Geschäft ginge, würden wir uns jetzt nicht unterhalten. Dann wärest du schon längst auf dem Weg nach Idaho oder vielleicht zu einer netten, amüsanten Militärakademie.«

Schweigen.

»Aber du bist mein Bruder und ich liebe dich. Folgendermaßen sieht es aus: Ich gebe dir eine Chance. Nur eine einzige«, sagt Beck. »Du wirst meinen Dreipunkteplan befolgen, weil dir nichts anderes übrig bleibt. Es gibt keine bessere Alternative für dich. Hast du das verstanden?«

Er nickt ruckhaft mit dem Kinn.

»Geh duschen. Du kannst dir etwas von mir zum Anziehen ausleihen.«

Seufzend steht Henry auf, hält dann aber inne. »Es tut mir leid, Alice. Das, was ich da unten über dich gesagt habe, und dass ich mich auf dich übergeben habe und so weiter.«

Ich nicke nur.

Während der Teenager ins Badezimmer schlurft, dreht sich Beck zu mir um und sieht mich verdutzt an. »Was hat er unten zu dir gesagt?«

»Das war nur der übliche Blödsinn, den Betrunkene von sich geben. Nichts von Bedeutung.«

»Na gut. Dann lasse ich mir von Aaron die weiteren Einzelheiten berichten.« Es klopft an der Tür, und Beck steht auf. »Oder du könntest es mir selbst sagen.«

»Die Sache ist erledigt. Lass es gut sein.«

»Warum kannst du dich nicht gehorsam meinen Wünschen fügen wie alle anderen auch?«

Ich reiße verwundert die Augen auf. »Wow. Nein. Ich befürchte, da hast du dir die falsche Freundin ausgesucht.«

»Ausgeschlossen. Nur dass du es weißt: Seit einigen Wochen ist mein Frauengeschmack tadellos.« Er öffnet die Tür. »Smith, kommen Sie rein.«

Der kräftige Fahrer/Bodyguard kommt mit großen Schritten in die Wohnung. Aber ganz leise. Wie kann jemand, der so bullig ist, so leise laufen? Das muss ein Trick sein. »Miss Lawrence.«

»Hallo«, sage ich.

»Smith arbeitet jetzt für uns«, verkündet Beck. »Würden Sie bitte kurz draußen oder im Büro warten, während ich mich mit Alice bespreche?«

Der Mann nickt und verlässt das Zimmer. Er trägt wie üblich einen schwarzen Anzug. Und hat fraglos auch eine Waffe bei sich.

»Du hast deiner Großmutter den Fahrer stibitzt?«, frage ich. »Hast du ihr das schon mitgeteilt? Was hat sie dazu gesagt?«

»Nichts. Sie hat nur sehr ausgiebig geschwiegen.« Er setzt sich wieder neben mich auf die Couch. »Vermutlich bekomme ich dieses Jahr zu Weihnachten wieder nur Geld. Wie dem auch sei, ich war schon immer sein Liebling. Und außerdem habe ich sein Gehalt verdoppelt. Da war es nicht schwer, ihn zu überreden.«

»Meine Güte, bist du vielleicht schnell. Ich war doch gar nicht so lange aus dem Zimmer.«

»Du runzelst die Stirn.« Er leckt seinen Daumen an und reibt damit zwischen meinen Augen. »Bitte sehr, meine Liebste. Das sieht schon viel besser aus.«

Ich rümpfe die Nase. »Ich werde einfach so tun, als hättest du das gerade nicht gemacht. Und ich dachte, ich hätte unmissverständlich klargestellt, was ich von Bodyguards halte.«

Beck verzieht das Gesicht. »Schon, aber … Wie soll ich sagen? Du irrst dich. Egal, wie wir mit Henry weiter verfahren werden, war mir doch klar, dass wir jemanden brauchen, der gemeinsam mit uns ein Auge auf ihn hat. Zumindest in den nächsten Tagen, bis er wieder in die Schule zurückkehrt.«

»Aber damit meinst du nicht, dass Smith nur ein paar Tage hier sein wird, oder?«

»Nein. Und wahrscheinlich wird er auch nicht der einzige Bewacher bleiben, den ich engagiere.« Er lockert seine Krawatte und zieht sie anschließend ganz auf. »Es ist so: Wenn du plötzlich reich wärest, würde dir schnell klar werden, dass du stärker auf deine Sicherheit achten musst. Dass du plötzlich auf eine Art und Weise zur Zielscheibe werden kannst, wie du es dir nie hättest vorstellen können. So sieht im Grunde unsere Realität jetzt aus. Ich weiß, dass dir das nicht gefällt. Aber ich weiß nicht, wie ich es dir sonst verständlich machen kann.«

Ich denke über seine Worte nach. »Du hast recht, es gefällt mir nicht. Aber ich will auch nicht, dass dir etwas passiert, geschweige denn dass irgendein Irrer dich entführt, in kleine Stücke schneidet und sie mir einzeln in Geschenkschachteln zurückschickt.«

»Das ist nett von dir. Und sehr anschaulich beschrieben.« Er nimmt meine Hand und drückt mir einen Kuss auf die Fingerknöchel. »Also, wie schaffen wir es, in den nächsten Tagen einen Teenager so zu beschäftigen, dass er nicht auf dumme Gedanken kommt?«

»Gute Frage. Ich bin früher immer mit meinen Freunden ins Einkaufszentrum oder in die Bibliothek gegangen. Aber das ist wahrscheinlich beides nicht das Richtige für Henry.«

»Wahrscheinlich nicht.«

»Übrigens«, bemerke ich, »wir müssen uns noch über diese Uhr unterhalten.«

Er sieht mich überrascht an. »Was für eine Uhr? Brauchst du eine?«

»Heute Morgen lag plötzlich eine diamantbesetzte Uhr im Kleiderschrank. Sie ist wunderschön, aber … übertrieben. Ich habe mich informiert. Es ist eine Patek Philippe.«

»Rachel muss sie hergeschickt haben.« Er tippt sich mit einem Finger gegen die Lippe. »Oder aber – lass mich bitte ausreden – der Schrank ist tatsächlich ein magisches Portal.«

»Glaubst du, jenseits davon liegt Narnia?«

»Vielleicht.«

»Ich muss zugeben, dass ich darauf noch gar nicht gekommen bin.«

»Wenn plötzlich eine Schachtel Türkischer Honig auftaucht, wissen wir Bescheid«, sagt er. »Aber ehrlich gesagt ist es wahrscheinlicher, dass Rachel oder Selah dir immer noch dabei helfen wollen, so königlich auszusehen, wie es sich für die Gefährtin eines Elliots geziemt.«

Ich muss lachen. »Königlich? Von wegen. Du, mein Freund, bist so einiges, aber ein König sicher nicht.«

»Können wir nicht so tun als ob?«

»Nein.«

»Aber du würdest auf Knien so süß aussehen.«

Ich bedenke ihn mit einem vielsagenden Seitenblick. »Du weißt, was du tun musst, um in diesen Genuss zu kommen.«

»Die Sexsperre wird zum angemessenen Zeitpunkt aufgehoben«, sagt er ganz ernst. Doch das hält nicht lange an. »Es ist deine Entscheidung, Liebste. Wenn dir die Uhr gefällt, dann behalte sie. Es wäre sicherlich nicht schlecht, sie noch ein Weilchen als Zugeständnis an Rachel zu behalten. Sie scheint dich zu mögen.«

»Sie kennt mich gar nicht. Sie mag es, dass du wieder da bist.«

»Das auch.«

Beck winkt mit der Hand, woraufhin Smith wieder hereinkommt. Obwohl es den Anschein hatte, dass er entspannt den Ausblick auf die Skyline genossen hat, hat er uns offenbar die ganze Zeit über aus dem Augenwinkel beobachtet. Wieder einer dieser Bodyguard-Tricks. Henry kommt von einer Dampfwolke umgeben aus dem Badezimmer. Er hat sich ein Handtuch um die Hüften gewickelt, und aus seinem dunklen Haar läuft ihm Wasser in die Augen.

»Deine Seife und dein Shampoo riechen total nach Mädchen«, mault er.

»Gut zu wissen.« Beck verschränkt die Arme, ohne meine Hand dabei loszulassen. Das ist nicht gerade bequem für mich, aber was soll's. Solange es ihn glücklich macht. »Smith wird dich in die Bertram Street fahren, damit du deine Sachen holen kannst. Nimm auch alles mit, was du für die Schule brauchst, ja?«

Wieder ein Kinnnicken von Henry.

»Zieh dich an. Zum Kleiderschrank geht es hier entlang.«

»Ich ziehe einen Anzug an. Einen Westmancott vielleicht.«

»Wenn du einen meiner Anzüge anziehst, bekommst du ernsthafte Probleme.« Beck verdreht genervt die Augen. »Willst du wirklich riskieren, so verkatert einen Tritt in den Hintern zu kassieren? Ich habe das schon erlebt, und ich kann dir versichern, dass das nicht angenehm ist.«

»Du hast dich geprügelt?«, frage ich neugierig. »Wann war das?«

»Als ich noch jung und wild war, gab es wohlmöglich das ein oder andere Missverständnis.«

Henry klatscht in die Hände. »Heißt das, sie kennt die Geschichte noch gar nicht, als du –«

»Regel Nummer vier: Du erzählst Alice keine Geschichten«, befiehlt Beck. »Das ist mein Ernst. Und außerdem ist das schon lange her. Ich bin seitdem viel reifer geworden.«

Smith stößt ein spöttisches Schnauben aus, während Henry diabolisch lacht. Es klingt fast fröhlich. Und Beck lächelt verschlagen, so wie immer, wenn er sich aus irgendeinem Grund nichts anmerken lassen will. Aber das Lächeln ist da, und es ist wunderschön, so wie alles an ihm. Wäre dieser Mann ein Buch, würde ich es hundertmal oder noch öfter hintereinander lesen, um jede Facette seiner Gedanken und Gefühle zu erkunden, bis ich ihn in- und auswendig kenne. Um seine Vorgeschichte zu verinnerlichen und all die Dinge, die ihn zu dem Mann gemacht haben, der er ist. Ich kann mich nicht erinnern, schon einmal so neugierig auf jemanden gewesen zu sein, so vollkommen vereinnahmt von einem anderen Menschen. Ich habe das Gefühl, als wäre in meinem Kopf ein Bereich reserviert, der sich nur mit ihm beschäftigt. Verrückt. Das, was ich für ihn empfinde, ist so viel mehr als nur simple Verliebtheit, dass es schon nicht mehr witzig ist.

Als er bemerkt, dass ich ihn beobachte, zwinkert er mir zu. Er betrachtet mein Gesicht, sieht mich einfach nur an. Und dieses Gefühl, dass ich nicht die Einzige bin, die dieses sehnsüchtige Verlangen empfindet, bedeutet so unglaublich viel.

9. KAPITEL

Als am nächsten Morgen jemand laut an die Tür hämmert, wünsche ich mir fast, ich hätte Smith nicht weggeschickt. Wer immer dort draußen steht, ist wütend.

»Beck«, ruft eine vertraute Stimme. »Verdammt, ich weiß, dass du da bist.«

Obwohl mein Look aus einem unordentlichen Haarknoten und einer Jogginghose besteht und ich außerdem nicht geschminkt bin, öffne ich dir Tür. Da ich nicht beabsichtige, die Wohnung zu verlassen, darf es heute lässig sein. Auf schick habe ich keine Lust. Heute ist mein freier Tag. Ich habe bereits die Gelegenheit für ein bisschen Geselligkeit auf Distanz genutzt, indem ich Natasha und Hanae Nachrichten geschrieben und mit meiner Mutter und meinem Bruder telefoniert habe. Ich habe sogar meiner Nichte gelauscht, die fröhlich gegurgelt und etwas gesagt hat, das wie »Katze« klang, gefolgt von einem schrillen Miauen. Zu süß.

Und der Trottel vor der Tür muss mich gefälligst auch so nehmen, wie ich bin. »Hallo Ethan. Er ist nicht da.«

Doch der Gute ist schon an mir vorbeigestürmt und sucht nach seinem Bruder. Dabei mahlt er in Elliot'scher Manier aufgebracht mit dem Kiefer. Ich frage mich, ob er dieses typische Stirnrunzeln ebenfalls draufhat. Die Elliots haben starke Gene. Ethans Hautfarbe erinnert an verblasstes Gold. Als wäre er einmal gebräunt gewesen, hätte aber schon geraume Zeit keine Sonne mehr gesehen.

Matías kommt ebenfalls herein, wirkt aber bedeutend gelassener. »Hey Alice.«

»Hi. Stimmt etwas nicht?«

»Wo zum Teufel ist Henry?« Ethan zerrt an seiner wie üblich perfekt gebundenen Krawatte, bis sie schief sitzt. »Geht es ihm gut?«

»Alles bestens. Er und Beck haben eine Fahrt nach Boulder unternommen. Sie müssten bald wieder zurück sein.«

»Beruhige dich, Ethan. Du führst dich auf wie ein Idiot«, sagt Matías und macht es sich auf einem der Sofas bequem. »Entschuldige die Aufregung, Alice. Emma hat mich hergeschickt, damit ich nachsehe, was los ist.«

»Ach so.«

»Man sollte doch meinen, dass ich genug Selbstwertgefühl hätte, um mich nicht von ihr als Laufbursche missbrauchen zu lassen, aber was soll man machen«, meint er schulterzuckend. Der Mann ist wirklich attraktiv. »Sie ist mit ihrer Mutter in New York, um ein bisschen Zeit mit ihr zu verbringen. Das bedeutet, dass sie shoppen geht. Sich ein paar Shows ansieht. Vielleicht noch ein paar Penthouses oder die Yankees kauft.«

»Emma interessiert sich für Baseball?«, frage ich verwundert.

»Eigentlich nicht. Sie findet nur die Hinterteile der Spieler in diesen engen weißen Hosen toll.«

»Das kann ich verstehen.«

Ethan tigert derweil auf und ab. Und dann fängt er auch noch an herumzubrüllen, womit bewiesen ist, dass Männer tatsächlich zu Multitasking fähig sind. »Was ist verdammt noch mal gestern im Erdgeschoss passiert? Beck schickt mir einfach eine halbherzige Nachricht, dass Henry hierbleibt, und damit soll ich mich zufriedengeben? Und wie kommt er darauf,

Großmutter das Personal abzujagen? Sie hat mir deswegen heute Morgen fast ein Ohr abgekaut!«

»In Anbetracht der Tatsache, dass dein Vater gerade erst an einem Herzinfarkt gestorben ist«, bemerkt Matías, »solltest du vielleicht mal tief durchatmen und dich etwas beruhigen.«

Ethan beachtet ihn nicht und zieht das Handy aus der Manteltasche. »Wirst du meine Fragen beantworten?«

Damit bin wohl ich gemeint. »Nein. Ich finde, das ist eine Familienangelegenheit, und entsprechend sollte ein Gespräch darüber nur zwischen Beck und dir stattfinden. Aber sobald er wieder da ist, bitte ich ihn gern, dich anzurufen.«

Der Mann stiert mich an, verdattert und entrüstet zugleich.

»Natürlich nur, wenn dir das recht ist«, füge ich der Höflichkeit halber hinzu. »Henry geht es wirklich gut. Das kann ich dir versichern.«

»Für so etwas habe ich keine Zeit.« Und schon marschiert Ethan zur Tür, reißt sie auf, stakst hinaus und knallt sie lautstark hinter sich zu. Ein wirklich dramatischer Abgang.

Matías seufzt.

»Du kannst gern warten, wenn du möchtest.« Ich nehme meinen Platz auf der Couch wieder ein. Aus irgendeinem Grund zittern meine Hände ein wenig. »Sie sollten bald zurück sein.«

»Danke. Das mache ich.«

»Kann ich dir etwas zu trinken anbieten?«

»Nein, danke.« Er klopft mit den Fingerspitzen rhythmisch auf die Armlehne der Couch. »Du musst Ethan sein Verhalten nachsehen. Er ist ein Elliot. Diese Leute sind es nicht gewohnt, das Wörtchen ›Nein‹ zu hören.«

»Das ist mir auch aufgefallen. Aber ganz offensichtlich macht er sich um Henry Sorgen, und das ist ein netter Zug.«

Er sieht mich schweigend an.

»Hast du etwas auf dem Herzen?«

»Obwohl mir deine subtile Art, Ethan einen Tritt in den Hintern zu verpassen, durchaus gefällt, hoffe ich doch, dass dieses Verhalten nichts damit zu tun hat, dass du immer noch sauer auf ihn bist, weil er Nachforschungen über dich angestellt hat. Oder hat er sich vielleicht anderweitig dir gegenüber wie ein Vollidiot aufgeführt?«, erkundigt er sich. »Abgesehen von gerade eben, als er dich angebrüllt hat.«

»Er ist dein Freund, richtig?«

»Soweit er es zulässt, dass jemand sein Freund ist.«

»Nein, eigentlich ärgere ich mich nicht besonders über diese Akte über mich. Ich kann verstehen, dass sie sich vor geldgierigen Frauen oder Betriebsspionage oder was auch immer schützen müssen. Selbst wenn diese Nachforschungen einen gravierenden Eingriff in meine Privatsphäre darstellen«, sage ich und werde mit jedem Wort lauter. »Und ich es generell vollkommen schwachsinnig finde, Menschen auf eine Reihe nüchterner Fakten reduzieren zu wollen. Als würde die Bonität oder der Notendurchschnitt etwas darüber aussagen, was für ein Mensch man ist. Ob man nun freundlich ist oder witzig oder anständig oder … Ach, ich weiß auch nicht.«

Matías wartet schweigend.

»Wenn ich es recht bedenke, könnte es tatsächlich sein, dass ich deswegen noch eine gewisse unterschwellige Abneigung gegen ihn hege.«

»Es ist nie einfach, der oder die Neue zu sein. Ich war ja auch einmal in dieser Lage und habe ebenfalls die volle Elliot-Packung abbekommen.« Er lächelt bedrückt. »Und den günstigsten Zeitpunkt, um die Familie kennenzulernen, hast du auch nicht gerade erwischt. Trauer ist hart. Unter uns gesagt: Emma und Rachel sind in New York, weil sie etwas Abstand brauchen. Die Chance, das Geschehene zu begreifen und den Verlust zu verarbeiten. Jack war Emmas Vater, aber Rachel und er waren auch lange Zeit zusammen. Ich denke, es hat sie beide tief getroffen.«

»Verständlich. Willst du damit andeuten, dass Ethan sonst eigentlich gar nicht so übel ist?«

Er lacht. »Nun, zumindest steht er gewöhnlich nicht so sehr unter Stress. Den Chefposten zu übernehmen ist eine große Sache. Die Verantwortung für die Lebensgrundlage Zehntausender Menschen lastet jetzt auf seinen Schultern. Daneben muss er sich den Gesellschaftern und dem Vorstand beweisen und so weiter. Diese Position bringt zweifellos eine Menge Macht mit sich, aber auch unzählige Möglichkeiten, alles in den Sand zu setzen.«

»Stimmt.« Ich lehne mich zurück. »Darf ich dich fragen, wie du und Emma euch kennengelernt habt? Hast du auch zur High Society von Denver gehört?«

»Nein. Ich nicht«, sagt er. »Ich komme eigentlich aus Florida. Ich hatte ein Fußballstipendium, habe mir dann aber das Knie ruiniert. Nach meinem Abschluss in Marketing habe ich ein Praktikum absolviert. Nebenher habe ich mir mit Modeljobs etwas dazuverdient, um die Miete zahlen zu können. Emma und ich sind uns auf einer Party in Miami begegnet. Das war der Anfang. Als sie mich mit zu sich nach Hause genommen hat, war Jack nicht gerade begeistert von mir.«

»Wie war er so?«

Er runzelt die Stirn und denkt nach. »Ungefähr so, wie man ihn sich vorstellen würde. Wenn man über eine zynische, brutale Fantasie verfügt. Ein arbeitswütiges, superreiches Arschloch mit einer Schwäche für die Damenwelt, das von seinen Kindern erwartete, dass sie spuren und in seine Fußstapfen treten. Ich glaube, er hat sie auf seine eigene Weise geliebt, konnte es jedoch nicht ertragen, dass sie womöglich ihre eigenen Lebensvorstellungen und -pläne haben.«

»Klingt entzückend.«

»Klar, das konnte er sein. Wenn er etwas wollte. Der Mann wusste genau, wie man ein Geschäft macht. Aber er konnte auch ein fieser Mistkerl sein. Und während er in Bezug auf moralische Werte wie richtig und falsch durchaus flexibel war, waren seine Ansichten über die Wichtigkeit von Erfolg im Leben in Stein gemeißelt. Dadurch ließ er den Menschen um sich herum nur wenig Spielraum.« Sein Lächeln wirkt ein wenig verzerrt. »Wie auch immer, ich habe jedenfalls eine Zeit lang für die Elliot Corp. gearbeitet. Doch irgendwann habe ich beschlossen, mein eigenes Ding zu machen. Beck war auf der Suche nach Möglichkeiten, das Geld aus seinem Treuhandfonds zu investieren, und damit war die Crooked Company geboren.«

»Ich liebe diesen Namen.«

»Wir sind nach einer besonders langen nächtlichen Brainstorming-Session, bei der wir auch eine Menge Bier getrunken haben, darauf gekommen.«

Matías' Blick fällt auf den glänzenden Laptop, der vor mir auf dem Couchtisch steht. Er ist erst heute Morgen eingetroffen, und die Verpackung sowie das ganze Zubehör liegen noch zu einem Haufen aufgeschichtet daneben. »Ein neues Spielzeug?«

»Ich habe eines Abends den Fehler begangen, Beck zu fragen, ob er mir für ein oder zwei Stunden seinen Laptop leihen könnte.« Meinen eigenen hat vor ein paar Monaten Mrs Flores' Katze vom Tisch geworfen, und seitdem habe ich auf einen Neuen gespart. »Wenn ein Mann auf eine solche Bitte leicht schockiert reagiert, bedeutet das normalerweise, dass er befürchtet, man könnte seine Pornos oder dergleichen finden. Aber Beck scheint einfach nur gern zu vergessen, dass nicht jeder über die neusten technischen Spielereien verfügt. Jedenfalls tauchte keine Stunde später ein Bote mit diesem glänzenden

Schätzchen hier auf. Er hat mir sogar angeboten, den Computer für mich einzurichten, aber ich dachte mir, dass ich es lieber selbst mache, damit ich später auch weiß, wie ich eventuelle Probleme eigenständig beheben kann.«

Matías nickt. »Zu welchem Zweck brauchst du ihn? Geschäftlich oder zur Unterhaltung?«

»Ersteres.«

»So?« Er setzt sich auf. »Woran arbeitest du?«

»An meinem Lebenslauf«, antworte ich. »Wenn ich hierbleibe, werde ich einen Job brauchen. Der Trick ist, mein halbes Dutzend unterschiedlicher Kellnerinnenjobs so darzustellen, als wäre ich durch sie nun zu Höherem berufen. Da die Familie es wahrscheinlich nicht gutheißen würde, wenn ich wieder Bier oder Kaffee serviere, wird es Zeit, meinen Abschluss in die Waagschale zu werfen.«

»Darf ich ihn mir mal ansehen?«

»Sicher.« Ich scanne meinen Daumenabdruck und reiche ihm den Computer. »Ich freue mich über jede Form von konstruktiver Kritik.«

Für einige Minuten liest er schweigend, was ich bisher geschrieben habe – was, wenn ich ganz ehrlich bin, wahrscheinlich nur ein Haufen Unsinn ist. Aber irgendwo muss man anfangen. Falls ich tatsächlich zu Vorstellungsgesprächen eingeladen werden sollte, kann ich mich dort wenigstens in einem schicken Kostüm präsentieren.

»Du kannst gut mit Worten umgehen.«

Ich lache. »Meine potenziellen Arbeitgeber interessieren sich wahrscheinlich kaum für meinen Abschluss in Englischer Literatur. Aber zumindest hat er mich dazu befähigt, wunderschöne Sätze über meinen Mangel an nützlichen Qualifikationen zu verfassen.«

»Ich möchte dir etwas zeigen.« Seine Finger huschen ganz

leise über die Tastatur. Als er mir den Laptop schließlich wieder zurückgibt, ist auf dem Bildschirm die Website einer örtlichen Mikrobrauerei zu sehen.

»Ist das das Unternehmen, von dem ihr neulich gesprochen habt?«, frage ich. »Von dem wir das Bier getestet haben?«

»Stimmt. Sag mir, was du davon hältst.«

Ich scrolle mich in aller Ruhe durch die Informationen. »Sieht gut aus, aber die Texte sind etwas sperrig formuliert.«

»Finde ich auch. Erstelle mir eine Neufassung. Liefere mir etwas Besseres.«

Ich sehe ihn nur fragend an.

Aber der Mann meint es ernst. Sehr ernst sogar. »Die Crooked Company wächst, und einigen der Firmen muss man ein wenig unter die Arme greifen. Tatsache ist, dass ich das nicht alles allein schaffe, und Beck ist zu sehr mit seinen eigenen Angelegenheiten beschäftigt. Aufgaben wie diese hier sind bestens dazu geeignet, sie an jemand anderen zu delegieren. An jemanden, der dafür qualifiziert ist. Also, versuch es mal.«

»Na schön«, sage ich und lese mir die Texte noch einmal durch, bevor ich loslege. Auf jeden Fall ist es eine gute Übung. Und vielleicht bringt es mir sogar einen Job ein. Im schlimmsten Fall bitte ich Matías eben um fünf Dollar als Entschädigung für meine Arbeit und füge meinem Lebenslauf eine Anstellung als Internetberaterin hinzu – oder irgendeine andere hochtrabende Bezeichnung, die ich mir dafür einfallen lasse.

Ungefähr eine Stunde später habe ich einen soliden ersten Entwurf für die Webseitentexte der Mikrobrauerei fertig, während Beck und Henry mit einem breiten Grinsen im Gesicht zurückkehren. Nur komisch, dass sie jetzt andere Klamotten anhaben als vorhin, bevor sie weggefahren sind. Sie tragen nun beide sportliche T-Shirts, Shorts und merkwürdig aussehende Turnschuhe. Nicht dass das wichtig wäre. Denn in dem Augenblick, in dem mein Blick auf Beck fällt, schüttet mein Körper Unmengen Glückshormone aus, und oh Mann … das berauschende Gefühl, ihn einfach nur wiederzusehen, ist atemberaubend. Mein kompletter Körper erwacht, alle Widerstände erlöschen und meine Pläne (sofern ich denn welche hatte) lösen sich in Wohlgefallen auf.

Außerdem fällt mir ein böser Kratzer an seiner Wange auf.

»Ihr habt einen kleinen Umweg gemacht, um klettern zu gehen, was?«, fragt Matías. »Wo wart ihr?«

»Boulder Canyon.« Henry lässt sich in den Sessel neben ihm fallen. »Kann ich ein Bier haben?«

»Nein. Aber ich schon. Möchte sonst noch jemand etwas?« Beck holt ein Bier für sich selbst und einen Saft für seinen Bruder aus dem Kühlschrank. Nachdem er Henry sein Getränk gegeben hat, gesellt er sich zu mir auf die Couch. »Hallo, meine Liebste. Wie war dein Tag?«

»Hast du dich verletzt, weil du dich mit wenig bis gar keiner Sicherheitsausrüstung an einen Berg gehängt hast?«, erkundige ich mich.

Er denkt einen Augenblick über meine Frage nach. »Nein, es war mehr ein relativ großer Felsbrocken.«

»Das war der Hammer«, sagt Henry begeistert.

»Und wir waren beide die ganze Zeit sehr vorsichtig«, ergänzt Beck.

»Schön, dass ihr Spaß hattet.« Die Vorstellung widerstrebt mir zwar immer noch enorm, aber was soll's. »Hast du mit Ethan geredet?«

Beck trinkt einen Schluck aus seiner Bierflasche und nickt dabei. »Ja. Das alles tut mir leid. Auf der Fahrt nach Hause hat er mir die ganze Zeit ins Ohr gequatscht. Am Ende konnte ich ihn überreden, einzuwilligen.«

»Gut.«

»Wie lief es denn vorhin, als er hier vorbeigeschaut hat?«, will Beck wissen.

»Bestens«, behaupte ich und werfe Matías einen vielsagenden Blick zu, damit er nicht auf die Idee kommt, mir zu widersprechen. »Weißt du, er macht sich nur Sorgen.«

Henry knallt seine Saftflasche, die er schon ausgetrunken hat, auf den Tisch. »Als ob ihn das alles interessieren würde. Ethan ist ein verdammter – «

»Mann«, fällt Beck ihm grimmig ins Wort. »Achte auf deine Ausdrucksweise. Das haben wir doch besprochen.«

Henry deutet mit der Hand auf mich. »Ich bitte dich, sie hat früher in einer Bar gearbeitet. Das hat sie doch alles schon mal gehört. Stimmt's, Alice? Es stört dich doch nicht, oder?«

Ich sage nichts. Das ist eine Angelegenheit zwischen den beiden.

Beck sieht ihn nur missmutig an.

»Früher hat dir das auch nichts ausgemacht.« Henry steht auf und geht in Richtung Büro. Sein vorübergehendes Zimmer. »Aber du entwickelst dich langsam zu einem noch größeren Starrkopf als Dad einer war.«

Dann knallt die Tür und Henry ist verschwunden. Warum haben die männlichen Elliots heute nur dauernd das Bedürfnis, eine Tür zu misshandeln?

Matías hebt eine Augenbraue. »Ich habe den Eindruck, dass du nicht mehr länger zu den coolen Kids gehörst.«

»Damit kann ich leben«, sagt Beck mürrisch. »Für ein paar Stunden war er richtig zufrieden und glücklich. Er hat mir sogar von der Schule erzählt. Und jetzt geht das wieder los.«

»Gefällt es ihm in seiner Schule?«, frage ich.

»Scheint so. Soweit das bei jemandem in seinem Alter möglich ist. Aber vor allem will er zurück zu seinen Freunden.«

»Nach diesem ganzen Kummer und den tiefgreifenden Veränderungen wieder einen festen Tagesablauf zu haben, würde ihm sicher guttun«, sagt Matías. »Wie dem auch sei, du musst Alice noch gratulieren. Sie wurde gerade von der Crooked Company eingestellt. Ab sofort assistiert sie mir in Sachen Webseitentexte, und unter meinen Fittichen kann ihr Aufgabenbereich sicher noch erweitert werden. Sie könnte beispielsweise potenzielle Neukunden recherchieren und bewerten oder möglicherweise Gespräche mit ihnen führen.«

Ich neige fragend den Kopf. »Bietest du mir gerade einen Job an?«

»Bitte sag nicht Nein.« Matías legt die Handflächen aneinander, als würde er beten. »Ich zermartere mir schon die ganze Zeit den Kopf darüber, wie ich jemanden zu meiner Unterstützung finden könnte. Ich lasse mir auch einen coolen Titel für dich einfallen. Das wird super. Selbstverständlich wirst du auch monetär angemessen für deine Zeit und dein Können entschädigt. Was sagst du dazu, Alice?«

»Wenn du willst, dass sie Kundengespräche führt, braucht sie auch einen Firmenwagen«, meint Beck.

»Was? Nicht mal ich habe einen Firmenwagen!«

»Weil Emma dir zu deinem letzten Geburtstag einen Lamborghini geschenkt hat, du Dramaqueen.«

»Sagt der Trottel, der selbst einen Bugatti fährt.«

»Außerdem benötigt Alice ausführliche Informationen über Kranken- und Zahnversicherungen, Krankentage, Urlaubszeitregelungen, Elternzeit und Altersvorsorge.« Beck kratzt sich an seinem stoppeligen Kinn. »Außerdem fände ich einen jährlichen Bonus und/oder eine Gewinnbeteiligung angemessen.«

Matías starrt ihn entgeistert an. »Das kann nicht dein Ernst sein.«

»Denk darüber nach. Dann mach ihr ein Angebot. Sie wird sich gegebenenfalls bei dir melden.«

»Für einen stillen Teilhaber redest du ganz schön viel. Man könnte fast sagen zu viel.«

»Ich passe nur gut auf meine Süße auf.«

»Was eindeutig einen Interessenskonflikt darstellt. Du hast eine Verantwortung gegenüber deinen Anteilseignern.«

»Welche Anteilseigner? Es gibt doch nur dich und mich.«

»Genau. Dein loyaler Geschäftspartner muss davor geschützt werden, die ungeheuerlichen Zuneigungsbekundungen, mit denen du deine bessere Hälfte überschüttest, mitzufinanzieren.«

Ich fühle mich wie bei einem Tennismatch, während ich ihrem Schlagabtausch folge und dabei ständig den Kopf vom einen zum anderen drehe. Wenn das so weitergeht, zerre ich mir noch das Genick. »Seid ihr beiden endlich fertig damit, über meine Zukunft zu entscheiden?«

»Vorerst«, sagt Beck. »Ach, Großmutter hat übrigens auch ein Anliegen geäußert. Nun ja, zuerst hat sie versucht, mich dazu zu drängen, Henry zurückzuschicken. Dann hat sie mir die Leviten gelesen, weil ich ihr Smith abgeluchst habe. Offenbar ist es unter den alteingesessenen reichen Familien ungeschriebenes Gesetz, dass man sich nicht gegenseitig die Angestellten abwirbt. Ich habe ihr vorgeschlagen, sie möge sich mit der wilden Realität des neuzeitlichen Kapitalismus auseinandersetzen, was bei ihr, wie du dir vielleicht vorstellen kannst, hervorragend ankam. Aber anschließend hat sie mich noch gebeten, dich um einen Gefallen zu bitten.«

»Ich höre.«

»Sie scheint eine Erkältung zu bekommen. Da Giada, Emma und Rachel nicht in der Stadt sind und Ethan und ich mit der Delegation von Amari beschäftigt sind, braucht sie jemanden, der die Elliot Family Foundation morgen bei einem Wohltätigkeitsessen repräsentiert.«

Ich sehe ihn verblüfft an. »Sie will, dass ich hingehe? Ich?«

»Es ist ein Notfall. Anscheinend musst du nichts weiter tun, als dort zu sitzen, raffiniertes Essen zu essen, edlen Wein zu trinken und ein wenig leichte Konversation zu machen. Was hältst du davon?«

»Bist du sicher, dass deine Großmutter nicht unter Alkoholeinfluss stand?«

Beck überlegt kurz. »Vermutlich nicht. Nein, sie hat nicht gelallt oder Ähnliches.«

»Das ist eine gute Gelegenheit, um bei Catherine Pluspunkte zu sammeln«, meint Matías.

»Geht das überhaupt?«, sagt Beck.

»Das ist nicht gerade hilfreich«, bemerke ich spitz.

»Tut mir leid.«

»Okay. Na gut.« Ihre Bitte klingt plausibel, und ich habe eigentlich keinen Grund, sie abzulehnen. Abgesehen von meiner tief verwurzelten Angst, von anderen beurteilt zu werden und/oder an sozialen Anlässen teilzunehmen (insbesondere, wenn auch Reiche da sind). Aber die kann ich unterdrücken und meine Aufgabe trotzdem erledigen. »Ich tue es.«

Beck zückt sofort sein Handy und tippt rasch eine Nachricht. »Hervorragend. Ich gebe gleich ihrer Assistentin Bescheid und frage sie nach den weiteren Einzelheiten. Ich schicke dir dann alle Informationen. Smith kann dich fahren.«

»Aber wenn ich in Denver bleibe, sollte ich mich doch auch mit den Örtlichkeiten vertraut machen, oder? Das heißt, wenn es dir nichts ausmacht, mir ein Auto zu leihen …«

»Ich dachte, das hätten wir ausführlich besprochen?«, sagt er.

»Wenn wir beide beschäftigt sind, brauchen wir Smith, damit er ein Auge auf Henry hat.«

»Gutes Argument.«

Matías steht auf. »Ich gehe jetzt besser.«

»Hey, wie sieht es eigentlich in Sachen Suppenterrine aus?«, erkundigt sich Beck.

»Ich habe eingewilligt, ihr die potthässliche Terrine zu überlassen, wenn ich im Gegenzug diesen Fruchtbarkeitsgötzen bekomme, den Lise uns zur Hochzeit geschenkt hat.«

»Meine Mutter hat euch einen Fruchtbarkeitsgötzen geschenkt?«, fragt Beck und blinzelt verdattert. »Ich meine, natürlich hat sie das, was auch sonst. Bitte, fahre fort.«

»Das Ding soll offenbar Wohlstand bringen, und vermutlich auch Kindersegen. Aber Emma ist schon stinkreich und weiß nicht, ob sie jemals Kinder will. Sie braucht ihn also nicht.«

»Aber du schon?«

»Ähm, bei der Sache mit den Kindern weiß ich auch nicht«, räumt Matías ein. »Aber Wohlstand, Mann, den kann man immer gebrauchen!«

»Na dann viel Erfolg.«

»Wir treffen uns dann wieder auf ein Gläschen, ja?«

Beck überlegt kurz. »Ja. Geht klar.«

»Alice, ich ruf dich an.«

Kaum hat sich die Wohnungstür geschlossen, legt Beck schon die Hände an meine Taille und hebt mich auf seinen Schoß. Der Mann ist stark. Dann legt er die Hände auf meine Wangen und presst die Lippen auf meinen Mund. Wir küssen uns, als wären wir jahrelang voneinander getrennt gewesen. Oder zumindest geschlagene sieben Stunden. Meine Zunge stiehlt sich in seinen Mund, vereint sich mit seiner. Meine Finger krallen sich in seine Haare. Das ist so gut und schön und unbedingt nötig. Und als seine Hände sich auf die Wanderschaft machen, unter mein Shirt und über meinen nackten Rücken gleiten, erschaure ich am ganzen Körper.

Wir sollten niemals aufhören, uns zu küssen, immer in unmittelbarer Nähe des anderen sein. Was für eine Verschwendung das normale Leben doch ist im Vergleich zu der Zeit, die ich gemeinsam mit ihm verbringe. Dieses Gefühl, das er in mir weckt, ist mehr als nur Zufriedenheit, aber auch nicht nur Lust, sondern vielmehr Freude. Um es zu beschreiben, sind gewichtigere, größere Worte erforderlich.

Aber es ist nicht Liebe. Noch nicht. Dieses Wort jagt mir eine Riesenangst ein.

»Ich würde gern die Gelegenheit nutzen, um dir im Namen meiner Libido dafür zu danken, dass du heute schlabbrige, unattraktive Kleidung trägst«, raunt er mir zu und zupft an meiner Jogginghose.

»Du kannst mich mal«, gebe ich leise zurück. »So fühle ich mich wohl.«

»Das Problem ist nur, dass es leider nicht funktioniert. Ich bin trotzdem noch scharf auf dich.«

»Das ist süß von dir.«

Er zieht mich noch enger an sich, schlingt die Arme fest um mich. »Und ich bin froh, dass du dich wohlfühlst. Das hier ist unsere Wohnung, und ich möchte, dass du dich wohl genug fühlst, um noch für lange Zeit zu bleiben.«

Ich lächle.

Die Tür zu Henrys Übergangszimmer bleibt geschlossen. Wahrscheinlich spielt er *Halo* oder etwas Ähnliches. Als er gestern zusammen mit Smith aus der Bertram Street zurückkam, bestand seine erste Handlung darin, im Büro eine Spielkonsole zu installieren. Gott sei Dank. Beck und ich könnten jetzt durchaus etwas Zeit für uns gebrauchen. Manchmal kommt es mir vor, als würde ich ihn schon jahrelang kennen. Und dann wieder fühlt es sich an, als wäre unsere Beziehung erst wenige Minuten alt. So zerbrechlich und zart, als müsse sie permanent gehegt und gepflegt werden. Und ich fühle mich auch manchmal so. Emotionale Verletzlichkeit nervt.

Ich begutachte kritisch den Kratzer an seiner Wange. »Hast du das mit antiseptischer Salbe behandelt?«

»Ja, meine Liebste. Ich habe einen Verbandskasten im Auto. Mach dir keine Sorgen.«

»Schreib mir nicht vor, was ich zu tun und zu lassen habe.«

»Du störrischer, eigensinniger Dickkopf«, sagt er und drückt mir einen Kuss aufs Kinn.

»Und was sollte dieser Streit vorhin mit Matías bezüglich des Jobs?«

»Ich habe nur versucht, dir zu helfen«, sagt er und versucht vollkommen erfolglos, eine Unschuldsmiene aufzusetzen. »Bist du an der Stelle interessiert?«

»Ich denke schon. Content zu erstellen ist okay, solange ich Zugriff auf die nötigen Informationen habe. Und was den Rest angeht … Mal sehen. Und übrigens kann ich Jobverhandlungen auch sehr gut allein führen.«

»Verstanden.«

Ich weiche ein Stück zurück und betrachte sein Gesicht.

»Was?«

»Steckst du dahinter? Dass er mir den Job angeboten hat?«

Becks Stirn legt sich in Falten. »Nein. Absolut nicht. Ich höre heute selbst zum ersten Mal von dieser Idee. Ich denke, für ihn ist es eine bequeme Lösung, weil er dich schon kennt, sich gut mit dir versteht und weiß, dass du vertrauenswürdig bist. Aber ich kann dir versichern, dass ihm unser kleines Unternehmen sehr wichtig ist. Er würde dich niemals an die Erstellung von Webseitentexten heranlassen, wenn er nicht der Meinung wäre, dass du das gut kannst.«

»Okay.« Ich schmiege mich entspannt an ihn und lächle nun mühelos. »Wie lief es im Hotel?«

»Richtig gut. Ich glaube, es hat echtes Potenzial. Wir werden jetzt zur nächsten Stufe übergehen, uns die Situation genauer ansehen und uns versichern, dass alles solide ist. Kalkulieren, wie viel die Renovierungen kosten werden und so weiter. Aber ich bin guter Dinge.«

»Das ist schön.«

»Was dieses Treffen auf ein Gläschen angeht«, setzt er an und streicht dabei mit den Fingern mein Rückgrat entlang. Höher und immer höher. Es fühlt sich mehr als prickelnd an.

»Der BH ist aus zweckmäßiger, langweiliger Baumwolle. Ich würde mir an deiner Stelle gar nicht die Mühe machen, mich damit zu befassen.«

»Ooh, zweckmäßige, langweilige Baumwolle. Erzähl mir mehr. Welche Farbe hat er?«

Ich muss lachen. »Schwarz.«

»Verdammt, wie sexy.«

»Mm-hmm«, sage ich mit den Armen um seinen Hals. »Jetzt erzähl mir etwas über den geplanten feuchtfröhlichen Abend, Beck.«

»Wir treffen uns einmal die Woche im kleinen Kreis, trinken etwas, lassen Dampf ab und so weiter. Wenn du auch jemanden einladen möchtest, kannst du das sehr gern tun.«

»Klingt nett.«

»Das ist es auch.«

»Aber du kannst auch ohne mich etwas mit deinen Freunden unternehmen.«

»Ich weiß, aber ich glaube, dass es dir gefallen würde«, sagt er. »Es ist schließlich kein Männerabend oder so. Und ich würde mich freuen, wenn du meine Freunde kennenlernen würdest.«

Ich nicke. »In diesem Fall komme ich sehr gern mit.«

Seine Finger spielen mit dem Verschluss meines BHs. Ganz

gefährliches Territorium. Ich bin mir etwa einundfünfzigprozentig sicher, dass er das Ding nicht öffnen wird. Aber die neunundvierzigprozentige Wahrscheinlichkeit, dass er einen Schritt weiter gehen wird, lässt meinen Atem schneller gehen. Jemand müsste unbedingt eine Liste aufstellen, was genau »Es langsam angehen« beinhaltet. Denn mein Pulsschlag ist im Moment alles andere als langsam. Die Spannung bringt mich um den Verstand.

Und genau in diesem Moment muss natürlich jemand an die Tür klopfen. Weil das Universum mich nämlich hasst.

»Erwartest du jemanden?«, frage ich.

»Nein. Wir könnten es einfach ignorieren«, raunt er. »Und weiter herumfummeln …«

»Dein Bruder befindet sich im Nebenzimmer. Schon vergessen?« Ich steige von seinem Schoß und gehe zur Tür. Die Person, die draußen steht, freue ich mich nicht unbedingt zu sehen. Zumindest nicht schon wieder. »Ethan.«

Er sieht mich fast entschuldigend an. Fast. Außerdem hält er in jeder Hand eine Tüte mit Essen. »Alice, hi. Ich habe Tacos besorgt. Darf ich reinkommen?«

»Selbstverständlich.«

»Nicht du hast die Tacos besorgt, sondern deine Assistentin«, sagt Beck, steht auf und klopft an die Bürotür. »Henry, komm raus und iss etwas.«

»Das ist doch das Gleiche.« Ethan stellt die Tüten auf dem Küchentresen ab. »Da ich nicht genau wusste, was du magst, habe ich sie gebeten, etwas von allem zu bestellen.«

Ich hole Teller und Besteck. »Es riecht köstlich.«

»Ich habe erfahren, was du unten in der Bar getan hast. Wie du dich um Henry gekümmert hast«, sagt er, ohne mich direkt anzusehen.

»Jap.«

»Danke.«

Beck beobachtet uns interessiert.

»Stört es dich wirklich nicht, dass ich hier bin?«, fragt Ethan.

»Nein«, sagt Beck und hämmert noch einmal gegen die Tür. »Du bist hier jederzeit willkommen, Bruder.«

Henry kommt wie immer angeschlurft. Als er Ethan bemerkt, bleibt er stehen und runzelt die Stirn. Die beiden verbringen anscheinend nicht viel Zeit zusammen. Ihre Anspannung ist ihnen deutlich anzumerken. Diese Familie ist so verflixt kompliziert. Es tut mir in der Seele weh. Meine Mom hat immer dafür gesorgt, dass sich bei Problemen alle zusammensetzen und sich alles von der Seele reden. Ich weiß nicht, ob das in Anbetracht der schwierigen Vorgeschichte auch hier funktionieren würde, aber zusammen Tacos zu essen scheint mir schon mal ein guter Anfang zu sein.

»Hungrig?«, frage ich.

Henrys Blick fällt auf die Tüten, und schon setzt er sich wieder in Bewegung. »Sind die von Enrico's?«

»Ja«, sagt Ethan. »Isst du Carne Asada immer noch am liebsten?«

Henry nickt zaghaft.

Beck hält sich zurück und betrachtet seine Brüder wachsam. Als er merkt, dass ich zu ihm schaue, zwinkert er mir zu. »Wir könnten uns doch einen Film ansehen«, schlägt er vor. »Wenn du dafür Zeit hast, Ethan.«

»Sicher. Klingt gut.«

»Henry?«, fragt Beck. »Hängst du ein bisschen mit uns ab?«

Der Junge zuckt mit den Schultern, doch der Duft des Essens lockt ihn näher zu uns. »Welchen Film?«

»Du kannst aussuchen«, sage ich.

Henry grinst.

»Das wirst du noch bereuen«, sagt Beck.

10. KAPITEL

»Dieser Wagen?«, frage ich. »Sind Sie sicher?«

»Ja, Miss Lawrence. Mr Elliots Anweisungen waren äußerst präzise.«

Donnerwetter. Ich kann nicht aufhören zu grinsen. Der Page reicht mir einen mit einer roten Schleife verzierten Autoschlüssel. Noch ein Geschenk von Beck. Zumindest will ich hoffen, dass es nur von Beck kommt, denn wenn Matías etwas zu diesem »Firmenwagen« beisteuern muss, bekommt er höchstwahrscheinlich einen hysterischen Anfall.

Das Auto ist groß, schwarz und kastenförmig. Wie eine Kreuzung aus Panzer und SUV, abgerundet mit einem Hauch Coolness. Ich bin mir sicher, dass man damit jeden Berg erklimmen kann und es für jeden noch so exzessiven Shoppingtrip genug Stauraum bietet. Die Innenausstattung besteht aus weichem grauen Leder. Der Wagen ist geräumig und mit den neusten technischen Spielereien ausgestattet. Alles vom Feinsten. Als ob sich Beck mit weniger zufriedengeben würde.

»Mercedes-Benz G-Klasse«, sagt Aaron, der plötzlich hinter mir steht. »Mehr oder weniger unzerstörbar und schneidet in Sachen Sicherheit hervorragend ab. Eine gute Wahl.«

»So eine schlechte Autofahrerin bin ich nun auch wieder nicht«, scherze ich.

Der Page, der uns zuhört, lächelt diskret. »Ein guter Wagen für jemanden, der beispielsweise wenig Erfahrung mit Fahrten im Schnee hat, Miss.«

»Das ist allerdings sinnvoll. Danke, dass Sie ihn mir vorgefahren haben«, sage ich und gebe ihm ein Trinkgeld. Er hat eine durchdachte Bemerkung über eine Kalifornierin gemacht, in der Annahme, dass sie im Winter noch hier ist. Ich hoffe, dass es so sein wird. Ich weiß zwar nicht, was Usus ist, wenn man dauerhaft in einem Hotel wohnt, aber solange ich nichts Gegenteiliges höre, gedenke ich auch weiterhin, hart arbeitenden Menschen Trinkgelder zu geben. Noch ein Grund, sich einen Job zu suchen, damit ich nicht nur Geld ausgebe, sondern auch wieder welches in die Kasse kommt.

Ich warte, bis Aaron und ich allein sind, um das Wort an ihn zu richten. »Smith behält Henry im Auge. Es sollte also keine Probleme geben, aber falls doch, dürfen Sie mich gern jederzeit anrufen. Beck hat heute den ganzen Tag Meetings, weshalb ich nicht weiß, wie gut er erreichbar ist. Aber Sie sollten sich nicht mit den Eskapaden der Familie herumschlagen müssen.«

»Sind Sie sicher?«, fragt Aaron nach.

»Absolut.« Mein Handy vibriert in meiner schwarzen Birkin Bag. Ich suche es zwischen Schminkutensilien, Taschentüchern, einem Schokoriegel, einem Buch und anderen unerlässlichen Utensilien.

»Entschuldigen Sie mich bitte«, sage ich leise zu Aaron.

Er nickt. »Ich lasse Sie jetzt allein. Einen schönen Tag noch, Alice.«

»Ebenfalls.« Die Nachricht ist von Beck. Allein vom Lesen seines Namens bekomme ich Magenkribbeln. Obwohl ich ihn erst vor drei Stunden zum letzten Mal gesehen habe. Obwohl wir uns heute Abend schon wiedersehen.

Beck: Gefällt dir der Wagen?

Ich: Er ist unglaublich. Vielen Dank.

Beck: Wenn du möchtest, kannst du mich dafür mit Küssen entschädigen.

Ich: Das kannst du haben.

Beck: Die Papiere, die dich als Halterin ausweisen, liegen auf dem Beifahrersitz. Herzlichen Glückwunsch zum dritten Geburtstag.

Ich:?

Beck: Die Kleider und so weiter sind für deinen ersten Geburtstag. Die Uhr können wir als Geschenk zum zweiten werten. Dann ist das Auto jetzt für deinen dritten Geburtstag.

Ich: Weißt du, ich hätte mich auch über ein Dickpic gefreut, für alle zweiundzwanzig zusammengenommen.

Beck: Genau aus diesem Grund mag ich dich so.

Beck: Du wirst das Essen bestimmt hervorragend meistern. Versuch dich zu entspannen und Spaß zu haben.

Ich: xx

Beck: Lass mich wissen, wie es läuft.

Ich: Wird gemacht. Viel Erfolg bei deinen Meetings.

Ich gebe die Adresse ins Navi ein und breche auf. Der Wagen fährt sich tatsächlich traumhaft. Ganz anders als mein altes Auto zu Hause. Im Inneren hängt sogar der typische Neuwagengeruch, von dem ich ganz high werde. Die moralischen Bedenken, all diese Geschenke anzunehmen, nagen nach wie vor an mir. Aber andererseits kann ich einem Milliardär kaum vorschreiben, wofür er sein Geld ausgeben soll. Vielleicht bin ich der Verlockung dieses Lebensstils ein wenig erlegen. Aber vor allem Becks Verlockungen.

Weil ich nicht genau wusste, was man zu einem Wohltätigkeitsessen anzieht, habe ich mich für ein schwarzes Wickelkleid von Diane von Fürstenberg entschieden und es mit schwarzen, kniehohen Stiefeln kombiniert. Eine Instagram-Fashionista wird wahrscheinlich nie aus mir werden, aber ich fühle mich wohl in dem Outfit. Insbesondere nachdem ich eine Augenmaske aufgelegt und eine halbe Tube Concealer verbraucht habe. Dass ich heute Nacht schlecht geschlafen habe, hat zwei Gründe. Erstens hatte ich wegen der heutigen Veranstaltung Lampenfieber. Und zweitens hatte ich von diesem übertrieben blutrünstigen Horrorfilm, den Henry ausgesucht hat, Albträume. »Er ist vom Regisseur von *Herr der Ringe*«, hatte Henry mich geködert und dabei geflissentlich verschwiegen, dass der Film *Bad Taste* heißt und seinem Namen alle Ehre macht. Das war das letzte Mal, dass Henry den Film aussuchen durfte. Das allerletzte Mal.

Die Veranstaltung findet in einem Restaurant in einem umgebauten, alten Backsteingebäude statt. Wahrscheinlich eine ehemalige Fabrik. Das Innere ist sehr nobel mit coolen, modernen Leuchten und Leinentischdecken. In dem abgetrennten Raum mit Blick auf den Fluss haben sich etwa achtzig Gäste versammelt. Der Oberkellner reagiert verwundert auf meine Anwesenheit, ebenso wie die Dame, die er diskret zu sich ruft.

»Miss Lawrence ist anstelle von Mrs Elliot hier«, informiert er die Dame. Sie scheint etwa Mitte fünfzig zu sein und sieht mit ihrem knallroten Lippenstift und ihren lockigen grauen Haaren sehr stylisch aus.

»Oh«, ist alles, was sie darauf erwidert.

Wie peinlich. »Vielleicht hat ihre Assistentin vergessen, Sie zu informieren«, sage ich. »Catherine hat mich gebeten, sie zu vertreten. Das heißt, sie hat ihren Enkelsohn gebeten, mich darum zu bitten. Sie fühlt sich anscheinend nicht wohl. Ist das ein Problem?«

Die Frau blinzelt irritiert.

»Also nicht, dass sie sich nicht wohlfühlt, sondern dass sie mich an ihrer Stelle geschickt hat.« Sich präzise ausdrücken ist gut, schwafeln weniger. Nicht gerade ein gelungener Auftakt für meinen ersten Solo-Event.

»Natürlich nicht«, erwidert eine andere Frau. Sie ist etwa zehn Jahre älter als ich und trägt eine coole orangefarbene Brille. »Ich bin Yumi Manning, ich leite die Abteilung Partnerschaften. Und das ist Debra Stein, sie ist verantwortlich für die Spenderbetreuung.«

»Alice Lawrence.«

Wir schütteln uns die Hände, während der Oberkellner zur Stirnseite des Restaurants zurückkehrt. Vielleicht bin ich paranoid, aber irgendwie bekomme ich gerade ein sehr ungutes Gefühl. Großmutter Catherine scheint mir nicht der Typ zu sein, der Leute einstellt, die vergessen, ihre Aufgaben zu erledigen. Insbesondere nachdem sie sich die Mühe gemacht hat, explizit um meine Anwesenheit zu bitten. Was zum Teufel ist hier los?

Debra verschwindet bei der erstbesten Gelegenheit in der Gästeschar.

Einige der Anwesenden bleiben stehen und starren mich an. Vielleicht haben sie mich in den Klatschspalten auf einem Foto zusammen mit Beck gesehen. Was immer der Grund dafür ist, ihre Blicke machen mich jedenfalls noch nervöser und unsicherer.

»Besorgen wir Ihnen etwas zu trinken.« Yumi hält einen Kellner an, der gerade an uns vorbeikommt.

»Das wäre großartig. Weißwein bitte«, sage ich, weil ich etwas Alkohol gerade gut gebrauchen kann. »Vielen Dank.«

»Hallo, Alice.« Penny, die Anwältin, die bei der Gala neben mir saß, begrüßt mich lächelnd. Endlich jemand, der sich wirklich freut, mich zu sehen. Außerdem sieht sie in ihrem grünen Hosenanzug umwerfend aus. »Was für eine Überraschung.«

»Ich lasse Sie beide jetzt allein«, sagt Yumi und nutzt ebenfalls die Gelegenheit, um die Flucht zu ergreifen.

Ich lächle erleichtert, weil ich endlich jemanden gefunden habe, den ich kenne. »Hi. Catherine hat mich hergeschickt.«

»So, so, hat sie das?«, fragt Penny mit argwöhnischem Unterton.

»Ja, hat sie. Ich wusste nicht, dass Sie auch hier sind.«

»Ich arbeite auch für die Elliot Family Foundation.«

»Also, es ist jedenfalls schön, Sie wiederzusehen.«

Penny leckt sich die Lippen und lässt den Blick über die Gäste schweifen. »Das hier war eines von Jacks Anliegen. Catherine ist eher geneigt, an den Polo-Club zu spenden, oder an die Internate und Colleges, die ihre Kinder besuchen. An die studentischen Verbindungen und so weiter.«

»Aha.«

»Es gibt Gerüchte, dass sie beabsichtigt, das Spendenvolumen, das die Bibliotheken bisher erhalten haben, um mindestens die Hälfte zu kürzen.«

»Und sind diese Gerüchte wahr?«, frage ich.

»Ja, das sind sie.«

Verdammt. »Deswegen wollte sie, dass ich für sie herkomme.«

»Volltreffer. Yumi und Debra hatten gehofft, sie bei Wein und Häppchen in eine etwas gebefreudigere Stimmung versetzen zu können«, sagt Penny. »Na, kommen Sie sich schon wie das Opferlamm vor?«

Ich trinke einen großen Schluck Wein, bevor ich ihr antworte. »Määh.«

Sie lacht.

Oh ja, wie toll. Falls mich jemand sucht, ich stehe hier einfach herum und fühle mich fehl am Platz.

Das Mittagessen besteht aus handgemachtem Käse, gefolgt von in Rotwein geschmortem Wagyū-Rindfleisch mit gestampften Süßkartoffeln und Obst-Tarte zum Nachtisch. Das Essen ist ausgezeichnet, die Tischgespräche dagegen sind furchtbar. Yumi und Debra sitzen rechts und links von mir, unterhalten sich jedoch die meiste Zeit mit den anderen Gästen am Tisch. Und das kann ich durchaus verstehen. Mit den vierhundertachtundzwanzig Dollar auf meinem Konto wäre ich ihnen bei der Erhöhung ihres Spendenaufkommens keine große Hilfe. Wieder einmal bin ich bei einer Party diejenige, die keiner dabeihaben will. Ich armes Ding.

Als der Kaffee serviert wird, bin ich kurz davor, mich zu entschuldigen und die Flucht zu ergreifen. Doch dann steht Yumi auf und klopft mit einem Teelöffel gegen ihr Weinglas. Es wird still im Raum. »Wie Sie alle wissen, ist Jack Elliot kürzlich von uns gegangen. Sein Verlust hat alle in Denver schmerzlich getroffen, besonders die Bibliotheken. Als uns die staatlichen Mittel gekürzt wurden, war es Jack Elliot, der uns sofort zur Seite stand und half, das Defizit auszugleichen. Seine Unterstützung verhinderte, dass bei uns die Lichter ausgingen. Alice Lawrence ist heute Abend hier, um im Namen der Elliot Family Foundation ein paar Worte zu sagen.«

Ach du Scheiße.

Höflicher Applaus.

Yumi setzt sich wieder auf ihren Platz.

Penny wirft mir quer durch den Raum einen entsetzten Blick zu. Offenbar wusste sie von diesem Teil auch nichts. Das tröstet mich zumindest ein wenig.

Ich richte mich auf und stütze mich mit den Händen auf der Tischplatte ab. Irgendwie muss ich mich ja aufrecht halten, denn meine Knie haben sich in Gummi verwandelt. Alle Augen im Raum sind auf mich gerichtet. Sehen mich auffordernd an. Erwartungsvoll. Und in diesem Augenblick begreife ich, dass es das war, was Catherine in Wirklichkeit wollte. Dass ich mich vor einem Grüppchen der vornehmsten Leute dieser Stadt zum Trottel mache. Tja, aber daraus wird heute leider nichts, Satan.

»Ich danke Ihnen, Yumi«, sage ich und lächle unbeirrt. »Es ist mir solch eine Freude, heute hier zu sein und die Elliot Family Foundation zu vertreten. Was kann ich über Jack Elliot sagen? Gute Frage. Leider hatte ich zu meinem großen Bedauern nie Gelegenheit, ihn persönlich kennenzulernen. Aber ich habe viel über Jack gehört, und wann immer jemand von ihm erzählt, kommt unweigerlich eine seiner hervorstechendsten Charaktereigenschaften zur Sprache … Seine Unbeirrbarkeit. Der Elan dieses Mannes, seine Zielstrebigkeit und unvergleichliche Hingabe, mit der er ein Anliegen verfolgte, bis es erfüllt war. Auf seine ganz eigene Art war er zweifellos für viele eine große Inspiration.

Doch worüber ich heute eigentlich sprechen möchte, ist das Vermächtnis, das er uns hinterlässt. Nicht nur die Früchte seiner Arbeit, sondern auch seine vier Kinder, die in diesen schweren Zeiten einander so viel Liebe und Unterstützung entgegengebracht haben. Ich habe keinen Zweifel, dass sie alle in Zukunft noch Großes bewirken werden. Und dann bleibt von ihm auch noch das, was er errungen hat, indem er sich sein Leben lang für wichtige Zwecke wie beispielsweise die Bibliotheken engagiert hat.

Die Gabe des Geschichtenerzählens war es, die uns seit Anbeginn der Zeit dabei geholfen hat, zu lernen und uns weiterzuentwickeln. Die Erfindung der Druckerpresse ermöglichte es Menschen jeder Couleur, einander besser zu verstehen und sich in andere hineinzuversetzen. Und heute sind es die Bibliotheken und die Menschen, die dort arbeiten, die diese unschätzbar wertvolle Arbeit weiterführen und dafür sorgen, dass jeder Zugang zu Wissen und die Chance auf eine bessere Zukunft hat.

Aber jetzt habe ich Ihre Zeit lange genug in Anspruch genommen, und es wäre unverzeihlich, wenn Ihr Kaffee meinetwegen kalt würde. Darum möchte ich schließen, indem ich Ihnen versichere, dass es der Elliot Family Foundation eine Ehre ist, die städtischen Bibliotheken zu unterstützen, und sie im Andenken an Jack auch zukünftig Spenden in der von ihm vorgegebenen Höhe erteilt. Vielen Dank.«

Yumi stößt ein überraschtes Kieksen aus. Penny steht der Mund offen. Debra lässt die Kuchengabel fallen. Tosender Applaus brandet auf. Noch nie in meinem Leben war ich so beliebt und werde es wahrscheinlich auch nie wieder sein. Und der Preis dafür war lediglich eine unspezifizierte Summe Geld, das jemand anderem gehört, und die Chance, dass Catherine mich jemals akzeptieren wird. Unter diesen Umständen kann ich mir das Lächeln nicht verkneifen. In diesem Augenblick macht ein Zeitungsreporter ein Foto von mir.

»Erklär mir bitte, ob ich das richtig verstanden habe«, sagt Beck, als er mit dem Handy am Ohr zur Tür hereinkommt. »Du hast sie ohne jegliche Vorabinformationen oder nähere Anweisungen zu einer Veranstaltung geschickt, und dort hat sie eine Rede gehalten, von der sie nicht wusste, dass sie sie würde halten müssen, und anstatt für Ärger oder Unruhe zu sorgen, hat sie lediglich zugesagt, dass alles wie gewohnt seinen Gang gehen wird? Das klingt für mich nach einem vollkommen angemessenen Verhalten.«

Beck verzieht das Gesicht und hält das Handy von seinem Ohr weg. Selbst von der Couch aus kann ich Catherines Entgegnung hören. Die gute Frau kocht vor Wut.

»Du hast ja recht, Großmutter, das ist eine beträchtliche Summe. Und es ist doch wundervoll, dass sie weiterhin an die städtischen Bibliotheken fließen wird, genau wie Dad es gewollt hätte.« Er stutzt. »Hallo? Hallo Großmutter? Ich glaube, sie hat einfach aufgelegt.«

»Hmm.«

Er lässt sich neben mich auf die Couch plumpsen und legt einen Arm um mich. »Hallo, meine Liebste. Ich habe gerade erfahren, was für ein arbeitsreicher Tag hinter dir liegt.«

»Auf einer Skala von eins bis zehn – wie tief stecke ich in Schwierigkeiten?«

»Ich weiß nicht recht. Elf vielleicht?«

Ich seufze.

»Ich wage mir nicht auszumalen, was du jetzt wohl zu Weihnachten bekommen wirst. Ein Stück Kohle vielleicht? Halb vergammelten Rosenkohl? Natürlich vorausgesetzt, dass wir überhaupt noch zum Familienweihnachtsfest eingeladen werden.«

»Tut mir leid.«

Er grinst. »Nein, tut es nicht. Ich habe das Foto von dir gesehen, auf dem du lächelst wie die Grinsekatze. Die halbe Stadt hat es gesehen.«

»Ups.«

»Und wie ich dir vorhin bereits am Telefon gesagt habe, sollte es dir auch nicht leidtun. Sie hat dich in eine Falle gelockt, mit dem Ziel, dass du versagst«, sagt er. »Doch stattdessen hat dich nicht nur ein Großteil der Bevölkerung von Denver ins Herz geschlossen, sondern du zwingst sie auch dazu, im Namen von Dad das Richtige für diese Menschen zu tun. Du hast sie spielend leicht in die Tasche gesteckt.«

»Du bist wirklich nicht böse auf mich?«, frage ich nur zur Sicherheit.

»Quatsch. Ich bin stolz auf dich.« Er gibt mir einen schmatzenden Kuss auf die Wange und strahlt mich über beide Ohren an. »Großmutter war gemein. Sie hat es verdient, eine Lektion erteilt zu bekommen.«

»Vorhin habe ich mich ziemlich über sie geärgert.«

»Du bist viel netter als ich. Ich wäre vor Zorn in die Luft gegangen.«

»Wird sie ihnen das Geld geben?«, frage ich.

»Das muss sie. Dafür hast du gesorgt.«

»Wow. Gut.«

»Ich bedaure nur, dass ich ihr vertraut und dich ermutigt habe, hinzugehen«, räumt er ein.

»Du bist ja schließlich nicht allwissend.«

»Leider nicht.« Er streichelt mit dem Daumen meine Wange. »Aber nächstes Mal informiere ich mich vorab gründlicher.«

»Eine Frage«, sage ich. »Hast du schon mal darüber nachgedacht, dich gemeinnützig zu engagieren?«

»Antwort: Ich bin in einige Projekte involviert. Warum fragst du?«

Ich fahre mit den Fingern über seine Fingerknöchel und dann seine Finger entlang. »Ich habe heute eine Frau kennengelernt, die Gelder für ein Alphabetisierungsprogramm einwerben will. Und einen Mann, der sich dafür engagiert, dass Familien die Schulden für das Schulessen ihrer Kinder erlassen werden.«

»Würdest du ihnen gern helfen?«

»Ich dachte nur, ich erwähne ihre Anliegen dir gegenüber«, sage ich. »Ich weiß nicht, ob ich richtig liege, aber ich habe den Eindruck, dass deine Großmutter bei der Elliot Family Foundation den Ton angibt. Von ihrem Engagement scheinen hauptsächlich Menschen aus ihrem gesellschaftlichen Umfeld zu profitieren.«

»Das stimmt. Dad war allerdings auch nicht besser. Er fand es nur nützlicher, unseren Familiennamen an so vielen öffentlichen Gebäuden wie möglich zu sehen.« Er schaut mich an. Ich habe den Eindruck, dass ihm gerade viel durch den Kopf geht. Sehr, sehr viel. Es wäre so hilfreich, wenn ich seine Gedanken lesen könnte. »Lass mich ein wenig darüber nachdenken, okay?«

»Na klar.«

»Penny war tief beeindruckt davon, wie schnell du heute reagiert hast«, bemerkt er. »Ich bin wirklich froh, dass du hier bist.«

»Ich auch.«

»Lass dich nicht von meiner Familie vergraulen.«

Ich schüttle den Kopf. »Auf keinen Fall.«

»Hat es dir Spaß gemacht, den SUV zu fahren? Andernfalls – «

»Ich liebe ihn. Vielen Dank. Er ist perfekt.«

Als er lächelt, erscheinen ein paar kleine Falten in seinen Augenwinkeln, und für einen Moment verliere ich mich darin, ihn einfach nur anzusehen. Seinen wunderschönen Mund und seinen markanten Kiefer. Seine Augen und seine dunklen Augenbrauen. Und dann sind da ja noch der Klang seiner Stimme und der Duft seiner Haut und seine starken, zärtlichen Hände. Ich finde alles an ihm herrlich. Ich bin so ein Glückspilz.

»Woran denkst du gerade?«, fragt er und sieht mich liebevoll an.

»Sex.«

»Meine Güte, du bist vielleicht eine Romantikerin.«

»Du solltest mal sehen, wie geräumig der Rücksitz dieses Wagens ist. Wenn ich nur daran denke, was wir dort hinten alles anstellen könnten, werde ich ganz feucht.«

»Ich habe ihn eigentlich wegen der Sicherheitsausstattung gekauft«, sagt er und kommt näher. »Aber es freut mich, dass er noch andere Vorzüge aufzuweisen hat. Aber jetzt erzähl mir mehr darüber, was gerade in deinem Höschen vorgeht.«

»Bist du sicher, dass das nicht gegen die ›Wir gehen es langsam an‹-Regeln verstößt?«

»Reden ist erlaubt.«

»Wenn das so ist, dann habe ich dich ausgetrickst. Ich trage nämlich gar nichts drunter.«

Er bekommt große Augen, und schon stiehlt sich seine Hand unter den Rock meines Kleides. Seine Handfläche gleitet meinen Oberschenkel hinauf und streicht über den Seidenstoff meiner Unterwäsche. »Alice, du hast mich belogen. Du trägst ja doch ein Höschen.«

»Selbstverständlich. Ich war ja schließlich auch in der Öffentlichkeit unterwegs. Aber hat es nicht Spaß gemacht, es nachzuprüfen?«

Seine Hand bleibt, wo sie ist, während er sich vorbeugt und seinen Mund auf meinen presst. Ich öffne die Lippen, lasse ihn ein, und plötzlich bestehen wir nur noch aus Zungen und Zähnen und Verlangen. Es ist wundervoll. Ich schiebe die Hände tief in seine Haare, während sich mein ganzer Körper nach ihm verzehrt. Unter meinem Rock graben sich seine Finger in meine Oberschenkel, bevor sie höher zum Saum meiner Unterwäsche wandern. Seine Daumen schlüpfen vorwitzig unter den elastischen Spitzenbund und berühren mich aufreizend. Er ist meinem Schoß so nah und gleichzeitig so weit weg. All der Stress des Tages ist vergessen. Nichts ist mehr von Bedeutung, wenn wir uns so nahe kommen wie mit Kleidung nur möglich. Wäre mein Höschen nicht vorhin schon feucht gewesen, wäre es das jetzt auf jeden Fall. Er schafft es so mühelos, mich zu erregen, mich heiß auf ihn zu machen. Meine Wangen sind gerötet, mein Herz pocht wie wild. Er knabbert an meiner Unterlippe, bevor er sich wieder auf mich stürzt, mich schier in den Wahnsinn treibt. Bei Beck wird Küssen zur Kunstform. Der Druck und die Hitze und die Feuchtigkeit, alles ist genau richtig.

Er streicht mit den Lippen über meine Wange, bevor er sich mit den Zähnen an meinem Kiefer und meinem Hals bemerkbar macht. Der leichte Schmerz ist so köstlich, sensibilisiert meine Haut und lässt mich noch stärker alles um uns herum vergessen. Wir sind eng aneinandergeschmiegt und meine Brüste drücken sich gegen seinen straffen Oberkörper. Alle Luft scheint aus dem Zimmer gewichen zu sein.

»Ich glaube, der Zeitpunkt für Sex rückt immer näher«, sagt er mit belegter Stimme.

»Oh Gott, na hoffentlich.«

»Morgen kehrt Henry in die Schule zurück. Dann haben wir die Wohnung für uns. Ich bin mir ziemlich sicher, dass wir dann in Sachen Fummeln ein gutes Stück weiterkommen.«

»Da du bereits deine Hände unter meinem Rock hast, will ich das auch schwer hoffen«, sage ich lachend. »Aber hast du schon vergessen, dass wir uns morgen Abend mit deinen Freunden auf einen Drink treffen?«

Er stöhnt. »Dann betatschen wir uns eben angetrunken vorm Schlafengehen.«

»Ich freue mich schon darauf.«

Er zieht die Hände unter meinem Rock hervor, legt mir den Arm um die Schulter und zieht mich an sich. »Wusstest du eigentlich, dass Dad Giada während einer dreitägigen Sauftour durch Monaco geheiratet hat? Der alte Mann hat hart gearbeitet, aber wenn er sich mal eine Pause gegönnt hat … Dann hat er es krachen lassen. Stell dir nur vor, wie schnell die Anwälte sein mussten, um diesen Ehevertrag aufzusetzen.«

»Aber ihre Ehe hat immerhin über ein Jahrzehnt gehalten, richtig?«

»Schon, aber er hat sie andauernd betrogen. Die beiden hatten nichts gemeinsam, außer ihrem Kind, das sie beide ignorierten. Dad befürchtete, dass eine weitere Scheidung ein schlechtes Licht auf ihn werfen könnte, und Giada gefiel der Lebensstil zu gut, um einen Schlussstrich zu ziehen.«

»Nicht gerade ein Traumpaar.«

»Nein«, stimmt er zu. »Aber wenigstens hatte er so auf Partys immer eine Begleitung.«

»Praktisch.«

»Ja, nicht wahr?« Er starrt gedankenverloren ins Leere. »Ich habe Großmutter mal gefragt, wie sie und Großvater das hinbekommen haben. Was ihr Geheimnis war. Weil es mir so unglaublich erschien, dass ein Ehepaar es tatsächlich schafft, zusammenzubleiben.«

»Was hat sie gesagt?«

»Sie hat auf mich herabgesehen und gesagt: Schätzchen, er hat mich meines Namens wegen geheiratet. Spinnen wir keine Märchengeschichten, wo es eigentlich keine gibt.«

»Aber glaubst du, dass sie einander im Laufe der Zeit lieben gelernt haben?«

»Weiß der Geier.«

»Und das ist es, wovor du Angst hast ... Dass wir beide ebenso enden.«

Er hebt die Schulter, die mir gerade nicht als Kissen dient. »In Anbetracht meiner Familiengeschichte wäre es dumm, nicht auf der Hut zu sein, meine Liebste.«

»Ich bin nicht Selah. Du kannst mir vertrauen.«

Er gibt mir einen Kuss auf den Scheitel. Meine Aussage bestätigt er nicht, und das bricht mir das Herz. Aber Vertrauen braucht Zeit. Ich werde mich zusammenreißen müssen.

»Wir sollten wohl ein paar Dates für uns einplanen.«

»Das fände ich toll.«

Henry kommt mit dem Handy in der Hand aus dem Büro. Wie üblich trägt er zerrissene Jeans und ein T-Shirt. Aber diese Risse in seiner Hose wurden zweifellos von einem Designer dort platziert. »Mein Handy gibt keine Ruhe, weil Großmutter mir eine Nachricht nach der anderen schickt. Ich wusste gar nicht, dass sie das kann.«

»Kann sie auch nicht«, meint Beck. »Das lässt sie ihre Assistentin erledigen. Was will sie denn?«

»Dass ich die Nacht bei ihr verbringe und mich morgen von Winston zurück in die Schule fahren lasse. Seit wann kutschiert Winston Leute herum?«

»Seitdem ich ihr Smith gestohlen habe. Hast du gemerkt, dass er heute den ganzen Tag an dir drangeblieben ist?«

Henry grinst. »Stimmt. Ich wette, das kotzt Winnie ganz schön an.«

»Achte auf deine Ausdrucksweise.«

»Was soll denn das?«, sagt Henry verwundert. »Jetzt hat sie mir das Auberginen-Emoji geschickt. Steht das für einen Schwanz oder für Abendessen?«

Beck verdreht genervt die Augen. »Mann, schon wieder diese Ausdrucksweise.«

»Anscheinend für Abendessen«, sagt Henry. »Es gibt Moussaka.«

»Da bin ich aber erleichtert«, flüstere ich.

»War griechisches Essen früher nicht dein Leibgericht?«, fragt Beck.

»Als ich ungefähr zwölf war.« Henry setzt sich auf die Couch gegenüber und mustert mich und seinen Bruder mit zusammengekniffenen Augen. »Was habt ihr beiden angestellt? Großmutter tut plötzlich so, als hättest du einen schlechten Einfluss auf mich.«

»Alice hat dafür gesorgt, dass sie Geld für einen guten Zweck einsetzt, für den sie eigentlich gar kein Geld ausgeben wollte«, erklärt Beck.

Henry nickt weise. »Dann ist alles klar.«

»Wenn du den Abend lieber mit ihr als mit uns verbringen möchtest, kann ich das verstehen. Sie würde sich sicher freuen, dich zu sehen.«

»Nö«, entgegnet Henry. »Ich meine … Außer, ihr wollt mich loswerden.«

»Wir freuen uns sehr, wenn du bleibst.« Ich lächle. »Ich mache Spaghetti Carbonara zum Abendessen.«

Henry sieht mich verwundert an. »Du kannst kochen?«

»Zumindest werde ich euch höchstwahrscheinlich nicht vergiften.«

Bevor Henry darauf etwas Bissiges erwidern kann, mischt Beck sich ein. »Das klingt lecker, meine Liebste. Findest du nicht auch, Henry?«

Henry zuckt nur mit den Schultern.

»Soll ich versuchen, Großmutter zu beruhigen, damit sie aufhört, dich mit Nachrichten zu bombardieren?«, fragt Beck.

»Soll das ein Scherz sein? Im Moment hasst sie dich. Außerdem habe ich Ethan schon eine Nachricht geschickt. Er meinte, ich solle mich bei ihm melden, wenn ich etwas brauche, also …« Henry scrollt auf seinem Display. »Andernfalls kann Emma sich darum kümmern. Sie hat heute angerufen, und wir haben uns ein Weilchen unterhalten.«

»Das ist schön«, sage ich. »Freut mich, dass ihr euch alle gerade so gut versteht.«

Henrys Miene verfinstert sich. »Mach doch nicht so eine große Sache daraus, Alice.«

»Genau, Alice.« Beck massiert mir den Nacken. Er hat so starke, geschickte Finger. »Aber ich bin trotzdem noch dein Lieblingsbruder, oder, Henry?«

»Für mich seid ihr alle ungefähr gleich nervig. Obwohl Alice einen Pluspunkt bekommt, weil sie sich gegen Großmutter behauptet hat.«

»Ich glaube, das ist eine wichtige Lektion fürs Leben«, sagt Beck. »Es ist möglich, seine Familie zu verprellen und gleichzeitig Gutes zu tun. Du könntest dir wirklich eine Scheibe von ihr abschneiden.«

Ich schüttle den Kopf. »Okay, das genügt jetzt. Worauf hättest du heute Abend Lust?«

»Wir könnten uns wieder einen Film ansehen?«, schlägt Henry vor. »Es gibt da einen, für den ich mich schon länger interessiere, über einen Killerclown, der –«

»Oh nein, vergiss es.«

Der Junge lacht sich halbtot. »Du bist so ein Weichei, Alice.«

Ich zeige ihm den Stinkefinger.

»Na gut, na gut«, lenkt Henry ein. »Warum ziehen wir nicht durch die Clubs?«

»Du bist zu jung, um in einen Nachtklub zu gehen«, sagt Beck und schüttelt den Kopf. »Versuch's noch mal.«

»Von mir aus. Dann spielen wir Karten. Ein paar Runden Poker. Was sagt ihr dazu?«

»Okay«, sage ich.

»Meine Liebste«, sagt Beck und verzieht gequält das Gesicht. »Ich habe das dumpfe Gefühl, dass du das noch bereuen wirst.«

»Warum sagst du mir das immer, nachdem ich schon zugestimmt habe?«, erwidere ich und werde dabei ein wenig laut.

Henry grinst nur teuflisch.

11. KAPITEL

»Er hat mir hundert Dollar abgeknöpft.«

»Klar hat er das«, sagt Matías und nippt an seinem Single Malt Whisky. »So ist Henry nun mal. Du kannst froh sein, dass Beck auf einem Pot Limit bestanden hat, denn sonst hätte es wirklich unangenehm werden können.«

»Also, das ist fast ein Viertel des Geldes, das ich noch auf der Bank habe. Meine Miete und die Nebenkosten sind noch für ein paar Wochen bezahlt, aber danach …«

Die geheime Bar, in der wir uns befinden, heißt The Downstairs Bar. Sie ist einige Blocks vom *Heritage* entfernt und befindet sich passenderweise am Fuß einer Treppe hinter einer nicht beschrifteten Tür. Wir sitzen hinter einer samtenen Absperrkordel in einer Ecke der VIP-Lounge, in einer hufeisenförmigen Nische mit schwarzen Ledersitzbänken. Obwohl es erst neun Uhr abends ist, füllt sich die Bar zusehends. Das Innere ist im coolen Vintagelook gehalten. Fast genauso wie im *Heritage*. Nur dröhnt hier die neuste Musik aus den Lautsprechern, und alles ist stimmungsvoll beleuchtet.

»Womit ich nicht sagen will, dass ich ihn nicht vermissen werde, denn das tue ich bestimmt«, erläutere ich. »Henry ist auf eine schräge Art süß und liebenswert, aber auch ganz schön anstrengend.«

»Warum hast du sie nicht vorgewarnt?«, fragt Ethan, der gerade erst eingetroffen ist. »Man darf niemals mit diesem Jungen pokern.«

»Henry hatte viel Spaß, und es war sein letzter Abend vor Schulbeginn. Ich habe es nicht über mich gebracht, ihm sein kleines schwarzes Herz zu brechen.« Beck drückt mir eine Margarita in die Hand. »Trink das. Danach geht es dir besser.«

»Vielen Dank.« Ich nehme gleich einen großen Schluck. Ah, Tequila.

»Ich habe dir mehrmals geraten, zu passen.«

Ich stöhne. »Aber ich dachte wirklich, ich hätte eine Chance zu gewinnen.«

»Henry wollte, dass du das glaubst«, sagt Matías finster. »Ich habe einen von Pelé signierten Ball an ihn verloren, obwohl er sich noch nicht mal für Fußball interessiert. Der Junge ist der Inbegriff des Bösen. Man darf ihm niemals trauen.«

»Er ist ein Elliot«, meint Beck gleichmütig. »Wir werden von Kindesbeinen an darauf trainiert, keine Gefangenen zu machen. Was soll man da tun?«

»Stimmt auch wieder.«

»Nur keine Sorge, meine Liebste«, sagt Beck. »Ich lasse morgen etwas Geld auf dein Konto überweisen. Es ist nicht schlimm, dass du grottenschlecht pokerst und dachtest, du könntest mit einem Doppelpaar gegen meinen dämonischen Bruder gewinnen.«

Matías schnaubt fast seinen teuren Whisky wieder aus.

»Nein, ich nehme dein Geld nicht an. Aber danke trotzdem«, sage ich mit einem huldvollen Lächeln. »Obwohl es auch deine Schuld ist, dass ich mein Geld verloren habe, weil du nie hättest zulassen dürfen, dass ich mit ihm Karten spiele.«

»Da hast du recht.«

»Nein, hat sie nicht«, widerspricht Ethan. »Das ergibt doch absolut keinen Sinn.«

Beck signalisiert ihm, dass er den Mund halten soll.

»So ist das eben in einer Beziehung«, sagt Matías seufzend. »Man muss Manns genug sein, um zu lügen, behaupten, dass man im Unrecht ist, und sich einen Tritt in die Eier verpassen lassen, wann immer die Situation es erfordert – also im Grunde jedes Mal, wenn sich auch nur die geringste Meinungsverschiedenheit anbahnt oder sie schlicht einen schlechten Tag haben.«

»Ich möchte anmerken, dass ich bisher noch niemandes Hoden misshandelt habe«, halte ich dagegen.

Matías hält einen Finger hoch. »Da du eine heterosexuelle Frau bist, sollte die Betonung auf dem Wörtchen *bisher* liegen.«

»Ach, hör mit diesem patriarchischen Unsinn auf.«

Beck gibt ein amüsiertes Schnauben von sich.

»Ihr seid ja alle nicht ganz bei Trost.« Ethan winkt dem Kellner und bestellt eine Flasche japanischen Single Malt für unseren Tisch.

Nicht nur die Kellner sind hier sehr aufmerksam, sondern auch die anderen Gäste. Wir bekommen viele bewundernde Blicke von Frauen wie auch von Männern. Jeder scheint die Elliots zu kennen. Speziell eine Frau ist inzwischen schon dreimal mit ihrem knackigen Hintern an unserem Tisch vorbeistolziert, in dem Versuch, Becks Aufmerksamkeit auf sich zu ziehen. Dass sie scharf auf meinen Freund ist, erkenne ich daran, dass sie ihm jedes Mal, wenn sie vorbeikommt, lüsterne Blicke zuwirft und sich lasziv die Lippen leckt. Allerdings scheint er davon gar nichts zu bemerken. Wenn sie das noch einmal versuchen sollte, werde ich ihr demonstrieren, wie deklassiert ich sein kann, indem ich ihr ein Bein stelle.

Nein, das ist nur Spaß. Wahrscheinlich.

»Halte dich lieber an deine Schickeria-Betthäschen, Ethan«, rät Matías. »Die sind viel anspruchsloser.«

Ethan schnaubt höhnisch, sagt aber nichts dazu.

»Woher kennst du überhaupt meine Kontonummer?«, frage ich meinen Freund.

»Wir wissen alles über dich«, sagt Ethan. »Das war Sinn und Zweck der Nachforschungen, die wir über dich angestellt haben.«

»Bäh, erinnere mich nicht daran.« Ich nehme missmutig mein Glas in die Hand. »Matías, gib mir Bescheid, wenn ich wieder Content für dich erstellen kann. Wenn es für dich in Ordnung ist, können wir erst mal auf Stundenbasis anfangen und dann sehen, wie es läuft.«

»Klingt gut.« Matías zieht eine goldene Geldklammer aus der Tasche und gibt mir einen Hundertdollarschein. »Ich würde sagen, dass das dein Stundensatz ist.«

»Und ich sage dazu nicht Nein. Es ist mir eine Freude, mit dir zu arbeiten.« Ich lege das Geld auf den Tisch. Jetzt bin ich wenigstens nicht mehr ganz arbeitslos. »Dann bin ich jetzt wohl an der Reihe, eine Runde auszugeben. Oder trinkt ihr alle Whisky?«

Ethan und Matías wechseln verwunderte Blicke, bevor sie Beck fragend ansehen. Seltsam.

»Wenn ich mit Freunden ausgehe, machen wir das eigentlich immer so«, erkläre ich. »Wechselt ihr euch nicht damit ab, wer die nächste Runde zahlt?«

Penny setzt sich auf den Platz neben Ethan und bemerkt die betretene Stimmung am Tisch sofort, weil sie nämlich nicht dumm ist.

Nebenbei bemerkt freue ich mich sehr, sie zu sehen, weil ich eine Freundin/weibliche Mitstreiterin in meinem neuen Leben in Denver gut gebrauchen kann. Als Erwachsener Freunde zu finden ist schwierig. Die Rede, die Catherine mich gezwungen hat zu halten, hat nicht nur dazu geführt, dass ich einen Haufen Geld ausgeben konnte, sondern hatte auch noch den positiven Nebeneffekt, dass ich Penny damit beeindrucken konnte. Während ich stehende Ovationen bekam, wahrte sie professionelle Gelassenheit. Doch sobald wir draußen auf dem Flur unter uns waren, brach sie derart in Gelächter aus, dass sie sich auf mich stützen musste, um sich auf den Beinen zu halten.

»Warum schaut ihr denn alle so seltsam aus der Wäsche?«, fragt sie und schlüpft aus ihrem gelben Blazer.

»Gute Frage.« Ich sehe Beck auffordernd an. »Anscheinend habe ich gegen die Etikette verstoßen. Weshalb provoziert mein Angebot, eine Runde auszugeben, damit ich nicht andauernd bei euch schmarotzen muss, eine derart befremdete Reaktion?«

»Oh«, sagt Penny. »Die Frage kann ich beantworten. Die Bar gehört Beck.«

»Dir gehört die Bar?«, frage ich. »Warum hast du mir das nicht gesagt?«

Beck holt tief Luft. »Weil du manchmal den Eindruck erweckst, dass dir unser Wohlstand unangenehm ist, so wie gerade eben, als ich dir angeboten habe, dein Konto aufzufüllen.«

»Aber das ist doch eine großartige Leistung von dir, auf die du stolz sein kannst«, sage ich. »Das hat nichts mit deinem Versuch zu tun, mir Geld zuzustecken.«

»Na, gibt's etwa schon Ärger im Paradies?«, fragt Ethan. Dieser Blödmann.

Wir beachten ihn beide nicht.

»Jede der Bars hat ihre eigene Leitung und zusätzlich einen Geschäftsführer, der alles überwacht«, sagt Beck und geht gar nicht auf mein Lob ein. »Im Grunde habe ich mit dem Tagesgeschäft nicht viel zu tun.«

»Aber du besitzt mehrere Bars? Das ist doch toll.«

»Danke.« Beck beugt sich zu mir und gibt mir einen sachten Kuss auf die Lippen. »Mm, salzig.«

Matías schüttelt den Kopf. »Mann, warum bist du nicht einfach ehrlich zu ihr?«

»Was? Findest du etwa, er sollte für sie eine vollständige Liste mit all seinen Investments und der Summe seines Vermögens erstellen?«, fragt Ethan mürrisch.

»Natürlich nicht. Aber sie sollte genau wissen, worauf sie sich einlässt.«

»Sie lebt in einer Luxuswohnung und läuft in Prada herum. Was genau verbirgt er deiner Ansicht nach vor ihr?«

»Eigentlich ist das von Dolce & Gabbana«, merke ich über das klassische kleine Schwarze an, das ich heute trage. Es ist aus Stretch-Satin und zaubert ein tolles Dekolleté. Man könnte behaupten, ich sähe richtiggehend verführerisch aus, das wäre nicht gelogen. »Nicht jeder Designer führt Kleidung in meiner Größe.«

Penny gießt sich mehrere Fingerbreit Scotch ein, lehnt sich dann zurück und schlägt die Beine übereinander. Sie scheint das ganze Thema zu amüsieren. »Matías, wie viel wusstest du denn, als Emma dich das erste Mal abgeschleppt hat?«

»Meinst du über die Mentalität von Menschen, die reich geboren werden und noch mehr erben? Ich hatte keinen Schimmer. Ich kann dir sagen, das war ein äußerst aufschlussreiches Erlebnis.«

Ethan mahlt wie so oft mit dem Kiefer. »Willst du damit andeuten, dass wir nicht arbeiten?«

»Nein, ich weiß, dass ihr euch nicht auf euren Treuhandfonds ausruht und Däumchen dreht. So hat Jack euch nicht erzogen. Ehrgeiz und Konkurrenzkampf sind die Devise eurer Familie«, räumt Matías ein. »Aber ihr habt von Anfang an einen Vorsprung und wisst nicht richtig zu schätzen, was euch geschenkt wurde. Ihr nehmt es als selbstverständlich hin.«

»Tut mir leid, dass ich ein eingebildetes Arschloch bin«, flüstert mir Beck ins Ohr. »Aber dein Kleid ist wirklich verdammt sexy.«

Ich lächle. »Das will ich auch hoffen. Es hat zweitausendfünfhundert Dollar gekostet.«

»Und es ist jeden Cent wert.«

»Ich dachte, du wolltest dich hier mit Freunden treffen, plaudern und ein paar Gläschen trinken.«

»Ja …« Beck lehnt den Kopf gegen meine Schulter und setzt das Glas an die Lippen. Interessant, dass sein Freundeskreis aus Familienmitgliedern und Arbeitskollegen besteht. Wahrscheinlich ist es schwierig, Menschen kennenzulernen, die keine Hintergedanken haben. Menschen, die einen nicht als Geldautomaten missbrauchen oder anderweitige Unterstützung erwarten. »Habe ich eventuell vergessen, die weitgehend freundschaftlichen Diskussionen zu erwähnen, zu denen es bei diesen Treffen regelmäßig kommt?«

»Könnte sein.« Wir müssen beide lachen, weil diese ganze Sache irgendwie witzig ist. Oder weil der Alkohol uns lockerer macht. Meine Güte, es fühlt sich toll an, sich ein wenig zu entspannen.

»Seht euch nur die beiden an, wie sie in ihrer Ecke sitzen und über ihre eigenen Scherze lachen«, sagt Ethan.

Beck zuckt nur mit den Schultern. »Was können wir denn dafür, dass wir witzig sind?«

»Was denkst du, Penny? Inwiefern beeinflusst die fiskalische Situation die Beziehungsebene?«, fragt Ethan.

Sie sieht ihn nachdenklich an und grübelt offenbar einen Augenblick angestrengt nach. »Matías hat durchaus recht. Ihr wisst nicht, wie es ist, kein Geld zu haben, sich abzurackern, um die Miete zahlen zu können und nicht den Strom abgedreht zu bekommen, weil ihr das noch nie hautnah erlebt habt. Das macht euch zwar nicht zwangsläufig zu schlechteren Menschen, aber es ist nun mal so.«

Ethan sieht sie mit erhobenen Brauen an. »Unfassbar, dass du meine Menschlichkeit anhand meines Kontostandes bewertest.«

»Nicht deine Menschlichkeit, sondern nur den Grad deiner Anspruchshaltung«, entgegnet sie. »Ob dein Treuhandvermögen den Druck, der durch die Erwartungen deiner Familie und der Öffentlichkeit auf dir lastet, und die Einschränkungen deiner persönlichen Sicherheit aufwiegt … Ich weiß nicht recht.«

»Ich würde gern erwähnen, dass wir dank des Geldes, das du in den Dreck ziehst, gerade den ersten Spatenstich für eine neue Krankenhausstation machen konnten«, bemerkt Ethan.

»Soll ich dich in Zukunft also Sankt Ethan nennen?«, fragt Penny spitz. Wie sie sich nie den Wind aus den Segeln nehmen lässt, ist wirklich inspirierend.

Ethans Augen glitzern belustigt, doch er lächelt nicht. »Wenn du möchtest.«

»In jeder Familie gibt es doch Schwierigkeiten«, werfe ich ein. »Nur weil ihr Geld habt, heißt das noch lange nicht, dass ihr keine Probleme habt. Sie unterscheiden sich nur von denen der anderen.«

Matías hebt sein Glas. »Trinken wir auf diese beiden reichen Drecksäcke und ihre wunderschöne Schwester, die langsam, aber sicher meinen Lebenswillen zerstört.«

»Vergiss es«, murmelt Beck, trinkt aber trotzdem.

»Du hast doch eine Weile ohne Geld gelebt«, sagt Ethan zu seinem Bruder. »Wie war das? Hast du es geschafft, deine Seele vom Makel des Reichtums reinzuwaschen?«

»Ich bin nicht mit leeren Händen von hier weggegangen. So mutig war ich nicht. Ich wollte keinesfalls hungern oder auf der Straße schlafen müssen.« Beck bedenkt mich mit einem schiefen Grinsen. »Ich habe in ziemlich miesen Absteigen gewohnt und einige wirklich üble Jobs gemacht. Im Baugewerbe, in der Gastronomie, Nachtclub-Security, such dir was aus. Ich stand sogar an einer Straßenecke und habe eines dieser dämlichen Werbeschilder für Handys zum Sonderpreis hochgehalten.«

Ethan lacht schnaubend.

»Was hast du aus all dem gelernt?«, will Penny wissen.

»Nun, es hat mir meine privilegierte Stellung verdeutlicht«, erklärt Beck. »Es war schön, so frei zu sein. Das war ein wichtiger Beweggrund für mich, von hier wegzugehen. Und der Wunsch, mir zu beweisen, dass ich auch allein zurechtkomme. Zumindest bis zu einem gewissen Grad. Abseits von Fünf-Sterne-Hotels und Privatflugzeugen bekommt man eine ganz andere Seite dieses Landes zu sehen. Lernt andere Menschen mit anderen Prioritäten und Erfahrungen kennen.«

»Hmm«, ist alles, was Penny darauf erwidert.

Matías trinkt einen Schluck Whisky. »Es hat deinen Horizont erweitert?«, fragt er.

»Hat es«, bestätigt Beck. »Und ich habe erfahren, wer ich bin, wenn man mich nicht als Elliot wahrnimmt und so weiter und so fort.«

»Und wer bist du?«, frage ich.

Er grinst. »Ganz dein.«

Ich muss lachen. Mit öffentlichen Liebesbekundungen kann ich anscheinend noch immer nicht so gut umgehen.

Ein umwerfender Rotschopf mit rosiger Haut und Sommersprossen setzt sich in Begleitung von Aaron, dem Hoteldirektor des *Heritage*, an unseren Tisch. Die Frau begrüßt Penny mit einem Kuss auf den Mund. Aaron hebt grüßend die Hand.

»Alice, das ist meine Lebensgefährtin River«, sagt Penny und rutscht beiseite, um ihr Platz zu machen. »Schatz, das ist Alice.«

Ich lächle. »Freut mich, dich kennenzulernen.«

»Ebenfalls.« River schenkt mir auch ein Lächeln.

»Was ist das Gesprächsthema des heutigen Abends?«, erkundigt sich Aaron und gießt sich Whisky ein.

»Geld«, sagt Beck, dessen Kopf noch immer auf meiner Schulter liegt.

River flucht leise. »Wer zum Teufel hat denn damit angefangen?«

»Beck hat Alice nicht gesagt, dass ihm die Bar gehört«, erläutert Ethan. »Was Matías dazu animierte, über reiche Menschen und ihren abstrusen Lebensstil herzuziehen. Anschließend haben wir uns einfach in trauter Runde Beleidigungen an den Kopf geworfen.«

»Natürlich, was auch sonst«, meint Aaron kopfschüttelnd. »Warum können wir uns zur Abwechslung nicht mal über ein weniger kontroverses Thema unterhalten?«

»Schönes Wetter heute«, witzelt River.

»Habt ihr schon gehört, wie Alice gestern gegen Catherine die Große in den Krieg gezogen ist?«, fragt Matías. »Das ist vielleicht eine verrückte Geschichte.«

Aaron pfeift durch die Zähne. »Ein ganz schöner Batzen Geld. Um nichts davon gehört zu haben, müsste man schon tot sein. Die Barangestellten des *Heritage* waren ganz besonders stolz auf Sie.«

Ich gebe eine Mischung aus Schnauben und Lachen von mir. »Vielen Dank.«

Ethan sieht mich griesgrämig an.

»Möchtest du etwas dazu sagen?«, erkundige ich mich und nippe an meinem Glas.

Er überlegt kurz, schüttelt dann aber den Kopf.

Das überrascht mich, denn immerhin war er in der Vergangenheit nicht gerade begeistert von mir. »Gar nichts?«

»Kein Wort.«

»Aha«, sage ich. »Interessant.«

»Das bedeutet, dass er mit dem, was du getan hast, einverstanden ist«, flüstert Beck vernehmlich. »Aber er will es nicht laut aussprechen und damit riskieren, seine Position als Lieblingsenkel einzubüßen.«

Ethan hüllt sich unbeirrt in vielsagendes Schweigen und hebt das Glas an die Lippen. Doch dann stutzt er. »Eigentlich möchte ich doch etwas dazu sagen … Sei vorsichtig, Alice. Unsere Großmutter ist keine gute Verliererin.«

Beck verdreht die Augen. »Ich bitte dich. Unsere Großmutter ist ja nun nicht gerade dem fünften Höllenkreis entsprungen.«

»Obwohl mich das nicht überraschen würde«, bemerkt Matías.

Ich halte den Mund. Das erscheint mir am klügsten zu sein.

»Also, ich finde, du hast richtig gehandelt, Alice«, sagt Penny. »Das sage ich ganz offen, wenn auch nicht im Beisein von Catherine. Ich mag meinen Job.«

»Vielen Dank«, sage ich mit einem Lächeln. »Wenigstens werde ich in nächster Zeit nicht mehr zu irgendwelchen Wohltätigkeitslunchs gehen müssen.«

Pennys Blick zuckt kurz zu Beck, bevor sie mich wieder ansieht. Was war denn das? Ich glaube, da war etwas, aber ich hatte schon zwei Margaritas und kein Abendessen. Außerdem muss ich mal die Waschräume aufsuchen.

»Entschuldigt mich bitte.« Ich rutsche aus der Sitznische. »Bin gleich wieder da.«

Penny stellt ihr Glas ab. »Ich komme mit dir.«

Im Gehen höre ich, wie Aaron sich bei Beck nach dem Hotel in Boulder erkundigt. Sieht ganz so aus, als würde sich die Unterhaltung erst einmal nicht mehr um Reichtum oder um mich drehen. Zum Glück.

Der Waschraum ist in Dunkelrot gehalten und mit altertümlichen Armaturen ausgestattet. Wir verschwinden beide kurz in den Kabinen und treffen uns danach an den Waschbecken wieder. Sogar die Handseife riecht gut.

»Hast du vorhin am Tisch mit Beck vieldeutige Blicke gewechselt?«, frage ich.

Penny sieht mich verdutzt an. »Vieldeutige Blicke? Ich glaube nicht. Insbesondere weil ich lesbisch bin und meine Freundin mit am Tisch sitzt.«

»Solche Blicke meine ich nicht.«

Sie betupft ihre trockenen Hände mit einem der ordentlich gefalteten Handtücher. Die Frau sieht in Hosenanzügen einfach unvergleichlich gut aus. »Allerdings wollte ich mich kurz mit dir unterhalten. Da die Verträge bisher nicht wieder zurückgekommen sind, gehe ich davon aus, dass du sie noch zur Begutachtung hast. Obwohl ich sicher bin, dass sie fair und vernünftig, ja geradezu großzügig gestaltet sind, ist es nie verkehrt, seinen eigenen Anwalt ebenfalls einen Blick darauf werfen zu lassen. Ich kann dich nicht direkt an jemanden verweisen – denn das würde einen Interessenskonflikt darstellen –, aber du solltest vielleicht Matías fragen, wen er empfehlen kann. Er wurde während der Scheidung stets hervorragend repräsentiert und kennt bestimmt ein paar fähige Leute.«

»Verträge? Welche Verträge?«

Sie sieht mich verdattert an. »Beck hat dir die Verträge nicht gegeben?«

»Sieht ganz so aus.«

»Das darf doch nicht wahr sein.« Die Gute stampft zurück in die Bar. Marschiert unbeirrbar weiter, bis sie wieder am Tisch steht. Dort angekommen richtet sie einen ihrer manikürten Fingernägel auf Becks Gesicht. »Du hast zu mir gesagt, dass Smith ihr im Flugzeug die Verträge gegeben hätte. Du kannst dir vielleicht vorstellen, wie überrascht ich war, als ich ihr riet, sich unabhängigen, rechtlichen Beistand zu holen, und sie keine Ahnung hatte, wovon ich rede.«

Ethan macht ein finsteres Gesicht. »Sie hat noch keine Vertraulichkeitsvereinbarung unterschrieben?«

Aaron und River sind plötzlich sehr damit beschäftigt, konzentriert die Inhalte ihrer Gläser und die anderen Gäste in der Bar zu begutachten.

Matías lässt nur den Kopf hängen.

»Ihr beiden haltet euch da verdammt noch mal raus«, sagt Beck und setzt sich kerzengerade hin. »Das geht nur sie und mich etwas an. Ich werde mit Alice über dieses Thema sprechen, wenn der richtige Zeitpunkt dafür gekommen ist.«

»Du steckst nicht deinen Schwanz in eine Frau oder bringst sie auch nur in die Nähe der Familie, wenn sie keine Vertraulichkeitsvereinbarung unterzeichnet hat«, faucht Ethan. »So lautet die Regel. Sie hätte schon unterschreiben müssen, bevor sie auch nur einen Fuß nach Colorado gesetzt hat.«

»Du darfst mich in solchen Dingen nicht belügen, Beck. Ich kann meiner beruflichen Verpflichtung, dich zu schützen, nicht nachkommen, wenn ich aufgrund falscher Informationen handele.« Penny atmet tief durch, um sich zu beruhigen, und nimmt wieder in der Nische Platz. »Wenn du mit jemandem zusammenlebst, selbst für kurze Zeit, setzt du dich wohlmöglich einem Risiko aus. Darüber haben wir doch gesprochen.«

»So ist sie nicht. Ihr macht euch alle grundlos Sorgen.« Beck knallt sein Glas auf den Tisch. »Könntet ihr euch jetzt allesamt bitte schön aus meinen Angelegenheiten raushalten?«

Ich weiß nicht, was ich sagen soll. Also stehe ich einfach nur da wie ein Trottel. Ich sollte eine Geheimhaltungsvereinbarung unterschreiben? Als würde ich sofort zur nächsten Lokalzeitung rennen und ihnen meine Geschichte verkaufen. Ich fasse es nicht.

Beck verzieht das Gesicht und streckt mir die Hände entgegen. »Alice …«

»Da bist du ja!« Emma drängt sich so energisch an den Tisch, dass sie mich dabei beinahe umstößt. Sie reckt den Arm, und es sieht ganz so aus, als wolle sie Matías eine Ohrfeige verpassen. Nur sitzt der auf der gegenüberliegenden Seite, und sie ist eher klein. Davon lässt sie sich allerdings nicht aufhalten. Oh nein. Sie wirft sich bäuchlings auf den Tisch, die Füße in der Luft, und stößt beim Versuch, ihm eine zu verpassen, die Whiskyflaschen und mehrere Gläser um. Noch nie wurde Haute Couture so stiefmütterlich behandelt. Ethan springt so schnell er kann auf, während sich Scotch in seinen Schoß ergießt und auch die anderen aus der Nische flüchten. Doch sie sind nicht schnell genug.

Falls die Leute noch nicht gegafft haben, als Penny auf Beck losgegangen ist und er sein Glas auf den Tisch geknallt hat, tun sie es spätestens jetzt. Was für ein Spektakel. Da Emma es nicht schafft, ihren Ex-Mann mit bloßen Händen umzubringen, verlegt sie sich darauf, ihn mit ihrer Handtasche zu attackieren. Und ich stehe einen Augenblick fassungslos da, denn dieses Schauspiel ist wirklich unbeschreiblich.

»Du Volltrottel!«, brüllt Emma.

»Was zur Hölle soll das?«, schreit Matías. Berechtigte Frage.

»Du hast mich geschwängert!«

Matías sieht sie verblüfft an. »Was habe ich?«

Emma bricht in Tränen aus. »Du hast mich geschwängert!«

Das holt mich aus meinem Trancezustand heraus. Manchmal hat es auch Vorteile, kräftig zu sein. Insbesondere wenn es darum geht, eine zierliche Frau festzuhalten. Ich packe sie unter den Armen und ziehe sie so sanft wie möglich vom Tisch herunter. Bevor sie noch eines der Gläser zerbricht und sich an den Scherben schneidet oder sich auf eine andere Art verletzt. Ich glaube zwar nicht, dass sie es schaffen würde, vom Tisch zu fallen, aber trotzdem …

»Okay, das reicht«, sage ich. »Komm schon, Emma.«

Emma hebt die Handtasche, bereit, auf mich loszugehen, bis sie merkt, dass ich es bin und nicht das Ziel ihres gewalttätigen Wutausbruchs. »Alice«, schluchzt sie und schmiegt sich an meine Brust. Schön, dass mein tolles schwarzes Kleid und mein umwerfendes Dekolleté zumindest zu etwas nütze sind. Über Emmas bleiche Wangen rollen Tränen. »Das Arschloch hat alles ruiniert.«

»Er ist ein Vollpfosten. Ich kann verstehen, dass du wütend bist.« Ich nehme sie in den Arm und werfe Matías derweil einen entschuldigenden Blick zu. In diesem Augenblick ist nun mal jedes Mittel recht, um die durchgeknallte, schwangere Lady zu beruhigen, die versucht hat, ihn in aller Öffentlichkeit mit einem Designeraccessoire totzuprügeln.

Im Moment sind seine Augen so groß wie Untertassen.

»Lass uns gehen«, sage ich zu ihr und sehe Beck und Ethan vielsagend an.

Wenigstens Beck macht das Spiel mit und tätschelt Emma beruhigend den Rücken. Dann signalisiert er Ethan, dass er sich um Matías kümmern soll. Aaron, Penny und River schirmen uns so gut wie möglich vor den neugierigen Blicken der anderen Barbesucher ab und lösen das Grüppchen auf, das sich versammelt hat, um uns zuzuschauen. Smith und die Sicherheitsleute der Bar sind ebenfalls schnell bei uns, um uns zu helfen. Sie nehmen sich auch den Idioten am Nebentisch vor, der das Handy in der Hand hält und den ganzen Vorfall filmt. Mistkerl. Ethan zerrt Matías aus der Nische. Er scheint noch immer unter Schock zu stehen. Nicht gerade hilfreich. Der verschüttete Whisky hat vorn auf Ethans zweifellos teurer Hose einen nassen Fleck hinterlassen, und eines der Gläser rollt auf dem Boden herum. Was für ein Abend.

»Fahren Sie den Wagen vor«, weist Beck Smith an.

Das ist die beste Idee, die ich jemals gehört habe.

»Sag etwas.«

Ich sitze mit untergeschlagenen Beinen auf der Couch. Die Verträge liegen auf meinem Schoß. »Ich denke nach.«

»Dann sag mir, was du gerade denkst«, beharrt Beck und tigert weiter auf und ab.

Im Kamin brennt ein Feuer und im Raum ist es gemütlich warm. Die Nacht draußen ist dunkel und still. Wir sind allein, weil Emma beschlossen hat, nach Hause zu fahren, nachdem sie sich beruhigt hatte. Matías, der sich beängstigend schweigsam gab, hat sie begleitet. Wenigstens ist sie nicht allein.

»Die Vertraulichkeitsvereinbarung scheint mir in Ordnung zu sein.« Ich atme tief durch und schiebe die Papiere zu einem Stapel zusammen. »Das einzige Problem ist, dass ich mit niemandem über dich, unsere Beziehung oder deine Familie sprechen darf. Das erscheint mir unangemessen, denn eigentlich spricht man doch mit Menschen, die einem nahestehen, darüber, was gerade im Leben so passiert, und du bist zurzeit nun mal ein wichtiger Teil meines Lebens.«

»Zurzeit?«, fragt er. »Ist das eine Drohung?«

Oh nein, ich werde nicht zulassen, dass er den Spieß umdreht. »Setz dich endlich hin, Beck.«

Mit verdrießlicher Miene setzt er sich auf die Couch gegenüber. Er stützt den Ellenbogen auf die Armlehne und zupft mit den Fingern an seiner Unterlippe. Der Gute ist offenbar nicht glücklich. Ich auch nicht. Diese Papiere stehen wie eine Mauer zwischen uns.

»Zeit, zu verhandeln«, sage ich. »Ich stimme zu, mit niemandem über deine Familie zu sprechen.«

Er nickt.

»Und ich werde mich mit Gesprächen über uns beide auf eine vorher festgelegte Liste von Freunden und Familienangehörigen beschränken, die ich vorwarnen werde, dass sie mit niemandem sonst darüber reden dürfen.«

»Sie erhalten eine Vorwarnung, werden aber nicht vertraglich zu Stillschweigen verpflichtet«, sagt er. »Was genau willst du ihnen denn sagen?«

»Das weiß ich auch noch nicht so genau, aber ich kann versuchen, alles so allgemein wie möglich zu halten.« Mein Kopf tut weh. Wenigstens hat die Wirkung der Margaritas nachgelassen. Wahrscheinlich wäre es besser gewesen, diese Unterhaltung erst morgen zu führen. Obwohl ich bezweifle, dass wir mit diesem Thema im Hinterkopf überhaupt hätten schlafen können. »Beck, ich will nicht, dass ich durch diese Beziehung isoliert werde. Ich will mich auf nichts einlassen, was eines Tages dazu führen könnte, dass ich dich verabscheue.«

Eine Furche erscheint zwischen seinen Brauen.

»Du wolltest mit jemandem zusammen sein, der es nicht auf dein Geld abgesehen hat«, sage ich. »Und trotzdem spielt das Geld andauernd eine so große Rolle.«

»Was willst du denn, das ich tue?«

»Keine Ahnung.«

»Kann ich bitte den Vertrag haben?« Er steht auf und streckt die Hand aus. Ich reiche ihm die Papiere. Er macht sich auf die

Suche nach einem Stift. Als er schließlich einen in der Hand hält, glänzt sein poliertes Metall im Schein des Feuers. Wahrscheinlich ist er aus Platin. Wenn man millionenschwere Geschäftsabkommen unterzeichnet, sollte man das natürlich stilvoll tun. Er setzt sich wieder hin und legt die Papiere auf den Couchtisch. Dann beginnt er rasch und entschlossen mehrere Textpassagen durchzustreichen. Anschließend fügt er noch handschriftlich etwas unter dem Vertrag hinzu. »Schau, ob das annehmbar ist.«

»In Ordnung.«

Als ich nach den Papieren greife, hält er sie noch einen Moment fest und betrachtet sie beinahe zornig. Dann atmet er tief ein und langsam wieder aus. »Lass mich dir die Zusammenhänge erklären. Vor ungefähr sechzehn Jahren war Ethan noch auf dem College und lernte dort ein Mädchen kennen. Sie studierte Journalismus. Es wurde schnell ernst zwischen den beiden. Er hatte sogar vor, sie zu fragen, ob sie ihn nach dem Abschluss heiraten wolle, doch es war alles nur vorgetäuscht. Es stellte sich heraus, dass sie ein Buch über die Familie schrieb und Ethan als Informationsquelle benutzte. Dad schaffte es, das Buch zu stoppen, aber seitdem sind die Nachforschungen und Vertraulichkeitsvereinbarungen für alle Pflicht.«

Ich nehme die Papiere. »Kein Wunder, dass er so verbittert ist. Wie furchtbar.«

Beck sieht einen Moment lang aus wie ein kleiner, verlorener Junge. Nur ganz kurz. Dann wird seine Miene wieder hart und sein Blick ernst. »Ethan und Penny haben recht. Ich muss meine Interessen und auch die der Familie schützen.«

»Vor mir.«

Er schweigt. Widerspricht nicht.

Und das tut weh. Eigentlich ist dieses ganze Gespräch ein einziges Elend. Was soll man nur machen, wenn die Beziehung plötzlich zu einem komplizierten und kostspieligen Rechtsstreit wird. Da sollte dringend jemand einen Ratgeber schreiben. Ich schlucke angestrengt, meine Kehle ist staubtrocken. »Auch wenn ich verstehe, worauf du hinauswillst, fällt es mir schwer, das alles zu verdauen.«

»Was hältst du vom Partnerschaftsvertrag?«

»Er scheint mir unproblematisch zu sein. Und sehr großzügig. Etwas zu großzügig.« Ich massiere mir die Schläfen und versuche, die Kopfschmerzen zu lindern. »Das mit dem Taschengeld geht gar nicht. Ich werde mir mehr Arbeit suchen. Einfach nur zu Hause herumzusitzen und darauf zu warten, dass du neben deinen zahlreichen Terminen Zeit für mich hast, ist nichts für mich.«

»So wäre es sicherlich nicht.«

»Es geht hier auch um Selbstachtung.«

Er presst einen Moment die Lippen aufeinander. »Na gut.«

Ich reiche ihm den zweiten Stapel Papiere, die er auf der Suche nach dem entsprechenden Unterpunkt überfliegt. Dieser wird ebenfalls gestrichen, bevor er den Vertrag unterschreibt.

Ich räuspere mich. »Was die Trennungsklausel angeht –«

»Die bleibt. Du hast dein ganzes Leben umgekrempelt und bist meinetwegen nach Denver gezogen. Die Vereinbarung, die greift, wenn wir unsere Beziehung beenden, ist gerecht und basiert darauf, wie lange wir vorher zusammen waren. Dieser Punkt steht nicht zur Verhandlung. Du und deine Zukunft müssen ebenfalls geschützt werden.« Er sieht mir dabei nicht in die Augen. »Von mir aus kannst du diesen Aspekt noch einmal von einem Anwalt prüfen lassen. Aber ich bin nicht bereit, diesen Punkt des Vertrages zu ändern, Alice.«

»Die Summe, um die es geht, ist exorbitant.«

»Einige meiner Ex-Freundinnen wären anderer Meinung«, sagt er zynisch. »Sie bleibt auf jeden Fall.«

»Kannst du überhaupt noch sicher sein, dass es mir um dich und nicht um dein Geld geht, wenn ich das unterschreibe?«, frage ich. »Wenn dieses Dokument nur Zweifel in dir säht, ist es doch eigentlich sinnlos, weiterzumachen, oder?«

Er sieht mich schweigend an.

»Nun?«

Er reckt das Kinn. »Du musst das so sehen: Je großzügiger die Trennungsvereinbarung ausfällt, umso größeren finanziellen Anreiz hast du, mich zu verlassen. Falls du bleibst –«

»*Wenn* ich bleibe.«

»Dann ist es für alle offensichtlich, dass es dir um mich geht, um uns, und nicht ums Geld.«

Ich bin mir nicht ganz sicher, ob es ein Beweis für die Aufrichtigkeit meiner Gefühle für ihn ist, wenn ich einen Vertrag unterschreibe, laut dem ich im Trennungsfall quasi den Jackpot knacke, aber anscheinend ist es das Beste, was ich kriegen kann. »Na gut. Was als Nächstes? Monogamie steht ja nicht zur Debatte. Ich sehe gerade, dass die Beendigung der Beziehung in schriftlicher Form auch SMS beinhaltet. Das ist annehmbar, wenn ich auch hoffe, dass wir erwachsen genug sind, um uns zusammenzusetzen und über alles zu reden. Was Geschenke angeht, die ich während unserer –«

»Sie gehören dir. Du behältst sie. Das Auto, die Uhr, alles.«

Ich seufze.

»Das Geld hat viele Aspekte, die mein Leben verdammt kompliziert machen. Aber dir Geschenke zu kaufen gehört nicht dazu«, sagt er entschieden. »Das bereitet mir Freude. Okay?«

»Okay. Die Tests auf sexuell übertragbare Krankheiten und die Verhütungsspritzen klingen auch vernünftig«, sage ich. »Ich bin bereit, das so bald wie möglich zu erledigen.«

»Ich sage meinem Assistenten morgen, dass er einen Termin für dich vereinbaren soll. Dann haben wir das schon mal erledigt.«

»Okay. Es ist aber nur gerecht, wenn ich dich darum bitte, diese Tests ebenfalls durchführen zu lassen.«

»Selbstverständlich.«

Schweigen.

»Warum hat Smith mir diese Unterlagen nicht schon im Flugzeug gegeben?«, frage ich.

Im schummrigen Licht wirken seine Augen dunkel. »Weil ich ihn angewiesen habe, es nicht zu tun. Damals wusstest du kaum, was auf dich zukommt. Hätte er sie dir gegeben, hättest du das Flugzeug umdrehen lassen und wärest nach L.A. zurückgekehrt.«

Meine hochhackigen Schuhe stehen verloren auf dem Boden. Es sind spitze schwarze Lederpumps von Jimmy Choo. So viel zu meinen Plänen, ihn zu verführen, und meinen Hoffnungen, angetrunken mit ihm herumzufummeln. Dieser Abend war wirklich ein absoluter Reinfall. »Da hast du wahrscheinlich recht. Wann hattest du dann vor, sie mir zu geben?«

»Ich weiß auch nicht. Ich wollte nicht darüber nachdenken.« Als er aufsteht, wirken seine Bewegungen und seine Körperhaltung steif und angespannt. »Wenn du mit dem Wortlaut der Dokumente jetzt zufrieden bist, können wir sie morgen ja noch mal deinem Anwalt zeigen. Ich habe noch Arbeit zu erledigen. Falls du mich suchst, bin ich im Büro.«

Keiner von uns ist in romantischer Kuschelstimmung. Wie überraschend. Im Moment fühlt sich alles eher wie eine rechtsverbindliche Übereinkunft als wie eine Beziehung an. Am liebsten würde ich schreien. Richtig laut.

Stattdessen lese ich mir den Zusatz unter der Vertraulichkeitsvereinbarung durch. Becks mit Tinte geschriebene Ergänzung strömt wie ein breiter blauer Fluss unter den harten, schwarzen, gedruckten Buchstaben entlang. Er akzeptiert, dass ich nach eigenem Ermessen entscheiden darf, mit wem ich worüber spreche, und mich dabei auf eine begrenzte Auswahl an Familienmitgliedern und engen Freunden beschränke, die wir noch festlegen werden. Damit kann ich leben. Beck hat bereits unter beide Dokumente seine Unterschrift gesetzt. Nachdem ich sie beide noch zweimal durchgelesen habe – was gar nicht so einfach ist –, unterzeichne ich sie ebenfalls. Sicher wäre es klüger, sie noch einmal von einem Anwalt prüfen zu lassen. Aber in diesem Moment habe ich einfach nur die Nase voll.

Nach einer ausgiebigen Dusche krieche ich ins Bett. Der launische, komplizierte Milliardär ist noch immer nirgends zu sehen. Aber das ist mir egal (nein, das ist gelogen).

Gerade als ich kurz vorm Einschlafen bin, meine Gedanken abdriften und mein Hirn sich endlich entspannt (also mehrere Stunden nachdem ich ins Bett gegangen bin), merke ich, wie die Matratze sich bewegt. Seine Brust schmiegt sich fest und kuschelig gegen meinen Rücken. Das ist sehr tröstlich.

»Du hast die Verträge unterschrieben«, flüstert er mir ins Ohr.

»Mm.«

»Ich war mir nicht sicher, ob du es tun würdest.« Er schiebt einen Arm unter meinen Hals, legt den anderen um meine Taille. Er klingt vor allem erleichtert. Ich weiß, wie er sich gerade fühlt.

»Ich auch nicht.«

Seufzend reibt er den Mund an meinem Hals. Weil seine Wangen so stoppelig sind, kratzt und kitzelt das gleichzeitig. Von ihm umgeben zu sein, von seiner Haut, seiner Wärme und seinem Duft, macht alles viel besser.

Ich lege meine Hand auf seine und halte sie fest. »Lass uns

eine Abmachung treffen. Ich höre auf, mir wegen des Geldes so viele Gedanken zu machen, und du hörst auf, Geheimnisse vor mir zu haben. Die Grundregeln haben wir nun festgelegt. In Zukunft müssen wir über wichtige Dinge miteinander reden und gemeinsam eine Lösung finden.«

»Einverstanden.« Es klingt, als würde er lächeln. Doch sein zufriedener Tonfall ist sofort wieder verschwunden, als er weiterspricht. »Was gedenkst du wegen deiner Wohnung in L.A. zu unternehmen?«

»Ich glaube, es wird Zeit, sie aufzugeben. Ich werde Mom und Dad fragen, ob es ihnen etwas ausmachen würde, für mich meine Sachen zu packen. Es ist ja nicht viel.«

»Bist du sicher?«

Ich nicke, und schon sind alle Spannungen des heutigen Abends wie weggeblasen. Die Wut und die Verwirrung und alles andere. Zum Glück.

»Frage«, sage ich. »Warum nennst du mich seit meiner Ankunft in Denver nicht mehr Ehefrau?«

»Antwort: Das weiß ich selbst nicht so genau.« Er überlegt einen Moment. »Wahrscheinlich aus der abergläubischen Angst, dass es Unglück bringen könnte. Ich habe beschlossen, dass ich dich erst so nennen sollte, wenn du es auch wirklich bist.«

»Ich finde, wir sollten erst einmal das mit dem Zusammen-Ausgehen und -Wohnen hinbekommen, bevor wir es mit der Ehe versuchen. Obwohl deine Antwort wirklich gut war«, murmele ich todmüde.

»Ja?«, fragt er überrascht. »Puh. Da bin ich aber froh, dass ich heute Abend zumindest einmal etwas richtig gemacht habe. Obwohl ich versucht war, dich auch weiterhin so zu nennen, nur um zu sehen, wie tiefrot Großmutter vor Zorn anlaufen kann.«

Ich gebe ein Schnauben von mir. Mehr schaffe ich nicht mehr.

»Hey, noch eine Sache, bevor du einschläfst«, sagt er, schmiegt das Gesicht an meinen Kopf und schnüffelt an meinen Haaren wie ein Perverser. Ein attraktiver Perverser, aber trotzdem. »Ich mag dich.«

»Ja?«

»Ob ich dich gernhabe oder ob ich dich liebe, weiß ich ehrlich gesagt selbst nicht mehr genau.« Er beißt sanft in die empfindliche Haut an meinem Nacken. Gerade intensiv genug, dass er meine ungeteilte Aufmerksamkeit hat. Obwohl er die auch schon bei seinem Geständnis hatte. »Ich empfinde einfach so viele unterschiedliche Gefühle für dich, weshalb ich dachte, ich sage es dir einfach. Offen und ehrlich.«

»Beck …«

»Ich kann weder Zeit noch Ort noch irgendwelche Blicke oder Worte benennen, mit denen alles seinen Lauf nahm. Es ist zu lange her. Ich war schon mittendrin, als mir klar wurde, dass es begonnen hatte.«

Obwohl er mich so fest umschlungen hält, drehe ich mich in seinen Armen um und sehe ihn an. Eines Tages werde ich dabei keinen kribbeligen Hormonrausch mehr verspüren, sondern in ihm meinen besten Freund sehen, meinen Geliebten. Vor einer Stunde war ich mir noch nicht sicher, ob wir es jemals so weit schaffen können. Aber jetzt bin ich es. Und außerdem habe ich in der Zwischenzeit nichts gegen ein bisschen hormonelles Kribbeln einzuwenden. »Nettes Austen-Zitat. Ich mag dich auch.«

12. KAPITEL

»Wir fangen noch mal von vorn an.«

Beck, der nur eine weite graue Schlafhose trägt, steht an den Kühlschrank gelehnt. Sein nackter Oberkörper ist wunderschön anzusehen. Nur feste Muskeln und perfekte Haut – abgesehen von ein paar schmalen weißen Narben. Die hat er sich bestimmt beim Klettern zugezogen. Oder in seiner Kindheit, als Skateboard fahren sein Hobby war. Visuell ist dieser Mann ein wandelndes Kunstwerk. Obwohl ich ihn natürlich auch für seine Intelligenz und seinen Geist schätze und so weiter. Trotzdem verbirgt mein dünnes T-Shirt kaum, dass meine Brustwarzen plötzlich steinhart geworden sind.

»Warum fangen wir noch mal von vorn an?«, fragt er und fährt sich mit der Hand durch sein strubbeliges Haar. »Ich fand, dass wir uns bisher ganz gut geschlagen haben. Brätst du da Eier mit Speck?«

»Ja. Setz dich.« Ich deute mit dem Pfannenwender grob in die Richtung der Hocker, die an der Kücheninsel stehen. »Und wir fangen noch mal von vorn an – obwohl wir schon zusammen wohnen –, weil ich mir wegen des Geldes nicht mehr so viele Gedanken mache und du keine Geheimnisse mehr vor mir hast.«

Er setzt sich hin. »Aha. Gut so. Verstehe. Glaube ich zumindest ...«

»Hier. Trink etwas Kaffee.« Ich gebe ihm die Tasse, die ich eigentlich gerade für mich gemacht habe, und bereite die Espressomaschine für eine weitere vor. »Dann funktioniert dein Gehirn besser.«

»Danke.« Er heftet den Blick fasziniert auf die Stelle, an der sein T-Shirt, das ich gerade trage, locker auf meine Oberschenkel fällt (dicke Oberschenkel retten Leben). Seine Hand führt derweil mechanisch die Kaffeetasse an seine Lippen. »Dass du keinen BH trägst, weiß ich ja, Liebste, aber ich werde einfach so tun, als hättest du auch kein Höschen an.«

»Wenn es dich glücklich macht.«

»Glücklich? Könnte sein«, murmelt er. »Wuschig auf jeden Fall.«

Heute ist er zum ersten Mal nicht schon vor mir aufgestanden und ins Fitnessstudio verschwunden oder zur Arbeit, um sein Imperium zu vergrößern. Selbst an den Wochenenden war es so. Wahrscheinlich muss er die Zeit, die er von hier weg war, wieder aufholen. Aber früher oder später wird er einen Gang zurückschalten müssen. Es ist äußerst interessant, ihn so kurz nach dem Aufwachen zu erleben. Der zerknautschte und verschlafene Beck mit Stoppeln im Gesicht ist ein göttlicher Anblick.

Es hat sich gelohnt, dafür auf etwas Schlaf zu verzichten. Ich vergebe fünf Sterne. Sehr zu empfehlen.

»Wie sieht denn unser Zeitplan in Sachen Sex aus?«, frage ich, während die Espressomaschine zischt und faucht. Der frische Kaffee duftet himmlisch. »Mir ist aufgefallen, dass unser Sexleben in den Verträgen nicht explizit erwähnt wird. Natürlich deuten die vorgeschriebenen Tests auf sexuell übertragbare Krankheiten darauf hin, dass in dieser Hinsicht irgendwann tatsächlich etwas passieren könnte. Nichts sagt deutlicher ›Lass es uns treiben‹ als sterile Nadeln und Bluttests. Aber trotzdem steht nirgendwo, wann es zu diesem denkwürdigen Ereignis kommen und wie oft es anschließend stattfinden soll.«

»Hättest du mich im Schlaf mit einem Kissen erstickt, wenn solche Details in Fachchinesisch in den Verträgen enthalten gewesen wären?«

»Ja.«

»Na also«, sagt er trocken. »Ich bin klüger, als ich aussehe. Aber dieses Ereignis rückt definitiv näher.«

Ich lasse erleichtert die Schultern hängen. »Gott sei Dank.«

»Ja.« Er setzt sich auf seinem Hocker zurecht und macht dazu ein etwas gequältes Gesicht. »Ich stelle mir dich jetzt lieber wieder mit Unterwäsche vor. Das ist für alle Beteiligten angenehmer. Insbesondere für mich.«

»Verstehe.«

»In meinem Kopf trägst du jetzt einen äußerst zweckmäßigen roten Spitzentanga. Selbstverständlich im Schritt offen.«

Ich neige fragend den Kopf. »Ich könnte jetzt mit dir diskutieren, ob das Wort ›zweckmäßig‹ in diesem Zusammenhang angebracht ist, aber wozu die Mühe? Und im Schritt offen? Ernsthaft?«

Er grinst nur.

»Wenn du wirklich willst, dass sich dein bestes Stück wieder beruhigt, solltest du dir etwas mehr Stoff vorstellen.«

»Machst du dich etwa über meinen Liebesspender lustig? Meinen Pfahl der Lust?«

»Das würde ich nie wagen«, sage ich und versuche, nicht zu lachen. »Aber wenn ich diesen Teil deiner Anatomie ernst nehmen soll, dann darfst du ihn bitteschön nicht so bezeichnen.«

»Hart, aber fair.«

»Du wirkst heute Morgen irgendwie ungewohnt lüstern.«

Er stößt ein Brummen aus. »Ich habe heute Nacht von dir geträumt. Sehr lebhaft. Es könnte sogar sein, dass du nackt warst.«

»Aha.«

»Deswegen dachte ich mir …« Sein Blick ruht jetzt auf meinem Po. Er scheint richtiggehend hypnotisiert von dem Anblick zu sein, denn er blinzelt nicht mal. »Ich weiß, du hast Penis in Vagina gesagt, aber wie fändest du Zunge in Vagina? Was, wenn wir erst mal etwas oral experimentieren?«

»Nein.«

»Selbstverständlich zu rein wissenschaftlichen Zwecken«, fährt er fort, als hätte ich nichts gesagt. Typisch Beck. »Wir könnten ein Diagramm über unsere empfindsamsten Körperstellen anfertigen, auf das wir in Zukunft zurückgreifen können. Uns ausführlich der Frage Klitoris oder Schamlippen widmen. Genau untersuchen, in welchem Verhältnis Saugen und Lecken zueinander stehen sollten.«

»Hör auf mit der Verbalerotik, Beck. Damit wirst du meine Meinung nicht ändern.«

»Dann gibt es auch noch das Thema Fingern«, redet er unbeirrt weiter. »Auch das sollten wir intensiv studieren. Nur aus Neugier, wie stehst du zu Popospielen?«

Jetzt schwinge ich den Pfannenwender, wie es meine Mutter immer tut, was angesichts unseres Gesprächsthemas total schräg ist. »Ich habe doch nicht Verträge unterzeichnet und bin umgezogen, nur um das mit dir jetzt zu vermasseln.«

»Aber –«

»Alles oder nichts, mein Freund.«

Er schmollt.

»Du wolltest, dass ich bei diesem Thema mit dir an einem Strang ziehe, und das tue ich jetzt. Finde dich damit ab.«

»Wie wäre es denn, wenn wir einander beim Masturbieren zusehen würden?«

»Das verkneifen wir uns beide, bis der große Tag gekommen ist«, sage ich. »Dass wir warten, war dir ausgesprochen wichtig. Dass wir unsere Beziehung langsam und sorgfältig aufbauen, einander kennenlernen, mit all unseren Marotten, um spätere Probleme zu vermeiden. Weil wir beide schon enttäuscht wurden, stimmt's? Ernsthafte Gefühle für Menschen entwickelt haben, die nicht so waren, wie sie sich gegeben haben, und uns verletzt haben.«

Er sieht so süß aus, wenn er schmollt. »Ja.«

»Also machen wir es richtig, auf die altmodische Art und Weise.«

»Dad wurde sechseinhalb Monate nach Großmutters und Großvaters Hochzeit geboren. Die altmodische Art und Weise ist vielleicht nicht das, was du dir darunter vorstellst.«

»Noch eine Woche oder zwei zu warten wird uns nicht umbringen.« Das hoffe ich zumindest. »Aber bitte versprich mir, dass es nicht mehr viel länger dauern wird. Sonst sähe ich mich gezwungen, Rotz und Wasser zu heulen.«

»Wenn das so weitergeht, bin ich mir nicht mal sicher, ob wir überhaupt noch so lange durchhalten.«

Ich höre auf, ihn über die Schulter hinweg anzustarren, und mache mich daran, die Milch aufzuschäumen. Anschließend verteile ich die Eier und den Speck auf zwei Teller. Toast und Butter stehen schon auf der Kücheninsel bereit. Ein einfaches Frühstück. Aber es riecht so lecker, dass mir das Wasser im Munde zusammenläuft. Ich kann dem Guten zwar keine Rolex kaufen, aber ich kann mich auf andere Weise um ihn kümmern. Außerdem besitzt er sowieso schon ungefähr ein Dutzend Designeruhren.

»Soweit ich mich erinnere, hat mir noch nie eine meiner Freundinnen Frühstück gemacht«, sagt er.

»Tatsächlich?«

»Entweder hatten sie dafür Personal, oder wir sind auswärts essen gegangen, oder ich wollte gar nicht erst bis morgens bleiben.«

»Bon appétit.« Ich gebe ihm den Teller und Besteck.

»Danke, Liebste.« Er nimmt Messer und Gabel und schneidet ein Stück Frühstücksspeck ab. »Also, nur aus Neugier: Wie egal ist dir Geld denn jetzt?«

»Iss dein Frühstück, Beck.«

»So wird es viel leichter, die Familientradition zu bewahren.«

»Tatsächlich?«

»Ja, und ob«, sagt er und belädt seine Gabel mit Ei und Speck. »Wir Elliots versuchen stets, emotional unerreichbar zu bleiben und unsere Probleme unter einem Haufen Geld zu begraben.«

»Bin ich denn ein Problem?«

»Nein. Du bist meine Alice.«

Mit welcher Leichtigkeit er solche weltbewegenden Dinge ausspricht. Erst der gestrige Abend und dann das … Er bringt mein armes Herz ganz durcheinander. Ich weiß nicht, was ich sagen soll. Ich bin viel zu sehr damit beschäftigt, weiterzuatmen und wegen seines leichtfertig dahingesagten Geständnisses nicht vollkommen gefühlsduselig zu werden.

»Hast du heute Meetings?«, frage ich etwas leiser. Nicht mehr so forsch wie gerade eben noch.

»Nur eines«, sagt er. »Im Hotel in Boulder. Ich habe mich gefragt, ob du vielleicht Lust hättest, vorher eine Fahrt durch den Nationalpark zu unternehmen? Ein paar Aussichtspunkte abzuklappern?«

»Sehr gern.«

Er grinst mich schief an, bevor er sich wieder eine Gabel voll Essen in den Mund schiebt und kaut. Nachdem er geschluckt hat, sagt er: »Großartig. Vielen Dank.«

»Gern geschehen.«

Wir starten entspannt in den Tag. Das ist schön. Seit meiner Ankunft in Denver habe ich mich irgendwie gefühlt, als wäre ich im Urlaub, doch damit ist jetzt Schluss. Es wird Zeit, mir eine Zukunft aufzubauen. Meine eventuellen anfänglichen Zweifel an dieser Beziehung sind Geschichte. An jemanden rechtlich gebunden zu sein ist ein merkwürdiges Gefühl. Unsere Beziehung ist nun auf dem Papier dokumentiert, durch Richtlinien und Unterpunkte reguliert. Meine Unterschrift bedeutet, dass es mir ernst ist. Vielleicht entsteht so in einer Beziehung eine feste Bindung – durch die Verknüpfung von Versprechungen, Emotionen und Verantwortungsgefühl. Dadurch, dass man sich verletzlich macht. Keine Ahnung.

Obwohl mit einer Textnachricht alles zu Ende sein könnte. Auch das stand im Vertrag.

Nachdem er zu Ende gefrühstückt und das Geschirr abgewaschen hat, wirft er einen Blick aufs Handy. »Emma und Matías haben sich noch nicht gemeldet.«

»Hoffentlich ist bei ihnen alles in Ordnung.«

»Ja.« Er scrollt weiter. »Henry geht es gut, und er lebt sich wieder in der Schule ein. Er sagt, dass er keine Zeit hat, uns Langweilern andauernd zu schreiben.«

»Kann ich ihm nicht verdenken.«

»Brian vereinbart für heute am späten Nachmittag einen Termin für dich beim Gynäkologen«, sagt er. »Ich habe ebenfalls fast gleichzeitig einen Arzttermin, damit es auch gerecht zugeht.«

»Ist Brian dein Assistent?«, frage ich.

Er nickt.

»Was, wenn sie keinen Termin frei haben?«

»Das werden sie«, sagt er ohne den geringsten Zweifel. Dann hebt er den Kopf und sieht mir in die Augen. »Du hast deine Meinung doch nicht geändert, meine Liebste?«

»Nein.«

Er nickt, sieht mir dabei weiter ins Gesicht. Sein Blick ist fragend. »Okay. In fünf Minuten kommt der Kurier, um die

Verträge abzuholen. Deine letzte Gelegenheit, aus meinen Fängen zu entkommen.«

»Ich gehe duschen und mich anziehen.«

»Denk an eine Jacke. Oben in den Bergen kann es kalt werden.«

Am Gehsteig vor dem *Heritage* wartet ein Gefährt auf mich, das wie eine Kombination aus futuristischer Rakete und Kraftfahrzeug aussieht. Es ist flach und schnittig und silberfarben. Beck schickt den Pagen weg und öffnet mir selbst die Tür. Der Innenraum ist in Schwarz gehalten und sieht ebenfalls spacig aus. Ich schiebe die Hände in die Taschen meiner Lederjacke, um sie vor dem Wind zu schützen. Ich trage wieder mein Freizeitoutfit aus schwarzem Pullover, Jeans und Stiefeletten. Das Wetter ist perfekt und erfrischend kühl. Schon merkwürdig, dass ich als Kalifornierin die Sonne so sehr verabscheue. Hier in Colorado einen waschechten Winter mitzuerleben dürfte allerdings interessant werden. Beck trägt ebenfalls einen Pullover (schmacht), Jeans und Boots. Der Pullover ist tannengrün, was die bernsteinfarbenen Sprenkel in seinen Augen hervorragend zur Geltung bringt. Herrlich.

»Ist das dein Wagen?«, frage ich und bleibe neben der Tür stehen.

»Jep.«

»Wie schnell fährt er?«

»Sehr schnell.« Er lächelt. »Soll ich es dir zeigen?«

»Oh ja.«

Er lächelt wieder und gibt mir einen Klaps auf den Po. »Na, dann los.«

Wir gleiten durch die Straßen, biegen scharf um Kurven und schlängeln uns durch den Verkehr. So tief unten zu sitzen ist ungewohnt. Ich habe noch nie in solch einem Auto gesessen und muss zugegen, dass es aufregend ist. Ich grinse so sehr, dass mir die Wangen wehtun. Näher kann man einem Orgasmus in Fahrzeugform nicht kommen. Beck steuert den Wagen selbstbewusst und mit absoluter Präzision. Und ihm dabei zuzusehen ist unglaublich erregend. Ich muss mich zusammenreißen, um nicht unruhig auf meinem Sitz herumzurutschen.

Als wir den Highway erreichen, fahren wir schneller und sausen mit surrendem Motor hinaus aus der Stadt und auf die Berge zu. Überall sieht man nun hohes Gras und Sonnenblumen und über allem den klaren blauen Himmel.

»Bereit?«, fragt er.

»Leg los.«

Als Beck aufs Gas tritt, schießt der Wagen los, sodass ich von der Beschleunigung in den Sitz gedrückt werde. Es ist wie Achterbahnfahren, nur noch besser. Mein Herz hämmert, und ich muss unwillkürlich lachen. Er grinst nur. Das ist Freiheit. Sich so schnell durch die Welt zu bewegen, dass keine Sorgen oder Probleme mit einem Schritt halten können. Nur ich und er und die Straße, die sich endlos vor uns erstreckt.

»Stellen wir unser Glück nicht auf die Probe«, sagt er nach einer Weile und bremst den Wagen wieder ab. Er betrachtet mich von der Seite und grinst verschlagen. »Weißt du, ich glaube, dir würde eine Tiara gut stehen. Vielleicht rufe ich nachher mal bei Cartier oder Sotheby's an und frage, was sie gerade dahaben.«

Ich rümpfe die Nase. »Eine Tiara?«

»Auf jeden Fall. Mit Diamanten. Vielen Diamanten.«

Oh Mann, ich weiß genau, dass der Blödmann mich auf die Probe stellen will. »Das klingt gut, Beck.«

»Du auf mir, mit einer Tiara im Haar.« Er seufzt wohlig. »Stell dir das nur mal vor.«

»Mm-hmm.«

»Ich finde, Tiaren werden heutzutage zu Unrecht verschmäht. Ich meine, jeder kann doch einen Ring oder eine Halskette kaufen. Das ist so was von passé. Aber eine Tiara – das ist ein Statement, die Rückeroberung der weiblichen Macht.« Jetzt ist es offiziell. Er hat den Verstand verloren. »Und sie sind auch noch so praktisch, nicht wahr?«

»Ich würde sie ganz bestimmt überall tragen.«

»Dann hättest du nichts dagegen, wenn ich dir eine kaufe?«, fragt er amüsiert. »Wirklich?«

»Unbedingt. Es obliegt mir schließlich nicht, dir vorzuschreiben, wofür du dein Geld ausgibst«, sage ich. »Wie steht es übrigens gerade um die Beziehung zwischen dir und deiner Mutter?«

Ich weiß auch, wie man Spielchen spielt. Beck ist das Grinsen vergangen. »Gut. Wir schreiben uns Textnachrichten.«

»So?« Ich warte einfach ab.

»Sie hat anscheinend lange genug ihren Intimbereich in den Tropen bedampft und ist zurück in New York, um sich auf die Fashion Week vorzubereiten und mit der Arbeit an ihrem neusten Bildband zu beginnen. Darin soll es um Wellnessthemen und alle nur erdenklichen Anwendungsmöglichkeiten für ihre Kräuterwässerchen gehen.« Er fährt an den Straßenrand. »Jetzt bist du dran mit Fahren.«

»Ich?«

»Nur keine Scheu.« Er steigt aus und geht um den Wagen herum, um mir die Tür zu öffnen. »Na los, Alice. Autos sind zum Fahren da. Und ich weiß, dass du es gern ausprobieren möchtest.«

»Stimmt, das würde ich gern.«

»So ist es gut.«

Als ich hinterm Lenkrad sitze, wird mir ganz flau im Magen. Aber auch mein Herz schlägt vor Aufregung schneller.

So viel Kraft unter meinen Fingerspitzen. Und meinen Zehenspitzen. Obwohl die Straße schon die ganze Zeit über fast leer ist, fahre ich sehr vorsichtig zurück auf den Highway. Da das hier kein Wettbewerb ist, fahre ich langsamer als Beck. Aber ich krieche auch nicht dahin, sondern halte mich einfach an die Geschwindigkeitsbegrenzung. Weitestgehend. Einen Sportwagen zu fahren macht verdammt noch mal so viel Spaß. Als Passagier mit an Bord zu sein war schon fantastisch, aber selbst am Steuer zu sitzen ist noch eine Milliarde Mal besser. Das Gefühl, scharf um eine Kurve zu biegen. Die Kraft der Beschleunigung, als sich vor uns ein gerades Stück Straße erstreckt. Leider geht es viel zu schnell vorüber. In Estes Park tauschen wir wieder die Plätze, damit ich die Aussicht besser genießen kann.

»Diesmal meine ich es wirklich ernst«, meint er. »Ich werde ein Flugzeug kaufen.«

»Reichen dir die der Elliot Corp. nicht mehr aus?«

»Die werden von einer ganzen Reihe Leuten benutzt. Ich finde, wir brauchen der Bequemlichkeit halber ein eigenes, für die Arbeit und zum Vergnügen.«

»Brauchen« ist vielleicht etwas übertrieben. Aber auch das ist seine Entscheidung. »Okay«, sage ich nur.

»Du bist heute so umgänglich. Das macht mich scharf.«

»Heute macht dich alles scharf«, entgegne ich lächelnd und drehe mich auf dem Sitz, um ihn anzusehen. Die Landschaft draußen ist zweifellos wunderschön, aber der Anblick, der sich mir hier im Auto bietet, ist eine absolute Augenweide. Es fühlt sich an, als wäre dies gerade einer dieser ganz besonderen Momente. Einer, den man nie wieder vergessen will.

»Was machst du da?«, fragt er.

»Dich ansehen.«

»Hmm.« Er wirft mir einen raschen Blick zu, und seine

Wangen röten sich leicht. Oh mein Gott, Beck wird rot. Er ist einfach der süßeste, liebste und verrückteste Kerl, den ich kenne.

Meine Kehle verengt sich, und mich überkommt ein Gefühl, das ich lieber nicht beim Namen nennen will. »Du solltest es doch gewohnt sein, angestarrt zu werden.«

»Aber nicht auf die Art, wie du das tust.«

»Wie sehe ich dich denn an?«

Es dauert einen Moment, bis er antwortet. »Sprechen wir ein andermal darüber, wenn ich mich nicht aufs Fahren konzentrieren muss.«

Wie sonderbar. »Okay.«

»Du starrst noch immer. Na los, stell mir noch eine Frage.«

Ich lasse mir schnell etwas einfallen. »Wie verkraftest du es, dass dein Dad nicht mehr da ist?«

Beck runzelt die Stirn.

»Du musst nicht antworten, wenn du nicht willst. Wie du trauerst, ist selbstverständlich allein deine Sache.«

»Ist schon in Ordnung. Ich vermisse ihn.« Er umfasst das Lenkrad fester. »Dass ich direkt nach unserem Streit gegangen bin … dass wir uns nicht versöhnt haben und so weiter … Daran werde ich wahrscheinlich immer zu knabbern haben. Aber wie ich bereits erwähnt habe, hatten wir nie eine gute Beziehung zueinander. Und sie hätte sich höchstwahrscheinlich auch nie verbessert. Obwohl er immer so versessen darauf war, andere Menschen zu kontrollieren, war keines seiner Kinder je unterwürfig oder fügsam. Schon witzig.«

Ich halte den Mund und lasse ihn reden.

»Und manchmal habe ich Schuldgefühle, weil ich ehrlich gesagt auch froh bin, dass er nicht mehr da ist, um Emma wegen der Schwangerschaft und allem die Hölle heißzumachen.«

»Verständlich.«

»Ist es das?« Er rollt die Schultern, dehnt den Hals. »Vielleicht kaufe ich eine Insel. Du bist gern am Strand.«

»Oder wir suchen uns einen der zahlreichen Strände, die man kostenlos besuchen kann.«

Er lächelt zurückhaltend.

»Aber du kannst natürlich tun, was immer dich glücklich macht. Eine Insel zu haben klingt schön.«

»Gut gerettet«, flüstert er. »Stell noch eine Frage. Na los, ich bin wie ein offenes Buch.«

»Na gut. Welche Unternehmen besitzt du noch?«

»Mit einundzwanzig bekamen wir Zugriff auf unsere Treuhandfonds«, erklärt er. »Etwas früher als üblich. Dad hat einen kleinen Wettbewerb daraus gemacht, wer sein Geld am besten investiert. Wer es schafft, den meisten Profit daraus zu schlagen.«

»Matías hatte recht. Ehrgeiz und Konkurrenzkampf sind wirklich die Devise eurer Familie.«

»Aber du musst es auf Latein formulieren. Sich wie ein angeberisches Arschloch zu benehmen, hat uns immer Pluspunkte eingebracht.«

»Dann eben *Ambitio* und *Competere*«, sage ich schulterzuckend. »Das ist höchstwahrscheinlich falsch. Ich bin ganz gut darin, die lateinischen Ursprungsworte herzuleiten, aber die Sprache und die Grammatik habe ich nie richtig gelernt.«

»Du kannst lateinische Ursprungsworte herleiten?«

Ich kneife die Augen zusammen. »Etymologisch gesehen, ja.«

»Ich finde es toll, wie viel beliebiges Wissen du in deinem Kopf abgespeichert hast.«

»Das ist kein beliebiges Wissen. Es hat nur wenig praktischen Nutzen.«

Wir lassen die kleinstädtischen Läden und Touristenshops

hinter uns und erreichen schließlich den Rocky-Mountain-Nationalpark. Beck lässt das Fenster herunter, um beim Ranger die Eintrittsgebühr zu bezahlen. Alles ist grün und wunderschön. Überall Bäume und hoch aufragende Berge. Außer uns sind auf der Straße noch viele andere Touristen und Fahrzeuge unterwegs. Trotzdem ist die Luft hier draußen sauberer und frischer als in der Stadt. Die Farbenpracht des Herbstes ist spektakulär.

»Ich besitze noch einige Immobilien«, sagt er, den Blick fest auf die gewundene Straße gerichtet, die hinauf in die Berge führt. »Aber ich möchte mich vor allem aufs Gastgewerbe und die Unterhaltungsbranche konzentrieren. Ich arbeite mit einer Produktionsfirma zusammen, die auf Dokumentationen spezialisiert ist, einem Tonstudio in Denver und einem kleinen Plattenlabel, die bisher alle gut laufen. Dann gibt es noch die Nachtclubs und Bars, von denen du schon weißt. Acht davon befinden sich in Colorado. Außerdem gehört mir noch Downtown Gin. Wir haben mit der Herstellung von Kleinmengen angefangen, aber nun stehen wir kurz davor zu expandieren.«

»Downtown Gin gehört dir?«, frage ich verblüfft.

»So ist es.«

»Deren Gin ist Spitzenklasse, Beck.«

»Vielen Dank. Ich habe ein kleines Team, das seine Büroräume im *Heritage* hat und von dort aus alles überwacht.«

»Wie konntest du da einfach für sechs Monate verschwinden?«

»Ich stelle eben gute Leute ein«, erklärt er. »Und Matías hat geholfen. Aber unsere Investments mussten ohnehin nebenherlaufen. Mein Dad hat von uns allen erwartet, dass wir in Vollzeit für die Elliot Corp. arbeiten.«

»Unglaublich, dass ihr überhaupt noch Zeit für euer eigenes Leben gefunden habt.«

»›Schlafen ist was für Schwächlinge‹. Noch ein Spruch meines Vaters.«

»Oh je.«

»Nun ja, dieses Arbeitspensum hält man nicht auf Dauer durch. Die Art, wie er sein Leben gelebt hat, und sein Tod sind dafür ein deutlicher Beweis.« Seine Miene wird ernst, während seine großen Hände den Wagen weiterhin präzise steuern. »Jedenfalls war Ethan am Ende der Sieger mit der größten Gewinnspanne und durfte deshalb die Elliot Corp. übernehmen. Er hat sich stark auf die Baubranche konzentriert, während Emma in den Bereich grüne Energiequellen eingestiegen ist. Sie hat damit auch verdammt große Erfolge erzielt. Aber ich bin mit dem, was ich erreicht habe, auch zufrieden.«

»Das solltest du auch sein.«

»Das Problem bei einem großen Vermögen ist, dass man sich nicht davon täuschen lassen darf, wie die Dinge auf dem Papier aussehen. Der Großteil des Geldes ist fest angelegt, einiges davon recht langfristig, und der tatsächliche Wert der Anlagen ergibt sich aus dem Marktwert und dem Erlös, den man erzielen würde, wenn man sie verkaufen würde«, erläutert er. »Die tatsächlich verfügbaren Geldreserven sind deutlich geringer, als du wahrscheinlich glaubst.«

»Aber anscheinend trotzdem ausreichend, um ein Flugzeug zu kaufen.«

»Aber darüber würdest du dir natürlich niemals ein Urteil erlauben.«

»Auf keinen Fall.«

Hoch über uns macht sich ein Adler die Thermik zunutze und gleitet mit weit ausgebreiteten Flügeln dahin. Die Natur ist erstaunlich. Jetzt, da wir uns stetig der Baumgrenze nähern, scheinen wir endlos weit in die Ferne blicken zu können.

»Willst du dich tatsächlich nach einer Tiara umschauen?«, frage ich unsicher.

Er lacht, was keine Antwort auf meine Frage ist, und fährt kurz darauf auf einen Parkplatz bei einem Aussichtspunkt. Ein fantastisches Panorama breitet sich jenseits einer niedrigen Steinmauer und einer Toilettenanlage aus. Das ist gut, denn die drei Kaffees von vorhin machen sich bei mir bemerkbar. Eine ganze Menge Leute versammeln sich um das Auto und starren es bewundernd an, was in Anbetracht der prächtigen Natur, die uns umgibt, nicht an Ironie entbehrt. Wir machen derweil Selfies von uns beiden, mit dem Tal und den Bergen als Hintergrund.

Der Wind peitscht meine Haare, und ich schmiege mich eng an Beck. Wenn ich meine Arme um seine Taille schlinge, kann ich den Kopf an seine Brust drücken und spüren, wie er atmet, und seinen Herzschlag hören. Einfach den Augenblick genießen. Er schiebt derweil die Hand in die Gesäßtasche meiner Jeans. Schwer zu sagen, ob ich jemals zuvor so glücklich gewesen bin. Diese Intimität mit ihm erleben zu dürfen ist ein Geschenk. Ich kenne den Klang seiner Stimme und den Duft seiner Haut. Ich weiß, wie er aussieht, wenn er schläft, und wie er sich verhält, wenn er erregt ist. Er ist mein Märchenprinz, und ich habe keine Ahnung, ob ich ihn nun verdient habe oder nicht, aber ich werde ihn auf jeden Fall nicht mehr hergeben.

Aktuelle Lebensqualität: pure Glückseligkeit.

Beck schiebt mir behutsam die schwarze Sonnenbrille hoch auf den Kopf, damit er meine Augen sehen kann. »Liebste, du musst aufhören, mich so anzusehen. Das bringt mich vollkommen durcheinander.«

»Ich kann nicht anders.«

»Alice.« Sein Lächeln ist liebevoll und warm und ich spüre es bis tief in den Bauch hinein. »Bereit, noch höher zu gehen?«

»Los geht's!«

Das Mittagessen nehmen wir in dem Hotel in Boulder ein, das er kaufen möchte. Es handelt sich dabei um ein altes, fünfstöckiges Backsteingebäude, das dringend etwas liebevolle Zuwendung benötigt. Es wurde im Stil der Achtzigerjahre renoviert, wobei die Kombination aus beigefarbenen Teppichen und hässlicher Corporate Art gewöhnungsbedürftig ist. Die Klientel besteht anscheinend hauptsächlich aus Touristen mit kleinem Budget und trübseligen Menschen, die eine Konferenz zum Thema Versicherungsvermittlung besuchen. Wenn ich das durchstehen müsste, wäre ich auch deprimiert. Aber das Hotel hat eine gute Seele und ein überdurchschnittliches Restaurant. Obwohl mir ein Burger mit Pommes eigentlich immer zusagt.

Oben im Nationalpark halten wir an drei weiteren Aussichtspunkten an, bis die Luft langsam dünner wird und sich mein Kopf merkwürdig anzufühlen beginnt. Die Ausblicke, die sich uns bieten, sind spektakulär. Und die Felsen sowie Pilze und Moose, die so weit oben noch wachsen, sind faszinierend. Penny hatte recht damit, dass die wahre Schönheit hier in den Bergen zu finden ist. Wir fahren auch am Stanley Hotel vorbei, das Stephen King zu *Shining* inspiriert hat. Es ist ein elegantes, altes, weitläufiges Gebäude, vor dem ein Heckenlabyrinth angelegt ist. Es ist wie gemacht dafür, dass ein Axtmörder seine Familie hindurchjagt. Doch da es dort vor Touristen nur so wimmelt, verzichten wir darauf, es uns auch von innen anzusehen.

Während Beck sich in Boulder mit dem Besitzer des Hotels trifft, spiele ich mit meinem Handy. Was sich als Fehler erweist. Ich habe auf Instagram eine Menge neuer Follower und wurde auf unzähligen Bildern markiert. Wie ich das Bibliothekswohltätigkeitsessen verlasse. (Okay, ich bin froh, dass dieser glorreiche Moment für die Nachwelt festgehalten wurde.) Wie wir alle vor der nicht mehr ganz so geheimen Bar zusammenstehen und Emma sich schützend die Hand vors Gesicht hält. Wie Beck und ich heute Morgen vor dem *Heritage* in seinen Bugatti einsteigen. Eigentlich wurden wir jedes einzelne Mal, wenn wir einen Fuß vor die Tür gesetzt haben, fotografiert. Dieses Interesse an uns ist einfach verrückt. Und als was sie mich bezeichnen und was sie über mich schreiben … Sie mäkeln an meinem Körper herum, vergleichen mich mit seinen Ex-Freundinnen, nennen mich geldgeil und so weiter. Lauter arrogante, selbstherrliche Fremde. Hater und Trolle. Mir dreht sich fast der Magen um.

Ich bestelle mir einen Wodka Soda, und als ich am Boden des Glases angekommen bin, hat sich meine Gemütsverfassung schon wieder deutlich gebessert. Weniger Gefühlschaos, mehr »die können mich alle mal«. Ich lösche meinen Instagram-Account. Niemand kann so viele negative Kommentare gebrauchen. Das Leben ist auch so schon kompliziert genug.

Als Nächstes beantworte ich die Nachrichten von Natasha und Hanae. Bei einer Textnachricht ist es wenigstens nicht so schwierig, sie knapp und allgemein zu halten, so wie es die Vertraulichkeitsvereinbarung vorsieht. Und ich muss nicht lügen. Alles ist in bester Ordnung. Außerdem hat mir die Dame, die ich bei der Bibliotheksveranstaltung in der Warteschlange vor den Waschräumen kennengelernt habe, eine weitschweifige Sprachnachricht hinterlassen, in der sie mir dafür dankt, dass ich ihr Alphabetisierungsprogramm finanziere. Interessant. Dann ist da noch eine E-Mail, die mir Brian, persönlicher Assistent von Beck Elliot, weitergeleitet hat und die von dem Herrn stammt, der Geld für Schulessen sammelt. Besagter Herr dankt mir aufs Herzlichste dafür, dass ich die vollständige benötigte Summe gespendet habe.

Das wird ja immer kurioser.

Ich habe einige Fragen an meinen Freund, doch der ist noch immer in einem Meeting. Also rufe ich stattdessen meine Mutter an. Die ganze Familie ist gesund und munter. Meine Nichte entwickelt sich prächtig und kann jetzt auch schon »Kuh« sagen und dazu muhen. Das Kind ist ein wahrer Tierlaute-Virtuose. Unsere Unterhaltung (die mit meiner Mutter, nicht mit der Kleinen) läuft gut, bis ich sie frage, ob sie meine Wohnung ausräumen würde.

»Bist du sicher, dass das eine gute Idee ist?«, fragt sie. »Ihr kennt euch doch erst ein paar Wochen. Möchtest du dem Ganzen nicht noch etwas mehr Zeit geben? Wir können dich notfalls bei der Miete unterstützen.«

»Nein, Mom. Ich bleibe in Denver. Ich bin eine Verpflichtung eingegangen.«

»Warte doch noch eine Woche«, versucht sie zu handeln. »Nur um sicherzugehen.«

»Ich werde es mir nicht anders überlegen.«

»Hmm.«

»Übrigens habe ich gestern Abend eine Vertraulichkeitsvereinbarung unterschrieben«, sage ich zu ihr. »Wir müssen also etwas aufpassen, wenn wir uns unterhalten.«

»Was meinst du denn damit?«, fragt sie und wird lauter.

»Beruhige dich, es ist keine große Sache. Ich habe eine Vertraulichkeitsvereinbarung unterschrieben, um die Privatsphäre von Beck und seiner Familie zu schützen.«

»Was? Und jetzt darfst du nicht mehr mit mir reden?«

»Ich darf mit dir reden. Ich rede doch gerade mit dir.«

»Erkläre mir das bitte, Alice.«

»Ich werde eben nicht immer bei allem ins Detail gehen können, und du darfst nicht mit anderen über Beck oder meine Beziehung mit ihm sprechen. Bitte versuch, das zu verstehen. Es dient nur dem Schutz seiner Privatsphäre.«

»Was ist mit deiner Privatsphäre?«

»Mit meiner Privatsphäre ist alles in Ordnung. Ich bin nicht reich, und niemand interessiert sich für mich.«

Jetzt fängt sie an zu schreien. »Ich sorge mich um dich. Auch dein Dad sorgt sich um dich!«

»Vielen Dank, Mom«, sage ich. »Aber es ist alles in Ordnung. Wirklich.«

»Die können doch nicht beschränken, worüber du mit deiner Familie kommunizierst. Du hättest nicht unterschreiben sollen. Was um alles in der Welt hast du dir nur dabei gedacht?«

»Mom.« Ich kann ihr nicht davon erzählen, dass Ethans Ex versucht hat, ein Buch über die Familie zu schreiben (obwohl das einiges erklären würde), weil das ebenfalls der Vertraulichkeitsvereinbarung widersprechen würde. »Es ist alles okay. Bitte vertrau mir.«

»Du klingst, als hättest du dich einer Sekte angeschlossen.«

»Eigentlich bin ich eher in das Land der Reichen eingetreten.«

»Sie nutzen deine Gutmütigkeit aus.«

»Wann war ich deiner Meinung nach jemals gutmütig?«, entgegne ich. »Wann hast du dir das letzte Mal gedacht: Donnerwetter, meine Tochter ist vielleicht gutmütig?«

»Das ist nicht witzig, Alice.«

»Entschuldige.«

»Hast du den Vertrag wenigstens mit einem eigenen Anwalt durchgesprochen?«

Oh, verflixt. »Nein. Ich war … Ähm … Also weißt du, ich

hatte den Eindruck, dass ich die Situation und den Vertrag auch selbst beurteilen kann. Also – «

»ALICE.«

Mein Ohr klingelt. Nicht gut.

»Ich komme zu dir«, sagt sie entschlossen.

»Oh Gott, bitte nicht. Alles ist in bester Ordnung.«

»Nein. Ich komme.«

»Mom …«

Beck kommt strahlend auf meinen Tisch zu. Als er mein Gesicht sieht, vergeht ihm jedoch das Grinsen.

»Vielleicht habe ich das alles nicht besonders gut erklärt«, fasse ich das Offensichtliche in Worte. »Es geht mir gut. Ich kann mit dir reden. Wir müssen nur vorsichtig sein. Beck schützt sich und seine Familie, wie es jeder von uns tun würde. Aber durch ihr Vermögen leben sie eben in einer ganz anderen Welt, verstehst du? Deswegen müssen eben einige Kompromisse eingegangen werden. Und mehr ist es nicht, nur ein kleiner Kompromiss. Und obwohl ich mich freuen würde, dich zu sehen, finde ich, dass es noch etwas zu früh ist, einen Besuch zu planen. Wie wäre es in ein paar Monaten? Oder ich könnte über Thanksgiving nach Hause kommen! Das wäre doch schön, oder?«

Schweigen.

»Mom?«

»Sobald ich Genaueres weiß, schicke ich dir eine Textnachricht mit allen Details.« Und damit legt sie auf.

»Verdammt«, murmele ich.

Er setzt sich mir gegenüber. »Liebste, was ist los?«

»Meine, ähm, meine Mutter kommt uns besuchen.«

Er hebt die Brauen und bekommt große Augen. »Deine Mutter?«

»Ja.«

»Demnächst?«

»Ja. Zumindest vermute ich das.«

»Oh.« Er schluckt. »Fantastisch.«

»Das klang nicht überzeugend.«

Ich habe noch nie erlebt, dass er Angst hat. Nicht mal, als wir mit Henry diesen blutrünstigen Film angeschaut haben. Aber die Aussicht, dass meine Mutter zu Besuch kommt, lässt bei ihm offenbar alle Alarmglocken läuten. Er sitzt stocksteif da und ist ganz blass im Gesicht. »Nein, nein. Ist schon in Ordnung. Ich kann es kaum erwarten, sie kennenzulernen.«

»Okay. Wenn du das sagst.«

Er betrachtet mich einen Moment. »Liebste, eigentlich solltest du mich jetzt beruhigen, indem du mir versicherst, dass sie mich lieben wird.«

»Auf jeden Fall. Das wird sie ganz bestimmt.«

»Mochte sie denn deine bisherigen Lebensgefährten?«, erkundigt er sich.

»Nein, eigentlich nicht. Aber, na ja, da sie auch alle Arschlöcher waren …«

»Aha.«

»Mom ist es eben genauso wenig gewohnt wie ich, es mit den oberen Zehntausend zu tun zu haben. Aber ich bin mir sicher, dass du sie für dich einnehmen wirst. Du bist witzig und nett und charmant.«

»Kann sein«, sagt er. »Nur habe ich auch noch eine Vertraulichkeitsvereinbarung im Gepäck.«

»Aber mein Herz ebenfalls.« Deutlicher traue ich mich nicht auszusprechen, dass ich ihn liebe. Mut wird so was von überbewertet. »Das wird sie auch erkennen.«

Er streckt mir seine Hand hin, und ich nehme sie und halte sie ganz fest. »Danke, meine Liebste. Ich bin es eben gewohnt, dass Damen der feinen Gesellschaft aus diversen Gründen versuchen, mich mit ihren Klauen zu packen. Aufgebrachte Mütter, die mir in den Hintern treten wollen, weil ich ihre Tochter vom rechten Weg abgebracht und nach Denver umgesiedelt habe, sind neu für mich.«

»Das wird schon klappen.«

Er runzelt mal wieder die Stirn. Noch nie fand ich einen Mann, der Angst vor meiner Mutter hat, so sexy.

»Aber Beck, bitte versuch diesmal zur Abwechslung das Problem nicht mit Geld zu lösen. In der Stimmung, in der sie gerade ist, bekommt sie das garantiert in den falschen Hals.«

»Glaubst du?«

»Ja. Kauf ihr nichts, dann wird bestimmt alles gut gehen.«

»Okay«, sagt er und blickt nachdenklich ins Leere. »Alles wird gut gehen.«

13. KAPITEL

Es geht nicht gut. Den deutlichen Beweis dafür erhalte ich um drei Uhr am nächsten Morgen, als Beck mich aus dem Tiefschlaf weckt.

»Pst, Alice.« Als er mit der Nase meine Wange anstupst, rieche ich einen Hauch von Whisky. Und dann knipst er auch noch die Nachttischlampe an, was ungewohnt grausam für seine Verhältnisse ist. »Hey, meine Liebste, wach auf.«

»Nei-in.«

»Ich muss dir etwas sagen.«

»Geh weg.«

»Es ist wichtig.«

Ich schlage die Augen auf, aber ich bin nicht erfreut. Kein bisschen. Obwohl der Anblick, der sich mir bietet, als ich mich ein wenig an das Licht gewöhnt habe, bemerkenswert ist. Seine Haare sind zerzaust, und sein markanter Kiefer ist mit Stoppeln bedeckt. Und wie kann ein Mann nur so ausdrucksvolle Lippen haben? So makellos? Wie zum Küssen gemacht? Obwohl ich so ruppig geweckt wurde, muss ich schon fast wieder lächeln. Bezaubert von diesem Mann. Er kann mich so leicht um den Finger wickeln, dass es schon unanständig ist. Er liegt neben mir auf dem Bett, stützt sich mit einem Arm auf und schaut auf mich herab. Den anderen Arm hat er um meine Taille gelegt, und seine Hand hat sich unter den Saum meines Schlafshirts gestohlen und prüft gerade, wie es um mein Höschen bestellt ist. Aus irgendeinem Grund scheint er Gefallen daran zu finden, einen Finger unter den elastischen Bund zu schieben und ihn auf und ab gleiten zu lassen. Ich kann nicht behaupten, dass mich das stören würde.

»Hey«, sage ich träge und verschlafen. »Wie geht es Matías?«

»Er liegt weggetreten auf der Couch.«

Ich nicke.

Als wir von dem Abstecher nach Boulder und den diversen Arztbesuchen nach Hause kamen, hatte Matías schon auf uns gelauert. Er war auf der Suche nach jemandem, mit dem er sich betrinken konnte, und brauchte einen Freund. Also ist Beck mit ihm in die Downstairs Bar gegangen. Ich habe Emma eine Nachricht geschrieben, um zu sehen, wie es ihr geht. Sie antwortete, dass es ihr gut ginge, sie nicht reden wolle und gerade bei ihrer Mutter sei. Also habe ich den Abend gemütlich mit einem Buch verbracht. Und mir eine Ladung asiatische Teigtaschen zum Abendessen bestellt, weil Teigtaschen eben einfach superlecker sind.

»Ich muss dir etwas sagen«, wiederholt er.

Ich halte mir die Hand vor den Mund und gähne. »Was denn?«

»Halt dich fest«, sagt er und macht eine kurze Pause. »Bist du bereit?«

»Jetzt machst du mich langsam nervös.«

»Aber nein«, sagt er und gibt mir einen sanften Kuss auf die Stirn. »Sei bitte nicht nervös, meine Liebste. Alles ist gut.«

»Wenn du das sagst.«

Er lächelt. »Ich habe Panik bekommen und ein Haus gekauft.«

»Du hast … was?«

»Ja. Obwohl es eigentlich eher ein großes Gebäude ist. So kann deine Mutter eine Etage bewohnen und wir ebenfalls und wir gehen uns nicht auf die Nerven.«

Wie bitte?

»Was hältst du davon?«, fragt er.

»Ein Haus?«

»Ja.«

»Wow.« Meine Gedanken sind noch ganz verschwommen und schlaftrunken, aber trotzdem … »Warum hast du Mom nicht einfach im Hotel ein eigenes Zimmer auf einer anderen Etage gebucht? Hätte das nicht ungefähr den gleichen Effekt gehabt?«

Er beißt sich auf die Lippe. »Also, daran habe ich gar nicht gedacht. Wie gesagt, ich hatte ein paar Drinks und habe Panik bekommen.«

»Erklär mir das genauer.«

»Nun, wir sind ja gerade erst Henry losgeworden – den ich gernhabe und der nebenbei bemerkt ebenfalls sein eigenes Zimmer und einen Wohnbereich für sich haben wird, wenn er das nächste Mal von der Schule nach Hause kommt. Toll, oder?« Er grinst wie ein Immobilienmakler.

»Toll«, sage ich wenig überzeugt. »Wie groß ist dieses Haus genau?«

»Es ist … Wie wäre es, wenn du dich überraschen lässt?«

»Okay.« Ich sehe ihn nicht böse an. Ich bin nur verwirrt. So etwas kann unter den gegebenen Umständen durchaus vorkommen.

Er seufzt. »Im Grunde war es so, dass ich einfach die Vorstellung nicht ertragen konnte, unser Apartment schon wieder mit jemandem teilen zu müssen. Dass uns wieder dauernd jemand in die Quere kommt. Uns davon abhält, halb nackt herumzulaufen. Uns kritisch unter die Lupe nimmt, um die Eignung als potenzieller Lebenspartner für die Tochter zu prüfen. Solche Dinge.«

»Verstehe.«

»Also habe ich den Immobilienmakler angerufen, den ich letzte Woche bei dieser Wohltätigkeitsveranstaltung, bei der wir waren, getroffen habe. Ich habe ihn nach dem größten verfügbaren Objekt in der Innenstadt gefragt. Dann habe ich es mir angesehen und den Besitzern ein Angebot gemacht. Dann habe ich Penny aufgeweckt, damit sie dabei hilft, den Kauf zügig abzuwickeln.« Er sieht mich an.

»Du warst fleißig.«

»Ja.« Er kratzt sich an seiner stoppeligen Wange. »Da es schon eine Weile zum Verkauf steht, haben wir es zu einem ziemlich guten Preis bekommen. Es ist voll möbliert und ausgestattet, inklusive einiger Kunstwerke, und liegt sehr günstig. Die Besitzer sind aus geschäftlichen Gründen bereits nach Hongkong umgezogen, was bedeutet, dass wir das Haus sofort haben können. Der Zeitunterschied hat auch dabei geholfen, alles schnell zu regeln.«

»Wow.«

»Das sagtest du bereits«, bemerkt er. »Aber es ist auch irgendwie aufregend, oder? Unser erstes gemeinsames Haus? Ein richtiges Zuhause. Viel erwachsener, als in einem Hotel zu wohnen.«

»Mm.«

»Aber mir ist durchaus bewusst, dass das nicht gerade einer meiner glorreichsten Momente ist, da ich es aus Angst vor deiner Mutter gekauft habe und so weiter. Aber ich finde, wir sollten das Beste daraus machen.«

Ich weiß nicht, was ich dazu sagen soll.

Er hört auf, mit den Fingern gegen meinen Po zu tippen, und sieht mich nachdenklich an. »Matías fand die Idee gut.«

»Der Mann, der kurz vor der Scheidung steht, demnächst Vater wird und sturzbetrunken auf unserer Couch seinen Rausch ausschläft, fand deine Idee gut?«

»Ja.« Er sieht mich einen Moment schweigend an. »Sag doch etwas, meine Liebste.«

»Wie betrunken bist du?«

»Die Wirkung des Alkohols ist schon vor Stunden verpufft.«

»Wirst du diese Entscheidung später, wenn du wieder ganz nüchtern bist, bereuen?«

»Nein, ich glaube nicht.« Er rollt sich auf den Rücken, verschränkt die Hände im Nacken und blickt zur Decke. »Verdammt, bin ich müde.«

Ich setze mich auf und strecke mich. »Dann geh schlafen.«

»Bist du böse auf mich?«

»Nein, Beck, bin ich nicht. Etwas überrascht vielleicht, aber nicht böse.« Ich krieche zum anderen Ende der Matratze und ziehe ihm die Schuhe aus. Erst landet der eine mit einem dumpfen Laut auf dem Boden, dann der andere. Ich hoffe für Matías, dass er einen festen Schlaf hat. Dann öffne ich die Schnalle von Becks Gürtel, ziehe ihn vorsichtig aus der Hose und lege ihn ebenfalls beiseite. »Willst du die Hose ausziehen oder anbehalten?«

Er hat die Augen bereits geschlossen. »Egal.«

Ich stehe auf und gehe ins Badezimmer. In einer guten und gerechten Welt sollte jeder, der mit einem Kater aufwacht, ein Glas Wasser und Kopfschmerztabletten auf seinem Nachttisch vorfinden. Das ist nur human. Dann lege ich mich wieder ins Bett und kuschle mich an ihn. Er legt einen Arm um mich und schiebt die Hand unter mein T-Shirt auf meine Hüfte. Wie immer schiebt er anschließend die Finger unter das Bündchen meines Slips. Und tut sonst nichts weiter.

»Es tut mir leid, dass meine Mutter dir solche Angst eingejagt hat, dass du eine Immobilie kaufen musstest«, sage ich.

Er hebt eine Schulter. »Ist schon gut. Es besteht durchaus

eine geringe Möglichkeit, dass ich etwas überreagiert habe. Aber das darfst du niemandem verraten.«

»Dein Geheimnis ist bei mir sicher.«

»Bieg hier ein.«

»In diese Auffahrt?«, frage ich nach.

Er nickt, woraufhin ich meine G-Klasse zu dem diskreten Eingangstor steuere, das zu einem großen, alten, vierstöckigen Backsteingebäude gehört. In den benachbarten Gebäuden sind eine Kunstgalerie, Boutiquen und ein Café untergebracht. Es ist nur fünf Blocks vom *Heritage* entfernt.

Heute setze ich bei meinem Outfit auf Bequemlichkeit. Einfache weiße Ledersneakers von Gucci, meine Secondhand-Levis und ein weiter marineblauer Pullover, der wahrscheinlich in der Hoffnung angeschafft wurde, dass ich mit Yoga oder dergleichen anfange. Haha. Als ob ich mich für irgendjemanden verbiegen und verrenken würde. Kein Make-up. Eine Pilotensonnenbrille von Ray Ban mit silbernem Gestell verdeckt die Hälfte meines Gesichts. Alle, die wohlmöglich vor dem *Heritage* auf der Lauer gelegen haben, um Fotos von uns zu machen, können mich mal.

»Der Code lautet 21145«, erklärt er. »Es wurde 1934 erbaut und hat im Lauf der Jahre Geschäfte und Büros und vieles mehr beherbergt. Vor ungefähr acht Jahren hat die Besitzerin der benachbarten Galerie es gekauft und begonnen, es zu einem Wohnhaus umzubauen.«

Das Metalltor fährt nach oben, und ich fahre über eine steile Rampe hinab zu einer unterirdischen Parkgarage. Die Hälfte der Parkplätze ist mit Autos und einigen Motorrädern belegt. Sie alle sind auf Hochglanz poliert. Darunter ist auch der Bugatti von gestern, die anderen Fahrzeuge kenne ich jedoch nicht. In der Mitte der Garage sind vor den silbernen Türen eines Aufzugs noch ein paar Stellplätze frei. Dort steuere ich den Wagen hin und schalte den Motor aus.

»Gehören die alle dir?«, frage ich.

»Ja. Ich habe Smith angewiesen, sie herbringen zu lassen.«

»Wo standen sie vorher?«

»Im *Heritage*, in einem abgesperrten Parkbereich.«

Ich nicke. »Das sind eine ganze Menge Autos.«

»Ich mag alles, was *brummbrumm* macht. Und dich.« Nachdem wir aus der G-Klasse ausgestiegen sind, bekomme ich von Beck eine kurze Zusammenfassung des Inventars. »Da ist der Bugatti Chiron, den du ja schon kennst. Daneben steht die Bentley Flying Spur Limousine und der Bentley Bentayga SUV.«

»Ein Auto für jede Gelegenheit. Du hast anscheinend eine Vorliebe für Marken, die mit dem Buchstaben B anfangen.«

Er schiebt die Hände in die Hosentaschen. »Macht mich das zu einem Narzissten?«

»Ich weiß nicht so genau. Aber es macht dich auf jeden Fall zu einem Fan von Alliterationen. Ich finde, du hast einen guten Geschmack.«

»Vielen Dank«, sagt er. »Dad hatte eine Sammlung amerikanischer Muscle Cars. Es ging ihm mächtig gegen den Strich, dass ich europäische Autohersteller bevorzuge. Aber siehst du den Maserati GT dort drüben in der Ecke? Den hat er mir zu meinem sechzehnten Geburtstag geschenkt. Zwei Monate zuvor hatte ich mir in New York beim Skateboard fahren den Arm gebrochen. Ich hatte ihn vom Krankenhaus angerufen, um ihm zu sagen, was passiert war, doch er ist nicht drangegangen. Etwa eine Woche später hat er einen seiner Assistenten bei mir nachfragen lassen, wie es mir ginge. Als Rachel davon erfuhr, hat sie ihm die Hölle heißgemacht. Der Maserati war wahrscheinlich als Entschuldigung an mich gedacht. Oder als Mittel, um sich seine Ex-Frau vom Hals zu schaffen. Den Escalade, der gleich dahinter steht, habe ich natürlich einen Tag nach meinem Geburtstag von Ethan bekommen, damit ich nicht auf die Idee komme, mit meinem dämlichen Sportwagen irgendwelche Videospiele nachzuspielen, und ihn auf einer vereisten Straße zu Schrott fahre und mich dabei umbringe. Genau so hat er es ausgedrückt.«

»Wie süß.«

»Ja, nicht wahr?«, stimmt Beck grinsend zu. »Unter seiner harten Schale verbirgt sich ein weicher Kern. Bereit, nach oben zu gehen?«

»Bereit, wenn du es bist.«

Beck deutet auf eine Tür in der hinteren Wand. »Dort hinten befinden sich ein Fitnessraum, Sauna, Waschküche, ein Lagerraum und das hintere Treppenhaus.«

»Verstanden.«

Er drückt den Aufzugknopf.

Als wir vor ungefähr sechs Stunden aufgestanden sind, um zu frühstücken, war unser Übernachtungsgast schon wieder vom Sofa verschwunden. Beck hatte sich mit einer Kopfschmerztablette und mehreren Tassen Kaffee gestärkt, geduscht und einen Anzug angezogen, bevor er eilig zur Elliot Corp. aufbrach, um sich dort mit dem einen oder anderen Notfall auseinanderzusetzen. Darauf folgte ein Treffen mit seinem Immobilienmakler. Die Besichtigungstour durch unser neues Haus musste bis nach dem Mittagessen warten. Da Matías mir wieder eine Unternehmenswebsite zur Bewertung schickte, konnte ich mich zumindest etwas mit Arbeit ablenken. Schön zu wissen, dass sein Kater anscheinend nicht ganz so schlimm war.

Aber zurück zur Gegenwart. Ich weiß nicht genau, wie ich zu unserem neuen Heim stehe oder zu den Beweggründen für solch einen überstürzten Kauf. Den ganzen Tag überkommen mich schon die widersprüchlichsten Gefühle.

Als der Aufzug schließlich kommt, fahren wir nur ein Stockwerk weiter nach oben ins Erdgeschoss. Neben den glänzenden Aufzugtüren windet sich eine lackierte Holztreppe immer weiter nach oben, der Decke mit Oberlicht entgegen. Wir stehen nun in einem offenen Koch-, Wohn und Essbereich. Die Küche würde einem Chefkoch alle Ehre machen. Überall gebürsteter Stahl, dazu wunderschöne Arbeitsflächen aus weißem Stein.

»Das ist Silestone«, erläutert Beck mit Blick auf die Arbeitsplatten. »Also Quarz.«

»Aha. Hübsch. Und deiner Mutter wären sie höchstwahrscheinlich auch genehm.«

Irgendetwas Leckeres brutzelt in der Küche. Wahrscheinlich ein Braten. Der Esstisch aus Holz scheint antik zu sein und bietet Platz für zehn Personen. Die zahlreichen tiefen Sofas und Sessel sehen gemütlich aus und sind in marineblau und weiß gehalten. An den in nüchternem Weiß gestrichenen Wänden hängen mehrere moderne, minimalistische Gemälde. Nicht unbedingt mein Geschmack, aber trotzdem hübsch. Eigentlich sogar richtig schön. Zahlreiche Fenster lassen viel Licht herein, und eine Doppeltür aus Glas führt hinaus zu einer Art Gartenterrasse mit verschiedenen Gartenmöbeln. Da sie von den benachbarten Gebäuden umgeben ist, ist man dort vor fremden Blicken geschützt.

»Das ist ja wie ein geheimer Garten«, sage ich und freue mich wie ein Kind an Weihnachten.

»Der Eingang und das Foyer liegen seitlich an der Vorderseite, die Personalwohnungen nehmen den Rest der vorderen Hälfte dieser Etage ein«, erläutert er weiter. »Das Badezimmer befindet sich dort hinten.«

»Personal?«

»Smith und die Haushälterin.«

»Okay.« Ich habe Fragen. Eine Menge Fragen. Aber ich hebe sie mir für später auf.

»Gehen wir weiter.« Als wir hintereinander die Treppe hinaufsteigen, habe ich eine wundervolle Aussicht auf seinen Po. Er hat einen tollen Po. Als wir im nächsten Stockwerk angekommen sind, bleibt er stehen, nimmt meine Hand und zieht mich mit sich. »Dort hinten befindet sich ein Essbereich für formelle Anlässe mit Platz für zwanzig Personen, eine zweite, kleinere Küche, eine Bar und ein Weinkeller. Vorne ist der Wohnbereich, der auch als Galerie fungiert. Und das Badezimmer befindet sich wieder genau gegenüber von dir.«

»Eine zweite Küche?«

»Die Vorbesitzer haben gern Partys veranstaltet. Sie hatte oft Künstler zu Besuch, und ihr Partner arbeitete als Hedgefondsmanager, weshalb es oft Geschäftsessen und so weiter gab.«

»Verstehe.«

»Oben geht es weiter.« Und damit marschiert er los. Wenn wir erst mal eine Weile hier wohnen, werde ich superdurchtrainierte Wadenmuskeln haben. Im zweiten Stock öffnet er eine Tür, die in den vorderen Bereich der Etage führt. »Hier vorn befinden sich das Büro und die Bibliothek, unser Schlafzimmer und so weiter liegen hinten.«

»Eine Bibliothek? Wow.« Ich verwende dieses Wort derzeit ziemlich oft. Und ich glaube nicht, dass sich daran so bald etwas ändern wird, sondern dass sich der Gebrauch eher noch steigern wird.

Er nickt und führt mich weiter nach hinten in ein geräumiges Schlafzimmer mit Sitzecke. Auf den Holzböden liegen blau-grau gemusterte Teppiche, die antik zu sein scheinen.

»Das sind Perserteppiche«, erläutert Beck.

»Ich weiß nicht genau, was das bedeutet, außer dass sie aus Persien stammen. Moment mal, ist das nicht inzwischen der Iran?«

»Es bedeutet edel, alt und teuer.«

»Okay.« Ich nicke. »Bleiben die Möbel und die Kunstwerke, die jetzt noch hier sind, im Haus?«

»Ja. Ich habe den Eindruck, dass Innenraumgestaltung ein Hobby der Vorbesitzer ist. Sie war bereit, dieses Haus loszulassen und sich einem neuen Projekt zu widmen. Aber du kannst alles verändern, was du willst.«

Der weitläufige Raum wird, genau wie im Hotel, von einem weiß bezogenen Bett in Orgiengröße dominiert. Meine alte Wohnung würde allein in dieses Zimmer ungefähr sechsmal hineinpassen. Verrückt. Graue Sessel, ein Dreisitzersofa und eine Ottomane reihen sich um einen offenen Kamin aus grauem Marmor. In einer Ecke befinden sich außerdem ein antiker Schreibtisch und eine diskrete Bar. Auch hier sind die Fenster riesengroß und bieten einen tollen Ausblick auf die Gartenterrasse.

»Das Bad befindet sich links, die Schränke rechts.« Er lehnt sich an die Wand und beobachtet mich schweigend. Genau wie ich scheint er vor nervöser Energie schier überzusprudeln.

»Schränke in der Mehrzahl? Wir haben beide einen?«

Er hebt die Brauen. »Meine Liebste. Ist dir aufgefallen, wie viel Kram du neuerdings besitzt? Ich mache mir ernsthaft Sorgen, dass du eines Tages deinen Schrank betrittst und auf Nimmerwiedersehen verschwindest. Ich finde, wir sollten vereinbaren, dass du jedes Mal, wenn du dort hineingehst, ein Seil um deine Taille und an den Türknauf bindest, damit du auch wieder hinausfindest.«

»Der Inhalt dieses Schranks geht aber nicht allein auf meine Kappe. Und irgendwie vermehrt er sich von allein. Ich habe heute Morgen Sachen darin gefunden, von denen ich schwören könnte, dass sie gestern Abend noch nicht da waren.« Als die Zimmermädchen kamen, um für unseren überstürzten Umzug zu packen, habe ich noch einmal eine Auswahl getroffen und einiges an Rachel zurückgehen lassen. Zum Beispiel drei oder vier Chanel-Handtaschen, die auf mysteriöse Weise im Schrank aufgetaucht waren. Wahrscheinlich brauche ich nicht mal die eine, die ich behalten habe, aber sie ist einfach so hübsch. Die Kette mit lila Diamanten, die sich in einer Schachtel von Cartier befindet, habe ich ebenfalls zurückgegeben. Meine Seele ist schon genug durch übermäßigen Konsum befleckt. »Du musst Rachel sagen, dass sie damit aufhören soll.«

Er grinst nur. Sein Lächelarsenal ist unvergleichlich. »Was hältst du von dem Haus?«

»Was befindet sich im nächsten Stockwerk?«, frage ich, setze mich in einen der Ledersessel und schlage die Beine übereinander. Von Treppen habe ich erst einmal genug.

Er setzt sich auf das lange, niedrige, moderne graue Sofa mir gegenüber. »Drei weitere Schlafzimmer und Badezimmer, ein Medienzimmer und ein Familienzimmer. Außerdem noch die Dachterrasse mit Whirlpool und Tauchbecken. Das war's.«

»Kein Ballsaal?«

»Leider nein.«

»Wie enttäuschend. Dann werden wir wohl ohne zurechtkommen müssen.«

»Wie sollen wir das nur aushalten? Henry kann eines der Zimmer im Obergeschoss haben. Deine Mom kann ebenfalls dort wohnen. Dann hat sie ihre Ruhe.« Er schweigt einen Moment. Dann fragt er: »Was denkst du?«

Ich atme ein und aus, Ruhe rein, Stress raus, genau wie die Meditations-App mich immer anleitet. »Du hast es letzte Nacht gekauft, als du betrunken warst.«

»Angeheitert.«

Ich runzle die Stirn.

Er streckt mir eine Hand hin. »Komm her.«

Er zieht mich auf seinen Schoß. Ich setze mich seitlich hin und lasse die Füße knapp über dem Boden baumeln. Wenn ich ihm so nahe bin, fühle ich mich schon besser. Wenn ich mich an ihn schmiegen, seinen Duft riechen, ihn spüren kann. Beck ist eine tolle Schmusedecke. Er schlingt die Arme um meine Körpermitte und sieht mich aufmerksam mit seinen haselnussbraunen Augen an. »Hör mir zu. Als heute Morgen die Papiere fertig waren und ich alles unterschrieben habe, war ich stocknüchtern und … hatte nur noch halb so viel Angst vor deiner Mutter wie tags zuvor. Dreiviertel höchstens. Aber meine Liebste, wenn dir das Haus nicht gefällt, dann –«

»Ich liebe es.«

»Oh, okay. Warum bist du dann so gestresst?«

»Das geht alles so schnell. Wir kommen zusammen, ich ziehe zu dir, du kaufst dieses Haus …« Meine Kehle zieht sich zusammen, und meine Augen werden ganz feucht. Igitt. Weinen ist das Letzte, was ich jetzt will. Es gibt keinen Grund, zu heulen. Das sind nur die Aufregung und die unzähligen anderen Gefühle, die in mir brodeln. »Weißt du, ich habe mir auch schon aus einer Laune heraus irgendwelche Dinge gekauft. Vor einigen Monaten habe ich zum Beispiel beschlossen, mir einen DVD-Player zuzulegen, um mir meine alten Filme und einige BBC-Serien anzuschauen, die ich schon ewig nicht mehr gesehen habe. Aber ich habe vergessen, darauf zu achten, ob er für alle Regionalcodes geeignet ist, mit dem Resultat, dass ich den Großteil meiner Filme darauf nicht abspielen konnte. Das Geschäft, wo ich ihn gekauft hatte, wollte ihn nicht zurücknehmen, weil dort nur Arschlöcher arbeiten. Er hat mich neunundzwanzig Dollar neunundneunzig gekostet. Dreißig Dollar mal eben zum Fenster hinausgeworfen. Ich war so wütend auf mich, weil ich das Geld einfach verschwendet hatte. Nur weil ich nicht richtig aufgepasst hatte. Aber du … Du kaufst gleich ein ganzes Gebäude. Ein wunderschönes Gebäude, aber trotzdem. Was mir wirklich Sorgen macht, ist wahrscheinlich die Frage, ob du dir auch ganz sicher bist? Glaubst du wirklich, dass du hier glücklich sein könntest, Beck?«

Er sieht erst mich an, bevor er den Blick durch den opulenten Raum schweifen lässt. »Weißt du, Selah hätte dieses Haus gehasst. Sie wollte lieber ein großes, altes Anwesen in Großmutters Straße. Einen Ort, wo sie mit den Hochnäsigen und Reichen hätte verkehren können. Klar, dieses Haus ist auch nobel und hat einiges gekostet. Aber ohne die richtige Postleitzahl und die passenden Nachbarn, die man damit beeindrucken kann, ist das nicht viel wert.«

»Also werden wir Selah nicht einladen, bei uns zu wohnen. Das steht schon mal fest«, sage ich. »Aber was ist mit dir?«

»Gefällt dir das Haus wirklich? Ganz ehrlich?«

»Es ist wie eine eigene, kleine Welt«, sage ich. »Eine moderne Burg mitten in der Stadt.«

»Macht mich das zu deinem Märchenprinzen?«

»Ja. Und ich bin das arme, einfache Mädchen mit genialem T-Shirt-Geschmack, das deine Aufmerksamkeit erregt hat.«

»Du hast mehr als meine Aufmerksamkeit erregt und darfst liebend gern die Herrin meiner Burg sein.« Er lächelt behäbig und strahlend. Und er ist mir so nah, dass ich mich seinem Zauber kaum entziehen kann. »Alice, du hörst jetzt auf, dir Sorgen zu machen.«

»Ich höre auf, mir Sorgen zu machen.«

»Gut.« Seine Miene ist das Inbild von Ernsthaftigkeit. »Ich möchte, dass das hier unser Zuhause ist.«

Ich weiß nicht, ob Beck schon jemals ein richtiges Zuhause gehabt hat. Wenn überhaupt, dann ist das bestimmt schon eine Weile her. Wie er bereits sagte, ist in einem Hotel zu wohnen nicht dasselbe. Und weder sein Vater (möge er in Frieden ruhen) noch seine Mutter scheinen ihm in ihrem Leben viel Platz eingeräumt zu haben. Und seine Großmutter Catherine ist genauso unheimlich wie ihr Mausoleum von einem Haus.

Ich lächle. »Na gut.«

Mrs Francis ist unsere neue Haushälterin. Sie ist klein, fröhlich und etwa fünfzig Jahre alt. Da das Haus in Abwesenheit der Besitzer für eventuelle Kaufinteressenten weiterhin top in Schuss gehalten werden musste, haben sie sie weiterbeschäftigt und uns ans Herz gelegt, dasselbe zu tun. Außerdem kommt dreimal die Woche ein Reinigungsteam vorbei. Beck kann also getrost weiter seinen Kram überall herumliegen lassen. (Das ist gelogen. Ich werde sein Zeug aufräumen, weil es mir sonst keine Ruhe lassen würde.) Mrs Francis hat die Angestellten des *Heritage*, die wir uns für den Umzug unserer persönlichen Besitztümer ausgeliehen haben, voll unter Kontrolle. Diese Frau ist ein Organisationstalent. Außerdem hat sie sich um frische Bettwäsche und Handtücher für uns gekümmert und einen Schmorbraten zum Abendessen vorbereitet. Auf dem Esstisch stehen sogar einige dicke Stumpenkerzen, damit es etwas stimmungsvoller zugeht. Nachdem das Abendessen aufgetragen ist, zieht sie sich in den Personalbereich im vorderen Teil des Erdgeschosses zurück, wo Smith sich vermutlich ebenfalls aufhält, und Beck und ich sind allein.

»Das Personal meiner Großmutter besteht aus insgesamt

achtzehn Personen, inklusive Gärtnern«, bemerkt Beck beiläufig.

»Und?«

»Es ist also in Ordnung, wenn wir zwei Angestellte haben, meine Liebste. Irgendwann gewöhnst du dich daran.«

»Das will ich aber nicht.« Ich hebe mein Weißweinglas. »Ich trinke darauf, dass ich diesen Lebensstil immer angenehm befremdlich finden werde.«

»Du findest ihn angenehm und befremdlich?«

Ich denke kurz nach. »Ja, so ist es. Vielleicht werde ich deswegen hin und wieder nervös oder ängstlich, aber das ist mein Problem.«

»Na gut.« Er stößt behutsam mit seinem Kristallglas gegen meines. »Auf unseren ersten Abend in unserem neuen Haus.«

Ich trinke einen Schluck. »Ach, ich wollte dich noch fragen, warum mir einige Wohltätigkeitsorganisationen dafür gedankt haben, dass ich ihre Programme finanziere, und mich zu ihren Events einladen?«

»Da erinnerst du mich an etwas«, sagt er und streicht sich eine Haarsträhne aus dem Gesicht. »Würdest du mir einen Gefallen tun?«

»Was für eine Art Gefallen?«

»Ich hatte gehofft, dass du einfach nur Ja sagen würdest«, gesteht er etwas betreten.

»Klar hast du das.«

»Durch das Erbe und so weiter brauche ich jemanden, der sich um den ganzen Wohltätigkeitsbereich kümmert. Penny hat mich dabei unterstützt, eine Wohltätigkeitsstiftung zu gründen, und gemeint, dass du für die Leitung die perfekte Wahl wärest.«

»Leitung?«

»Du wärest das Gesicht der Stiftung und würdest sie in der Öffentlichkeit vertreten und das letzte Wort bei allem haben«, fährt er fort und schneidet seine Kartoffeln und grünen Bohnen in Stücke. »Das Geld wurde schon beiseitegelegt. Aber jemand muss sich mit den Vertretern der Organisationen treffen und entscheiden, wo und wie wir helfen können. Was hältst du davon? Wahrscheinlich würde die Arbeit für die Stiftung nur ein paar Tage die Woche in Anspruch nehmen. Du könntest sie also problemlos mit deiner Tätigkeit für die Crooked Company verbinden.«

»Solltest du für diese Position nicht einen Fachmann anheuern?«

»Ich vertraue deinem Urteilsvermögen, außerdem möchte ich gern, dass das Ganze sozusagen in der Familie bleibt. In diesem Bereich ist eine persönliche Note immer vorteilhaft«, sagt er. »Außerdem kannst du gut mit Menschen umgehen. Alle mögen dich. Stell dir doch nur vor, wie viel mehr sie dich erst mögen werden, wenn du ihnen Geld gibst.«

»Aber bei der Bibliotheksveranstaltung war ich so schlecht. Deine Großmutter spricht noch immer kein Wort mit uns.«

Er schluckt sein Essen herunter. »Nur, wenn du mit schlecht total super meinst. Und meine Großmutter wird irgendwann nachgeben und uns verzeihen. Ich glaube, insgeheim mag sie es, wenn andere nicht tun, was sie von ihnen verlangt. Dann hat sie etwas, worüber sie sich bei ihren Teekränzchen beschweren kann.«

»Gehört dieser Frau nicht ungefähr die Hälfte der Elliot Corp.?«

»So viel nicht«, sagt er. »Und sie kann ja trotzdem Teekränzchen mögen.«

»Willst du, dass ich es tue?«

»Ja. Aber es ist selbstverständlich deine Entscheidung.«

Ich überlege kurz. »Deswegen hat dich Penny neulich in der Downstairs Bar so merkwürdig angesehen, als ich meine Abneigung gegen Wohltätigkeitsessen erwähnt habe.«

Er zuckt ausweichend mit den Schultern. Was für ein verschlagener Kerl. »Die Frage ist doch, ob du derartige Veranstaltungen grundsätzlich nicht ausstehen kannst oder ob aufgrund von Großmutters gemeiner Machenschaften nur diese eine für dich so furchtbar war?«

»Gute Frage. Ich werde darüber nachdenken.« Ich schneide ein Stück Fleisch ab. »Man sollte meinen, dass die jahrelange Arbeit im Kundenservice mich menschenfreundlicher anstatt menschenfeindlicher gemacht hat.«

»Ich weiß nicht, ob man das so pauschal sagen kann. Außerdem: Menschen.«

»Stimmt.«

Aus dem vorderen Bereich des Hauses ertönt ein leiser, nachhallender Ton. Als Nächstes hört man leise Schritte, gefolgt von einem Wortwechsel. Ein Teil des Wortwechsels ist jedoch nicht gerade leise oder diskret, sondern laut und schrill.

»Wo seid ihr beiden?«, schreit eine vertraute weibliche Stimme.

»Wir genießen am ersten Abend in unserem neuen Haus ein romantisches Abendessen«, brüllt Beck zurück. »Also verzieh dich.«

Emma stolziert herein, dicht gefolgt von Matías. Mrs Francis läuft hinterher.

»Ich habe ihr zu erklären versucht, dass das womöglich kein günstiger Zeitpunkt ist«, erklärt Matías.

Unsere Haushälterin steht daneben und sieht ein wenig verwirrt aus.

»Ist schon gut, Mrs Francis«, sage ich lächelnd zu der armen verdatterten Frau. »Vielen Dank.«

»Ganz egal, was diese Frau zu Ihnen sagt« – Beck zeigt streng auf seine Schwester – »geben Sie ihr niemals einen Schlüssel oder den Sicherheitscode, Mrs Francis. Das müssen Sie mir bei Ihrem Leben versprechen.«

»Als ob ich Smith nicht dazu bringen könnte, mir beides zu geben.«

»Er ist doppelt so groß wie du«, spöttelt Beck.

»Das heißt noch lange nicht, dass er keine Angst vor mir hat.«

»Was immer Sie wünschen, Mr Elliot.« Damit zieht sich die Haushälterin erneut zurück. Angestellte zu haben ist merkwürdig. Sie ist bestimmt gut darin, unangenehme Verkäufer an der Tür abzuwimmeln, aber die streitsüchtigen Elliots sind noch mal etwas ganz anderes. Es stellt sich die Frage, ob sie sich dauerhaft mit uns abgeben will.

»Nett hier.« Emma dreht sich im Kreis und begutachtet alles. »Ich war zwar noch nie ein Freund von moderner Kunst, aber die Maltechnik bei diesem Schwarz-Weiß-Gemälde ist interessant. Ich mag die hohe Decke. Und man hört weder den Verkehr noch den Lärm draußen. Die Schalldämmung ist hervorragend.«

»Du besitzt doch bereits eine absolut tolle Villa«, protestiert Matías und lässt sich auf den Stuhl neben mir plumpsen. »Emma, du brauchst nicht noch ein Haus.«

»Aber eine Stadtwohnung. Wäre das nicht toll?«

»Von deinem Haus sind es keine zwanzig Minuten Fahrt hierher, Em.«

Sie seufzt. »Du hast wahrscheinlich recht.«

»Sie mochte es noch nie, wenn andere neue Spielsachen haben«, murmelt Beck. »Weihnachten war Krieg.«

Emma setzt sich ebenfalls auf einen Stuhl und mustert unser Abendessen. »Schmorbraten?«

»Möchtest du auch etwas?«, frage ich, weil zumindest einer von uns etwas gastfreundlich sein sollte.

»Nein.« Sie seufzt. »Ich bin immer noch in der Phase, in der ich mich rund um die Uhr übergeben könnte. Als wäre man permanent seekrank, ohne das Vergnügen zu haben, auf einer Jacht vor Ibiza zu sein.«

Beck deutet mit einer Gabel auf die Küchentür. »Das Abendessen steht im Kühlschrank. Falls du noch etwas möchtest, Matías.«

»Ich habe schon gegessen. Danke.« Trotzdem steht er auf, geht in die Küche und durchstöbert dort die Schränke. »Aber ein Gläschen nehme ich.«

Emma ist beleidigt. »Du trinkst ja nur, weil du weißt, dass ich es nicht darf.«

»Ich meinte ein Gläschen Wasser«, sagt Matías. »Und du bekommst auch eines.« Ich weiß nicht, ob er schwindelt oder nicht.

»Ich habe beschlossen, dass wir das Baby bekommen werden und dass Matías zu Hause bleiben und sich um das Kind kümmern wird«, verkündet Emma. »Wir werden der Therapie und unserer Ehe noch eine Chance geben. Eigentlich waren wir ja auf diese ganze Scheidungssache sowieso nie so erpicht. Sonst hätten wir sie irgendwann unter Dach und Fach gebracht und aufgehört, miteinander zu schlafen.«

»Versteht uns nicht falsch, die Trennung hat auch Spaß gemacht.« Matías kehrt mit zwei Gläsern Wasser an den Tisch zurück. »Aber jetzt sind wir bereit, den nächsten Schritt zu machen und wieder zusammenzukommen.«

»Du bleibst also zu Hause, hm?«, fragt Beck und legt das Besteck hin.

Matías nickt. »Jep.«

»Cool.«

»Selbstverständlich werden wir auch noch ein Kindermädchen haben«, sagt Emma. »Falls Matías einmal ausgehen sollte. Es erwartet ja wohl hoffentlich niemand von mir, dass ich Windeln wechsele wie ein Tier.«

Beck blinzelt verdutzt.

»Versteht mich nicht falsch. Ich bin mehr als bereit dazu, das Baby zu lieben und mit ihm zu interagieren. Schließlich bin ich nicht Giada oder Dad … oder Großmutter. Wusstet ihr, dass sie unseren Vater nie gefüttert, gebadet oder Bäuerchen hat machen lassen? Nicht ein einziges Mal. Eine silberne Rassel bei Tiffany's zu bestellen oder das Kind in hässliche Spitzenkleider zu stecken und mit ihm für Familienfotos zu posieren zählt ja wohl kaum als sich Mühe geben.« Emma verschränkt die Arme vor dem Oberkörper. Ihre Brüste sehen tatsächlich größer aus. Nicht dass ich normalerweise auf die Oberweite anderer Frauen achte. Doch in dem tief ausgeschnittenen Futteralkleid, das sie trägt, ist ihre kaum zu übersehen.

»Die Tittenfee war da«, sagt sie, als sie bemerkt, wohin meine Blicke abgeschweift sind.

»Tut mir leid«, sage ich. Ob ich damit ihre Brüste oder mein Starren meine, weiß ich selbst nicht so genau.

Matías stiert sie lüstern an. Anders lässt es sich nicht ausdrücken. »Sie sind wundervoll.«

»Wie auch immer.« Emma verdreht die Augen.

»Zurück zu einem anderen Thema als die Brüste meiner Schwester«, meldet sich Beck zu Wort. »Wir stammen fraglos von Generationen warmherziger und liebevoller Menschen ab, die uns in Sachen Elternschaft mit ultimativ gutem Beispiel vorangegangen sind.«

Emma schüttelt den Kopf. »Gott sei Dank gibt es Mom.«

»Gott sei Dank gibt es Rachel«, stimmt Beck zu.

»Du wirst ebenfalls eine großartige Mutter werden.« Matías setzt sich und nimmt Emmas Hand.

»Ich hoffe es«, meint sie nachdenklich. »Ach übrigens, Giada wurde in London am Arm eines ältlichen Lords gesichtet. Die britische Presse macht einen ziemlichen Skandal daraus. Die PR-Abteilung der Elliot Corp. ist bereits mit Schadensbegrenzung beschäftigt, aber wir sind alle angewiesen, keinen Kommentar dazu abzugeben.«

»Hat jemand Henry gewarnt?«, fragt Beck.

Emma nickt. »Ich habe ihn angerufen.«

»Okay«, sagt Beck. »Also, er kann eines der Zimmer in der Etage über uns haben. Ich möchte nicht, dass er in der Bertram Street wieder ganz allein ist.«

»In diesem Punkt sind wir uns einig. Ich würde ihn auch gern bei mir aufnehmen, aber aus irgendeinem Grund gibt es zwischen uns früher oder später immer Streit.«

»Ich kann mir nicht vorstellen, weshalb«, meint Matías.

Emma zeigt ihm den Stinkefinger.

»Es klingt, als wärest du mit dem Baby ohnehin genug beschäftigt.« Ich schiebe die Reste meines Abendessens beiseite. Es war lecker, aber ich bin satt. »Und für Henry haben wir hier viel Platz.«

Wieder ertönt die Türklingel. Emma lächelt. »Das sind bestimmt Penny und River. Sie haben sich nach dem Drama von neulich Sorgen gemacht. Also habe ich sie eingeladen, vorbeizukommen.«

Beck sieht sie schweigend an.

»Was denn? Das ist wie eine Einweihungsparty, die du noch nicht mal selbst organisieren musstest. Gern geschehen.« Sie steht auf. »Kommt rein, Leute!«

Es ist wirklich süß zu sehen, wie sehr sie ihn offensichtlich während seiner Abwesenheit vermisst haben. Wie sehr sie jetzt

Zeit mit ihm verbringen wollen. Trotz der gelegentlichen Spä-ße und Schikanen sind einige Mitglieder seiner Familie wirklich super.

Mit den beiden Damen kommt auch Ethan herein, mit einer Flasche Wein in der Hand. Er sieht sich interessiert im Raum um. »Nicht schlecht. Obwohl die Aussicht nicht besonders spektakulär ist.«

»Mir gefällt es«, sagt Aaron, der nach ihnen mit einem Blumenstrauß in der Hand eintritt. »Es hat Charakter.«

Emma konfisziert sofort die Blumen. »Sie sind wunderschön.«

»Sie sind nicht für dich.«

Mrs Francis sieht uns beunruhigt an, bevor sie Emma mit einer Vase aushilft. Ich lächle nur und nicke. Die arme Frau. Wahrscheinlich ist sie es gewohnt, die Gäste anzukündigen. Und mit Menschen zu verkehren, die einigermaßen die Etikette wahren. Aber sie nimmt die Dinge, wie sie kommen, und das finde ich toll. Winston, der Haushofmeister, hätte inzwischen wahrscheinlich einen Nervenzusammenbruch erlitten und versucht, uns ungeachtet unseres Alters ohne Abendessen ins Bett zu schicken. Bald schon läuft Musik im Hintergrund, noch mehr Flaschen Wein und Mineralwasser werden geöffnet und eine kleine Party ist im Gange.

Beck beugt sich zu mir und flüstert mir ins Ohr: »Das tut mir alles sehr leid, meine Liebste.«

»Muss es nicht. Das ist schön.«

Dass ich mich in Gesellschaft so wohlgefühlt habe, ist schon eine Weile her. Umgeben von Freunden. Denn es fühlt sich so an, als würden sie genau das für mich werden. Penny und ich unterhalten uns über die Stiftung, die Beck errichtet hat, während River (die sich als Kinderärztin entpuppt) Emma und Matías einen ganzen Katalog von Fragen beantwortet. Ethan,

Aaron und Beck sprechen unter anderem über die Pläne, die Beck mit dem Hotel in Boulder hat. Es ist schön, dazuzugehören. Ein Teil einer Gruppe zu sein, die sich nahesteht. Nachdem mein Erlebnis mit dem Höllenfreund mein Selbstbewusstsein ziemlich erschüttert hatte, habe ich mich völlig zurückgezogen. Das ist die Wahrheit. Weil ich verletzt wurde, habe ich meine Welt klein und sicher gemacht. Allein zu sein war der Preis, den ich dafür gezahlt habe. Aber das muss ich nun nicht mehr tun, und das ist so eine unglaubliche Erleichterung.

Trotz Moms anstehendem Besuch, der Tatsache, dass seine Großmutter mich hasst, und der diversen Unterschiede zwischen uns glaube ich, dass alles gut werden wird. Das tue ich wirklich.

14. KAPITEL

»Mom?«

Es ist der Nachmittag des nächsten Tages. Smith führt sie herein, und ich muss leider zugeben, dass unser Wiedersehen eher angespannt als freudig ausfällt. Aber nach unsrem letzten Telefonat ist das auch nicht überraschend.

Ich hatte den Tag oben in der Bibliothek begonnen (groß, beeindruckend, viel glänzendes Holz und unzählige Bücher) und für Matías an einer Website gearbeitet. Beck habe ich das Büro überlassen, denn mir sind der große Mahagonischreibtisch, der bequeme Arbeitsstuhl und die Atmosphäre der Bibliothek viel lieber. Und regelmäßig einen Kaffee gebracht zu kommen war herrlich. Haushälterinnen sind das Tollste, was es gibt, insbesondere in Kombination mit einer eigenen Bibliothek. Brian, Becks Assistent, hat mir stetig E-Mails von verschiedenen Wohltätigkeitsorganisationen weitergeleitet. Die Nachricht vom Tod von Becks Vater und dem daraus resultierenden Erbe hat offensichtlich bei vielen Gruppen die Hoffnung geweckt, dass wir ihnen helfen können. Also habe ich mir nebenbei auch noch einige Mails durchgelesen und Notizen gemacht. Nur für den Fall.

Doch dann bat mich Mrs Francis bei einigen Dingen um meine Meinung. Diese Dinge entpuppten sich als Essgeschirre, Bestecke, Kristallgläser, Tischwäsche und Unzähliges mehr. Rachel hat uns eine Vertriebsspezialistin geschickt (zum Glück nicht Selah) und dazu noch eine ganze Schar Helfer, die immer wieder neue Sachen aus den Lieferwagen, die unten vorm Haus parkten, zu uns herauftrugen. Für einen Haushalt dieser Größe braucht man offensichtlich eine Menge Kram.

Niemand spricht über Preise, und auch ich frage nicht danach. So.

Beck hat anscheinend zu dem Ganzen keine Meinung, denn sonst hätte er bestimmt nicht vergessen, dass diese Aktion heute stattfindet. Eines schönen Tages, wenn er wieder mal vergisst, mich vorzuwarnen, werde ich ihm etwas auf seinen hübschen Kopf hauen. Oder ihm nicht ganz unbeabsichtigt im Schlaf einen Tritt versetzen.

Ich bin gerade dabei, Mrs Francis beim Auspacken der Kisten zu helfen, als meine Mutter eintrifft. Mom ist groß und trägt ihr langes graues Haar in einem Flechtzopf. Ehrlich gesagt sieht sie aus wie eine Mischung aus spießiger Vorstadtmutter und Hippie. Sie trägt abgewetzte Lederstiefel und Jeans, kombiniert mit einem pflaumenblauen Twinset. In ihrem Gesicht wechseln sich Entsetzen und Verwunderung ab, während sie die Flut von luxuriösen Haushaltswaren mustert, die inzwischen alle freien Ablageflächen und sogar einen Teil vom Fußboden einnehmen.

»Hi«, sage ich und setze ein Lächeln auf. »Du bist hier. Wolltest du mir nicht die Details zu deinem Flug schicken, damit ich dich abholen kann?«

Sie schweigt.

»Mom?«

Nun sieht sie mich an. »Alles in Ordnung, Schatz. Ein netter Mann von dem Hotel, wo du gewohnt hast, hat mich gefahren. Was ist das alles? Wohnst du jetzt hier?«

»Ja, wir sind gerade eingezogen. Ich suche ein paar Dinge fürs Haus aus. Es ist zwar schon möbliert, aber anscheinend brauchen wir trotzdem noch so einiges.« So viel Kram. Es ist überwältigend. Und jetzt ist auch noch Mom hier. Dieser Tag läuft nicht besonders gut.

Smith nickt mir diskret zu, da nun offensichtlich ist, dass sie tatsächlich die Person ist, als die sie sich ausgegeben hat, dass sie keine Gefahr für mich darstellt (zumindest keine körperliche) und dass ich mit ihrer Anwesenheit einverstanden bin. Dann bespricht er sich kurz mit Mrs Francis, bevor er schließlich den Koffer meiner Mutter die Treppe hinaufträgt.

»Es ist schön, dich zu sehen«, sage ich. Sie ist noch immer so fassungslos, dass sie gar nicht reagiert, als ich ihr einen Kuss auf die Wange gebe. »Mom, das ist unsere Haushälterin Mrs Francis. Mrs Francis, das ist meine Mutter Heather.«

Mrs Francis lächelt herzlich. »Mrs Lawrence, es ist mir eine Freude, Sie kennenzulernen.«

»Hallo.« Moms Stimme klingt ganz schwach. Zu allem Überfluss sieht sie mich auch noch an, als wäre ich eine Fremde. Als wären mir ein zweiter Kopf oder Tentakel oder was weiß ich gewachsen. Das ist nicht ganz fair, denn immerhin habe ich mich heute nicht mal schick gemacht. Die Haare habe ich mir zu einem tief sitzenden Pferdeschwanz gebunden und nur minimales Make-up aufgelegt. Ich trage Skinny Jeans, eine locker sitzende weiße Seidenbluse mit langen Ärmeln von Veronica Beard, in der ich mir wie eine Romanheldin aus den Fünfzigerjahren vorkomme (obwohl ich es schon geschafft habe, einen Tropfen Kaffee auf die Brust zu kleckern), und dazu das blaue, spitz zulaufende, flache Modell *Iriza* von Louboutin. Und selbstverständlich Diamantohrstecker.

Na gut. Vielleicht sehe ich tatsächlich etwas anders aus. Aber ich bin trotzdem noch Lichtjahre davon entfernt, bei den *Real Housewives* einsteigen zu können. Ich lächle. »Beck ist gerade in Boulder, aber er müsste bald zurück sein.«

In der Zwischenzeit tragen zwei Herren etwas herein, das wie Eiskübel aus Kristallglas aussieht. Wie absolut extravagant. Toya, die Vertriebsspezialistin, breitet derweil eine Auswahl an verschiedenen Leinenservietten aus. Mit jedem neu eintreffenden Luxusobjekt wird die Miene meiner Mutter kritischer. Was für eine unangenehme Situation.

»Darf ich etwas zu trinken bringen, oder vielleicht eine Kleinigkeit zu essen?«, erkundigt sich Mrs Francis. Diese Frau ist ein Schatz.

»Mom?«, frage ich.

Sie schüttelt den Kopf.

»Wir lassen Sie und Ihre Mutter vielleicht einen Augenblick allein, damit Sie sich in Ruhe unterhalten können.« Damit scheucht Mrs Francis alle Anwesenden außer meiner Mutter und mir aus dem Zimmer.

»Ich habe mich keiner Sekte angeschlossen«, sage ich. »Aber ich habe gelernt, was eine Salatgabel ist. Sehr praktisch, das zu wissen.«

Mom zieht einen Stuhl unterm Esstisch hervor und lässt sich schlaff darauf fallen.

»Wie war dein Flug?«

»Was um alles in der Welt ist hier los?«, fragt sie nachdrücklich. »Wer bist du? Was ist mit meiner Tochter passiert?«

»Also das ist jetzt etwas heftig.«

»Sieh dich doch nur an!«

»Ich finde, ich sehe gut aus.«

»Du siehst nicht mal mehr wie du selbst aus«, sagt Mom mit erhobener Stimme.

»Du würdest nicht glauben, was eine Keratinbehandlung alles bewirken kann.« Ich ziehe mir den Stuhl neben ihr heran und setze mich. »Mom, bitte beruhige dich.«

»Dieses Haus ... Das ist Irrsinn. Ich hätte nie ...«

Mir platzt der Kragen. »Kannst du dich nicht einfach für mich freuen, dass ich glücklich bin?«, fahre ich sie an. »Das bin ich nämlich, weißt du?«

Sie verstummt und starrt mich an. Zumindest sieht sie jetzt weniger entsetzt aus, dafür verwirrter. Die Spannungsfalten um ihren Mund haben sich etwas geglättet.

»Ich liebe dieses Haus. Versteh mich nicht falsch, ich weiß selbst, wie verrückt das alles ist. Aber ich liebe es und diese Stadt ebenfalls.«

»Alice.« Wie sie es schafft, in dieses eine kleine Wort so viel unterschwellige Kritik zu packen, ist bemerkenswert.

»Was die Verschwiegenheitsvereinbarung angeht: Sie bestehen nur darauf, um sicherzugehen, dass niemand ihre Familie in der Presse angreift oder dergleichen. Es ist wirklich nichts Weltbewegendes.« Ich hole Luft. »Ich freue mich wirklich sehr, dass du hier bist, aber ich muss nicht gerettet werden.«

Sie seufzt.

»Ich habe mir diese Kleider selbst ausgesucht, Mom. Genauso wie die Frisur und die Schuhe und die ganzen anderen Sachen«, erkläre ich. »Aber vor allem habe ich mir ihn ausgesucht. Und ich habe mich für ihn entschieden, bevor ich wusste, dass er eine schwarze American-Express-Karte hat. Bis dahin hatte er mir höchstens mal einen Strauß Blumen geschenkt.«

»Schatz …«

»Wenn Beck und ich in dieser abgetakelten Schuhschachtel von einer Wohnung in L.A. zusammenleben müssten, wäre mir das genauso recht. Es stimmt, dass wir uns erst wenige Wochen kennen und dass alles sehr schnell geht. Und es stimmt auch, dass ich in der Vergangenheit verletzt wurde. Aber Mom, das hier ist etwas anderes.«

Wieder stößt sie einen Seufzer aus. »Bist du dir sicher?«

»Ja. Das bin ich wirklich.«

Sie greift meine Hand.

»Ich weiß, dass du mich lieb hast und dass du dir um mich Sorgen machst«, sage ich. »Dafür bin ich dir dankbar. Aber du musst das alles etwas lockerer sehen.«

Jetzt schnieft sie. »Du siehst so erwachsen aus.«

»Trotzdem werde ich ab und zu deine Unterstützung brauchen.« Ich lächle. »Beispielsweise könnte ich jetzt wirklich jemanden brauchen, der mir dabei hilft, eine Soßenkelle und Kanapee-Messer auszusuchen.«

Sie lächelt verdrießlich. Die Frau ist sichtlich unzufrieden und kein Stück beruhigt. Dabei fand ich meine kleine Ansprache so gut. Doch Moms Zweifel sind nicht verschwunden. »Aber fühlst du dich hier, ohne deine Familie und deine Freunde, nicht einsam? Nachdem du ohne Vorwarnung durchs halbe Land umgezogen bist?«

In diesem Moment betritt Selah das Zimmer und sieht sich mit einem leichten Stirnrunzeln um. Als würde sie etwas Übelriechendes wittern. Aber da sie ein lebendiger Mensch ist, werde ich eben in den sauren Apfel beißen und mich mit ihr für meine Zwecke begnügen müssen. Noch bevor ich ausgeredet habe, weiß ich, dass ich einen Fehler mache. Das nenne ich mal eine schlechte Entscheidung.

»Weißt du Mom«, verkünde ich, »du kannst jetzt gleich eine meiner neuen Freundinnen kennenlernen.«

Selah bleibt wie vom Donner gerührt stehen.

»Selah, was für ein perfektes Timing. Komm, ich möchte dir meine Mutter vorstellen.«

Die Miene der zierlichen Brünetten wechselt so schnell von Verdrossenheit zu Entzücken, dass ich fast ein Schleudertrauma bekomme. Zum Glück, denn ich hatte keine Ahnung, ob sie mitspielen würde. »Hallo.«

»Sie sind eine Freundin von Alice?«, fragt meine Mutter.

Klar, die Frau sieht aus wie aus dem Ei gepellt, aber muss Mom deswegen gleich so ungläubig klingen?

Ich lächle. »Natürlich ist sie das.«

»Natürlich bin ich das«, wiederholt Selah. »Alice und ich haben sogar sehr viel gemeinsam.«

»Wie wahr.« Nur unseren Männergeschmack, alles andere ist eine glatte Lüge.

»Ich arbeite für Becks Stiefmutter. Aber Beck und ich kennen uns schon viel länger. Nicht wahr, Alice?«

Ich knirsche mit den Zähnen. Das war ein Riesenfehler. »In der Tat.«

»Rachel hat mich hergeschickt, um zu sehen, ob du vielleicht Unterstützung bei der Entscheidungsfindung brauchst.« Selah inspiziert, was auf dem Tisch ausliegt. »Hast du das bisher ausgesucht? Was für einen netten, einfachen Geschmack du hast. Herrlich.«

»Was soll's«, sage ich. »Danke, Selah.«

»Und dieses Haus!«, sagt sie mit angewiderter Miene. »Das ist so interessant.«

»Sei lieber vorsichtig, was du sagst«, erwidere ich mit einem gespielten Lachen. »Beck hat das Haus ausgesucht und liebt es abgöttisch.«

»Manchmal legt er wirklich einen seltsamen Geschmack an den Tag. Nicht zu fassen.« Ihr falsches Gelächter ist so viel überzeugender als meines. Verflixt noch mal. »Da wir gerade von Beck sprechen. Er ist wohl nicht zu Hause?«

»Er ist unterwegs.«

»Hmm. Ich frage mich, ob er das Anwesen in der Green Way Street jetzt wohl verkauft. Es steht ja schon so lange Zeit leer.«

Da ich keine Ahnung habe, wovon sie redet, brauche ich einen Moment, um zu antworten. Dass sie Dinge weiß, von denen ich noch immer keine Ahnung habe, ärgert mich gewaltig. »Darüber hat er sich nicht geäußert.«

»Wie viele Häuser besitzt der junge Mann denn?«, fragt meine Mutter, deren kritisches Stirnrunzeln wieder da ist. Obwohl es eigentlich gar nicht richtig weg war.

»Ein paar«, meine ich schulterzuckend. »Ist das denn wichtig?«

Mom ringt die Hände. »Ich möchte nur gern wissen, mit wem genau sich meine Tochter einlässt.«

»Darf ich dich daran erinnern, dass deine Tochter eine erwachsene Frau ist?«

»Ich kann Ihnen nicht verdenken, dass Sie besorgt sind, Mrs Lawrence«, sagt Selah mit einem freundlichen Lächeln und schmeichelt sich nach allen Regeln der Kunst ein. Schleimerin. »So erginge es jeder Mutter.«

»Es ist nur so, dass Beziehungen schon schwierig genug sind, wenn beide Partner einen ähnlichen Background haben«, gibt Mom zu bedenken.

Selah nickt.

Ich fasse es nicht. »Die Gesellschaft des anderen zu genießen, sich körperlich zueinander hingezogen zu fühlen, einen ähnlichen Sinn für Humor zu haben und eine tiefe Sehnsucht nach dem anderen zu empfinden sind natürlich unerheblich.«

Selah spielt mit der Süßwasserperlenkette an ihrem Hals. »Was seine Immobilien angeht … Mal sehen … Da ist zunächst einmal dieses Anwesen neben dem Haus seiner Großmutter in der Green Way Street. Dann die Eigentumswohnungen in New York, Paris, Oslo und London. Dann selbstverständlich noch das Haus in den Hollywood Hills und, mein persönlicher Favorit, das Haus in Aspen. Dort haben wir einige herrliche Stunden verlebt. So richtig besondere Augenblicke, weißt du?«

Warum sagt sie nicht gleich, dass sie es auf einem Bärenfell vor einem lodernden Kaminfeuer getrieben haben? Sexuelle Anspielungen sind nicht gerade ihre Stärke. Ist es verwerflich, das Verlangen zu verspüren, sie zu Asche zu verbrennen und anschließend auf der Stelle, an der sie gestanden hat, Salz zu verstreuen? Ich frage für einen Freund.

Mom reißt die Augen auf. »Er muss wirklich sehr wohlhabend sein.«

»Er ist Milliardär.« Selah lächelt geziert.

»Und er gehört mir«, sage ich, weil ich die Nase voll habe.

Ihr Lächeln verpufft.

»Es war nett von dir, dass du vorbeigeschaut hast, aber du kannst Rachel ausrichten, dass Toya und ich hier sehr gut allein zurechtkommen. Ich möchte dich wirklich nicht länger aufhalten.«

Selah lächelt, doch es sieht eher aus, als würde sie die Zähne blecken. »Natürlich.«

»Könntest du ihr bitte noch etwas von mir ausrichten?«, frage ich. »Es wäre nett, wenn du Rachel wissen lassen würdest, dass meine Garderobe nicht mehr erweitert werden muss.«

Ihre Augen verengen sich. »Ich wusste nicht, dass sie weitere Einkäufe getätigt hat. Aber ich gebe deine Nachricht selbstverständlich weiter.«

»Vielen Dank.«

»Auf Wiedersehen, Mrs Lawrence«, sagt Selah. »Alice.«

»Selah.«

Mom wartet, bis Selahs Schritte verklungen sind, bevor sie flüstert: »Bist du sicher, dass sie deine Freundin ist?«

»Vielleicht eher eine Freindin. Würdest du mir das abnehmen?«

»Schatz«, sagt sie und schnalzt spöttisch mit der Zunge.

Stöhn. »Erinnere mich daran, dir Penny, River und Emma

vorzustellen. Die sind viel besser. Na ja, Emma vielleicht nicht unbedingt. Kommt drauf an, in welcher Stimmung sie gerade ist.«

»Diese Leute«, sagt Mom und sieht wieder sehr nachdenklich aus. »Die sind wirklich anders als dein bisheriger Umgang.«

»Einige von ihnen sind gut, andere böse«, sage ich gleichmütig. »Aber die meisten liegen irgendwo dazwischen. Menschen sind doch eigentlich überall gleich.«

»Aber diese ganzen Häuser, von denen sie gesprochen hat. Der Lebensstil, den dieser Reichtum mit sich bringt. Der Druck und die Erwartungen von Freunden und Familie.« Sie redet ganz anders als die Frau, die mir früher Märchen vorgelesen und mir erzählt hat, dass all meine Wünsche wahr werden können. Dafür klingt sie viel zu angespannt und abgeklärt.

»Aber das hat nicht zwangsläufig Einfluss darauf, welche Art von Mensch sie sind.«

»Aber es kann Einfluss darauf haben.«

»Ich weiß nicht genau, ob du darauf hinauswillst, dass ich nicht gut genug für ihn bin oder dass er nicht gut genug für mich ist.«

Mom reckt das Kinn. »Letzteres. Fraglos.«

»Wenn ein attraktiver, hart arbeitender Milliardär den Ansprüchen, die du an meinen Lebensgefährten stellst, nicht gerecht wird, dann gnade uns Gott!« Ich merke, wie verdrossen ich klinge, atme tief durch und reiße mich wieder zusammen. »Bitte setz dir nicht in den Kopf, meinen Freund zu hassen, bevor du Gelegenheit hattest, ihn kennenzulernen. Das ist ungerecht, Mom. Du musst mir versprechen, aufgeschlossen zu sein.«

»Alice …«, sagt sie und sieht mich wieder ungehalten an. »Okay. Na gut.«

»Vielen Dank.«

Einige Stunden später kündigt ein lautes Jaulen Becks Rückkehr an. Er ist schlicht gekleidet in Jeans und einem grauen Henley-Shirt und stellt etwas auf dem Boden ab. Es könnte eine Transportbox für Katzen sein. Oder ein Dämonenkäfig. Was immer sich dort drinnen befindet, ist jedenfalls nicht glücklich.

»Ich habe sie in einer Gasse hinter dem Hotel gefunden«, sagt er zur Begrüßung. »Sie wurde ausgesetzt. Kannst du dir das vorstellen? Menschen sind solche Arschlöcher.«

»Ist das eine Katze oder ein Gremlin?«, frage ich. »Den Geräuschen nach ist das schwierig zu beurteilen.«

Mom ist nach oben gegangen, um auszupacken und ein Nickerchen zu machen, während ich die Auswahl der Haushaltsgegenstände beendet habe (alles in minimalem, klassischem Design durfte bleiben, der Rest ging wieder zurück). Sollte es in unserem Haus eines Tages an Champagnerflöten, Tischläufern oder Raumduftspendern fehlen, geht das auf meine Kappe.

Beck öffnet die Tür der Box, und eine dürre schwarze Katze, der ein halbes Ohr fehlt, kommt herausstolziert. Sie sieht uns beide mit ihren schönen grünen Augen erbost an.

»Ich war mit ihr beim Tierarzt. Sie sieht ein bisschen mitgenommen aus, davon abgesehen geht es ihr aber gut«, sagt Beck. »Ich habe sie gleich impfen lassen und so weiter. Der Tierarzt meinte, dass noch immer viele glauben, schwarze Katzen würden Unglück bringen, und sie deshalb schlecht behandeln.«

»Das ist ja furchtbar.«

»Ich habe sie Princess getauft«, verkündet Beck stolz.

»Prinzessin der Unterwelt?«

»Nein, Prinzessin von allem Süßen und Strahlenden und Flauschigen.« Er legt mir einen Arm um die Taille und zieht mich an sich, um mir einen Begrüßungskuss zu geben, erstarrt jedoch mitten in der Bewegung. »Du bist doch nicht allergisch auf Katzenhaare, oder, Liebste?«

»Nein.«

»Puh.«

Princess zuckt mit dem Schwanz.

»Hallo Princess«, sage ich.

Die Katze faucht mich an. Dann rennt sie zu einem der Sofas und versteckt sich darunter. Nur ihr Schwanz ist noch sichtbar, der hin und her zuckt. Als ich noch klein war, hatten wir einen Hund, aber eine Katze hatte ich noch nie. Das wird bestimmt interessant.

»Ich glaube, das bedeutet, dass sie dich mag«, behauptet Beck.

»Sollen wir versuchen, ihr ein Schälchen Milch oder Sahne zu geben?«

»Sie fände bestimmt beides gut. Mrs Francis kümmert sich gerade um eine Katzentoilette und Futter. Wie war dein Tag?«

»Lang.«

»Ja?«

Ich gehe in die Küche, hole eine kleine Schale aus dem Schrank und die Sahne aus dem Kühlschrank. Nachdem das erledigt ist, stelle ich meine kleine Gabe dicht neben einen Sessel, unter dem sie sich gerade versteckt. Ein süßes kleines Näschen reckt sich schnuppernd in die Luft und gleich darauf zieht eine schwarze Pfote die Sahneschüssel ins Versteck. Halleluja, meine bescheidene Opfergabe wurde angenommen.

Ich schlinge die Arme um Becks Taille, weil ich dringend ein paar Streicheleinheiten brauche. »Ich habe mit einer neuen Website angefangen und etwas über lokale Wohltätigkeitsorganisationen recherchiert. Dann habe ich ungefähr eine Milliarde Haushaltsgegenstände ausgewählt. Danke, dass du mir Bescheid gesagt hast, dass das heute ansteht.«

»Entschuldige«, murmelt er. »Ich habe vergessen, dass Rachel mir diesbezüglich eine Nachricht geschickt hatte.«

»Mom ist heute Morgen eingetroffen. Im Moment ist sie oben und schläft. Sie ist nicht in bester Stimmung, aber ich hoffe, ich kann sie besänftigen. Und es könnte sein, dass ich ein paar Worte mit Selah gewechselt habe.«

»Selah war hier?«, fragt er kritisch.

»Ja. Ich glaube, sie hat gehofft, mit dir reden zu können. Ich will nicht unhöflich erscheinen, aber ich finde, dass sie aus dem Haus verbannt werden muss. Warte. Lass mich das noch mal anders formulieren, weil ich nämlich genug davon habe, nett zu sein. Nettigkeit ist nichts als eine Fassade aus Schwachsinn, hinter der sich die Wahrheit verbirgt. Denn jedes Mal, wenn ich glaube, dass wir uns doch gut verstehen könnten, werde ich eines Besseren belehrt.«

Er legt das Kinn auf meinen Kopf. »Das ist dein Zuhause, Liebste, und ich möchte, dass du dich hier wohlfühlst. Ich werde Rachel sagen, dass wir das ab sofort so regeln. Sie kann Selah Bescheid geben.«

»Danke.«

»Keine Ursache. Es stört dich doch nicht, dass ich ein Haustier mitgebracht habe?«

Princess nutzt die Gelegenheit und flitzt von einem Sofa zum nächsten. Ihr Schwanz zuckt dabei die ganze Zeit. Offensichtlich ist sie mit ihrer Sahne fertig.

»Nein, natürlich nicht. Es ist auch dein Zuhause«, sage ich lächelnd. »Und sie ist niedlich, auf ihre ganz eigene ›Ich fresse deine Seele‹-Art und Weise.«

»Ja, nicht wahr? Sie hat den Tierarzt mit ihren Krallen regelrecht massakriert.«

»Oh, unser süßes, kleines, teuflisches Fellbaby.«

Er drückt mich. »Weißt du, ich hatte gehofft, dich heute Abend in den Downtown Grill ausführen zu können. Möchtest du, dass ich die Reservierung storniere, oder soll ich lieber um einen größeren Tisch bitten? Ich habe Mrs Francis heute Abend freigegeben, aber wir können uns auch einfach Essen beim Lieferservice bestellen.«

»Ich glaube, der Lieferservice wäre die sicherste Alternative.«

»So machen wir's.« Er zieht das Handy aus der Gesäßtasche seiner Jeans. »Worauf hast du Lust?«

»Mom mag Sushi.«

»Klingt gut.«

»Wie war dein Tag?«

Er grinst. »Der Kauf geht über die Bühne; mein Angebot wurde angenommen.«

»Das sind ja großartige Neuigkeiten. Herzlichen Glückwunsch!«

Er überschüttet mein Gesicht mit Küssen und bringt mich damit zum Lachen. »Danke.«

Mom räuspert sich. Sie steht am Fuß der Treppe. Damit ist die Stimmung offiziell hinüber. »Du musst Beck sein«, stellt sie fest.

»Hallo, Mrs Lawrence.« Er läuft mit ausgestreckter Hand auf sie zu. »Wie war Ihr Flug?«

»Nenn mich Heather.« Mom schüttelt ihm die Hand und schenkt ihm ein dezentes Lächeln. »Er war angenehm, danke der Nachfrage.«

Und dann schauen mich beide auffordernd an. Ich habe plötzlich ein ganz ungutes Gefühl.

»Bist du beruflich bedingt häufig auf Reisen, Beck?«, erkundigt sich Mom.

Wir trinken Bier und essen uns durch eine reichhaltige Sushiplatte, die auf dem Esstisch steht. Princess versteckt sich unter einer Ottomane und bedenkt uns mit bösen Blicken. Allerdings ist sie vorhin kurz herausgekommen, um ein paar Katzenleckerlis zu verspeisen.

»Ich bin vorwiegend in Denver tätig, muss aber hin und wieder auch verreisen«, antwortet Beck. »Meine Mutter lebt in New York, und in der Regel fliege ich alle paar Monate hin, um sie zu besuchen. Außerdem habe ich Familie in Dänemark, die ich einmal im Jahr versuche zu sehen.«

»Befinden sich deine Unternehmen ausschließlich in Denver?«

»Nein.« Er tunkt eine Philadelphia Roll in Sojasoße. »Ich bin auch noch an Unternehmen in anderen Städten beteiligt.«

»Zum Beispiel?«

Ich bedenke Mom mit einem vielsagenden Blick, den sie beschließt zu ignorieren. Wie überraschend. Oder auch nicht. Das ist kein Tischgespräch. Das ist ein verdammtes Verhör.

»New York, Chicago, Phoenix und L.A.«, zählt Beck auf.

»Erwartest du von Alice, dass sie dich auf deinen Reisen begleitet?« Mom legt sich noch eine California Roll auf den Teller und fügt vorsichtig etwas sauer eingelegten Ingwer hinzu. Als Beck vorhin angeboten hat, eine Flasche Wein zu öffnen, hat sie stattdessen ein Bier verlangt. Was für ein Blödsinn. Zu Hause trinkt sie Prosecco. Diese hyper-paranoide, negative Version meiner Mutter geht mir so dermaßen auf die Nerven. Sie bedenkt mich mit einem betrübten Lächeln. »Wie willst du denn einen Job finden, Schatz? Oder hast du vor, dich aushalten zu lassen?«

»Eigentlich habe ich schon einen Job«, sage ich etwas angefressen. »Sogar zwei. Ich erstelle Content für kommerzielle

Websites, wobei mir mein Abschluss endlich mal von Nutzen ist, und außerdem bin ich noch Leiterin der Stiftung von Becks Firma. Er hat diesen neuen Bereich etabliert, und ich werde ihn entwickeln. «

Beck hebt eine Augenbraue. Ja, ich habe ihm noch nicht gesagt, dass ich sein Jobangebot annehme. Hoppla.

»Du gibst ihr einen Job?«, fragt Mom.

»Sie hat ihn sich erarbeitet«, verbessert Beck. »Alice hat unser Familienunternehmen kürzlich bei einer Wohltätigkeitsveranstaltung repräsentiert und eine potenziell äußerst haarige Situation mit großem Geschick gemeistert. Sie kann gut mit Menschen umgehen, und die wiederum sprechen gern mit ihr. Du solltest stolz auf deine Tochter sein.«

»Das bin ich selbstverständlich. Aber ist es eine gute Idee, zusammenzuarbeiten?«

»Ich wüsste nicht, was dagegenspricht«, sage ich schulterzuckend. »Beck arbeitet üblicherweise in seinen Büroräumen im *Heritage* oder direkt vor Ort, ich dagegen von zu Hause aus. Wenn wir reisen, kann ich überall am Laptop arbeiten.«

»Du möchtest dir doch bestimmt selbst etwas aufbauen, Alice.«

»Bei der aktuellen Wirtschaftslage?«, entgegne ich. »Das habe ich bereits versucht, Mom, und es endete damit, dass ich irgendwelchen Idioten Bier servieren und mich anbaggern lassen musste.«

»Aber du hast dich nicht besonders angestrengt. Du hättest zurück nach Hause ziehen und dich ernsthaft nach Praktika umsehen können –«

»Du hast recht, das hätte ich tun können. Ich habe mich entmutigen lassen und aufgegeben.« Das entspricht der Wahrheit. »Das habe ich vermasselt. Aber es wäre doch dumm von mir, diese tollen neuen Möglichkeiten, die sich mir eröffnen, nicht zu nutzen.«

»Was, wenn es zwischen euch nicht klappt?«

»Dann kehre ich nach L.A. zurück und fange von vorn an. Mit einem überzeugenderen Lebenslauf, als ich ihn vor meiner Abreise vorzuweisen hatte.« Ich angle mir mit meinen Essstäbchen ein Röllchen mit gebackener Garnele.

Mom gibt einen undefinierten Laut von sich. »Nimm lieber Thunfisch, Schatz.«

»Die mag ich aber lieber.« Statt einem nehme ich mir gleich zwei Garnelenröllchen. Weil ich so erwachsen bin.

Beck starrt auf seinen Teller, hat die Hand auf dem Tisch zur Faust geballt und sendet ziemlich negative Schwingungen aus. Ich befürchte, Moms Bemerkung darüber, dass es zwischen uns nicht funktionieren könnte, ist bei ihm nicht gut angekommen.

Da ich mich von Moms kritischer Miene nicht beeindrucken lasse, wechselt sie das Thema. »Amy ist im Internet auf einen Haufen Fotos und Unsinn, der über dich geschrieben wurde, gestoßen.«

»Sag ihr, dass sie es einfach ignorieren soll. Ich tue das auch.«

»Sie ist deswegen beunruhigt.«

»Sie hat ein Baby und meinen Bruder, um die sie sich kümmern muss. Meine Schwägerin wird es überleben.« Ich trinke einen Schluck Bier. »Wie läuft das Schuljahr?«

»Ach, gut«, erwidert Mom mit einer wegwerfenden Geste. »Wie es eben so ist, wenn deine Schüler Teenager sind. Ich kann es kaum erwarten, in Rente zu gehen und das alles hinter mir zu lassen.«

»Ich dachte, du unterrichtest gern.«

»Das habe ich. Und tue es immer noch. Ich werde nur alt.« Sie lächelt. Müde und resigniert. Aber es ist wahrscheinlich trotzdem das erste echte Lächeln seit ihrer Ankunft.

Ich würde ihr gern von Henry erzählen. Wie unterhaltsam es sein kann, ihn um sich zu haben. Und was für eine Nervensäge er manchmal ist. Aber höchstwahrscheinlich würde sie das missverstehen. Es als ein weiteres Argument dafür ansehen, dass ich das sinkende Schiff verlassen und nach Hause flüchten sollte. Etwas Weiches, Flauschiges windet sich um mein Bein. Ich lehne mich auf dem Stuhl zurück und stelle fest, dass Princess sich an mir reibt. Als sie merkt, dass ich sie beobachte, faucht sie sofort und flüchtet unter die nächstgelegene Couch. Wie man das halt so macht.

»Hast du das gesehen?«, frage ich Beck.

»Was?«, fragt er verwundert.

»Princess hat sich herabgelassen, meine Existenz anzuerkennen.«

»Oh nein. Was für ein wundervoller Augenblick und ich habe ihn verpasst.« Er grinst. »Beim nächsten Mal.«

»Nächstes Mal.«

Mom beobachtet mich mit leicht tadelnder Miene. »Seid ihr sicher, dass es ungefährlich ist, das Tier hierzubehalten?«

»Ja«, sagt Beck, dessen Miene wieder ausdruckslos geworden ist.

Das muss die verdammt noch mal unangenehmste Mahlzeit aller Zeiten sein. Mom war schon immer gegenüber Jungs, die ihre Tochter umgarnen, misstrauisch. Mutmaßte, dass sie nur auf eine Sache aus seien (vaginalen Zutritt). Aber wenn der betreffende Mann dich nach Denver eingeflogen hat, ein Haus gekauft hat, in dem er mit dir wohnen will, dich seiner Familie vorgestellt hat, dir eine Garderobe und ein Auto gekauft und dir einen Job angeboten hat … sollte man doch eigentlich davon ausgehen können, dass er ernste Absichten hegt. Insbesondere, da er besagte Vagina bisher links liegen gelassen hat. Obwohl ich nicht gedenke, diese Information mit meiner Mutter zu teilen. Unser Liebesleben, beziehungsweise dessen Nichtexistenz, geht nur uns etwas an.

»Warum feiern wir Weihnachten nicht hier?«, frage ich und lasse den Blick durch den Raum schweifen. »Wir könnten einen großen Baum aufstellen und alle zu uns einladen.«

»Du willst über Weihnachten nicht nach Hause kommen?« Mom ist entsetzt. Na toll.

»Wären wir denn beide willkommen?«, stelle ich die Gegenfrage.

Sie sieht mich mit offenem Mund an. Das ist Antwort genug.

»Es ist unser erstes gemeinsames Weihnachten in unserem neuen Zuhause«, sage ich. »Wir haben noch nicht überlegt, wie wir es feiern wollen.«

Beck streichelt mit den Fingern meine Hand. »Ich richte mich ganz nach deinen Wünschen, Liebste.«

»Wir könnten Princess ein weihnachtliches Halsband besorgen und so weiter.«

»Das fände sie bestimmt großartig«, lügt er mit viel Überzeugung.

»Ja, nicht wahr?«

Mom schaut uns an, als wären wir verrückt geworden. Vielleicht sind wir das wirklich.

»Ich muss lernen, mich damit zufriedenzugeben, glücklicher zu sein, als ich es verdiene«, zitiere ich Jane Austen. Und das ist nichts anderes als die Wahrheit.

»Hey, das war mein Text.« Beck steht auf und küsst mich auf den Scheitel. Er beginnt, die Teller einzusammeln. Dabei verharrt er kurz und sieht meine Mutter an. Sein Blick ist kühl. »Du vertraust mir nicht. Das kann ich verstehen. Mir wäre es auch nicht recht, wenn irgendein reiches Arschloch daherkäme und das Herz meiner Tochter im Sturm erobern würde. Sie in einen anderen Staat zu sich holt. Ihr Leben grundlegend verändert. Vielleicht werden wir beide lernen, miteinander auszukommen, aber vielleicht auch nicht. Alice zuliebe hoffe ich, dass wir es schaffen. Aber was immer auch geschehen mag, schreib ihr ja nicht noch einmal vor, was sie essen soll.«

Oha.

Er bringt die Teller zur Spüle. Mom starrt ihm nach. Als sie sich schließlich zu mir umdreht, ist sie unübersehbar schockiert. Obwohl ich nicht verstehe, weshalb sie so überrascht ist. Wahrscheinlich, weil sich noch nie jemand so für mich eingesetzt hat. Meistens habe ich mich selbst behauptet. Oder habe ich mich nur daran gewöhnt, solchen Mist zu ignorieren? Wenn sie mich bei Grillfesten darauf hinwies, welches Steak am wenigsten Fett hätte. Dass sie mir bei Geburtstagsfeiern immer das kleinste Stück Kuchen gegeben hat. Solche Dinge. Bäh.

»Ich lasse euch jetzt ein bisschen Zeit für euch«, sagt Beck und steigt, ohne sich noch einmal umzudrehen, die Treppe hinauf.

Ich warte einfach, sitze zusammengesunken auf meinem Stuhl und nippe an meinem Bier. Wie bittet man seine Mutter höflich darum, den Stock aus ihrem Hintern zu ziehen? Ich wusste, dass ich meines Umzugs wegen und so weiter auf Widerstand stoßen würde. Aber das hier ist wirklich übertrieben.

Mom hat die Hände vor sich gelegt und die Finger fest ineinander verschlungen. »Auf dem College hatte ich eine Freundin, die mit einem reichen Jungen zusammen war. Sie hieß Tori.«

»War sie nicht eine deiner Brautjungfern?«

»Stimmt.« Kurz huscht ein Lächeln über Moms Gesicht, verschwindet jedoch gleich wieder. Blitzschnell. »Sie waren so verliebt. Einfach verrückt nacheinander. Sie sind überall zusammen hingegangen. Zu jeder Party, jedem Footballspiel … such dir was aus. Als wären sie an der Hüfte zusammengewachsen. An Thanksgiving hat er sie sogar mit zu sich nach Hause genommen und seinen Eltern vorgestellt, obwohl er das vorher noch nie bei einem Mädchen getan hatte. Anfangs war alles in bester Ordnung. Alle waren sehr nett zu ihr. Doch irgendwann fand seine Familie, dass er es mit diesem Mädchen aus der Arbeiterklasse etwas zu ernst meinte. Weißt du, ihr Vater war nur Mechaniker. Ihre Mutter war schon tot. Tori wusste nicht, wie man sich im Country Club angemessen benimmt. Wusste nicht, welches Glas sie wann benutzen musste. Aber die beiden waren fest entschlossen, zusammenzubleiben. Nichts konnte sie aufhalten.

Also haben sie nach dem Abschluss geheiratet. Sie hat als Lehrerin gearbeitet und sie beide mit ihrem Gehalt über Wasser gehalten, während er Jura studierte. Es war ihnen egal, dass seine Familie ihm den Geldhahn zugedreht hatte und sie in einem rattenverseuchten Dachgeschoss leben mussten. Sie haben sich geliebt. Solange sie einander hatten, war alles gut. So ging es einige Jahre – Tori arbeitete, und er studierte. Er hat sich angestrengt und wurde Jahrgangsbester. Seine Familie kam endlich zur Vernunft und nahm das junge Paar zurück in ihren Schoß. Sie kauften sich eine große Villa in Bel Air und lebten ein Schickerialeben. Partys und Galas und Geschäftsessen. Urlaub in Südfrankreich und Skifahren in Aspen. Sie wechselte zu einer Privatschule, um dort zu unterrichten, fuhr in einem brandneuen Mercedes zur Arbeit und trug Ralph Lauren. Alles war gut. Doch eines Tages änderte sich das.

All die kleinen Dinge, die sie unter Druck setzten, summierten sich. Der Druck, die Illusion von Perfektion aufrechtzuerhalten. Der Druck, immer am rechten Ort zu sein und die richtigen Dinge zu den richtigen Personen zu sagen. Der Druck, sich anzupassen und ihren Ehemann dabei zu unterstützen, Geschäftspartner zu finden. Die ganze Zeit war sie von diesen reichen Menschen umgeben, die ihr müßiges Leben lebten, aus deren Mündern nur Gift quoll und die nicht einen Funken Güte in sich hatten. Ich kann mir vorstellen, dass es sich angefühlt haben muss, als würde man unter einem Mikroskop leben, unter permanenter Beobachtung, und alle warten nur darauf, dass dir ein Fehler unterläuft, damit sie hinter deinem Rücken über dich tratschen können. Egal, wie sehr Tori und ihr Mann sich liebten, gegen diesen unablässigen Druck und Stress kamen sie nicht an. Risse begannen sich aufzutun, und am Ende haben sie sich scheiden lassen.

Du kannst mir gern versichern, dass es zwischen dir und deinem Freund nicht so ist. Dass er und seine Familie und seine Freunde anders sind. Dass niemand von dir erwartet, dass du dich veränderst, um dich anzupassen. Aber ich habe miterlebt, wie eine der klügsten und stärksten Frauen, die ich jemals kannte, von diesen Leuten verschlungen und wieder ausgespuckt wurde. Sie ist nach Schottland gezogen, und er hat eine gescheiterte Schauspielerin geheiratet. Die perfekte Vorzeigefrau. Tori hat Jahre gebraucht, um wieder auf die Beine zu kommen.« Mom seufzt. »Ich will nicht, dass es dir genauso geht.«

»Mom, sei doch vernünftig. Es tut mir leid, dass es bei deiner Freundin schiefgegangen ist, aber ich kann meine Entscheidungen doch nicht aufgrund der Lebenserfahrungen von anderen Leuten treffen. Es gibt für jede erdenkliche Situation eine traurige Geschichte. Ein Beispiel, wie alles den Bach runterging und ein schlimmes Ende nahm«, sage ich. »Aber Beck und ich, wir können wir selbst sein und tun, was uns richtig erscheint. Und ich möchte, dass du das respektierst.«

Mom schweigt.

»Und was deine Bedenken hinsichtlich unserer Zusammenarbeit betrifft … Ich weiß, dass ich seit meinem Abschluss nichts auf die Reihe bekommen habe. Du und Dad wusstet von Anfang an, dass ihr Lehrer werden wolltet, und das ist toll. Aber es ist auch in Ordnung, wenn ich noch nicht weiß, was ich für den Rest meines Lebens machen möchte. Aber irgendwo muss ich anfangen, und genau das tue ich gerade, und Beck spielt dabei eine große Rolle. Er hat mich wachgerüttelt. Er hat mich dazu animiert, mehr für mich selbst zu wollen.«

Sie greift über den Tisch und tätschelt meine Hand. »Okay, Schatz. Meine Kleine … Du bist einfach noch so jung.«

»Du und Dad, ihr seid doch auch schon quasi seit zwei Minuten nach eurer Geburt zusammen …«

»Nicht ganz so lang.« Sie lächelt verdrießlich. »Ich fliege morgen wieder nach Hause. Ich muss zurück zur Arbeit und zu deinem Vater. In der Zwischenzeit werde ich versuchen, netter zu Beck zu sein.«

»Das würde mich freuen.«

»Aber sei vorsichtig. Bitte.«

»Bin ich.«

»Dein Vater und ich werden immer für dich da sein«, sagt sie und sieht mir dabei direkt in die Augen. »Hast du mich verstanden, Alice?«

Meine Augen werden ganz feucht. Verflixt. »Ja, Mom. Danke.«

15. KAPITEL

»Das ist eine hässliche Geschichte.« Beck malt mit einer Hand Muster auf meinen Rücken, während er mit der anderen seinen Kopf aufstützt und zur Decke blickt. Er ist besonders sexy, wenn er grübelt. »Kein Wunder, dass deine Mutter so resistent gegen meinen Charme und mein teuflisch gutes Aussehen ist.«

»Miterleben zu müssen, wie eine Freundin so etwas durchmacht«, sage ich ebenso bedrückt. »Aus ihrem Mund klang es wie ein Klassenkrieg. Wahrscheinlich denkt deine Großmutter genauso über mich. Das bürgerliche Mädchen, das ihre Flure aus Marmor besudelt. Die den Glanz ihrer Familie beschmutzt, ihr Vermächtnis entweiht und so weiter.«

»Ich werde dein Beschützer sein, Liebste. Sei unbesorgt.«

»Das ist lieb von dir, aber so funktioniert das leider nicht. Ich meine, entweder komme ich mit dem ganzen Mist selbst klar, oder …«

»Das klingt trostlos.«

»Nein«, widerspreche ich. »Nur sachlich. Ich glaube, dass keine Beziehung, die etwas wert ist, immer einfach ist. Wir sind zwei verschiedene Menschen mit eigenen Gedanken und Gefühlen. Die Tatsache, dass wir auch noch aus unterschiedlichen Welten stammen, macht es nur noch herausfordernder.«

»Ich verstehe, worauf du hinauswillst. Aber du weißt schon, dass du für mich immer an erster Stelle stehst?«, fragt er besorgt. »Du bist nicht allein.«

»Ich weiß, dass du zu mir hältst.« Ich lächle. »Und ich halte zu dir. Aber dieser Schickimicki-Lebensstil, den du pflegst, hat seine ganz besonderen Tücken. Wie Penny einmal gesagt hat, herrscht um meine Position ein großer Konkurrenzkampf.«

»Die können mich alle mal«, sagt er nüchtern. »Ich interessiere mich nur für dich und sonst niemanden.«

»Vielen Dank. Aber du bist oft mit der Arbeit beschäftigt, und ich muss in der Lage sein, auf eigenen Füßen zu stehen.«

Er betrachtet mich einen Moment. »Alice, bin ich nicht oft genug zu Hause? Seit meiner Rückkehr hatte ich viel zu tun, aber ich hoffe, dass es bald ruhiger zugehen wird. Aber bekommst du momentan genug Aufmerksamkeit von mir? Falls nicht, müssen wir das ändern.«

»Ich weiß, dass du derzeit besonders viel um die Ohren hast. Und das ist in Ordnung für mich.«

»Sicher?«

»Ja, Beck.«

»Okay. Aber sag mir Bescheid, falls sich etwas daran ändern sollte.«

»Werde ich. Übrigens, ich habe gehört, dass du eine Immobilie in den Hollywood Hills besitzt. Und in London, New York, Oslo ... an vielen interessanten Orten. Inklusive der Straße, in der deine Großmutter wohnt.«

Er sieht mich fragend an. »Lass mich raten. Selah?«

»Jawohl.«

»Die Green-Way-Villa werde ich zum Verkauf anbieten«, seufzt er. »Gleich morgen.«

»Ist der Zeitpunkt denn günstig, um sie zu verkaufen?«

»Das ist mir egal. Wenn sie dir auch nur ein winziges bisschen gegen den Strich geht, muss sie weg.«

»Ich halte mehr aus, als du denkst. Der Verkauf kann warten, bis du dazu bereit bist. Es ist nur, weil du erwähnt hast, dass sie gern dort gewohnt hätte, aber nicht, dass du tatsächlich schon ein passendes Haus gekauft hast.« Nur fürs Protokoll: Ich werde es überleben, bin aber trotzdem etwas sauer auf ihn, weil er mir dieses Detail vorenthalten hat. »Ich war einfach überrascht.«

»Ich wollte kein Geheimnis daraus machen. Mir stand nur nicht der Sinn danach, mich damit zu befassen. Wie gesagt, ich hatte ernsthafte Absichten mit ihr. Bis zu dem Moment, in dem ich herausgefunden habe, dass sie mich nach Strich und Faden belogen hat. Ich habe sie vielleicht nicht geliebt, aber vertraut habe ich ihr durchaus.« Er lässt die Hand zu meinem Nacken hinaufgleiten und massiert meine Muskeln. Ah. Zauberfinger. Wenn er so weitermacht, wird es mir deutlich leichter fallen, ihm zu vergeben. »Dieses Erlebnis hat gereicht, um mich dazu zu bringen, innezuhalten und darüber nachzudenken, was ich wirklich tue. Was für ein Leben ich leben will. Auf welche Art von Beziehung ich mich langfristig einlassen will. Ich will keine Kopie meines Vaters werden.«

»Mm.«

»Bist du böse, weil ich dir nichts von den Immobilien erzählt habe?«

»Ich kann mir vorstellen, dass wir früher oder später sowieso darauf zu sprechen gekommen wären.«

Er nickt. »Die meisten benutzt meine Mom viel häufiger als ich. Abgesehen von der in New York – sie hat dort ihre eigene Wohnung.«

»Wenn du deine Mutter besuchst, willst du nicht bei ihr wohnen?«

»Nicht, seitdem sie Naturalistin ist. Das wurde mir vor meinen Freunden, die uns besucht haben, irgendwann zu peinlich«, sagt er. »Hinzu kam noch das Problem, dass sie immer gern ihren Genitalbereich auf dem Balkon gesonnt hat. Außerdem gibt es eben Menschen, deren Gesellschaft man nur in kleinen Dosen erträgt. Verstehst du, was ich meine?«

»Ja, durchaus.«

Wieder seufzt er. »Tut mir leid, dass ich deiner Mutter gegenüber die Beherrschung verloren habe.«

»Das war bedauerlich. Aber sie war auch nicht gerade nett.« Eigentlich will ich jetzt nicht darüber reden. Es war ein langer Tag. Also lausche ich stattdessen auf sein Herz, das kraftvoll und regelmäßig in seiner Brust schlägt. Er ist hier bei mir. Wir sind okay. Trotz aller Höhen und Tiefen und der Meinung anderer Leute.

»Hey«, sagt er zärtlich. »Gib mir einen Kuss.«

Ich rutsche auf dem Bett ein Stück weiter nach oben und drücke den Mund auf seinen. Sein Geschmack ist das ultimative Aphrodisiakum für mich. Ein Hauch von Pfefferminzzahnpasta, gemischt mit Beck – rein und simpel. Was mit geschlossenen Mündern beginnt, eskaliert natürlich wie immer in Windeseile. Er rollt mich auf den Rücken und leckt aufreizend mit der Zunge über meine Lippen, bevor er sie in meinen Mund schiebt. Wir passen so perfekt zusammen. Seine warmen Lippen an meinen, seine forsche Zunge und das Gewicht seines Oberkörpers, der sich die ganze Zeit auf mich presst. Meine Brüste sind zwischen uns eingeklemmt und schmerzen sehnsüchtig. Oh Gott, und wie sehnsüchtig. Ich lege eines meiner Beine um seine, halte ihn fest. Er legt seine starke Hand fordernd an meine Hüfte. Also das mit dem Küssen haben wir schon mal perfekt raus. Er küsst mich wild und tief und zeigt mir mit seiner Zunge, was er gern mit anderen Teilen seines Körpers mit mir anstellen würde. Was wir eines Tages tatsächlich tun werden. In meinem Kopf dreht sich alles, und wieder einmal fällt es mir schwer, mich daran zu erinnern, warum wir eigentlich warten. Wie er sein immer härter werdendes Glied an meinem Bauch reibt, ist so unfassbar erregend. Mein Schoß ist total nass und bereit für ihn. Es gibt so vieles, was ich mit ihm erleben will. Ich will, dass er mich berührt und mich vernascht und laut sagt, dass ich ihm gehöre. Letzteres habe ich ja schon ein wenig bekommen, und das ist schön. Aber ich will alles.

»Verdammt«, raunt er und vergräbt das Gesicht an meinem Hals. »Alice …«

»Ja?«

»Nichts. Ich spreche nur gern deinen Namen aus.«

»Okay, Beck.«

Ein leises Lachen rumpelt in seiner Brust. »Jetzt dauert es nicht mehr lange.«

»Ich hoffe es.«

»Hmm.«

»Ach, die Arztpraxis hat sich gemeldet. Die Verhütungsspritze ist aufgefrischt und wirkt. Keine nennenswerten Geschlechtskrankheiten. Lediglich ein leichter Fall von schwarzer Pest. Offenbar hoch ansteckend, aber das Gute daran ist, dass wir so in Zukunft wahrscheinlich deutlich weniger unangenehme Abendessen durchleiden müssen …«

»Gut, gut«, sagt er amüsiert und stützt sich auf, um mich anzusehen. »Ich habe auch Rückmeldung vom Arzt bekommen. Beide Ärzte sind angewiesen, uns alle Befunde noch einmal schriftlich zukommen zu lassen, damit wir beide sicher sein können, dass alles in Ordnung ist. Wenn dir das noch immer recht ist, Liebste.«

»Selbstverständlich.«

»Damit wir … eines Tages tatsächlich Sex haben können.« Er gibt ein erfreutes Brummeln von sich.

»Die Frage ist aber, ob du das Gefühl hast, dass die Bindung zwischen uns schon stark genug ist. Ob wir uns in dieser Werbephase für deine Maßstäbe schon gut genug kennengelernt haben.« Ich drehe mich um und lege das Kinn auf seine

Brust. Ist es schräg, dass ich gern an ihm rieche? Denn das tue ich wirklich. »Über diese Punkte hast du dir doch Sorgen gemacht.«

Er überlegt einen Moment, bevor er antwortet. »Wir haben Verwandte des jeweils anderen kennengelernt, ohne dass es zu Blutvergießen gekommen wäre. Wir bekommen das mit dem Zusammenleben gut hin, und einander in unser Leben zu integrieren ebenfalls. Obwohl das eher ein fortlaufender Prozess ist. Aber ich habe den Eindruck, dass die Anfangsphase gut verlaufen ist. Hast du das Gefühl, häufiger oder seltener daran denken zu müssen, seit wir beschlossen haben zu warten?«

»An Sex? Häufiger. Vor allem, weil wir eben schon die ganze Zeit zusammen sind und du dadurch mein persönliches Lustobjekt bist. Manchmal hätte ich aber auch ganz allgemein Lust darauf, um Spannungen abzubauen. Oder einfach, weil ich Gefallen an dir gefunden habe und mir denke: Warum nicht?«

»Aha.« Er schiebt die Hand unter mein Schlafshirt und lässt die Fingerspitzen über mein Rückgrat gleiten. »Liebste, gibt es vielleicht spezielle erotische Fantasien deinerseits, die du gern mit mir teilen würdest?«

»Nun ja, da gibt es zum Beispiel die, in der du eine Hausmädchenuniform trägst und dich beim Abstauben kokett vornüberbeugst.«

Er lacht. »Nett.«

»Und dann gibt es auch noch die, in der du angezogen wie ein Feuerwehrmann die Tür zu meinem Schlafzimmer einschlägst, um mich zu retten.«

»Geht es dabei um das metaphorische Feuer zwischen deinen Schenkeln?«, erkundigt er sich. »Denn dem könnte ich mich auf jeden Fall annehmen.«

Ich lächle nur. Er bringt mich so oft zum Lächeln.

»Himmel, ich mag dich, Liebste. Als Mensch und als Frau mit tollen Brüsten und einem fantastischen Hintern.«

»Oh, vielen Dank. Ich bin dir ebenfalls sehr zugetan. Ich finde, du bist heiß.« Ich tue so, als müsste ich kichern. Nein, eigentlich ist es gar nicht vorgetäuscht. Manchmal gibt er mir wirklich das Gefühl, wieder sechzehn und vor lauter Hormonen ganz aus dem Häuschen zu sein. Als könnte ich ein Bild von ihm in meinem Zimmer an die Wand hängen und es tagelang sehnsüchtig anstarren.

»Ich bin sehr froh, dass du hier bist.« Er streckt die freie Hand nach dem Lichtschalter aus und löscht das Licht. »Träum süß von mir.«

Alles ist so perfekt und friedlich. Ich wünschte, es würde ewig so bleiben. Plus Sex natürlich.

Mom hält Wort und ist beim Frühstück sehr höflich zu Beck. Vielleicht besteht doch noch Hoffnung, dass sie in Zukunft eine freundschaftlichere Beziehung aufbauen werden. Als sie erwähnt, dass ihr Flug sich verspäten wird, vermasselt Beck fast doch noch alles, indem er Anstalten macht, ihr anzubieten, mit seinem Privatjet zu fliegen. Zum Glück bemerkt er in letzter Sekunde meinen tadelnden Blick und hält den Mund. Normale Menschen verleihen nicht ihre Jets. Das ist ein Reiche-Leute-Ding. Und ihrem Wohlgefühl zuliebe tun wir so, als wäre er normal. Zumindest so lange, bis sie akzeptiert, dass das zwischen ihm und mir etwas Langfristiges ist. Ich drücke uns die Daumen.

Ich bringe sie in meiner G-Klasse zurück zum Flughafen. Sie versucht, sich nicht von dem Koloss von einem Auto beeindrucken zu lassen, doch es gelingt ihr nicht ganz. Damit, wie sie vorsichtig auf dem Sitz auf und nieder wippt und mich über die Ausstattung ausfragt, verrät sie sich. Ich finde es schön, dass ihr wenigstens ein paar der Vorteile, die mein neuer Lebensstil mit sich bringt, zusagen. Vielleicht war sie durch das Haus und alles andere, womit sie unvermittelt konfrontiert wurde, einfach überfordert. Und dazu noch die Geschichte, die ihrer Freundin widerfahren ist. Was auch immer. Jetzt weiß ich jedenfalls, woher ich den Hang zur Sorge habe.

Wir umarmen uns zum Abschied noch einmal, und ich habe den Eindruck, dass sie sich beruhigt hat. Zumindest die Sache mit der Sekte scheint vom Tisch zu sein. In diesem Augenblick summt mein Handy.

Emma: Warum bist du noch nicht hier?

Ich: Was meinst du?

Emma: Habe ich vergessen, dir Bescheid zu sagen? Oh Mann. Schwangerschaftsdemenz. Ich brauche dich sofort hier bei mir zu Hause.

Ich: Was ist los?

Emma: Komm einfach zu mir, es ist DRINGEND.

Ich: Ok. Adresse?

Sie schickt mir die Anschrift, zusammen mit dem Screenshot einer Karte. Vielleicht glaubt sie, ich wüsste nicht, wie Google Maps funktioniert? Wer weiß. Ich mache mich auf den Weg. Ihr Haus befindet sich in der Nähe der Cherry Tree Mall in einer noblen Wohngegend. Ich passiere ein Sicherheitstor, das sich surrend öffnet, und fahre zum Haus weiter. Es ist alt und sieht wie Catherines Haus fast wie ein Schloss aus, nur dass es aus weißem Stein gebaut ist und ein schiefergraues Dach hat. So wirkt es trotz des Springbrunnens und der kreisförmigen Auffahrt etwas weniger etepetete als das ihrer Großmutter. Es ist von weitläufigen grünen Rasenflächen und akkurat gestutzten Bäumen umgeben. Außerdem stehen mehrere Lieferwagen davor, und zahlreiche Menschen gehen unablässig mit Blumenarrangements, weißer Tischwäsche und weiß Gott was noch allem ein und aus.

Selah erwartet mich an der Haustür. Sie macht ein kritisches Gesicht. Als sie den SUV sieht, den mir offensichtlich mein Freund gekauft hat, wird ihre Miene noch missmutiger. Sie schluckt und setzt ein höfliches Lächeln auf. »Emma erwartet dich drinnen.«

»Was ist denn hier los?«

»Das wird sie dir erklären.«

Die Möbel und Dekoration im Haus sind im Stil der Fünfziger gehalten. Sehr dezent und cool. Das weiße Foyer geht in ein großes Wohnzimmer über. Die grünen Samtsofas und zierlichen Beistelltische aus Teakholz wurden beiseitegeschoben, damit im Raum mehr Platz ist. Überall werden gerade Bouquets aus weißen und grünen Callas aufgestellt. Auf einem Tisch an der Seite werden Champagnergläser vorbereitet. In einer Ecke des Zimmers richtet sich gerade ein Streichquartett ein. Es sieht aus, als wolle Emma die Party des Jahrhunderts veranstalten.

»Schönes Haus«, bemerke ich.

»Fünf Schlafzimmer, acht Badezimmer, beheizter Pool, Whirlpool, Cabana, Indoor-Basketballplatz, Fitnessraum, Weingrotte, Zigarren-Lounge, eigener Massageraum und ein Heimkino«, betet Selah herunter. »Und sie hat es auch noch zu einem guten Preis bekommen.«

Aha. »Hast du schon mal erwogen, als Immobilienmaklerin tätig zu werden?«

»Meinen Vater würde der Schlag treffen.« Selah streicht sich eine dunkle Haarsträhne hinters Ohr. »Mit Rachel zu arbeiten ist schlimm genug. Es wird nur zähneknirschend toleriert, weil sie aus einer wohlhabenden, alten Familie stammt, mit der meine Familie gut befreundet ist, und weil ich mich nicht habe kleinkriegen lassen.«

Es muss schlimm sein, wenn einen die eigene Familie nicht unterstützt, sondern versucht, einen in eine bestimmte Rolle zu drängen. Ich will eigentlich kein Mitleid mit ihr haben, aber ich kann nichts dagegen tun.

»Alice, hallo.« Rachel küsst mich flüchtig auf die Wange. Anscheinend mag sie mich doch. Oder sie täuscht es zumindest ziemlich überzeugend vor.

»Hi«, erwidere ich. »Was ist hier los?«

Rachel öffnet den Mund, um zu antworten, doch ihre Tochter kommt ihr zuvor.

»Matías und ich erneuern unser Ehegelübde. Es ist eine Überraschung, was bedeutet, dass ich mir bisher noch nicht die Mühe gemacht habe, ihm davon zu erzählen. Ich habe die Entscheidung erst heute Morgen getroffen.« Emma schwebt in einer Wolke aus elegantem, weißem, glänzendem Stoff in den Raum. Ihr Kleid ist ärmellos und hat einen Bateau-Ausschnitt. Die Haare hat sie sich in einem einfachen Knoten hochgesteckt. »Ich bin mir bei diesem Kleid nicht sicher. Was meinst du?«

Rachel seufzt. Sie wirkt müde. »Es ist wunderschön, Schätzchen. Aber das sind sie alle. Engt es dich am Bauch ein?«

»Nein.« Emma verzieht das Gesicht und windet sich in dem Kleidungsstück probehalber hin und her. »Es ist weit genug.«

»Okay. Wie kann ich helfen?«, frage ich.

»Oh. Du bist meine Brautjungfer.«

»Ach ja?«

»Ja.« Emma lässt den Blick prüfend durchs Zimmer schweifen. »Da ich keine meiner ursprünglichen Brautjungfern leiden kann, bist du diesmal am Zug.«

»Ich fühle mich geehrt«, sage ich überrascht.

Selah schnaubt diskret. Das kann ich ihr nicht unbedingt verdenken.

»Selbstverständlich tust du das. Sie da drüben, die Musiker, spielen Sie irgendwas, damit ich hören kann, was Sie können.«

Die Mitglieder des Streichquartetts eilen an ihre Plätze und besprechen sich im Flüsterton, bevor sie das Musikstück, auf das sie sich geeinigt haben, auf ihren Tablets aufrufen. Dann setzt leise »Ave Maria« ein und Emma stöhnt. »Langweilig. Was haben Sie sonst noch im Programm?«

Wieder besprechen sich die Musiker.

Nun spielen sie den Kanon von Pachelbel. Da ich bei mehr als einer Hochzeit als Servicekraft an der Front gearbeitet habe, kenne ich mich mit dieser Art von Musik recht gut aus. Das ist ein schönes Stück. Aber Emma wirkt schon wieder wenig angetan. »Nein. Etwas Lebhafteres. Vielleicht ein wenig rockig.«

Der Violinist überlegt kurz. »Wie wäre es mit ›Bitter Sweet Symphony‹ von The Verve?«

»Das finde ich gut!«, sagt Emma und lächelt zufrieden. »Und da das hier unser zweiter Versuch ist, passt es auch ganz gut. Spielen Sie. Na los.«

»Ich hoffe, sie werden gut bezahlt«, murmele ich leise.

Rachel gibt ein kehliges Geräusch von sich. »Ich werde darauf achten, dass sie ein Trinkgeld erhalten, das sie angemessen für die Unhöflichkeiten und überzogenen Ansprüche meiner Tochter entschädigt. So, dein Kleid ist eingetroffen. Haare und Make-up kannst du dir oben machen lassen. Selah, bringst du sie bitte hinauf? Und wir benehmen uns bitte vorbildlich, vielen Dank.«

Selah lächelt kühl. »Selbstverständlich.«

Als Rachel sie ansieht, liegt eine deutliche Warnung in ihrem Blick. Dass ich mich darüber freue, dass Selah wie ein unartiges Kind behandelt wird, ist ziemlich kleingeistig von mir, aber so ist das Leben. Anscheinend hat Beck mit Rachel geklärt, dass Selah in unserem Haus nicht erwünscht ist. Das ist gut. Aber während mein Freund es sehr gut schafft, ihr aus dem Weg zu gehen, habe ich noch immer viel zu oft mit Selah zu tun. Das muss aufhören. Wenn man bedenkt, wie sie Beck manipuliert und belogen hat, wundert es mich immer noch, dass Rachel ihr überhaupt eine zweite Chance gegeben hat. Rachel ist offensichtlich ein viel netterer Mensch, als ich es jemals sein werde.

»Na, dann zeig mir den Weg«, sage ich.

Ich war noch nie Brautjungfer. Ich bin mehr als neugierig auf das Kleid, das sie für mich ausgesucht haben. Hier wuseln so viele Leute geschäftig umher, dass es eigentlich eine Riesenparty werden müsste. Mit den Elliots wird es einem wirklich nicht langweilig.

Beck: Habe das mit Emma erfahren und unsere Restaurantreservierung schon wieder storniert.

Ich: Ich habe das Gefühl, das Schicksal will nicht, dass wir ein Date haben.

Ich: Etwas Positives hat die Sache aber auch: Ich sehe dich gern im Smoking.

Beck: Beschreibe mir ausführlich und aufreizend detailliert, welche Unterwäsche du trägst.

Ich: Einen alten Sport-BH mit einem Loch unterm Arm. Weiße Oma-Unterhosen, die schon so oft gewaschen wurden, dass der Stoff ganz weich ist und sich der Gummibund an der Taille auflöst.

Beck: Meine Güte, ist das sexy.

Ich: Ja, total heiß.

Beck: Absolut. Bis bald.

Ich: xx

Zu meinen Pflichten als Brautjungfer gehört es, ganz still dazustehen, während eine Schneiderin kleine Änderungen an meinem langen schwarzen Anzugkleid von Christian Siriano vornimmt (es hat Cap-Ärmel, einen V-Ausschnitt, ist bodenlang und einfach perfekt, und ich möchte doch bitte freundlicherweise in *diesem* Kleid beerdigt werden). Anschließend muss ich mich reglos hinsetzen, während der großartige Tex mir wieder die Haare macht und mich schminkt. Dann muss ich mehrere Stunden geduldig warten, bis die Zeremonie beginnt. Glücklicherweise habe ich ein neues Buch dabei, mit dem ich mir die Zeit vertreiben kann.

Trotz der quasi nicht vorhandenen Vorlaufzeit hat Emma es geschafft, das Haus mit Gästen zu füllen. Überall sieht man schicke, festliche Kleidung und Klunker. Emma, die einen Strauß aus weißen Rosen, Pfingstrosen und Zweigen mit kleinen Blüten trägt, schreitet mit mir zusammen zum Altar. Dass sie an meiner Seite ist und die Geschwindigkeit vorgibt, macht es mir leichter, die vielen Blicke, die auf uns gerichtet sind, auszuhalten. Vor einem Liturgen warten Matías und Beck schon auf uns. Schließlich stehen wir alle nebeneinander, obwohl das eigentlich nicht der Tradition entspricht, aber ich finde es schön. Doch als Matías und Emma ihre Plätze einnehmen, stehen Beck und ich uns plötzlich direkt gegenüber.

Der Ausdruck in Becks Augen ist unglaublich. Das ist Liebe. Nicht mehr und nicht weniger.

Ich persönlich bin ein emotionales Wrack. Ich weiß, dass es hier und heute eigentlich allein um Emma und Matías gehen sollte, aber ich kann nichts dagegen tun, und ich will es auch gar nicht. Irgendwie ist es dazu gekommen, dass Beck meine ganze Welt ist, und so, wie er mich ansieht, habe ich den Eindruck, dass es ihm ebenso geht. Mein Herz pocht wie wild, hämmert gegen meinen Brustkorb. Das Gefühl, mich in ihn zu verlieben, ist gleichzeitig erschreckend und wunderschön. Ich höre das, was um mich herum gesprochen wird, gar nicht mehr. Vergesse, zu klatschen und zu jubeln, als sich das glückliche Paar küsst.

Bestimmt war die Zeremonie fantastisch, denn Emma macht keine halben Sachen. Und trotz ihrer Zankereien scheinen sie und Matías sehr verliebt ineinander zu sein. Kein Wunder, dass sie einander nicht endgültig verlassen wollten oder konnten.

Aber trotzdem ist das alles bedeutungslos. Ich stehe dem Mann meiner Träume gegenüber und sehe ihn einfach nur an. Anscheinend glaube ich jetzt doch daran, dass es auch wahre Liebe geben kann, wenn man sich weniger als einen Monat kennt. Denn da steht er, direkt vor mir. Alles, was ich will und brauche. Als die Gäste beginnen, nach vorn zu strömen, um dem noch immer verheirateten Paar zu gratulieren, kommt Beck zu mir.

»Du machst es schon wieder«, flüstert er mir ins Ohr und schiebt die Hand unter meine offenen Haare in meinen Nacken. »Du siehst mich schon wieder so an, Liebste, und ich habe keine Ahnung, was ich sagen soll.«

»Aber du hast mich.«

»Nein, Alice, du hast mich. In guten wie in schlechten Zeiten, und allem anderen auch.« Seine Lippen streichen über mein Ohr, und sein Atem fühlt sich warm an. »Lass mich nicht mehr gehen, okay?«

»Niemals.«

»Ich werde dich beim Wort nehmen.«

Kellner gehen mit Champagner und Mineralwasser zwischen den Gästen umher. Beck schnappt für uns zwei Gläser von Ersterem, und dann geht die Party los. Musik setzt ein und die Gäste amüsieren sich und alles ist großartig. Aber es könnte auch gar nicht anders sein, denn er ist an meiner Seite und mein Dekolleté kommt dank des tief ausgeschnittenen Revers meines Kleides perfekt zur Geltung. Manchmal muss man eben zeigen, was man hat, und stolz darauf sein. Nicht, dass ich Gefahr laufen würde, zu viel zu zeigen. Rachels Stylisten beherrschen ihren Job. Allerdings ist es beim Toilettengang gar nicht so einfach, mich aus der formenden Unterwäsche zu pellen. Geschweige denn die Damen vor mir in der Warteschlange zu ignorieren, die sich freimütig über meine diversen Makel austauschen, obwohl ich direkt hinter ihnen stehe. Anscheinend bin ich eine boshafte Schlampe, die nur darauf aus ist, Beck und die Familie hemmungslos zu schröpfen. Als ob ich dafür genug Energie hätte. Eine von ihnen behauptet, dass sie mir schon mal begegnet wäre und ich mich erwartungsgemäß wie eine fettärschige Unterschicht-Tussi benommen hätte. Derartige Beleidigungen sind nichts Neues für mich. Aber trotzdem kann ich nicht verstehen, weshalb Abstecher zur Toilette immer das Schlimmste in den Menschen zutage fördern. Warum können wir nicht einfach pieseln und uns vertragen?

Obwohl der Ausdruck auf ihren Gesichtern, als sie mich schließlich bemerken, schon witzig ist. Ich bin mir sicher, dass ich es mit ihnen allen locker aufnehmen könnte, aber da ich eine echte Lady bin, verzichte ich darauf, eine Schlägerei in der Toilettenwarteschlange anzuzetteln. Jane Austen wäre so stolz auf mich. Warum haben manche Menschen nur so viel Freude daran, Hass zu verbreiten? Warum finden sie es anregend, gemein zu sein?

Eigentlich will ich das gar nicht wissen.

In einem großen, weißen, beheizten Zelt vor dem Haus sind Tische aufgereiht. Eine ganze Brigade Food Trucks trifft ein. Es gibt koreanisch-mexikanische Fusionsküche, brasilianisches Streetfood, Grilled Cheese Sandwiches und Makkaroni mit Käse in der Edelversion, Pizza aus dem Holzofen, Eis und Gourmetdonuts. Diese Hochzeit/Gelübdeerneuerung ist schlicht spektakulär. Die Tische sind mit Kerzen und blühenden Zweigen dekoriert. In einer Ecke ist eine Bar aufgebaut, und die Barkeeper haben alle Hände voll zu tun, während ein DJ Musik auflegt. Ich habe noch nie Champagner zu Pizza getrunken – eine wirklich interessante Mischung aus Luxus und Alltäglichem.

Da Emma und Matías mit ihren Gästen beschäftigt sind, sitzen wir mit unserem üblichen Grüppchen zusammen, das aus Penny, River, Aaron und Ethan besteht. Beck stellt sich in der Cocktailschlange an, weil er ein außergewöhnlich netter Mensch ist und mir die Füße wehtun.

Ich wische mir vorsichtig mit einer Stoffserviette den Mund ab, um meinen Lippenstift nicht noch mehr zu verschmieren. »Ich kann es kaum glauben, dass sie das alles an einem Tag auf die Beine gestellt hat.«

»Mit den vereinten Kräften von Emmas und Rachels Angestellten könnte man vermutlich so ziemlich alles schaffen«, meint Penny.

»Aber könnten sie auch Rom erbauen?«, fragt Aaron.

Penny lacht. »Bei diesen beiden würde mich nichts überraschen. Absolut nichts.«

River lächelt mir heiter zu. »Alice, dreh dich jetzt nicht um, aber Catherine sitzt am Kopf der Tafel und hat dich im Visier.«

»Herrgott noch mal«, murmelt Ethan. Er wirft einen Blick über die Schulter und nickt jemandem zu, bevor er sich mit grimmiger Miene wieder umdreht. »Wahrscheinlich ist es am besten, du gehst ihr aus dem Weg.«

Ich nicke. Das hatte ich sowieso vor.

»Dass Emma sich ganz offiziell auf deine Seite gestellt und dich als Brautjungfer ausgewählt hat, hat sie bestimmt noch mehr verärgert«, meint Penny.

»Sie sollte sich ein Hobby suchen.« Ich möchte so gern den Erdnussbutter-Marmeladen-Gourmetdonut essen, aber ich bin pappsatt. Das ist ein Problem. Wäre es verwerflich, wenn ich ihn in eine Stoffserviette einwickele und mit nach Hause nehme?

»Die böse Königswitwe zu mimen und sich in unser Leben einzumischen ist ihr Hobby«, sagt Henry, der wie aus dem Nichts auftaucht, ein Grillkäsesandwich in der einen Hand, eine Bierflasche in der anderen. »Willkommen in der Familie.«

»Danke«, sage ich nachdenklich. »Glaube ich.«

»Das ist dein letztes alkoholisches Getränk«, sagt Ethan mit Blick auf das Bier. »Verstanden?«

»Ja, ja.«

»Wahrscheinlich findet Großmutter auch, dass diese Feier zu bald nach Dads Tod stattfindet«, sagt Ethan schulterzuckend. »Das kann ich ein bisschen nachfühlen. Aber das Leben geht weiter, und Emma hatte schon immer einen Hang zur Spontanität.«

»Wie ist die Schule?«, frage ich Henry.

»Sie ist noch da.«

»Gut zu wissen, dass du sie noch nicht niedergebrannt hast.«

Beck stellt einen Cocktail vor mir auf den Tisch. »Dein Gimlet mit Downtown Gin, Liebste. Und bring meinen kleinen Bruder bitte nicht auf dumme Gedanken.«

Henry lacht mit vollem Mund. Igitt. Auf diesen Anblick hätte ich verzichten können.

»Oh, vielen Dank der Herr.« Ich schenke Beck ein Lächeln und trinke einen Schluck. Lecker.

»Ich musste mich nur zwei Müttern und einem Vater mit Töchtern im heiratsfähigen Alter erwehren, um wohlbehalten zu dir zurückkehren zu können.«

»Wie tapfer.«

»Apropos Mütter: Meine Mutter hat gestern angerufen«, sagt Henry und setzt sich auf einen freien Platz. »Sie wollte mir von dem alten Sack erzählen, den sie sich gekrallt hat, und davon, wie viel Geld er hat, und von dem Schloss, in dem er lebt. So was von beschissen erbärmlich.«

Beck sieht ihn missbilligend an. »Achte auf deine Ausdrucksweise. Und sprich nicht so über deine Mutter.«

»Es ist die Wahrheit.«

»Trotzdem wollen wir schön liebenswürdig bleiben, okay?«

»Jeder Mensch trauert anders, und manche ertragen es eben nicht, allein zu sein«, bemerkt River weise.

Henry schüttelt nur den Kopf. »Also, welches Zimmer kann ich in deinem neuen Haus haben?«

»Ich glaube, im Keller ist noch ein Schrank frei«, antwortet Beck.

Ich grinse. »Ich dachte, er könnte vielleicht in der Abstellkammer unter der Treppe wohnen.«

Henry verdreht die Augen. »Ha, ha.«

»Außer dem Hauptschlafzimmer ist mir eigentlich jedes recht«, meint Beck.«

»Cool.« Henry legt den Kopf schief. »Stimmt es eigentlich, dass du jetzt eine verwilderte Katze hast?«

»Princess ist nicht verwildert.« Beck schlägt eine Hand vor die Brust und klingt tatsächlich ein wenig beleidigt. »Sie ist nur temperamentvoll. Du musst wissen, dass sie bisher ein schwieriges, turbulentes Leben hatte. Was sie jetzt braucht, sind unsere Liebe, unsere Unterstützung und unser Verständnis.«

»Und, soviel ich gehört habe, eine Impfung gegen Tollwut.«

»Henry«, warne ich ihn. »Sei ja lieb zu unserem flauschigen Baby.«

Henry lacht schnaubend.

Hinter mir räuspert sich jemand, und gleich darauf verkündet eine bekannte Stimme: »Ethan, Beck, Henry – Ihre Großmutter möchte mit Ihnen allen sprechen.«

Winston. Bäh. In seinem tristen grauen Anzug sieht er so verkniffen und sauertöpfisch aus wie immer.

»Ich bin gerade beschäftigt.« Beck verschränkt die Finger mit meinen. »Aber danken Sie Großmutter für die Einladung.«

Ethan seufzt. »Komm, Henry. Gehen wir und sagen Hallo. Lass das Bier hier.«

Henry murrt zwar, geht aber mit ihm.

»Ich frage mich, worum es wohl geht«, sagt Aaron und lehnt sich entspannt mit einem Old Fashioned in der Hand auf dem Stuhl zurück. »Nein, streicht das. Eigentlich will ich es nicht wissen. Die Dramen, die sich in dieser Familie abspielen, sind so ermüdend. Übrigens, ich habe mit der Freundin von mir gesprochen, die eine gute Kandidatin für die Leitung des Hotels in Boulder wäre.«

»Hervorragend«, sagt Beck erfreut. »Sag ihr, sie soll mir ihren Lebenslauf schicken und ich rufe sie an.«

»Mach ich.«

Selah ist da, bleibt aber auf Distanz. Hurra, auch für so kleine Dinge muss man dankbar sein. Trotzdem sind die sehnsuchtsvollen Blicke, die sie Beck zuwirft, nicht zu übersehen. Mir fällt auf, dass in diesen Blicken neuerdings auch eine gehörige Portion Wut mitschwingt. Die Gute sollte dringend über das alles hinwegkommen und ihr Leben weiterleben. Ich weiß nicht, ob sie auf einen gütlichen Abschluss oder eine Fortsetzung der Beziehung zu Beck aus ist, aber sie wird auf absehbare Zeit sehr wahrscheinlich nichts von beidem von meinem Freund bekommen.

Was Catherine angeht – es ist nicht angenehm, bei diesen ganzen Dramen hier im Mittelpunkt zu stehen. Sogar der Auslöser zu sein. Andererseits habe ich nicht damit angefangen. Wenn Beck nicht mit ihr reden möchte, ist das seine Entscheidung. Verdenken kann ich es ihm nicht. In früheren Zeiten wurden die Alten für ihre Weisheit verehrt. Aber da die ehrwürdige Alte in diesem Fall eine gemeine Hexe ist, fällt es mir schwer, den gebührenden Respekt aufzubringen. Trotzdem behagt es mir nicht, dass er gerade schlecht auf sie zu sprechen ist – und dass ich zumindest teilweise für diese Situation verantwortlich bin.

»Willst du Catherine wirklich nicht Hallo sagen?«, frage ich ihn leise.

»Bevor ich das tue, schuldet dir Großmutter erst einmal eine Entschuldigung.«

Von wegen. »Sie wurde schon in ihrem Stolz und ihrem Bankkonto getroffen. Ich denke, das genügt.«

Er trinkt einen Schluck Whisky und betrachtet mich über den Rand seines Glases hinweg. »Mir ist durchaus bewusst, dass ein Schuldeingeständnis ihrerseits unwahrscheinlich ist. Aber du musst wissen, dass meine Großmutter im Grunde nur vor einer Sache Respekt hat: Stärke. Wenn ich zu schnell den Schwanz einziehe, wird sie es als Zeichen dafür werten, dass sie dich nach Herzenslust weiter piesacken kann. Ich gedenke nicht, das zuzulassen.«

»Ich bin ein großes Mädchen, Beck. Ich kann mich selbst behaupten. Sie gehört zu deiner Familie. Und ist schon alt.«

»Alt genug, um es besser zu wissen.« Er hebt meine Hand an seine Lippen und küsst meine Fingerknöchel. »Du bist weichherzig, mutig und unfassbar sexy, Liebste. Aber auch Familienmitglieder müssen gewisse Grenzen respektieren. Lass uns über etwas anderes reden.«

»Okay.« Wenigstens habe ich es versucht. Ich werde nicht zulassen, dass sie uns den Abend ruiniert. Und was für ein Abend das wird.

16. KAPITEL

»Wie betrunken bist du?«

Es ist nach Mitternacht, wir sind wieder zu Hause in unserem Schlafzimmer und Beck neigt mich gerade tief nach hinten. Wir tanzen langsam zu Lana del Rey. Es gibt so wenige perfekte Augenblicke im Leben, aber das hier ist auf jeden Fall einer davon. Wir haben es geschafft, uns die ganze Heimfahrt über nicht auf dem Rücksitz des Bentley zu betatschen. Ich muss schon sagen, dass es heute wirklich praktisch war, dass Smith uns gefahren hat. So mussten wir beide nicht darauf achten, wie viel wir trinken, oder gar komplett abstinent bleiben. Allerdings kostete es mich einiges an zugegeben erfreulicher Anstrengung, Beck während der Rückfahrt davon abzuhalten, seine Hände unter den langen Rock meines Kleides zu schieben. Sein verschlagenes Lächeln und sein dunkler Blick haben eine verheerende Wirkung auf meinen Kopf und meine Hormone.

»Nur etwas angeheitert«, antworte ich. »Und du?«

»Berauscht vom Leben und von dir.«

Ich lächle. »Du sagst immer so süße Sachen.«

»Und sie sind alle wahr.«

Da ich meine hochhackigen Louboutin-Ledersandalen mit Knöchelriemen schon ausgezogen habe, weil meine Füße schmerzen, muss ich mich auf die Zehenspitzen stellen, um ihm einen Kuss zu geben. Aber das ist die Mühe wert. Sein Mund ist warm und einladend. Er öffnet die Lippen an meinen, und schon ergreift seine Zunge Besitz von meinem Mund.

Und ich gebe zurück, denn ihm zu geben ist grandios. Ich schlinge die Arme um seinen Hals und er drückt mich an sich, und ich wünschte, es würde für immer so bleiben. Ich könnte ihn für alle Zeiten küssen. Seine Küsse sind so sinnlich und köstlich. Mein Kopf ist ganz benebelt und mein Herz schon längst verloren.

Sein Mund gleitet meinen Kiefer entlang hinab zu meinem Hals, während seine Zähne sacht an meiner Haut knabbern. Sein hartes Glied an meinem weichen Bauch zu spüren macht das Ganze noch prickelnder. Manchmal gehört zu echter Romantik auch ein Ständer, der sich an einen drückt, genau wie in diesem Moment. Mein Schoß ist ganz feucht vor Verlangen und mehr als bereit für ihn.

Schon gleitet der Reißverschluss seitlich an meinem Kleid nach unten, und der zarte Stoff rutscht über meine Brüste hinab bis zu meinen Hüften.

»Beck?«

»Willst du?«, fragt er leise.

»Ja.« Der Mann ahnt ja nicht, wie sehr. Oder vielleicht tut er das doch. Wir beide warten schon so lange auf diesen Moment. Ich weiche schwer atmend ein Stück zurück. »Lass mich nur … Ich brauche einen Augenblick im Bad, um aus dem Kleid herauszukommen.«

»Kann ich helfen?«

Wie soll ich ihm nur die einengende Wirkung und den wahrhaft unerotischen Look von figurformender Unterwäsche erklären? Ich glaube, wenn ich es versuchen würde, bräuchte ich die ganze Nacht dafür. Darum hebe ich rasch die Hand. »Gib mir eine Minute.«

»Okay.«

Als ich mich im Badezimmerspiegel betrachte, sind meine Wangen gerötet und mein Lippenstift verwischt. Seine Hände haben meine Haare völlig zerwühlt, und meine Brustwarzen stehen in Habachtstellung. Meine Güte. Wir tun es wirklich. Wir haben tatsächlich endlich Sex. Das wurde verdammt noch mal auch Zeit. Wirklich.

Ohne die Hilfe von Selah und der Schneiderin ist es etwas schwieriger, sich aus dem Kleid zu winden und die Formunterwäsche loszuwerden. Eins muss ich Rachel und Emma lassen: Sie haben nicht geknausert. Mein schwarzes Spitzenhöschen und der dazu passende Halbschalen-BH sind von Fleur du Mal. Kurzer Check: Mein Atem ist okay, und meine Achselhöhlen müffeln nicht. Aber ein Tröpfchen Parfum nach einem langen Tag hat bestimmt noch niemandem geschadet, der keine Allergien hat.

Und da sind sie wieder, meine Speckröllchen. Macht nichts. Gut, vielleicht überkommen mich einen Moment lang Zweifel, aber was soll's.

Beck sitzt am Bettende. Sein Jackett und die Fliege hat er ausgezogen, ebenso seine Schuhe und Socken. So derangiert sieht er richtig gut aus. Er ist gerade dabei, die Manschettenknöpfe abzulegen, doch als er mich sieht, starrt er mich wie hypnotisiert an. Seine Kiefermuskeln spannen sich. Als würde er sich mit aller Kraft beherrschen. »Liebste.«

»Hi.«

Die Manschettenknöpfe landen auf dem Boden, und er streckt eine Hand nach mir aus. »Komm her.«

Keine Ahnung, was er vorhat, aber ich weiß genau, was ich will. Ich setze mich rittlings auf seinen Schoß und lege die Hände auf seine Schultern. Meine Brüste reiben sich am Stoff seines Hemdes. Er umfasst meine Hüften fest und betrachtet mich voller Lust und tiefer Zuneigung. Es ist schön, sich so sicher fühlen zu können und so begehrt zu werden. Ich glaube, so etwas habe ich bisher noch nie erlebt.

Er gibt in dieser Beziehung ebenfalls. Und genau aus diesem Grund funktioniert sie.

Aus irgendeinem Grund zittere ich. Keine Ahnung warum. Meine Finger rutschen an seinen Hemdknöpfen ab, weshalb es länger dauert, bis ich sie geöffnet habe. Er wartet so geduldig, wie er kann.

»Bist du dir sicher?«, frage ich.

»Ja.« Endlich kann ich ihm das Hemd von den breiten Schultern ziehen und seine geschmeidige Haut entblößen. »Und du, Alice?«

Ich nicke.

Im Gegensatz zu mir fummelt er nicht ungeschickt herum, sondern hat den Verschluss meines BHs in Windeseile geöffnet. Der Mann ist geschickt. »Mund.«

Ich tue, was er verlangt, lege die Hände an seine Wangen und küsse ihn fordernd. Seine Lippen bewegen sich unter meinen, und seine Zähne knabbern an meiner Unterlippe. Schon zieht er aufreizend langsam die Träger meines BHs über meine Arme nach unten. Um das Ding ganz loszuwerden, muss ich kurz von ihm ablassen. Nun sind wir beide bis zur Taille nackt, was sich so gut anfühlt. Haut an Haut ist herrlich. Er nimmt meine Brüste in die Hände, knetet sie und erspürt sanft ihr Gewicht. Die ganze Zeit über spüre ich verdammt noch mal sein steifes Glied. Niemand kann von mir verlangen, dass ich unter diesen Umständen still sitze. Nicht, wenn ich mich auf ihm winden und mich an ihm reiben kann, um uns beide damit aufzuheizen.

Mein Körper ist ganz ruhelos vor Lust und Verlangen. Und Becks Herz schlägt so verdammt wild unter meiner Hand. Ich bin offensichtlich nicht die Einzige, die so empfindet.

»Mehr«, sagt er.

Unsere Küsse werden länger und feuchter, und unsere Münder liefern sich einen unerbittlichen Kampf – bei dem wir allerdings beide gewinnen. Als ich an seinen Haaren zerre, stößt er ein tiefes Knurren aus. Der Mann knurrt tatsächlich. Das ist so verflucht sexy. Dann packt er mich an der Taille, steht auf, dreht sich um und wirft mich auf die Matratze.

»Hoch«, ordnet er mit einem Kinnnicken an.

Ich rutsche auf dem Hintern die Matratze weiter nach oben, bis ich mit dem Kopf auf einem Kissen liege. Und was für eine Show er mir derweil bietet. Ich wage es nicht mal, zu blinzeln. Ohne den Blick von mir abzuwenden, öffnet er die Gürtelschnalle und den Knopf und den Reißverschluss seiner Hose. Schon gleitet sie nach unten und bleibt auf dem Boden liegen. Als Nächstes schiebt er die Daumen unter den Bund seines schwarzen Boxerslips und zieht ihn sich ebenfalls herunter.

Ich würde ja jetzt in Ehrfurcht verharren, um Oden über die Pracht seines besten Stücks abzufassen, aber dafür bleibt leider keine Zeit. Und die passenden Worte würde ich wahrscheinlich auch nicht finden. Mein Hirn ist Sex-vernebelt, und die Pheromone erledigen den Rest. Das Einzige, was mir einfällt, ist *groß* und *wow*. Und natürlich: *Gib ihn mir*.

Wie ein großes Tier folgt er mir über die Matratze. Meine neue, teure Wäsche wird mir heruntergezogen, segelt durch die Luft und landet bei den übrigen Wäschestücken auf dem Boden. Mrs Francis wäre entsetzt.

Mit hitzigem Blick sieht er mich an, während er meine Waden umfasst und meine Beine weit spreizt, um zwischen ihnen genug Platz zu haben. Dann ist er auch schon da. Er ist verdammt noch mal tatsächlich da, und sein Glied drückt sich gegen meinen nassen Schoß. Seine Hüften pressen meine in die Matratze, während er sich mit den Ellenbogen neben mir abstützt, sodass der Rest seines Körpers über mir schwebt.

»Du bist so verdammt nass«, sagt er.

»Ja.«

Er bewegt leicht das Becken, reibt seinen Schaft an meinen feuchten Schamlippen. Ich schwöre, das fühlt sich so unglaublich an, dass ich lustvoll die Augen verdrehe. Ich will nicht behaupten, dass ich allein davon schon zum Höhepunkt kommen könnte, aber es ist ein sehr vielversprechender Anfang.

»Kondom«, fragt er. »Ja oder nein?«

»Kondom?«, frage ich verwundert.

»Es ist deine Entscheidung.«

»Ach na ja, wir sind eigentlich beide auf der sicheren Seite und haben uns auf alles testen lassen und so weiter.«

»Ist das ein eindeutiges Nein?«, fragt er zur Sicherheit nach.

»Ja. Nein.« Ich bin ganz durcheinander. »Ich will damit sagen, in Sachen Kondom lautet die Antwort definitiv Nein. Ich meine nicht –«

Ohne jegliche Vorwarnung (abgesehen von allem, was wir getan haben, seitdem wir uns kennengelernt haben) greift er nach unten, schnappt sich sein Glied, richtet es an meinem Schoß aus und stößt es in mich hinein. Einfach so. Ohne Finesse. Alle Luft scheint aus meiner Lunge gewichen und mein Körper bis zum Anschlag ausgefüllt zu sein. Ich kann nichts anderes tun, als seine Schultern zu umklammern und mich festzuhalten. Es ist so herrlich, seine Hitze und seine Härte in mir zu spüren, die meinen Körper dehnt. Endlich eins mit ihm zu sein. Aber trotzdem …

»Meine Güte, Beck.«

»Meine Erregung ist wohl etwas mit mir durchgegangen«, sagt er mit gequälter Miene und legt die Stirn an meine. »Gib mir nur einen Augenblick. Ich schwöre, ich weiß, wie man das macht.«

Ich würde ja lachen, aber dafür bekomme ich nicht genug Luft. In diesem Moment ist er so verletzlich. Das sind wir beide. Ich hebe das Kinn und küsse ihn auf den Mund. Außerdem schlinge ich für den unwahrscheinlichen Fall, dass er zu flüchten versucht, die Beine fest um ihn. Dann küsse ich ihn wieder, zärtlich und sanft. »Lass dir so viel Zeit, wie du brauchst.«

Schon jetzt keuchen und schwitzen wir beide. Er intensiviert den Kuss, neigt den Kopf ein wenig und reibt die Zunge an meiner. Das gefällt mir. Während er sich auf einem Arm abstützt, gleitet seine freie Hand über meine Haut nach unten bis zu meinem Oberschenkel. Als er ihn packt, bewegt sich sein großes Glied in mir. Ach du lieber Himmel.

Er stöhnt. »Du fühlst dich so verdammt gut an.«

»Du aber auch.«

Dann fängt er richtig an, sich zu bewegen, in mich hinein- und wieder herauszugleiten. Dabei zieht er sich ganz zurück, bis der Kopf seines besten Stücks aufreizend meine Pforte berührt, bevor er wieder in seiner ganzen Pracht in mir versinkt. Er hat recht, ich bin wirklich unglaublich feucht. Und werde immer nasser. Das liegt daran, dass er sich so toll anfühlt, an seinem Duft und am Klang seiner Stimme, die mir unanständige Dinge ins Ohr raunt. Zum Beispiel, dass er sich schon seit er mich zum ersten Mal gesehen hat, danach sehnt, mich zu vögeln. Dass ich von jetzt an jeden Tag in seinem Bett auf dem Rücken unter ihm liegen werde. Beides finde ich äußerst erfreulich.

Bei jeder seiner Bewegungen reibt seine Brust über meine, wodurch meine Brustwarzen lustvoll schmerzen. Als er den Ansatz seines Glieds an meiner Klitoris reibt, schnappe ich nach Luft. Er weiß zweifellos, wie man das hier macht. Obwohl ich daran nie Zweifel gehegt habe. Seine Bewegungen werden schneller und fordernder und alles wird noch viel besser. Insbesondere, als er zwischen uns greift und beginnt, um meine geschwollene Klitoris herum zu reiben. Ich bohre die Fingernägel in seinen Rücken. Ich brauche etwas, woran ich mich festhalten kann, um nicht den Boden unter den Füßen zu verlieren. Denn mein Blut kocht und mein ganzer Unterleib ist erwartungsvoll angespannt. Ich bin kurz davor.

»Verdammt. Beck.«

»Na los«, fordert er.

Diese Empfindungen, die er in mir weckt, fühlen sich an wie Blitze, die durch meinen Körper jagen. Prickelnd und strahlend, erschütternd und real. Man könnte fast meinen, sie wurden mir durch Beck direkt vom Himmel geschickt. Es fühlt sich alles einfach so großartig an. Mein Hirn kann es nicht fassen, und mein Körper zittert. Er bleibt auf mir und stößt noch einmal, zweimal in mich hinein, bevor er ebenfalls heftig kommt. Dann sind wir nur noch zwei schweißnasse Hüllen aus Haut, die aufgrund diverser Körperflüssigkeiten aneinanderkleben. Das Gewicht seines Körpers auf mir ist einfach wunderbar.

Ich schlinge die Arme um ihn, weil all meine anderen Körperteile mir gerade nicht gehorchen. Liege einfach nur da und warte darauf, dass mein Schoß aufhört, zu zucken. Dass meine bewussten Denkprozesse wieder einsetzen. Es muss gleich so weit sein. Aber nur keine Eile.

In diesem Augenblick zieht Beck sein noch halb steifes Glied aus mir und lässt sich ermattet neben mich fallen. Das wirkt ziemlich dramatisch. Schön zu wissen, dass ich nicht die Einzige bin, die vollkommen fertig ist.

»Lebst du noch?«, frage ich.

»Nein.«

»Wie traurig.«

»Du hast mich umgebracht.«

Ich rolle mich auf die Seite und stütze mich auf einen Ellenbogen. »Oh. Tut mir leid.«

Sein feucht glänzendes Glied liegt auf seiner Hüfte. Ein ziemlich beeindruckendes Anhängsel. »Hör auf, meinen

Schwanz anzustarren, du Sirene. Er braucht eine Minute zum Verschnaufen, dann können wir wieder loslegen.«

»Okay.«

Er hebt eine Schulter und verzieht das Gesicht. »Ich glaube, mein Rücken sieht aus, als wäre ich Wolverine begegnet.«

»Ein paar kleine Kratzer werden dich schon nicht umbringen. Sei nicht so ein Weichei.«

»Komm her«, sagt er etwas grummelig. »Ich will kuscheln.«

»Na schön.« Ich schmiege mich lächelnd an ihn und lege den Kopf auf seine Brust. Er schlingt den Arm um mich und alles ist perfekt. Nach dem Sex so kräftig zu gähnen, dass der Kiefer knackt, ist übrigens der Gipfel der Romantik und ein Zeichen guter Erziehung. Zumindest, wenn man mich fragt. »Tut mir leid. Das war ein erlebnisreicher Tag.«

»Schließ die Augen, Liebste. Du brauchst deine Kräfte später noch.«

Er ist ein kluger Mann. Darum tue ich, was der kluge Mann mir rät. Und schlafe tief und ruhig.

Als ich aufwache, tut mir alles weh. Geschickte Finger machen sich an meinen Brustwarzen zu schaffen, während sich Zähne in meine Schulter graben. Dieser Mann ist wirklich ein Tier im Bett. Er zeichnet eine unsichtbare Linie auf meinen Körper, von meinen Brüsten hinab zu meinem Schoß. Neckt und reizt mich dabei lustvoll. Ich habe am ganzen Körper eine Gänsehaut. Seinen straffen, heißen Körper an meinem Rücken zu spüren ist so erregend. Wir sollten wirklich unbedingt so viel Zeit Haut an Haut verbringen wie nur möglich. Ich brauche wirklich die volle Dosis.

»Beck.«

»Hmm?«

»Was hast du vor?«

Er zieht mein Bein nach hinten und legt es auf seines, damit er genug Platz hat, um in mich einzudringen. Sex auf der Seite, direkt nach dem Aufwachen, ist wirklich ein toller Morgengruß. Er neigt ein wenig die Hüften, dringt noch tiefer ein. Tiefer, als ich es für möglich gehalten hätte. Seine Hände suchen wieder meine Brüste, und sein Daumen reibt über meine steife Brustwarze.

»Ich versuche nur, die verlorene Zeit nachzuholen«, sagt er mit leiser, rauer Stimme.

»Das hast du um drei Uhr auch schon gesagt.« Ich stoße einen wohligen Seufzer aus, als er sich aus mir zurückzieht und sofort wieder in mir versinkt. Und dabei erfreulicherweise ein wenig mit der Hüfte rollt. »Und um sechs Uhr auch.«

»Es ist kurz nach neun, Liebste. Und damit Zeit für unser Frühstücksnümmerchen.«

»Ich finde, wir sollten Pfannkuchen essen.« Ich keuche, als er eine besonders empfindsame Stelle in meinem Inneren trifft.

»Ausgezeichnete Idee.«

Dann hören wir auf zu reden, weil der gute Mann mich so durchvögelt, dass mir die Luft wegbleibt.

Ich lege mir noch etwas Speck und einen weiteren Pfannkuchen auf den Teller, bevor ich zum Esstisch zurückkehre. Beck sitzt schon dort, hat sich mit seinem Kaffee in der Hand lässig auf einem Stuhl zurückgelehnt und beobachtet mich. Ein entspanntes Frühstück nach einer aufregenden Nacht ist etwas Herrliches.

»Was ist?«, frage ich lächelnd.

»Du läufst ganz merkwürdig.«

»Tue ich nicht. Halt die Klappe«, zische ich. »Und falls es doch so wäre – wer wäre dann verdammt noch mal daran schuld?«

»Ich empfehle eine Kühlbehandlung, gefolgt von einer entspannenden Zungenmassage.«

»Behalte deine Körperteile gefälligst vorerst bei dir, Beck. Ich brauche eine Pause.« Ich wedele warnend mit meiner Gabel in seine Richtung. Dann vergewissere ich mich kurz, dass Mrs Francis nicht wieder hereingekommen ist. Denn wenn einen die Haushälterin über Sex reden hört, hört der Spaß auf.

Beck grinst nur. Der Mistkerl.

»Und sieh mich nicht so an.«

»Was meinst du damit?«

»Ich meine dieses selbstzufriedene Grinsen.«

Princess schießt unter einem Sofa hervor und versteckt sich unter meinem Stuhl. Ich rupfe ihr ein Stückchen von meinem Speck ab und lege es ihr auf den Boden. Sie schnappt es sich und macht sich sofort wieder aus dem Staub.

»Du verhätschelst sie«, sagt Beck und trinkt einen Schluck Kaffee. »Du bringst unserer Erstgeborenen schlechte Manieren bei.«

»Nein, ich erkaufe mir ihre Liebe. Das ist etwas ganz anderes.«

»Das musst du Babys gegenüber – egal, ob sie ein Fell oder normale Haut haben – in klare Worte fassen.« Beck dreht sich auf seinem Stuhl um. »Princess, wir lieben dich.«

Die Katze, die jetzt wieder unter dem Sofa sitzt, faucht.

»Meinst du, sie sollte ihren eigenen Instagram-Account haben?«, fragt Beck.

»Nein.«

»Okay. Möchtest du nach dem Frühstück wieder ins Bett gehen?«, fragt er ganz unschuldig.

»Nein. Nochmals.« Ich muss lachen. »Ernsthaft. Ich brauche eine Pause.«

»Ich meinte doch, um ein Nickerchen zu machen und Filme anzuschauen.«

»Das meintest du nicht. Außerdem haben wir dafür ein Medienzimmer, das wir bisher noch nie benutzt haben.« Ich belade meine Gabel mit in Ahornsirup getränktem Pfannkuchen und Frühstücksspeck, die im perfekten Verhältnis zueinander stehen. »Solange du nichts Gegenteiliges von mir hörst, behältst du das Ding da bitte in der Hose. Danke sehr.«

»Ich habe fast den Eindruck, dass dir mein großer Penis ganz egal ist«, sagt er etwas verschnupft.

»Das werde ich nicht mit einer Antwort würdigen.«

»Aber du streitest es auch nicht ab!«

»Was? Meine Gleichgültigkeit oder das mit der Größe?«

»Beides«, sagt er mit gespielter Empörung. Was für ein Clown.

Es fällt mir schwer, mir das Grinsen zu verkneifen. »Selbstverständlich ist er mir nicht egal, und was Punkt zwei angeht, glaube ich, dass du nur auf Komplimente aus bist.«

Er spielt mit der Zunge an der Innenseite seiner Wange. Anscheinend hat er ebenfalls Probleme, ernst zu bleiben.

»Aber ja, er ist sehr groß«, räume ich ein.

Er reißt triumphierend die Faust hoch. »Danke, Liebste. Und nur damit du es weißt: Deine Muschi ist ebenfalls Spitzenklasse.«

»Danke. Nimmst du dir tatsächlich heute frei?« Ich stecke mir ein Stück Pfannkuchen in den Mund. Mrs Francis' Kochkünste sind wirklich großartig, und für ihre Fähigkeiten zolle ich ihr den größten Respekt.

»Ja«, bestätigt er. »Wir haben heute einen Date-Tag.«

Ich bin fertig mit Kauen. So lecker. »Was umfasst dieser Date-Tag genau?«

Er blickt seufzend in den Garten hinaus. Draußen mischt

sich das Grau des Himmels mit den Farben des Herbstes. Ein zweifellos eiskalter Wind pustet die letzten Blätter von den Büschen und den getopften, in Form geschnittenen Bäumchen. »Die vergangene Nacht war in vielerlei Hinsicht erlebnisreich. Darum würde ich vorschlagen, wir lassen uns etwas zu essen liefern, machen einen Serienmarathon … Etwas in dieser Art.«

»Klingt gut.«

Natürlich meldet sich in diesem Augenblick sein Handy. Er nimmt es stirnrunzelnd in die Hand und wischt mit dem Finger übers Display. »Verdammt«, murmelt er.

»Was ist?«

»Ich werde bei der Elliot Corp. gebraucht.« Er legt die Stirn noch mehr in Falten. »Emma ist auf ihrer zweiten Hochzeitsreise in Paris, und Großmutter liegt mit Kopfschmerzen flach. Ethan braucht mich in der Firma, damit ich an einem Meeting teilnehme und einen Vertrag mitunterzeichne. Das dürfte eigentlich nicht lange dauern. Tut mir leid, Liebste.«

»Ist schon in Ordnung«, sage ich, doch das entpuppt sich als die dickste Lüge aller Zeiten.

17. KAPITEL

»Mrs Elliot.«

Catherine sieht sich mit einer Wir-sind-nicht-amüsiert-Miene in der Bibliothek um. Sie hat die Lippen fest zusammengekniffen und macht ein säuerliches Gesicht. Selbst die Queen bekommt diesen Gesichtsausdruck nicht so gut hin wie sie. Sie trägt einen weißen Hosenanzug von Chanel mit dazu passenden flachen Pumps. Es gibt kaum eine bessere Rüstung, um einen Gegner einzuschüchtern. Insbesondere, da ich nur Jeans, einen weißen T-Shirt-Body und die blauen, flachen Louboutins trage. Darin komme ich gegen Becks missgelaunte, todschicke Großmutter nicht an.

Ich nicke Mrs Francis zu, woraufhin sie sich zurückzieht und die Tür hinter sich schließt. Vorher erspähe ich aber noch Winston, der draußen wartet. Keiner von uns lächelt. Catherine schafft es wirklich hervorragend, für eine beklemmende Atmosphäre zu sorgen.

Da Beck arbeiten musste, dachte ich mir, dass ich es ihm gleichtue. Die neuste Website für Matías ist fertig, und ich habe eine Lokalzeitung, die guten Journalismus betreibt, und eine karitative Essensausgabe entdeckt, die beide eine Spende von der Stiftung gebrauchen könnten. Es fühlt sich toll an, Geld zu verteilen. Denn mein Freund hat ja weiß Gott mehr, als er für sich allein braucht.

»Beck ist gerade nicht da«, sage ich und stehe vom Schreibtischstuhl auf.

»Ich weiß.«

Ich warte ab. Was immer sie für ein Spielchen mit mir spielen will – ich mache nicht mit.

Sie nimmt anmutig auf der Chaiselongue Platz. Leider gibt es hier im Gegensatz zu ihrem Büro keine thronartige Sitzgelegenheit, von der aus sie regieren könnte. Pech für sie. »Ein interessantes Haus.«

»Wir mögen es.«

»Dieser ganze Lärm und Schmutz der Stadt direkt vor der Haustür. Ich kann mir vorstellen, dass Ihnen das gefällt.«

Autsch. Ich setze mich wieder, weil es vermutlich klüger ist, den Schreibtisch zwischen uns zu haben. Die Frau ist vielleicht schon älter, aber trotzdem fies. Sie blickt auf mich herab, und ich wünsche mir nichts sehnlicher, als sie endlich wieder loszuwerden. »Was kann ich für Sie tun, Mrs Elliot?«

»Sie und mein Enkelsohn wirkten gestern Abend sehr vertraut.«

Ich sage wieder nichts.

Sie bewegt den Kiefer. Aus Zorn oder Frustration vielleicht. Keine Ahnung. »Alice, Sie hatten Ihren Spaß. Jetzt wird es Zeit, zu gehen. Ich hatte gehofft, dass Rachel sich darum kümmern würde, dass wir Sie loswerden, durch Geld oder durch Druck, aber das war leider nicht der Fall. Sie hatte schon immer eine Schwäche für Beck. Ich hätte wissen müssen, dass es keine gute Idee ist, ihr diese Aufgabe anzuvertrauen.«

Ich trinke einen Schluck Wasser, um meine trockene Kehle zu befeuchten. Konflikte machen mich immer nervös. »Haben Sie erwartet, dass Rachel und ich die Sache mit Armdrücken regeln würden oder dergleichen?«

»Ich habe erwartet, dass sie in dieser schwierigen Zeit, so kurz nach dem Tod meines Sohnes, die Interessen der Familie wahren würde.« Sie reckt die Nase noch höher. Wenn sie so weitermacht, bekommt sie von der dünnen Luft noch Nasenbluten. »Und nicht, dass sie Beck bei seinen Versuchen unterstützt, Sie vorzeigbarer zu machen. Als ob eine Verschönerung und etwas anständige Kleidung das Problem beseitigen würden. Geschweige denn seine Bitte an Matías, Ihnen eine Stelle anzubieten.«

»Beck hat Matías nicht gebeten –«

»Selbstverständlich hat er das«, sagt sie. Ihre Stimme ist so kalt wie Eis. »Er konnte doch nicht zulassen, dass Sie in irgendeiner Spelunke Trunkenbolden Bier servieren. Eine Kellnerin … lächerlich. Es wundert mich, dass Sie hier keine Erdnussschalen auf dem Boden verstreut haben, um sich heimischer zu fühlen.«

Ich runzle die Stirn und halte den Mund.

»Glauben Sie wirklich, dass Sie diese Stelle aufgrund Ihrer Leistungen bekommen haben? Lachhaft. Sie, die Sie weder Erfahrung noch Ahnung haben. Sicher, Matías' Verhalten der Familie gegenüber war schon immer feindselig und heimtückisch. Das perfekte Beispiel dafür, weshalb man niemanden außerhalb seiner gesellschaftlichen Klasse heiraten sollte.« Sie lächelt ein verschlagenes, bösartiges Lächeln. »Beck hat vergessen, dass die Leute gern reden. Sie lauschen und suchen anschließend ein Ohr, in das sie flüstern können.«

»Sie haben bei der Party mit Selah geredet«, sage ich, und plötzlich wird mir alles klar. Wie oft haben sich Rachel und Emma in ihrem Beisein unterhalten, ohne zu ahnen, was sie mit den Informationen anfangen würde? Ein gebrochenes Herz und zerstörte Träume können sich leicht in Wut und Grausamkeit verwandeln. Nicht auszudenken, dass ich um ein Haar Mitleid mit dieser dämlichen Ziege gehabt hätte.

Catherine fährt fort. »Schon amüsant, wenn man darüber nachdenkt. Er hat Selah dafür verabscheut, dass sie seinen

Reichtum und seine Macht wollte. Und gleichzeitig hat er genau das als Köder benutzt, um Sie anzulocken und Sie so fest wie nur möglich an ihn und diesen Ort zu binden. Eine Arbeitsstelle, damit Sie beschäftig sind und sich bedeutsam fühlen. Eine Wohltätigkeitsorganisation, damit Sie sich in seinen Kreisen beliebt machen können. Die ganzen Kleider und der Schmuck und der Wagen, damit Sie nach mehr und mehr gieren.«

»Das ist nicht wahr. Die Kleider kamen von Rachel. Und der Schmuck. Das war ihr Werk.«

»Wo, glauben Sie, kam das Geld dafür her? Die Freigabe, das alles zu kaufen? Von mir? Von Ethan?« Sie lacht höhnisch. »Seien Sie kein Kind.«

Ich kann sie nur fassungslos anstarren.

»Obwohl ich bezweifle, dass viel nötig war, um Sie an Land zu ziehen. In dem Moment, in dem Sie in das Privatflugzeug gestiegen sind, hatte er Sie am Haken.«

Das ergibt alles keinen Sinn. Doch, eigentlich tut es das. Beck hat in so vielerlei Hinsicht gelogen. Über so viele kleine und große Dinge.

»Bevor Sie auftauchten, hatte Beck nie Interesse daran, eine Wohltätigkeitsorganisation ins Leben zu rufen. Ich liebe meinen Enkel, aber er war schon immer ein leichtes Opfer.« Sie legt eine effektvolle Pause ein. »Er schreibt jedem, der die Hand ausstreckt, einen Scheck aus. Nein, das war alles nur, damit Sie sich besser fühlen. Ich kann mir vorstellen, dass er Ihnen auch in dieser Hinsicht etwas anderes erzählt hat.«

Sie hat recht. Aber das werde ich natürlich nicht zugeben.

»So, ich sage Ihnen jetzt, was wir tun werden«, verkündet sie und verschränkt die Hände auf dem Knauf ihres Gehstocks. »Sie nehmen alles, was Sie bekommen haben, und gehen zurück nach Kalifornien, wo sie hingehören. Der Vertrag, den Sie unterzeichnet haben, stellt sicher, dass Sie für Ihre Mühen angemessen entschädigt werden. Sie werden nie wieder Kontakt zu meinem Enkel aufnehmen.«

Unter der Tischplatte zittern meine Hände. »Und wenn ich es nicht tue?«

»Wieso sollten Sie bleiben wollen? Er hat Sie von dem Augenblick an, in dem Sie sich begegnet sind, kontrolliert und belogen. Er wird sich nicht ändern, weil es ihm im Blut liegt. Er kennt es nicht anders.«

Ich funkle sie wütend an und wiederhole mit zusammengebissenen Zähnen: »Und wenn ich es nicht tue?«

»Obwohl Sie nun die Wahrheit kennen, scheinen Sie noch immer etwas für ihn zu empfinden. Wenig überraschend. Das ist ja Sinn und Zweck von Kontrolle. Deswegen verhält er sich so. Wir alle.« Sie lächelt grimmig. »Lassen Sie uns Ihre Zuneigung doch ein wenig auf die Probe stellen, ja?«

»Was haben Sie vor, Catherine?«

»Erstens werde ich dafür sorgen, dass er als Mitglied des Vorstands der Elliot Corp. abgewählt wird. Ich liebe meinen Enkel, aber ich werde seine Illoyalität und die falschen Entscheidungen, die er trifft, nicht länger tolerieren.« Sie kneift die wässrigen Augen zusammen. »Zweitens werde ich bei seiner neuen Unternehmung, dieser Boutique-Hotelkette, die er zu gründen anstrebt, dafür Sorge tragen, dass jedes seiner Kaufangebote überboten wird.«

Ich schnaube verächtlich. Sie hat wirklich eine schräge Weltsicht. Und eine verkorkste Art, andere Menschen zu lieben.

»Drittens wird er mit Ihnen an seiner Seite zukünftig in der Gesellschaft von Denver nicht mehr willkommen sein. Unterschätzen Sie in dieser Hinsicht meinen Einfluss nicht.«

»Sie kennen ihn überhaupt nicht«, flüstere ich.

»Wie bitte? Was haben Sie gesagt?«

»Ich sagte, dass Sie Ihren Enkel überhaupt nicht kennen.« Ich lehne mich zurück und zwinge mich, ruhig zu bleiben. »Er ist von der Firma weggegangen, hat das Geld, die Macht zurückgelassen … und das jagt Ihnen eine Scheißangst ein, nicht wahr?«

»Achten Sie auf Ihre Ausdrucksweise«, zischt sie.

»Warum pochen Leute wie Sie ständig auf Anstand und Nettigkeit und benehmen sich gleichzeitig wie Arschlöcher? Das ist schon ein Phänomen.« Ich schüttle den Kopf. »Gehen Sie, Catherine. Kehren Sie in Ihr Schloss zurück und zählen Sie Ihr Geld. Es ist wirklich kein Wunder, dass die einzigen Menschen, die Ihnen zur Seite stehen, das nur tun, weil sie dafür bezahlt werden.«

Sie erhebt sich langsam. »Er wird Ihrer Vulgarität und Ihren Intrigen bald überdrüssig werden. Lassen Sie sich das gesagt sein.«

»Intrigen? Ich?« Ich lache. »Wow.«

»Sie sind nichts weiter als ein Blutegel, den ich unter meinem Fuß zermalmen werde.«

Ich verdrehe die Augen gen Himmel, aber von oben kommt auch keine Hilfe. Keine große Überraschung. »›Sollen die Wälder von Pemberley derart beschmutzt werden?‹ Bla, bla, bla.«

Sie verzieht ihr faltiges Gesicht. »Was?«

»Ich fasse es für Sie zusammen.« Ich stehe auf, marschiere zur Tür und reiße sie auf. »Ziehen Sie Leine!«

»Liebste, warum sitzt du im Dunkeln?«

Was für eine passende Metapher für meinen derzeitigen Seinszustand. Ich sitze noch immer auf dem Stuhl am Schreibtisch, von wo ich mich seit Stunden nicht wegbewegt habe. Es ist noch nicht Nacht. Noch nicht ganz. Durch die hohen Fenster fällt das letzte graue Abendlicht und erzeugt im Zimmer lange Schatten. Eine halb leere Flasche Downtown Gin und eine nette Kollektion kleiner leerer Tonicflaschen stehen um mich verteilt. Solche, wie man sie auch in Hotels bekommt. Stilvoll.

»Mrs Francis meinte, dass Großmutter vorbeigeschaut hätte. Geht es dir gut?« Beck schaltet eine Lampe an, die die Bibliothek erleuchtet. Dann kniet er sich neben meinen Stuhl. In seinem schwarzen Anzug sieht er so attraktiv aus. Seine markanten Wangenknochen und die Liebe in seinen Augen. Wie sehr ich mich danach sehne, ihn zu berühren, einfach nur bei ihm zu sein. Aber leider ist alles beim Teufel.

»Du hast gelogen«, sage ich emotionslos. Meine Augen schmerzen vom vielen Weinen, und meine Kehle fühlt sich wund an. »Stimmt's?«

Er zieht die dunklen Augenbrauen zusammen.

»Es war nicht Rachels Idee, mit mir einkaufen zu gehen und mich aufzupolieren. Sondern deine.«

»Alice …«

»Und es war auch nicht Matías' Idee, mir einen Job zu geben«, fahre ich fort. »Du hast ihn gebeten, eine Aufgabe für mich zu finden. Aber ich möchte wetten, dass das noch lange nicht alles ist. Wann hast du mich noch belogen, Beck?«

Er spannt den Kiefer an. Aber streitet es nicht ab.

»Die Uhr und die Diamanten und all die anderen Dinge, die plötzlich in meinem Schrank aufgetaucht sind und von denen du geschworen hast, du wüsstest nicht, wo sie herkommen. Kein Wunder, dass Rachel so verwundert reagiert hat, als ich sie gebeten habe, damit aufzuhören. Ich bin so dumm.«

»Das bist du nicht.« Er umfasst die Armlehne des Stuhls, auf dem ich sitze, packt sie so fest, dass seine Knöchel weiß hervortreten. »Alice, hör mir zu, okay? Hör einfach nur zu. Ich wollte, dass du hier glücklich bist. Mehr nicht.«

»Mehr nicht«, wiederhole ich. »Aber welche Lügen hast du mir noch erzählt, um dieses Ziel zu erreichen, hm?«

Er wendet schweigend das Gesicht ab. Sein ganzer Körper wirkt angespannt. »Ich habe das nicht getan, weil ich mich deinetwegen geschämt habe oder weil ich fand, dass du nicht gut genug bist.«

Während er spricht, sieht er mir nicht in die Augen. Macht das eine Lüge aus seinen Worten? Oder ist das nur meine alte Unsicherheit, die sich wieder bemerkbar macht? Schwer zu sagen. Ich glaube nicht, dass es in seinem bisherigen Leben schon oft Momente wie diese gab. Die Situation, dass er eindeutig im Unrecht ist, und jemand das laut ausspricht. Dass er keinen Anwalt herbeizitieren und das Problem nicht mit Geld aus der Welt schaffen kann. Ich bezweifle, dass seine Eltern sich jemals die Mühe gemacht haben, ihn zu tadeln, und sonst hatte wahrscheinlich auch niemand den Mumm dazu. Er ist auf Knien, doch seine breiten Schultern bewegen sich ruhelos unter seiner Anzugjacke. Als würde er sie am liebsten in Hulk-Manier zerfetzen und losbrüllen.

»Sieh mich an und sag mir die Wahrheit«, sage ich mit einem falschen Lächeln. »Du wolltest, dass ich auch nach diesem luxuriösen Lebensstil süchtig werde. Mich mit ein paar Diamanten, die du mir hinwirfst, ruhigstellen – genau wie dein Daddy es getan hat.«

Er sieht mich an, doch sein Blick ist vollkommen verschlossen. Ich kann nicht durchschauen, was in ihm vorgeht. Er ist wie eine verriegelte Tür. »Das ist nicht wahr. Ich habe nicht versucht, dich zu kaufen.«

»Schwachsinn«, entgegne ich. »Natürlich hast du das. Du kennst es schließlich nicht anders. Trotz deiner ganzen guten Absichten. Du hast dich auf die Suche nach jemandem gemacht, der mit dem hier nichts zu tun hat. Doch dann konntest du nicht anders und hast mich doch hier hineingezogen. Und ich bin darauf reingefallen. Wie lange, glaubst du, hätte es noch gedauert, bis du mich ebenso verabscheut hättest wie Selah?«

»Ich hätte nie –«

»Doch, hättest du. Ich sitze hier schon seit Stunden und versuche zu verstehen, weshalb du geglaubt hast, lügen zu müssen. Aber im Grunde ist es einfach das, was du kennst, nicht wahr? Was du bei anderen miterlebt hast und was dir beigebracht wurde. Du hast sechs Monate damit zugebracht, abseits von all diesem Prunk durch die große, wilde Welt zu schweifen, und dabei absolut nichts gelernt.« Ich klinge verbittert. So verdammt verbittert. »Jetzt sag es mir. Wann hast du noch gelogen?«

Er bläht die Nasenflügel wie ein zorniger Stier. Etwas einzugestehen ist eindeutig nicht seine Sache. »Es war nicht Pennys Idee, dich zur Leiterin der Stiftung zu machen, sondern meine«, gibt er zu. »Ich dachte mir, dass du dem Vorschlag gegenüber aufgeschlossener wärest, wenn er von jemand anderem käme.«

Ich nicke schwer atmend.

»Dann das mit der Uhr und alles andere, was du gesagt hast.«

»Ja«, sage ich.

»Ich habe Princess nicht auf der Straße gefunden, sondern aus dem Tierheim geholt.«

»Warum um alles in der Welt hast du mich deswegen angelogen?«, sage ich naserümpfend. »Also wirklich, das ist doch verrückt. Was stimmt nur mit dir nicht? Bist du ein zwanghafter Lügner oder was? Kannst du dich nicht beherrschen?«

»Ich wollte nur, dass du bleibst«, schreit er gepresst, als müsse er die Worte aus sich herausreißen. »Ich dachte mir, je mehr Gründe ich dir dafür gebe, desto wahrscheinlicher tust du es.«

»Weil der Schmuck nicht so gut funktioniert hat, wie du dachtest, hast du es eben mit einem Haustier versucht. Du meine Güte.« Ich lehne mich schlaff auf dem Stuhl zurück. »Beck …«

»Das waren doch nur Kleinigkeiten.«

»Ach ja? Wirklich?«

Er sieht so verloren aus, wie ein kleiner Junge. Irgendwie habe ich Mitleid mit ihm. Mit uns beiden.

»Ich glaube nicht. Denn für mich haben sie alles bedeutet. Weil wir auf ihnen versucht haben, eine Beziehung aufzubauen.«

Ich lache freudlos. »Oh Gott, du bist so ein Heuchler. Du wolltest so vorsichtig sein, eine solide Grundlage für uns erschaffen, und dabei hast du die ganze Zeit über gelogen?«

»Ich wollte dir nur Gründe geben, zu bleiben.«

»Du warst mein Grund. Du allein. Verstehst du das nicht?«, frage ich. »Herrgott, ich bin gerade so verdammt wütend auf dich, dass ich nicht mal mehr klar denken kann.«

Er packt meinen Arm mit schmerzhaft festem Griff. »Alice, bitte.«

»Du tust mir weh. Lass los.«

Ohne ein weiteres Wort tut er, was ich verlange. Wir starren beide die roten Abdrücke an, die seine Finger hinterlassen haben. Er flucht leise. »Es tut mir leid. Ich wollte nicht … Es tut mir leid.«

»Du solltest wissen, dass deine Großmutter damit gedroht hat, dich aus dem Vorstand der Elliot Corp. werfen zu lassen, falls ich bleibe«, teile ich ihm mit. »Außerdem wird sie dafür sorgen, dass du bei jedem Hotel, das du zukünftig zu kaufen versuchst, überboten und, *ach wie schockierend*, in der feinen Gesellschaft von Denver nicht mehr willkommen sein wirst. Nur, damit du Bescheid weißt …«

Zwischen seinen Augenbrauen hat sich eine tiefe Furche gebildet. Als würde er mit sich ringen, ob er glauben soll, dass sie tatsächlich fähig ist, derartiges Gift zu verspritzen.

»Willst du, dass ich gehe?«

»Selbstverständlich will ich nicht, dass du gehst.« Er ballt die Hände zu Fäusten. »Das ist alles Schwachsinn. Sie verfügt weder über die Mittel noch über den nötigen Rückhalt, um mich auszubooten. Und was den Rest angeht – damit komme ich schon klar. Deswegen musst du dir keine Sorgen machen.«

»Okay. Ich bin müde … Ich will … Ich möchte einfach nur schlafen«, sage ich und richte mich schwankend auf. Er streckt die Hände nach mir aus, um mich zu stützen, doch ich hebe die Hand und stoppe ihn. Der Alkohol hat kein bisschen geholfen. Ich fühle mich nicht betäubt. Mein Herz ist eine schmerzende, klaffende Wunde. Vollkommen hinüber. »Das Gemeine daran ist, dass ich dachte, du würdest mich verstehen. Dass wir einander verstehen. Ich habe mich hier sicher gefühlt, doch das ist jetzt alles ruiniert.«

Er erhebt sich und bewegt sich wie in Zeitlupe, als wäre er verletzt. »Sag mir, was ich sagen soll. Wie kann ich es wieder in Ordnung bringen?«

»Ich weiß es ehrlich gesagt nicht.«

»Was machst du da?«

Es ist gegen acht Uhr am nächsten Morgen, als Beck zu mir aufsieht. »Alice. Hey.«

»Du hast auf dem Fußboden geschlafen?«, frage ich, als ich aus einem der Gästezimmer im dritten Stock trete. Ich trage noch immer die Kleider vom Vortag. Sie sind ganz zerknautscht, weil ich in ihnen geschlafen habe.

Die dritte Etage ist im Grunde genauso gestaltet wie die darunter. In der Mitte gibt es einen offenen Wohnbereich mit Bad.

Im hinteren Teil liegen die Gäste- und Badezimmer und im vorderen Medien- und Spielzimmer. Aber Beck liegt nicht auf der Couch, die ganz in der Nähe steht. Nein. Er liegt auf dem Boden ausgestreckt und hat sich seine Anzugjacke zusammengeknüllt als Kissen unter den Kopf geschoben. Princess macht ganz in der Nähe auf einem antiken Beistelltisch ein Nickerchen.

Nach unserer Unterhaltung brauchte ich etwas Abstand. Entweder hat er mich in dieser Hinsicht nicht richtig verstanden oder fand, dass ein paar Meter genügen würden.

Er schweigt sich noch immer aus.

»Beck, du hast vor meiner Tür auf dem Boden geschlafen?«

»Ja.«

»Warum?«

Er setzt sich auf und verzieht dabei das Gesicht. »Aus mehreren Gründen.«

»Zum Beispiel?«

»Nun, wenn du heute Nacht etwas gebraucht hättest, hätte ich es dir holen können.« Er rappelt sich auf und fährt mit den Händen durch seine zerzausten Haare.

»Ich wusste doch gar nicht, dass du hier draußen bist«, entgegne ich. Für derartige Verrücktheiten habe ich bei Weitem nicht genug Kaffee und Kopfschmerztabletten intus.

»Aber wenn du die Tür aufgemacht hättest, hättest du es gemerkt. So wie gerade eben. Und wenn du mir noch einmal die Leviten hättest lesen wollen, wäre ich gleich in Hörweite gewesen.«

Ich umrunde ihn kopfschüttelnd und gehe zur Treppe. »Das ist mir gerade zu viel.«

»Kann ich etwas für dich tun?«

»Nein.«

»Ich, ähm, war ziemlich überrascht, als ich dich gestern Abend nicht im Bett vorgefunden habe.« Er geht direkt hinter mir dir Treppe hinunter und folgt mir in unser Zimmer. »Du hättest nicht nach oben gehen müssen. Ich hätte dir Freiraum gegeben, wenn du mir gesagt hättest, dass du das möchtest.«

Ich grummle nur in mich hinein. Wenn ich verkatert bin, bekomme ich schlechte Laune. Oder wenn man mich hintergeht.

»Wenn du einfach nur gesagt hättest –«

Ich drehe mich vor dem Kleiderschrank auf dem Absatz um. »Ich brauche Abstand.«

»Oh. Okay.«

Ich gehe hinein, nehme mir frische Jeans, ein Langarmshirt und langweilige Baumwollunterwäsche. Heute schere ich mich so wenig um Glamour, wie es nur geht. Heute ist mir ganz offiziell alles scheißegal. Beck steht derweil die ganze Zeit draußen im Schlafzimmer und beobachtet mich. Was das damit zu tun hat, mir Freiraum zu gewähren, verstehe ich nicht ganz, aber ich habe nicht genug Energie, um mich mit ihm zu streiten.

»Alice, es tut mir leid«, sagt er mit ausdrucksloser Miene. »Ich verspreche, dass ich dich nie wieder wegen irgendetwas anlügen werde.«

Ich seufze.

»Ich habe Emma angerufen und mir den Namen ihres Lieblingstherapeuten geben lassen.« Er schluckt. »Ich vereinbare nachher einen Termin.«

»Das ist eine gute Idee.«

Ich steure das Bad auf der anderen Seite des Zimmers an. Natürlich folgt er mir. Aber wenn ich will, bin ich ganz hervorragend darin, jemanden zu ignorieren. Und wie. Ich lade meine Kleider auf der Sitzbank ab, hole eine Packung Schmerztabletten aus dem Schrank und schlucke die empfohlene Dosis. Dann putze ich mir die Zähne, weil das dringend nötig ist.

Gin, die frühen Morgenstunden und ein gebrochenes Herz sorgen nicht unbedingt für frischen Atem.

Er lehnt sich mit der Schulter gegen den Türrahmen und beobachtet mich unablässig. Ich bringe es nicht übers Herz, ihm die Tür vor der Nase zuzuknallen. Wahrscheinlich sollte ich es tun, aber ich kann es nicht. Im Spiegel sehe ich seinen nachdenklichen Gesichtsausdruck. »Nur so aus Neugier … Hast du vor, mich zu verlassen?«

»Ich bin noch hier.«

Er nickt und überlegt. »Ich habe den Eindruck, dass ich in Anbetracht der aktuellen Situation und allem anderen womöglich nicht ausreichend um Gnade gewinselt habe. Bisher hatte ich noch nie Anlass, um Gnade zu winseln. Wenn eine Frau auf mich sauer war, dann habe ich sie für gewöhnlich einfach ignoriert oder mir jemand Neues gesucht. Aber ich habe Grund zur Annahme, dass ich, sofern ich Gelegenheit dazu bekäme, hervorragend darin wäre, um Gnade zu winseln. Würdest du mir die Chance dazu geben?«

Ich spüle und spucke in Ruhe zu Ende.

Er räuspert sich und sagt: »Sie sind zu großherzig, um mit meinen Gefühlen zu spielen.«

»Komm mir *nicht* mit Austen-Zitaten!«

»Entschuldige.«

Ich fange an, mich aus meinen Kleidern zu pellen, und stranguliere mich dabei vor lauter Wut fast selbst mit meinem T-Shirt. »Ich will Aufrichtigkeit und Entschuldigungen, sonst nichts.«

»Ja, Alice. Es tut mir leid. Ich wollte dich nie verletzen.«

Heißes Wasser ist in meinem Zustand die beste Medizin. Viel heißes Wasser. Ich stelle mich unter die Dusche und benutze meinen Lieblingsgesichtsreiniger und eine Seife, die nach Hagebutten duftet, wasche mir die Haare und behandle sie mit einer Spülung – mit dem Resultat, dass ich noch immer furchtbar wütend bin, aber deutlich besser rieche. Ich wickle mich in ein Handtuch, stelle mich vor den Spiegel und bürste meine verknoteten Haare.

»Bitte hör auf, du reißt dir ja die Haare aus«, sagt Beck und übernimmt den Job. Da ich müde und schlecht gelaunt bin, lasse ich ihn gewähren. Er behandelt mein Haar viel sanfter, kämmt hochkonzentriert die Knoten aus. »Unter uns gesagt: Ich hatte schreckliche Angst davor, dass du gehst und ich dich nie wiedersehe. Deswegen habe ich mich vor deiner Tür zusammengerollt. Ich habe mir gedacht, dass du dann zumindest im Dunkeln über mich stolpern würdest und ich dich so noch ein wenig aufhalten könnte. Du kannst dir vielleicht vorstellen, wie überrascht ich war, als ich festgestellt habe, dass du gar nicht versucht hast, die Flucht zu ergreifen.«

»Ich verzeihe dir noch nicht. Aber wie gesagt, ich bin noch hier.«

Er nickt und bürstet konzentriert und fleißig weiter, bis die Bürste schließlich widerstandslos durch meine langen Haare gleitet. Wenn er irgendwann mal beschließt, dass Milliardär zu sein nichts mehr für ihn ist, könnte er glatt als Kammerzofe anfangen. Für eine Weile schweigen wir beide. Es genügt uns, einander nah zu sein. Trotz all dem Mist, den er mir angetan hat, sehne ich mich danach, ihm nah zu sein. Liebe ist so blöd. Er gibt mir die Bürste mit einem zaghaften, bedrückten Lächeln zurück. »Bitte sehr.«

»Vielen Dank«, murmele ich.

»Darf ich nur noch eins sagen?«

»Was denn?«, frage ich. Ohne ein weiteres Wort geht er vor mir in die Knie. Ich weiche zurück, komme aber nicht weit, weil ich mit meinem ins Badetuch gehüllten Hintern gegen die Sitzbank stoße. »Was tust du da?«

»Da du nicht grundsätzlich abgelehnt hast, dass ich um Gnade winsle, dachte ich mir, ich versuche einfach mal, ganz aufrichtig und um Verzeihung heischend zu deinen Füßen um Gnade zu winseln.«

»Beck …«

Dann legt der Trottel die Hände seitlich an meine Knie, drückt den Kopf gegen die leichte Rundung meines Bauchs und spricht mehr oder weniger zu meinem spärlich verhüllten Schritt. »Alice, es tut mir so verdammt leid, dass ich gelogen habe. Du hattest recht, ich bin dem Beispiel meines Vaters gefolgt. Bin trotz des ganzen Schwachsinns, den ich darüber gelabert habe, dass ich anders sein will, diese Sache ohne großes Nachdenken nach Art der Elliots angegangen.«

Ich weiß nicht, was ich dazu sagen soll.

»Ich habe mich wie ein Volltrottel benommen, doch du hast etwas Besseres verdient.«

»Ja, hast du. Und ja, tue ich.«

»Lass es mich wiedergutmachen.« Er presst das Gesicht an meinen Oberschenkel und lässt die Hände auf der Rückseite meiner Beine nach oben gleiten. Sein warmer Atem streicht über meinen Schoß. »Bitte, Alice.«

»Obwohl du wusstest, dass deine Großmutter es auf mich abgesehen hat, hast du ihr mit diesem ganzen Schwachsinn und deinen Lügen einen perfekten Angriffspunkt geliefert.«

»Ja.«

»Du solltest doch eigentlich zu mir halten. Immer an meiner Seite stehen. Und trotzdem hast du die ganze verdammte Zeit über gegen mich gearbeitet.«

»Es tut mir leid.«

»Meine Güte, würdest du bitte damit aufhören und aufstehen?«, ächze ich. Sein kitzelnder Atem in meinem Schritt bringt mich ganz durcheinander. Erregt mich, obwohl ich ihm doch eigentlich Einhalt gebieten will. Das Problem liegt wahrscheinlich darin, dass wir nach wochenlangem Warten gerade begonnen haben, Sex zu haben, und nun kopfüber gegen diese Mauer gerannt sind. Mein Körper darf leider nicht haben, was er will. Nicht jetzt. »Ich fühle mich mies und brauche einen Kaffee. Sobald ich wieder klar denken kann, werde ich entscheiden, wie wir diese Angelegenheit handhaben und was du tun musst, um alles wieder in Ordnung zu bringen.«

»Ich kann deine süße Möse riechen.« Er atmet tief ein. »Lass mich gleich damit anfangen, es wiedergutzumachen.«

Ich presse die Schenkel zusammen.

»Ich kann dafür sorgen, dass es dir besser geht.« Er sieht zu mir auf, sein Blick hitzig und voller Verlockung. Allein davon, ihn vor mir auf Knien zu sehen, werde ich noch feuchter. Das ist alles so verwirrend. Mein Zorn ist berechtigt und überwältigend. Andererseits hätte ich schon Lust, sein Gesicht zu reiten. Verdammt. Das darf doch nicht wahr sein. Unglaublich, dass ich mich zu ihm hingezogen fühle, ihn begehre, obwohl wir gerade eine Krise haben und uns eigentlich mit ziemlich ernstem Kram auseinandersetzen müssten. Was für eine willensschwache Frau ich doch bin, wenn es um ihn geht. Die wochenlangen Entbehrungen (minus eine Nacht) waren nicht gerade förderlich. Er packt meine Pobacken und knetet sie. Dabei reibt er mit der Nase über meinen Venushügel. »Lass mich zumindest das für dich tun. Lass mich dafür sorgen, dass du dich besser fühlst.«

»Ich bin *stinkwütend* auf dich.«

»Verstanden. Das habe ich verdient.« Er nickt eifrig mit dem Kopf. »Aber lass mich dich lecken. Später, nachdem du gekommen bist, kannst du mich in den Staub werfen. Himmel, ich bin ja sowieso schon fast am Boden. Es wird also keiner großen Anstrengung deinerseits bedürfen.«

»Halt den Mund.«

Er öffnet meine Beine ein klein wenig. Gerade weit genug, um mit der Zungenspitze verführerisch um meine Klitoris zu kreisen. Sofort schießt ein Prickeln durch meinen ganzen Körper. Ich werde diese Schlacht nicht gewinnen. Ich habe keine Chance. Und schon stürzt er sich erbarmungslos auf mich.

Die Stoppeln an seinen Wangen schaben über die Innenseiten meiner Schenkel, und mein ganzer Unterleib spannt sich an. Ich nehme die Beine noch etwas weiter auseinander, damit er mehr Platz hat, und stütze mich an der Bank hinter mir ab. Er hebt mein Bein an und platziert es auf einen antiken Stuhl, der in unserer Nähe steht. Weil bei reichen Leuten aus unerfindlichen Gründen schicke Stühle im Bad herumstehen. Ohne Zögern presst er das Gesicht in meinen Schoß. Genau wie bei unserem ersten Mal ist seine Gier offensichtlich stärker als jedes Verlangen nach Finesse oder Geschick. Er will einfach nur bekommen, was er will – und das bin ich. Er öffnet mit den Fingern meine Schamlippen und leckt mich, als wäre er am Verhungern.

»Verdammt«, keuche ich.

Er zieht die Zunge von hinten nach vorn über meinen Schoß bis zu meiner Klitoris. Wieder und wieder, als könne er nicht genug davon bekommen, mich zu schmecken. Die Muskeln in meinen Oberschenkeln zittern, während mich pure Lust erfüllt. Der Alkohol in meinem Blut ist wahrscheinlich schon lange abgebaut. Aber dieser Rausch ist noch viel besser. Heiß und himmlisch. Er saugt an meinen Schamlippen, bedenkt jeden Millimeter meines Schoßes mit seinen Zärtlichkeiten, ohne etwas zu vernachlässigen.

»Ich bin s-so sauer auf dich.«

Er zieht mir mit einer Hand das Handtuch herunter. Kühle Luft streicht über meine steifen Brustwarzen. Dann gibt er ein erfreutes Brummeln von sich und stößt die Zunge in meine Pforte, hinein und wieder heraus, ahmt nach, wie er mich zweifellos gerade sehr gern mit seinem besten Stück vögeln würde. In Anbetracht meines Katers ist es verwunderlich, dass ich nicht länger brauche. Dass er sich nicht mehr anstrengen muss. Aber der Druck in meinem Unterleib wird immer stärker, wie Sonnenstrahlen und Regenbögen und der herrlichste Tagtraum. Und dann fühlt es sich plötzlich an, als würde mich eine Kanonenkugel treffen. Das lustvolle Ziehen breitet sich in mir aus, rast mein Rückgrat hinunter. Ich öffne stöhnend den Mund, während sich jeder Muskel in mir anspannt, mehr und mehr, und alle Moleküle in meinem Körper zu singen scheinen. Bis eine Woge aus Glückseligkeit mich überrollt. Doch er hört trotzdem nicht auf, nimmt sich nur ein wenig zurück und verwöhnt meinen Schoß mit sanftem Lecken und zärtlichen Küssen. Ganz langsam kehrt mein Hirn auf die Erde zurück. Mein atemloses Keuchen hallt im Raum wider, und meine Haut ist mit einem dünnen Schweißfilm bedeckt.

Beck sieht mich an. Der untere Teil seines Gesichts glänzt nass. Bei dieser Beleuchtung glitzern Körperflüssigkeiten geradezu magisch. Erfreulich zu wissen. Er sieht mich ehrfürchtig an. Und hoffnungsvoll. Doch als er spricht, klingt er noch immer kleinlaut. »Ich weiß … Du bist immer noch sauer auf mich.«

»Nicht mal toller Oralverkehr kann einfach so alles in Ordnung bringen.«

»Toll?«, sagt er erfreut. »Vielen Dank.«

Das Bedürfnis, ihn zu berühren, ist eine selbstverständliche Gewohnheit. Ich kann nichts dagegen tun. Also strecke ich die Hand nach unten, streiche mit der Fingerspitze über seinen nassen Mund und sein feuchtes Kinn.

»Muschisaft«, sagt er. »Die beste Feuchtigkeitspflege fürs Gesicht, die es gibt.«

Ich kann nur den Kopf schütteln und weiß ehrlich gesagt nicht, ob ich lachen oder weinen soll. Zu kommen hat auch nicht geholfen. Noch immer brodelt dieser unheilvolle Sturm in mir. Geht ein Riss durch mein wild schlagendes Herz.

Er richtet sich langsam auf und nimmt ein neues Handtuch. Dann wickelt er mich darin ein und steckt es vorne fest, als wäre ich ein Kind, um das er sich kümmern muss. Anschließend reicht er mir meine Kleider. »Warum ziehst du dich nicht an und frühstückst etwas?«, schlägt er vor. »Ich komme bald nach.«

Ich würde gern etwas sagen, aber ich weiß nicht was.

Herrgott, ist das furchtbar. Wir leiden beide so sehr. Aber wenn ich ihm zu schnell, zu bereitwillig vergebe – wird sich dann alles wiederholen? Verurteile ich uns damit zum Scheitern? Immerhin geht es hier um schlechte Angewohnheiten, die er schon sein Leben lang pflegt, und eine üble Familienkultur, die er dringend unter die Lupe nehmen sollte. Und trotzdem sind wir beide so verdammt unglücklich. Dabei sind wir noch nicht mal vierundzwanzig Stunden zerstritten. Kein Wunder, dass manche Menschen einfach weglaufen, wenn etwas schiefgeht. Das ist wirklich schwer.

»Wir müssen reden«, sage ich.

»Okay. Mach dir einen Kaffee. Ich brauche nicht lange.«

Anscheinend ist es nun er, der etwas Freiraum braucht – wahrscheinlich, um sich in Ruhe mit der Beule in seiner Anzughose zu befassen. Unter normalen Umständen hätte ich ihm angeboten, mich zu revanchieren und ihm ebenfalls einen Höhepunkt zu bescheren. Aber momentan sind die Umstände nicht normal. Was sieht der sexuelle Verhaltenskodex eigentlich vor, wenn die Beziehung gerade das einzige Abgefuckte ist?

Ich nicke. »Wir sehen uns unten.«

18. KAPITEL

»Wir fangen wieder von vorn an«, sage ich mit einer Kaffeetasse in Händen. »Noch mal. Aber diesmal müssen wir es richtig machen.«

Beck sitzt mir gegenüber. Seine Haare sind noch nass vom Duschen, und er trägt Jeans und T-Shirt, wie damals, als wir uns zum ersten Mal begegnet sind. »Ich höre.«

»Ich ziehe für eine Weile in das Zimmer oben im dritten Stock, und ich würde es bevorzugen, wenn du nicht mehr vor meiner Tür nächtigen würdest.«

Er zuckt kaum merklich. Ich tue ihm weh, und das ist unfassbar schrecklich, aber daran sind nur seine Lügen schuld. Allerdings versucht er nicht, es mir auszureden, und dafür bin ich ihm verdammt dankbar. Noch gibt es Hoffnung für uns. Es muss einfach so sein.

»Ich finde, wir sollten noch einmal neu beginnen und es mit einem Date versuchen.« Ich trinke einen Schluck Kaffee. Verflixt noch mal, meine Hand zittert. Jetzt ist nicht der richtige Zeitpunkt für Schwäche. »Das mit uns ging so schnell. Wir kennen uns ja noch nicht mal einen Monat.«

Er nickt.

»Das war's. Mehr ist mir bisher nicht eingefallen.«

Mrs Francis hat eine Kanne Kaffee gekocht und einen Teller mit Gebäck vorbereitet, bevor sie sich wieder zurückgezogen hat. Ich kann nicht mal an Essen denken. Mattes Sonnenlicht fällt durch die hohen Fenster herein. Die ganze Welt wirkt heute kalt und grau. Sein Handy, das auf dem Tisch liegt, vibriert, aber er beachtet es nicht.

»Okay«, sagt er schließlich gedehnt. »Ich werde mich vom dritten Stock fernhalten. Aber ich möchte jeden Tag mit dir frühstücken und zu Abend essen. Das können wir dann als Dates betrachten.«

»Das sind aber eine Menge Dates.«

»Wie sollen wir diese Krise überwinden, ohne Zeit miteinander zu verbringen?«

»Na gut. Einverstanden.«

»Danke.«

»Und wirst du anfangen, regelmäßig zu einem Therapeuten zu gehen?«

Wieder nickt er. »Ich möchte auch, dass wir irgendwann eine Paartherapie machen.«

»Klingt nach einer guten Idee.« Ich achte darauf, auf meiner Seite des Tisches zu bleiben. So tröstlich es auch wäre, seine Hand zu halten, müssen wir erst einmal gewisse Grenzen festlegen. Insbesondere nach dem ungeplanten Oralsex. »Außerdem finde ich, dass wir das Wort ›Liebe‹ vorerst nicht benutzen sollten. Ich bin auch so schon verwirrt genug.«

»Du willst absolute Aufrichtigkeit von mir?«, fragt er und sieht mir fest ins Gesicht.

»Ja, aber …«

»Aber was?«

Ich schlucke. »Das ist gerade sehr viel auf einmal.«

»Aber es ist auch die Wahrheit«, entgegnet er. »Und das ist doch das eigentlich Wichtige, oder? Ich liebe dich. Das ist eine Tatsache. Ich denke nicht, dass ich vielleicht in dich verliebt bin oder möglicherweise zu einem späteren Zeitpunkt einmal starke Gefühle für dich entwickeln könnte. Ich liebe dich, und daran wird sich nichts ändern.«

»Beck, wir –«

»Ich gehöre zu dir, ob du mich nun willst oder nicht«, sagt er entschlossen und ganz direkt, ohne Zweifel. »Das ist die Wahrheit, Alice.«

Ich schüttle den Kopf. Das ist alles zu viel und zu schnell. Oder vielleicht habe ich auch nur Angst. Etwas von beidem wahrscheinlich. »Ich muss wieder das Gefühl haben, dass ich dir vertrauen kann. Es tut mir leid, aber so ist es momentan nicht. Lass uns … Lass uns einfach später darüber reden. Was willst du wegen Catherine unternehmen?«

»Ich kümmere mich um sie. Deswegen musst du dir keine Sorgen machen.«

»Da sie mich in diese ganze Sache hineingezogen hat, würde ich es gern genauer wissen.«

Er holt tief Luft. »Vollkommene Transparenz.«

»Ja.«

»Okay«, willigt er ein und sieht mich fest an. »Ich habe gestern Abend etwas telefoniert. Zuerst habe ich meine Großmutter angerufen und sie wissen lassen, dass sie sich verdammt noch mal aus meinem Leben rauszuhalten hat. Sie reagierte überrascht – gelinde ausgedrückt. Anscheinend hat sie gedacht, sie hätte dich erfolgreich verscheucht und ich würde nie von ihren Drohungen und dem ganzen Schwachsinn erfahren.«

»Sieh an.«

»Jetzt frage ich mich natürlich, welche Intrigen sie in der Vergangenheit wohl noch gesponnen hat, von denen ich nie etwas mitbekommen habe.« Er trommelt mit den Fingern auf den Tisch. »Dann habe ich Ethan angerufen und gewarnt, dass Großmutter womöglich eine feindliche Übernahme plant.«

»Würde sie tatsächlich versuchen, die ganze Firma zu übernehmen?«

»Wie ich bereits erwähnt habe, ist Catherine es nicht gewohnt, dass sie ihren Willen nicht durchsetzen kann. Ihre Reaktion darauf, dass ich sie zur Rede gestellt habe, war … heftig. Darum lässt sich nur schwer beurteilen, wie weit zu gehen sie bereit ist«, sagt er. »Manche Leute finden sich mit einem Nein eben nicht ab.«

Ich hebe vielsagend die Brauen und trinke einen großen Schluck Kaffee. Dieser ganze Schlamassel wird immer größer. Auf dem Tisch vibriert schon wieder sein Handy. »Beck, solltest du vielleicht drangehen?«

»Das hier ist wichtiger.«

»Du solltest jetzt lieber in der Elliot Corp. sein und diese ganze Sache klären, oder?«

»Nein, Alice. Mit dir zu reden, das mit uns zu klären, ist wichtiger.«

»Aber sie könnte dich aus dem Vorstand werfen.«

»Sie kann es zumindest versuchen«, meint er schulterzuckend.

Ich lehne mich auf dem Stuhl zurück und muss einen Moment nachdenken. So lieb es mir wäre, wenn mein Leben sich etwas verlangsamen würde, muss ich einsehen, dass das leider nicht so bald passieren wird. Das ist die Realität unserer Situation. Dass ich mich darüber beklage oder davon träume, dass es anders wäre, hilft uns auch nicht weiter. Mom sagt immer, dass man erkennen muss, welche Dinge man ändern kann und welche nicht. Was für einen selbst im Bereich des Machbaren liegt. Beck ist ein vielbeschäftigter, wohlhabender Mann, der sich mit wichtigen Dingen auseinandersetzen muss. Natürlich sind mein eigenes Leben, meine Wünsche und Bedürfnisse ebenfalls von Bedeutung. Aber man unterstützt seinen Partner. So haben es mir meine Eltern immer wieder vorgelebt. Dass man sich der Welt als geeinte Front präsentiert und einander den Rücken freihält. Für mein eigenes Leben werde ich mich nie mit weniger zufriedengeben. »Ich bin hier. Ich gehe nirgendwo hin. Ich gebe uns eine Chance, das hier wieder geradezubiegen.«

Wieder zuckt er kaum merklich zusammen.

Ihn so zu sehen, schmerzt mein verletztes Herz. »Hey, ich meine es ernst. Seit meiner Landung in Denver habe ich andauernd mit irgendwelchen Leuten um das Recht kämpfen müssen, hier bei dir sein zu können. Egal, wie sauer ich gerade auf dich bin, werde ich jetzt nicht einfach aufgeben. Und jetzt schau bitte auf dein Handy.«

Seufzend nimmt er das Smartphone zur Hand. »Ethan hat viermal angerufen.«

»Los, geh und kümmere dich um deine Geschäfte. Wir sehen uns heute Abend zum Abendessen.«

»Bist du sicher?«

Mein Lächeln ist zaghaft, aber es ist da. »Ja.«

»Frag mich, warum ich nicht in Paris bin.«

»Emma?« Ich sitze an dem kleinen antiken Schreibtisch in meinem neuen Zimmer im dritten Stock. Mrs Francis und Smith haben mitgeholfen, einige Kleider und andere Dinge hierherzubringen. Den Stuhl und den Schreibtisch haben wir im ersten Stock entdeckt. Nach dem Drama von gestern fühle ich mich noch nicht wieder in der Lage, die wunderschöne Bibliothek zu betreten. Den Schreibtisch und den Stuhl zu benutzen ist viel erwachsener, als im Bett zu arbeiten (obwohl es bequemer wäre). Insbesondere, da Mrs Francis sich anscheinend unwohl fühlt, wenn sie nicht das Bett machen und mit einem Dutzend Zierkissen aufhübschen kann, damit das Zimmer zumindest einigermaßen ordentlich aussieht. »Was tust du denn hier?«

Die zierliche Blondine trägt ein rotes Sweaterkleid und schwarze, kniehohe Stiefel. Haare und Make-up sind makellos. Hinter ihr hat sich Matías lässig an den Türrahmen gelehnt und sieht aus, als posiere er für das Titelbild von *GQ*.

»Meine Güte, Alice, du siehst furchtbar aus. Großmutter hat mich angerufen. Beck hat mich angerufen. Dann habe ich erst Ethan und anschließend Mom angerufen. Da flogen mir eine ganze Menge unterschiedlicher Auffassungen, Emotionen und kontroverser Ansichten um die Ohren, kann ich dir sagen. Puh. Jetzt ist es Zeit, dass wir beide uns unterhalten.« Sie zeigt anklagend mit dem Finger auf ihren adretten Ehemann. »Du wartest draußen. Du hast Informationen zurückgehalten. Das war eine schlechte Entscheidung, Matías.«

Er seufzt. »Das hast du auch schon auf dem kompletten Rückflug aus Europa gesagt.«

»Entschuldige dich bei ihr.«

Er wendet mir sein hübsches Gesicht zu. »Tut mir leid, dass ich gelogen habe, was den Job anging, Alice. Aber du hast das wirklich gut gemacht, und ich hoffe, dass du bereit bist, die Arbeit fortzusetzen.«

»Ich weiß es nicht«, sage ich, obwohl ich eigentlich gerade an einem seiner Aufträge arbeite. Mal ehrlich, die Männer in dieser Familie kommen viel zu leicht mit dem Mist, den sie verzapfen, davon.

»Sie wird dein Angebot in Erwägung ziehen. Aber du wirst ihren Lohn mindestens verdoppeln müssen. Jetzt stell dich nach draußen und denk darüber nach, was du angestellt hast«, befiehlt Emma, bevor sie ihm die Tür vor der Nase zuknallt. »Diese idiotischen Kerle.«

Sie mustert kritisch mein neues Zimmer. Es ist zwar nicht so groß oder prachtvoll wie das Hauptschlafzimmer, aber so schlecht finde ich es nun auch wieder nicht. Vielleicht missfällt ihr nur, dass ich ein anderes Zimmer benutze? Das wird es sein.

»Wann hast du zum letzten Mal etwas gegessen?« Sie öffnet wieder die Tür. »Matías, Alice braucht etwas zum Mittagessen. Und irgendeinen grünen Smoothie für einen besseren Teint und mehr Energie. Sie sieht ja furchtbar aus. Los. Hol. Schnell.«

Er grummelt zwar in sich hinein, marschiert aber los.

Ich sehe ihm nach. »Ich weiß deine Anteilnahme zu schätzen, aber im Grunde kennen wir uns doch kaum. Warum bist du wirklich hier, Emma?«

»Weil mein idiotischer kleiner Bruder das mit dir in den Sand gesetzt hat und irgendjemand diese Sache wieder in Ordnung bringen muss – und dieser Jemand bin anscheinend ich.« Sie dreht sich langsam im Kreis und mustert stirnrunzelnd ihre Umgebung. »Er ist übrigens gerade bei meinem Therapeuten in der Praxis. Anschließend kehrt er in die Elliot Corp. zurück. Ich finde es recht nützlich, im Blick zu behalten, wo sie sich aufhalten. Hast du schon mal darüber nachgedacht, eine entsprechende App auf seinem Handy zu installieren?«

»Beck ist schon bei deinem Therapeuten?«

Sie nickt, während sie sich weiter wenig begeistert umsieht. Was sie wohl erst von meiner alten Wohnung in Kalifornien gehalten hätte? Wahrscheinlich wäre sie entsetzt gewesen. »Du ziehst aus und bleibst doch im selben Haus wohnen? Wie soll das funktionieren?«

»Das geht nur Beck und mich etwas an.«

Sie fährt unbeeindruckt fort, ohne meinen Kommentar zu beachten, ganz in Elliot'scher Manier. »Ich könnte ein paar Anrufe tätigen, und dann gönnen wir uns einen Beauty-Tag. Reden über Frauenkram, lassen uns massieren, das volle Programm. Wir bringen diesen Mist wieder in Ordnung, und in null Komma nichts ist alles wieder beim Alten.«

»Emma, ich weiß deine Bemühungen zu schätzen, aber bitte hör auf.«

Sie lässt die Schultern hängen. »Er hat es sich wohl so richtig mit dir verdorben, oder?«

»Ja, hat er.«

Sie atmet tief durch. »Also, wie groß muss das Entschuldigungsgeschenk ausfallen? Zehn Millionen? Zwanzig?«

Ich bemühe mich, ruhig zu bleiben. »Emma, ich weiß, dass du es nur gut meinst, aber wir müssen das allein regeln.«

Ihre Unterlippe zittert. »Aber wenn ich diese Sache nicht in Ordnung bringen kann, dann werde ich das Gefühl haben, ich hätte keine Kontrolle und wäre sehr unglücklich. Kannst du das wirklich mit deinem Gewissen vereinbaren?«

Oh Mann.

»Ich bin schwanger. Meine Stimmungsschwankungen sind ziemlich extrem, und eigentlich sollte ich stets ruhig bleiben«, erklärt sie, wobei ihre Stimme erstaunlich schnell immer höher wird. »Aber wenn du und Beck streitet, kann ich nicht ruhig bleiben, Alice.«

»Okay, okay. Von mir aus kann er zur Wiedergutmachung irgendwelche Dinge kaufen, bloß nicht für mich.«

»Nicht für dich? Okay, damit kann ich arbeiten. Lass mich überlegen.« Sie holt das Handy aus der Tasche und tippt eilig eine Nachricht. »Das ist so ein Schlamassel. Beck hat gestern angerufen und nach der Nummer eines Therapeuten gefragt. Dann hat Großmutter angerufen und gefragt, ob sie in einer gewissen familiären Angelegenheit, die sie nicht weiter benennen wollte und die sie eventuell dem Vorstand vorzutragen gedenkt, auf meine Unterstützung zählen könnte. Ich habe ihr klargemacht, dass ich das ohne weitere Informationen unmöglich entscheiden kann. Dann hat sich auch noch Ethan gemeldet und mich gewarnt, dass Großmutter irgendwelche geheimen Ränke schmiedet und dass ich mich auf nichts einlassen soll. Also wirklich.«

»Aha.«

»Und Großmutter hat auch Mom angerufen und sich über deine unflätige Ausdrucksweise und deine generelle Nutzlosigkeit beklagt. Sie hat ihr alles über das Gespräch, das ihr beiden geführt habt, berichtet, weil Großmutter eben noch nie in der Lage war, zu begreifen, wann sie zu weit gegangen ist. Mom hat ihr für ihre Einmischung einen ordentlichen Rüffel verpasst. Sie hat ihr wohl ordentlich die Meinung gegeigt. Außerdem hat Mom Selah endgültig gefeuert, weil sie den Inhalt von Gesprächen und andere Dinge, die sie bei der Arbeit aufgeschnappt hat, weitergegeben hat. Das fällt eindeutig unter Verletzung der Privatsphäre. Diese Frau ist schon beeindruckend dämlich. Zu diesem Zeitpunkt wurde mir klar, dass ich ins Flugzeug steigen und zurückkehren muss, um das alles zu klären. Erzählst du mir jetzt deine Version der Geschichte oder nicht?« Emma setzt sich auf die Bettkante. »Sprich mit mir, Alice.«

»Im Grunde geht es darum, dass er gelogen hat, zum Teil über Dinge, die mir überhaupt nicht wichtig gewesen wären, aber bei denen er trotzdem das Gefühl hatte, lügen zu müssen.«

Sie schüttelt den Kopf. »Alice, du musst verstehen, dass Männer einfach von Natur aus weniger intelligent sind. Insbesondere, wenn es um Gefühle geht oder Beziehungen oder … Im Grunde in jeder Hinsicht. Die Liste ließe sich endlos fortsetzen.«

»Ich glaube nicht, dass es dafür fundierte wissenschaftliche Beweise gibt.«

»Nein. Aber es ist doch nur logisch, oder? Weißt du, warum ich Matías vor über einem Jahr rausgeworfen habe?«, fragt sie und neigt den Kopf. »Weil seine Assistentin in ihn verliebt war und er sich geweigert hat, das einzusehen. Sie hat ihm zu den unmöglichsten Zeiten arbeitsbezogene Nachrichten geschickt.

Unangemessen vertrauliche Bemerkungen fallen lassen. Sie hat sogar für ihn gekocht. Eintöpfe, Kekse, such dir was aus. Ich kann überhaupt nicht kochen, aber dafür haben wir schließlich einen Koch bei uns angestellt. Matías hat sich strikt geweigert, das zu begreifen, hat dieser Frau keine Grenzen gesetzt. Selbst als sie zum zweiten Mal aufgebrezelt mit irgendwelchen unerwarteten, dringenden Dokumenten für ihn zum Unterschreiben bei uns aufgetaucht ist, weil sie genau wusste, dass ich nicht da war. Was für ein Schwachsinn!«

»Oha.«

»Er schlug eine Therapie vor, damit ich an meiner Eifersucht arbeiten könne, obwohl er eigentlich nur dieser Frau hätte klarmachen müssen, dass sie keine Chance hat.«

»Ich hatte ja keine Ahnung«, sage ich.

»Nette Kerle sind die Schlimmsten. So ahnungslos. Ich habe nicht mal darauf bestanden, dass er sie feuern soll oder dergleichen. Nur, dass er sich klarmacht, was los ist, und Grenzen setzt.«

»Das war wirklich sehr vernünftig von dir.« Ich sage nicht, dass mich das überrascht, obwohl es so ist. »Ich weiß nicht, ob ich an deiner Stelle auch so nett gewesen wäre.«

»Versteh mich nicht falsch – ich hätte dieser Frau am liebsten in den Hintern getreten. Aber sie war nicht diejenige, die mir Versprechungen gemacht hat. Das war er. Das Problem ist, dass er ungeachtet dieses ganzen Unfugs der Richtige ist. Das wusste ich schon immer. Wenn ich an ihn denke, steht er in meinem Kopf auf einem kleinen Sockel und lächelt mich strahlend an.« Sie stöhnt. »Ich kann nichts dagegen tun. Ich liebe ihn. Mom hat einmal etwas zu mir gesagt, was ich ziemlich passend finde: Selbst Helden bauen manchmal Mist. Weil sie letztendlich auch nur Menschen sind.«

Ich lache schnaubend. »Da hat sie recht.«

»Also, erzähl mir alles, was zwischen dir und meinem kleinen Bruder vorgefallen ist. Lass kein Detail aus.«

»Also, ich bin mir nicht sicher – «

»Alice, ich mag dich. Ich mag nicht viele Menschen«, konstatiert sie. »Und von den Menschen, die versucht haben, etwas mit meinen Brüdern anzufangen, mag ich ganz besonders wenige. Das gilt sogar für die paar, die es zur Abwechslung geschafft haben, meine Brüder glücklich zu machen. Vielleicht werden du und Beck wieder zusammenkommen, vielleicht auch nicht. Aber manchmal muss man sich einfach bei einem Freund alles von der Seele reden. Ich sitze hier vor dir. Lass mich dieser Freund für dich sein.«

Es wird sicher wehtun, das Ganze noch einmal durchzukauen. So viel ist sicher. Aber zu schweigen und mich zu isolieren hat mir in der Vergangenheit auch nicht geholfen. Eigentlich war sogar genau das Gegenteil der Fall. Das ist eine schlechte Angewohnheit, die ich durchbrechen muss. Ich bin bisher noch gar nicht auf die Idee gekommen, mich an meine Familie oder Freunde zu wenden. Emma wartet derweil. Ihre Miene ist geduldig, fast schon mitfühlend. Sie hat das Gleiche erlebt wie ich. Deswegen hat sie mir ihre Geschichte erzählt. Herzschmerz ist furchtbar, und ihn für sich selbst zu behalten, macht ihn nicht besser.

»Okay«, sage ich, und diese blöden Tränen kommen schon wieder. »Na gut, ich werde reden.«

Am Nachmittag bringt Mrs Francis ein Poststück. Auf der Vorderseite steht nur handschriftlich mein Name. Im Umschlag befindet sich eine Kopie des Vertrages, den ich unterschrieben habe. Jemand war so aufmerksam, die Passage zu markieren, die die Auszahlung behandelt, die ich erhalten würde, sollten Beck und ich unsere Beziehung beenden. Außerdem ist da auch noch ein kleinerer Umschlag, der merkwürdigerweise Asche enthält. Er ist mit »Vertraulichkeitsvereinbarung« beschriftet. Sieht so aus, als wäre ich nicht mehr länger an sie gebunden. Außerdem liegen Kopien von E-Mails bei, in denen es um Spenden an mehrere Organisationen und Unternehmen geht, über die ich kürzlich Informationen eingeholt habe. Das ist schön für sie. Es ist ein Anfang.

In einer depressiven Blase zu leben ist grässlich. Ich will sie abschütteln, doch sie legt sich immer wieder erdrückend schwer über mich. Was dieser Idiot mir im letzten Collegejahr angetan hat, tat schon weh, aber Becks Verrat ist noch ungefähr eine Million Mal schlimmer. Alles schmerzt, und ich hasse es, mich so zerbrechlich zu fühlen. Dass er ebenfalls leidet, macht es noch viel schlimmer. Außerdem finde ich es furchtbar, dass mir keine Lösung einfällt, wie wir das alles ganz schnell wieder in Ordnung bringen können. Vielleicht sollte ich wieder aufs College gehen und noch mal einen Psychologiekurs belegen. Etwas über Beziehungen lernen.

Jemand, der jetzt eigentlich auf jeden Fall in der Schule sein sollte, ist offensichtlich nicht dort: Henry. »Familie«, brüllt er und hämmert an die Zimmertür. »Mach auf.«

Ich tue, was er sagt. Ich habe mir die Haare zu einem unordentlichen Knoten zusammengebunden und trage Jeans und ein T-Shirt. Der Gesichtsausdruck, mit dem er mein Äußeres mustert, ist nicht gerade schmeichelhaft. Zuerst Emma und jetzt auch noch er. Klar sehe ich nicht besonders umwerfend aus. Ich habe ja auch gerade mit ein paar Problemen zu kämpfen. Meine Güte. Ethan steht ebenfalls draußen und wartet schweigend. Außerdem erspähe ich unter einem der Sofas einen schwarzen Schwanz, der aufgeregt hin und her peitscht. Arme Princess. Für so ein flauschiges Baby ist es sicher nicht leicht, wenn die neuen Adoptiveltern eine Krise haben. Bestimmt hat sie die angespannte Stimmung im Haus auch bemerkt. Oder sie schläft gerade und träumt etwas Aufregendes. Oder hat Blähungen. Eins davon bestimmt.

»Was zum Teufel machst du hier oben?«, fragt Henry.

Was für eine anstrengende Familie. »Warum bist du nicht in der Schule?«, frage ich argwöhnisch.

»Warum streitet ihr beiden?«

»Das ist kompliziert.«

»Schwachsinn.«

»Ausdrucksweise«, sage ich warnend. Dann berühre ich vorsichtig seine Hand mit meiner. Er lässt den Körperkontakt sogar für zwei Sekunden zu, bevor er mich mit einem Warum-benimmst-du-dich-so-seltsam-Blick ansieht. Teenager. So sind sie eben. »Schön, dich zu sehen, Henry. Geht es dir gut?«

»Was glaubst du denn?«, fragt er mit aggressivem Unterton.

Ethan hebt die Hand. »Hi, Alice. Er hat angerufen und gesagt, er müsse mit dir reden. Also dachte ich mir, ich bringe ihn am besten her.«

»Hi, Ethan.«

Henry schlüpft an mir vorbei und lümmelt sich aufs Bett. Sein dunkles Haar ist mit Gel zurückgekämmt, sein charakteristisches Grinsen einer eher bedrückten Miene gewichen. »Großmutter will meine Firmenanteile von Ethan übernehmen und bittet entsprechend um meine Unterstützung.«

»Was?«

»Keine Sorge«, sagt Ethan. »Selbst wenn sie das schaffen würde, hätte sie noch immer nicht genug Stimmanteile, um Beck aus dem Vorstand zu werfen.«

Gott sei Dank.

»Was für ein Scheiß«, meint Henry.

»Achte auf deine Ausdrucksweise.«

Er verdreht die Augen. »Von mir aus. Du musst das wieder in Ordnung bringen, Alice. Beck ist schlecht drauf. Großmutter schikaniert mich. Das läuft alles ganz falsch.«

»Tut mir leid.«

»Dann rede mit Beck und schaff das Ganze aus der Welt.«

Ich schüttle den Kopf. »Henry ... Wir arbeiten daran, okay? Aber es wird eben etwas dauern.«

»Bescheuerte Erwachsene«, stöhnt er genervt. »Immer baut ihr Mist und macht dann alles noch zehnmal komplizierter, als es eigentlich sein müsste. Es tut ihm leid, okay? Er ist ein Idiot. Klar hat er es vermasselt. Sieh dir doch nur unsere Familiengeschichte an – wir sind in solchen Dingen allesamt ganz furchtbar schlecht. Aber das ist nichts, was ihr beiden nicht wieder geradebiegen könntet.«

Ich wende mich einen Augenblick lang ab. »Wie klappt es in der Schule? Ist alles gut? Es ist wirklich schön, dich zu sehen.«

Er kräuselt aufgebracht die Oberlippe. »Du bist so verflucht egoistisch, weißt du das?«

»Henry«, schimpft Ethan. »Das war nicht in Ordnung. Entschuldige dich.«

Doch Henry tritt nur kraftvoll gegen das Bettgestell, stürmt zur Tür und drängt sich an Ethan vorbei. Auf dem Weg zur Treppe zieht er sich die Kapuze seines Hoodies über den Kopf.

Ethan seufzt. »Das ist eine schwierige Situation für ihn. Er hat in letzter Zeit kaum Stabilität in seinem Leben gehabt.«

Ich nicke nur. Meine Kehle fühlt sich wund und wie zugeschnürt an. Schon wieder.

»Mir ist klar, dass mich das zwischen dir und Beck nichts angeht«, sagt er, ohne mich anzusehen. »Aber unterschätze bitte nicht, wie wichtig du ihm bist.«

»Danke.«

»Henry hatte recht damit, dass es in unserer Familie gewisse Autoritätspersonen gibt, von denen wir nichts Gutes gelernt haben. Das soll keine Entschuldigung sein, aber … Vielleicht behältst du es im Hinterkopf.«

»Ja.«

Er hebt zum Abschied die Hand. »Ruf mich an, wenn du etwas brauchen solltest. Das meine ich ernst.«

»Vielen Dank.« Ich weine schon wieder. Mann, was für ein Mist. Das ist alles so ein beschissener Mist.

Gegen sieben klopft es an meine Tür. Als ich öffne, steht Beck mit einem Tablett draußen. Keine Ahnung, warum mich sein Anblick nach wie vor umhaut. Obwohl ich wütend auf ihn bin, bekomme ich in seiner Gegenwart vor lauter Verzückung Schnappatmung. Ich sollte mich in Sachen Gefühle wirklich dringend am Riemen reißen, denn es ist bestimmt ungesund, mehrmals am Tag zwischen himmlischen Gefilden und den Tiefen der Hölle zu wechseln. Trotzdem fühle ich mich bei seinem Anblick irgendwie ein wenig ruhiger. Diese Angst, die mich den ganzen Tag gequält hat, legt sich. Er hat noch immer dieselben Jeans und dasselbe T-Shirt an, trägt jedoch eine coole schwarze Lederjacke darüber. Jetzt, da ich ihn sehe, muss ich an das denken, was Emma gesagt hat. Dass selbst Helden manchmal Mist bauen. Denn Beck ist fraglos mein Held, den ich im Kopf auf ein Podest hebe. Das ist eine Tatsache, die ihm das Leben allerdings bestimmt nicht leichter macht, geschweige denn die Beziehung mit mir. Vielleicht müssen wir beide unsere Erwartungen auf ein realistischeres, realisierbareres Maß herunterschrauben. Keiner von uns ist gottgleich oder unfehlbar.

»Ich bringe dir etwas zu essen und aus einem unerfindlichen Grund auch noch dieses ziemlich widerwärtige Getränk«, sagt er.

»Angeblich ist mein Teint ziemlich hinüber«, erkläre ich.

»Aha.« Er ringt sich ein Lächeln ab, doch es hält nicht lange. »Da wir vereinbart hatten, zusammen zu essen, habe ich mein Abendessen ebenfalls mitgebracht. Möchtest du im Zimmer essen oder …«

»Warum setzen wir uns nicht hier draußen auf die Sofas?«

Er stellt das Tablett auf den modernen Beistelltisch aus Glas und Metall und setzt sich mir gegenüber. Princess schleicht um uns herum und beobachtet uns mit ihren hübschen grünen Augen. Es gibt Lachs mit Sauce béarnaise und dazu gedünstetes Gemüse. Daneben stehen zwei Stücke Pecan Pie mit Sahne. Vom Essensduft knurrt mein Magen. Das kommt davon, wenn man sich nur mit Koffein und Kummer aufrecht hält.

»Ich habe gehört, du hattest heute einige Besucher«, bemerkt er.

»Das war wirklich ein Tag. Fast deine ganze Familie ist vorbeigekommen. Es ist nett, dass sie sich Sorgen machen. Aber wegen Henry bin ich ein wenig beunruhigt.«

»Versuch, dir keine Sorgen zu machen. Ethan hat versprochen, mit ihm in den nächsten Schulferien Snowboarden zu gehen. Vielleicht komme ich auch mit.«

»Das ist eine gute Idee. Das würde ihm bestimmt gefallen.« Ich pikse ein Stück Kartoffel mit der Gabel auf. »Wie war das Gespräch mit dem Therapeuten?«

»Erhellend«, meint er nachdenklich. »Ich denke noch immer über das nach, was er gesagt hat, und muss mir noch über einiges klar werden. Wir treffen uns morgen wieder.« Anscheinend sehe ich überrascht aus, denn Beck nickt. »Ich habe dir doch gesagt, dass es mir ernst damit ist, alles wieder in Ordnung zu bringen.«

»Ich weiß … Es ist nur … Keine Ahnung.« Dann begehe ich den schlimmen Fehler, mir das kakifarbene Getränk zu nehmen und einen Schluck zu kosten. »Ach du meine Güte, das ist ja ekelhaft.«

Einer seiner Mundwinkel hebt sich zu einem leichten Lächeln. »Macht ganz den Eindruck.«

»Das ist ja noch schlimmer als das Gebräu, das sie mich gezwungen hat, zum Mittagessen zu trinken. Sag mal, leuchte ich eigentlich schon von innen heraus? Ist meine Haut schon klar und strahlend?«, witzele ich.

»Absolut.«

»Beck …« Mein zögerliches Lächeln verschwindet ebenso schnell wieder, wie es erschienen ist. »Du sollst keine Lügen erzählen.«

Er stutzt einen Moment. »Wenn du dir einbildest, du würdest jemals etwas anderes als wunderschön für mich sein, liegst du falsch.«

Ich kaue ausgiebig meine Kartoffel. Verflixt, es toben einfach zu viele Gefühle in mir. »Du bist für mich auch schön.«

»Danke.« In diesem Moment summt das Handy in meiner Gesäßtasche. Meine ganze Pobacke vibriert.

Beck hebt eine Augenbraue. »Du solltest vielleicht drangehen.«

»Ja.«

Mom: Geht es dir gut?

Ich: Ja.

Ich: Mehr oder weniger.

Ich: Beck und ich haben gerade ein paar Probleme.

Mom: Tut mir leid, das zu hören. Aber es ist schon interessant. Die Hypothek deines Bruders wurde heute komplett abbezahlt, und fünfhunderttausend Dollar wurden auf das Collegesparkonto deiner Nichte überwiesen.

Ich: Na so was.

Mom: Außerdem hat sich die ältere Nachbarin von dir, Mrs

Flores, die sich um deine Pflanze kümmert, gemeldet. Sie hat eine Luxuswohnung in Strandnähe in Santa Monica gewonnen und zieht demnächst um. Sie hat gesagt, sie hätte sie bei einem Gewinnspiel gewonnen.

Ich: Wow.

Mom: Da ist noch mehr. Ein anonymer Spender hat meiner Schule eine neue Bibliothek gestiftet.

Ich: Okay.

Mom: Es scheint, als wolle sich jemand deine Gunst zurückkaufen.

Ich: Sieht ganz so aus.

Mom: Was willst du tun? Sollen wir das alles annehmen?

Ich: Er kann es sich definitiv leisten und tut das alles aus freien Stücken. Also, ja.

Mom: Möchtest du, dass ich dich anrufe? Willst du darüber reden?

Ich: Nein. Lass mich erst mal nachdenken. Danke.

Mom: xx

Das ist viel zu verdauen. Mrs Flores freut sich bestimmt. Endlich wird sie die miese Aussicht auf die Mauer des benachbarten Gebäudes los, den Gestank aus den Mülltonnen und den Stadtmief. Die Sicherheit, die seine Zahlung meinem Bruder und seiner Familie gibt, ist auch nicht zu verachten. Und natürlich freut es mich sehr, dass eine neue Bibliothek diese Welt bereichern wird.

»Du warst sehr beschäftigt«, bemerke ich und lege das Handy weg.

Er isst ungerührt weiter.

»Mit Collegekonten und Bibliotheken und Eigentumswohnungen und so weiter.«

Er sieht mich an, schweigt jedoch weiterhin.

»Vielen Dank.«

Er zerteilt den Fisch mit der Seite der Gabel. »Dürfte ich vielleicht ein einziges, äußerst treffendes, literarisches Zitat anbringen, ohne dass du gleich wieder sauer wirst?«

»Klar, warum nicht?«

»Ich hoffte auf Ihre Vergebung und darauf, Ihre schlechte Meinung von mir zu verbessern, indem ich Ihnen zeige, dass ich mir Ihre Vorwürfe zu Herzen genommen habe », sagt er mit gedämpfter Stimme. »Ich kann nur hoffen, dass Ihre Wertschätzung, die ich einst verloren habe, nicht für immer verloren ist.«

»Das waren zwei Zitate. Übertreib es nicht.«

»Aber sie sind ernst gemeint.« Ein Lächeln huscht über sein Gesicht. »Deine Freundinnen Natasha und Hanae hatten übrigens ebenfalls unerwartet Glück. Sie haben heute beide hunderttausend Dollar gewonnen.«

»Das wird ihr Leben sehr verändern. Ich habe heute übrigens ein bisschen über lokale und landesweite Wohltätigkeitsorganisationen recherchiert und plane, noch mehr von deinem Geld zu verschenken.«

»Gut. Tu das. Geld zu horten hat bisher noch niemanden in meiner Familie glücklich gemacht.« Er überlegt einen Moment. »Du hast doch vorhin nach dem Therapeuten gefragt. Wir haben einige Stunden über meine Familie, über dich und das Leben im Allgemeinen gesprochen. Das Fazit dieses Gesprächs lautet, dass ich mangelnde Zuneigung und Aufmerksamkeit vonseiten meiner Eltern nicht dafür verantwortlich machen kann, dass ich im Leben ständig alles vermassele. Meine schlechten Entscheidungen haben diese Situation verursacht.«

»Verstehe.«

»Ich muss loslassen und die Tatsache akzeptieren, dass meine Mutter immer zu beschäftigt war, um sich mir zu widmen, und mein Vater auch nicht besser war. Habe ich dir schon mal die Geschichte erzählt, als er vergessen hatte, dass ich zu Besuch bei ihm war, und ohne mich in den Urlaub gefahren ist?«, fragt er. »Man könnte durchaus sagen, dass ich in meinem Leben kaum positive Vorbilder in Sachen erwachsenem Verhalten oder Beziehungen hatte. Aber das soll keine Entschuldigung sein. Ich hätte dich nicht belügen dürfen.«

»Nein, hättest du nicht«, pflichte ich ihm bei.

»Auch wenn man schlechte Eltern hat, die einem das Leben vermiesen, muss man irgendwann auf eigenen Beinen stehen. Ich glaube, das bezeichnet man als Erwachsensein.«

»Stimmt.«

»Du hattest recht damit, dass alles gut mit uns gewesen wäre, wenn ich nicht eingegriffen hätte«, gesteht er.

Meine Kehle ist plötzlich staubtrocken. Blöde Gefühle. »Mir ging es nie um Diamantuhren oder Luxusautos, Beck. Mir ging es immer nur um dich.«

»Das weiß ich jetzt.«

»Diese Dinge sind zwar nett, aber sie waren nie nötig. Mit dir zusammen zu sein, deine Zuwendung zu spüren, an dem zwischen uns zu arbeiten und uns eine Zukunft aufzubauen – das ist es, was mir wichtig ist.«

»Das habe ich verstanden.« Er nickt. »Ich war noch nie verliebt. Ich habe noch nie jemanden so geliebt, wie ich dich liebe. Auch das soll keine Entschuldigung sein. Aber ich hoffe, dass du, wenn du Gelegenheit hattest, über alles nachzudenken, es als Anlass nimmst, uns noch einmal eine Chance zu geben.«

Ich runzle angestrengt die Stirn. In meinem Kopf geht alles drunter und drüber. So viele Gefühle und Gedanken, die sich überschlagen. »Du weißt, dass ich noch nie gut darin war, das Richtige zu sagen oder das Richtige zu tun oder einigermaßen korrekt zu existieren. Nur wenn ich bei dir bin, ist das anders.«

Er sieht so traurig aus. »Das tut mir leid, Liebste. So verflucht leid.«

Ich kann ihn nur ansehen. Eine dicke Haarsträhne hängt ihm in die Stirn, und seine Miene ist angespannt. Das Verlangen, mich ihm in die Arme zu werfen, ist überwältigend. Diese Spaltung zwischen uns einfach zu vergessen.

»Wie soll ich dir vertrauen?«, frage ich.

»Ich weiß es nicht.« Er blinzelt. »Ich kann mich weiter entschuldigen und dir versichern, dass ich dich niemals wieder belügen werde, aber … Ich weiß nicht genau, wie wir das hier aus der Welt schaffen sollen, und das ist so schrecklich, weil das alles meine Schuld ist.«

Meine Kehle zieht sich zusammen, und meine Augen brennen. Dieser Aufruhr der Gefühle ist so was von gnadenlos beschissen.

»Um kurz auf diese Sache mit dem Sex zurückzukommen: Ich habe noch einmal über alles nachgedacht, und ich glaube, es war falsch von mir, darauf zu bestehen, dass wir warten. Ich habe die Bedeutung von körperlicher Intimität unterschätzt.«

»So?«

»Du hast deinen Job aufgegeben, bist in einen anderen Staat gezogen und hast meinetwegen ein ganz neues Leben angefangen. Im Gegenzug habe ich nicht so zu dir gestanden, wie ich es hätte tun sollen«, sagt er. »Immer habe ich mich von Familien- oder Geschäftsangelegenheiten ablenken lassen. Ich habe darin versagt, dich zu unterstützen und zu vögeln, wie es ein guter Lebensgefährte in dieser Situation tun sollte.«

Ich denke kurz nach. »Okay.«

»Mehr hast du nicht dazu zu sagen?«

»Was willst du denn von mir hören?«

»Dass du mich auch liebst, und dass wir jetzt wieder zusammenkommen können, wäre beispielsweise ganz nett.«

»Aber dieses Vertrauensproblem ist noch immer da, Beck.«

»Wenn du glaubst, dass ich dich jemals wieder belügen oder täuschen werde, irrst du dich«, beteuert er mitfühlend. »Ich habe gerade die schlimmsten vierundzwanzig Stunden meines Lebens damit zugebracht, mich zu fragen, wie um alles in der Welt ich nur so dämlich sein konnte, das mit dir zu verderben.«

Ich seufze. »Ich werde nirgendwo hingehen.«

»Wiederhole das ruhig noch öfter. Ich muss das hören.« Er mahlt wieder mal mit dem Kiefer und wendet sich kurz ab. Als er mich wieder ansieht, ist da ein Feuer in seinen Augen, eine Leidenschaft, die sich direkt durch mich hindurch brennt. Ich bin nur noch Asche. Und er ist noch immer mein Ein und Alles. »Du hast ja keine Ahnung, wie unglaublich dankbar ich dafür bin, dass du noch da bist, obwohl ich dich verletzt und so viel falsch gemacht habe. Denn vielleicht, nur vielleicht, bedeutet das ja, dass du genauso verrückt nach mir bist wie ich nach dir. Wenn das tatsächlich der Fall sein sollte, dann werden wir es ganz sicher schaffen, das hier zu überstehen.«

Ich lasse den Kopf hängen. Jetzt ist meine Kehle nicht nur zugeschnürt, sondern schmerzt auch noch.

»Liebste?«

»Nenn mich nicht so.«

»Ehefrau?«, fragt er leise.

»Nenn mich auch nicht so.« Meine Nase läuft nicht, nein, es kitzelt nur irgendwie darin. Ich wische sie mir mit dem Handrücken ab wie eine Vierjährige, weil ich eben total graziös bin.

»Aber ich will dich so nennen. So will ich dich schon nennen, seitdem ich dich kennengelernt habe«, sagt er und greift in die Tasche seiner Lederjacke. »Reg dich jetzt nicht auf, aber ich habe Panik bekommen und etwas getan.«

Oh nein. »Was?«

Er legt eine kleine schwarze Ringschachtel von Harry

Winston zwischen uns. Als er die beiden Hälften des Deckels aufklappt, kommt ein Platinring mit einem großen, quadratisch geschliffenen Diamanten zum Vorschein. Er glitzert und glänzt und haut mich schlicht um.

»Ach du Scheiße«, murmele ich.

»Ich weiß, dass ich dieses Problem nicht einfach in Ordnung bringen kann, indem ich es unter Geld begrabe.« Er nimmt meine Hand und schiebt den Ring auf den passenden Finger. »Ich will dich damit nicht kaufen. Ich schenke dir damit mich selbst.«

»Oh mein Gott.«

»Würdest du mir die Ehre erweisen, mir zu gestatten, dein Ehemann zu sein?«, fragt er.

Ich schüttle den Kopf. »Du kannst doch nicht ... Wir sollten nicht ... Beck.«

»Du musst nicht sofort antworten.«

»Wenn wir eine Chance haben wollen, dann müssen wir diesmal eine solide Grundlage für unsere Beziehung schaffen. Das beschädigte Vertrauen zwischen uns in Ordnung bringen und absolut ehrlich zueinander sein. Du kannst doch nicht einfach so voranpreschen.«

Er sieht mich ernst an und schweigt.

»Hast du mir eigentlich zugehört, als ich ungefähr hundert Mal gesagt habe, dass wir es langsam angehen lassen müssen?«

»Durchaus«, sagt er. »Aber ich war nicht deiner Meinung.«

»Das merke ich auch!«

»Du kannst mir vertrauen, Alice. Ich schwöre es.«

Ich schniefe. »Und dieser Ring ist irre.«

»Es ist nicht der Größte, den es dort gab. Sondern nur der mit dem qualitativ hochwertigsten Diamanten. Denn genau das bist du: ein Diamant.« Er fasst meine Hand fester, lässt nicht los. »Allerdings ist er größer als alle Steine, die Großmutter besitzt, weil ich fand, dass das aus diversen Gründen wichtig ist.«

»Ich bin doch gerade in ein anderes Zimmer gezogen.«

»Mach dir darüber keine Gedanken. Ohne dich zu schlafen, fand ich sowieso furchtbar. Ich weiß nicht, ob ich es mir hätte verkneifen können, wieder den Versuch zu wagen, dir nahe zu sein. Wahrscheinlich hätte ich mitten auf der Treppe geschlafen, um deine Regeln nicht zu verletzen«, gesteht er. »Frage: Hattest du vor, mich in nächster Zeit zu verlassen?«

Ich überlege. »Nein. Das weißt du auch.«

»Okay. Noch eine Frage: Liebst du mich?«

»Beck.« Ich neige mich vornüber. »Ich weiß es nicht.«

»Ich glaube, du tust es. Ich glaube, du hast nur Angst, dass du wieder verletzt werden könntest, wenn du es laut aussprichst. Aber ich verspreche dir, dass das nie wieder passieren wird.« Er sieht mich an und wartet ab, ruhig und geduldig. Als könnten wir diese Unterhaltung trotz meiner Zweifel noch ewig fortsetzen, ohne dass er nur einen Millimeter von seinem Standpunkt abweicht. Bis er seine Antwort bekommt. Dieser sture, wunderschöne, herzzerreißende Mann, nach dem ich vollkommen verrückt bin. »Liebst du mich, Alice?«

»Na schön«, grummle ich. »Ja.«

»Gut. Das ist gut.« Er verkneift sich ein Lächeln. Ich kann es ihm deutlich ansehen.

Verdammt noch mal, ich weine schon wieder. Aber zumindest sind es keine Tränen der Trauer, sondern eher Was-zum-Teufel-ist-hier-gerade-passiert-Tränen. Was ihn angeht, so hatte ich nie eine Chance. Das ist eine Tatsache.

»Ist schon gut. Komm her«, sagt Beck, schnappt mich mehr oder weniger und zieht mich auf seinen Schoß. Auf dem Tisch fällt einiges um. Unter anderem das grüne Gebräu des Todes. Aber das ist egal. Er umfasst mit seinen großen Händen meine Wangen und wischt mir mit den Daumen die Tränen weg. »Emma hat behauptet, du siehst furchtbar aus, wenn du weinst, aber ich finde dich entzückend. Sie ist nur eifersüchtig. Du kennst sie ja.«

»Deine Familie ...«

»Unsere Familie.« Er stutzt. »Oh, apropos: Ich werde mich jetzt wohl mächtig bei deiner Mutter einschleimen müssen. Und bei deinem Vater auch, oder?«

»Ich habe ihnen nicht erzählt, was passiert ist. Aber schaden dürfte es sicherlich nicht.«

Er nickt. »Das bekomme ich hin. Du liebst mich. Dann kann ich alles schaffen.«

Ich lächle nur. »Was ist mit deiner Großmutter?«

»Entweder spielt sie mit, oder sie kann mich mal. Das ist kein Scherz.« Mit einem zufriedenen Lächeln streicht er mir eine Haarsträhne hinters Ohr. »Was würdest du davon halten, wenn wir heute Abend noch heiraten?«

»Nein. Auf keinen Fall. Außerdem habe ich noch nicht mal Ja gesagt.«

Er runzelt die Stirn und zwischen seinen Augenbrauen erscheint wieder diese Furche. »Aber du hast es angedeutet. Und was, wenn du dir plötzlich alles noch einmal anders überlegst?«

»Ich überlege es mir nicht anders. Ich liebe dich.«

»Und wir werden irgendwann heiraten«, sagt er bestimmt. »Versprich es mir.«

»Ja, okay, ich verspreche es. Wenn du weiter zum Therapeuten gehst und wir an allem arbeiten und alles gut läuft.«

»Einverstanden. Obwohl das eine Menge Bedingungen sind.«

»Find dich damit ab.«

Schon presst er seinen Mund auf meinen und küsst mich, dass mir Hören und Sehen vergeht. Nimmt mir meine Tränen und meine Ängste. Es ist so schön, ihn mit meinen Händen zu berühren, darin zu schwelgen, wie er schmeckt und sich anfühlt. Sein Atem und meiner vereinen sich, und aus irgendeinem Grund fühlt es sich an, als wäre es schon eine halbe Ewigkeit her, seitdem es das letzte Mal so zwischen uns war. Unsere Zungen liefern sich ein Duell, während ich die Finger tief in seine Haare schiebe. Seine stehlen sich derweil unter mein T-Shirt, pressen sich gegen meinen Rücken, holen mich näher zu ihm. Das einzig Logische ist jetzt, sich rittlings auf ihn zu setzen. Damit wir uns so nah wie möglich sind. Zumindest körperlich. Meine Bedenken und meine Verzweiflung sind noch nicht aus der Welt. Irgendwie werden wir unsere Probleme schon lösen. Doch im Moment müssen wir einfach nur zusammen sein. Er streichelt meinen Rücken, meine Schultern, meinen Hals. Seine Hände scheinen überall zu sein, mich in Brand zu stecken. Und die harte Wölbung, die sich in seiner Hose bemerkbar macht, fühlt sich an meinem leider viel zu stark bekleideten Schritt an wie das Nirwana.

Wer hat eigentlich Kleidung erfunden? Was für ein Trottel war das?

»Was willst du?«, fragt er barsch und eindringlich.

»Dich.«

Dieses Lächeln, das er mir nun schenkt. Das könnte glatt mein neuer Favorit werden. So heiß und gierig. »Zieh dich aus, Liebste.«

Das ist verdammt noch mal die beste Idee aller Zeiten. Ich nicke selbstverständlich, denn wenn es drauf ankommt, bin ich durchaus nicht schwer von Begriff. Allerdings muss er mich ein klein wenig an den Hüften festhalten, weil ich etwas taumele, als ich aufstehe und versuche, mein Oberteil und meinen BH gleichzeitig auszuziehen. Multitasking unter diesen Umständen ist herausfordernd. Insbesondere, wenn Hormone und

Verlangen mit im Spiel sind. Jetzt muss alles ganz schnell gehen. Natürlich ist es auch schön, sich langsam und genüsslich zu lieben. Das sollten wir später unbedingt noch tun. Aber es wild miteinander zu treiben hat auch durchaus seine Berechtigung. Zum Beispiel genau in diesem Moment.

Wir berühren uns gierig, unsere Hände scheinen überall gleichzeitig zu sein. Beck verhält sich wie ein perfekter Gentleman und reißt den Knopf meiner Jeans geradezu auf. Kurz darauf zieht er mir auch schon Hose und Unterwäsche bis zu den Knöcheln herunter, und ich schaffe es, gewandt aus meinen Kleidern zu steigen, ohne auf dem Hintern zu landen. Juhu. Endlich nackt. Allerdings gibt es ein kleines Problem.

»Du bist noch vollständig angezogen.« Ich schiebe ihm die Jacke von den Schultern.

»Stimmt.«

Er steht auf, schleudert die Jacke in die eine Ecke und das T-Shirt in die andere. Wieder ist da dieses Grinsen. Eine herrliche Mischung aus Lüsternheit und Liebe. Mein Magen zieht sich freudig zusammen, und meine Knie werden weich. Wenn er mich so ansieht, kann ich es mir unmöglich verkneifen, sein Gesicht mit Küssen zu bedecken. Ausgeschlossen. Also knutschen wir hemmungslos und versuchen gleichzeitig, ihn aus seinen Kleidern zu befreien, was gar nicht so einfach ist. Die ganze Zeit über pocht mein Herz so laut in meiner Brust, dass ich schwören könnte, dass man es im ganzen Haus hören kann.

Wir greifen beide gleichzeitig nach seiner Gürtelschlaufe, doch ich übernehme die Führung. Da er so erpicht darauf ist, mir mit seinen Küssen den Verstand zu rauben, befasse ich mich mit der Hosen-Problematik. Außerdem hat er gerade genug mit meinen Brüsten zu tun. Er drückt und knetet sie auf himmlische Weise, sodass ich nur noch ein feuchtes, lüsternes Wrack bin. Ich umfasse sein Glied, bewege die Hand auf und ab und drehe sie dabei, reibe mit dem Daumen über den runden Kopf und um ihn herum. Seine Haut fühlt sich so perfekt an, wie Seide. So heiß und lebendig in meiner Hand. Sein Glied schwillt weiter an und wird noch härter. Sein Verlangen erregt mich nur noch mehr. Das lustvolle Ziehen in meinem Unterleib wird stärker und stärker. Obwohl wir noch gar nicht richtig angefangen haben, ist mein Schoß schon klatschnass und geschwollen und mehr als bereit.

Das muss Liebe sein ... Wenn man sich so sehr nacheinander sehnt, dass man sterben könnte, und wenn man die körperliche und emotionale Verbindung zueinander dringender braucht als den nächsten Atemzug. Aber auch, wenn man bereit ist, an dieser Verbindung zu arbeiten und nicht aufzugeben. Verliebt zu sein, jemanden zu lieben, dürfte das Verwirrendste, Erschreckendste und Aufregendste sein, was mir jemals widerfahren ist.

Ich finde, Liebe ist groß und kompliziert und allumfassend.

Und ich finde, dass es jetzt Zeit wird, ihn zu reiten wie ein Pony.

Seine Jeans sind inzwischen weit genug heruntergezogen, dass ich ihn mit einem kleinen, unterstützenden Schubs auf die Couch befördern und auf seinen Schoß steigen kann. Das Leben ist voller potenzieller Peinlichkeiten. Zum Beispiel, dass die Innenseiten meiner Schenkel schon klatschnass sind. Dass gewisse Stellen meines Körpers wabbeln. Dass jemand zu uns heraufkommen könnte. Aber scheiß drauf. Das Leben ist vor allem dazu da, um gelebt zu werden.

»Brauchst du etwas?«, fragt er. Sein Blick ist dunkel und erregend.

Ich schüttle nur den Kopf. Es hat mir die Sprache verschlagen.

Er umfasst meine Hüfte und lenkt mich, obwohl das im Grunde nicht nötig wäre. Sein Glied ist bereits groß, steht aufrecht und buhlt um Aufmerksamkeit. Es ist definitiv nicht zu übersehen. Ich stütze mich mit einer Hand auf seiner Schulter ab und leite ihn mit der anderen in mich hinein. Als ich seine erste, fieberhafte Bewegung in mir spüre … Oh Mann. Das Gefühl, wie er sich in mein Inneres presst, mich dehnt und genau richtig ausfüllt. Es ist unglaublich. Ich verdrehe genüsslich die Augen, während sich mein Verstand in eine weit entfernte Galaxie verabschiedet.

»Herrgott, du bist so wunderschön«, raunt er an meinem Hals. Sein Atem streicht heiß über meine Haut. »Ich liebe dich verdammt noch mal so sehr.«

Ich bewege mich ein wenig nach oben, konzentriere mich darauf, wie er sich in mir anfühlt. Dann spanne ich meine inneren Muskeln an, beiße mir auf die Lippe und sinke wieder hinab. Ja, ja, ja. Das ist genau das, was wir brauchen. Nur er und ich zusammen.

Er stöhnt auf. »Alice.«

Mich auf ihm zu bewegen fühlt sich so natürlich an wie zu atmen. Sein Glied tief in mich aufzunehmen, bevor ich meinen Körper wieder hochstemme. Zuerst küssen wir uns dabei, pressen die Lippen gierig aneinander. Dann schlinge ich die Arme fest um seinen Hals, während er die Finger in meine Seiten drückt. In Sachen schnell und wild lag ich falsch. Langsam ist auch fantastisch. Sein hartes Glied ausgiebig in mir zu spüren. Wieder und wieder hebe und senke ich die Hüften, steigere nach und nach die Geschwindigkeit. Seine Haare sind zerzaust, seine Pupillen geweitet und seine Miene vor Lust verzerrt. Wie er zurückgelehnt auf der Couch sitzt und mir dabei zusieht, wie ich ihn vögele. Als wäre ich seine persönliche Pornoqueen und Traumprinzessin in einem.

Ihm so nahe zu sein ist überwältigend und gewaltig. Ich spüre unter mir, wie seine Oberschenkelmuskeln sich anspannen.

Seine Gürtelschnalle klimpert jedes Mal, wenn ich mich auf und ab bewege. Oben zu sein ist großartig. Die ganze Zeit wird das, was sich zwischen uns aufbaut, noch stärker und mächtiger. Ich krümme die Zehen und drücke den Rücken durch, wodurch ich ihm meine Brüste entgegenrecke. Beck stöhnt und zieht mich an sich. Sein ungezügelter, animalischer Gesichtsausdruck ist unfassbar erregend. Doch als es schließlich so weit ist, schaffe ich es nicht mehr, die Augen offen zu halten. Es ist zu viel. Die Hitze und die Macht des Höhepunkts brennen sich von Kopf bis Fuß durch mich hindurch. Mein Orgasmus ist strahlend, kraftvoll und unbeschreiblich und bläst mühelos all den Mist des zurückliegenden Tages davon. Es gibt nur noch dieses warme, leuchtende, schimmernde Gefühl. Ganz langsam beginnt es zu verblassen, zieht sich zuerst aus meinen Fingern und Zehen zurück, immer weiter, bis nur noch meine Brust von diesem erhebenden Gefühl erfüllt ist. Doch das ist nicht unangenehm. Nein. Es ist gut und richtig.

Ich lege das schweißnasse Gesicht an seine Schulter und versuche wieder zu lernen, wie man atmet, während unsere nassen Körper aneinanderkleben. Er legt die Arme um mich und hält mich fest. »Wir sollten niemals das Haus verlassen.«

»Hmm.«

»Aber mal im Ernst. Bist du jetzt bereit, diesen Ring an deinen Finger zu stecken?«

»Irgendwann.«

»Irgendwann«, wiederholt er leise. »Du willst, dass ich es mir erarbeite, stimmt's?«

»Jep.«

Seine Brust unter mir bebt, als er lacht. »Na gut. Von mir aus. Mach, was du willst. Ich liebe dich. Ich kann es aushalten.«

»Ich liebe dich auch.«

Trotzdem warten noch einige Dramen auf uns.

19. KAPITEL

»Das ist eine schlechte Idee.«

»Es ist eine großartige Idee«, widerspricht Beck und reicht mir einen Gin Tonic. »Es war deine Idee, Liebste.«

»Erinnere mich bitte nicht daran.«

»Es ist sowieso schon alles in die Wege geleitet. Du kannst dich also genauso gut entspannen.« Ethan zupft an der Manschette seines Hemdes. »Sie müsste jeden Augenblick hier sein.«

Henry schaut grinsend von seinem Handy auf. »Das wird bestimmt eine großartige Show.«

Matías zwinkert mir zu. Nichts davon hilft gegen meine Nervosität.

»Gib mir das Brötchen da«, fordert Emma und deutet auf jenes, das auf meinem Beilagenteller liegt. Ich gehorche. Mit einer hungrigen Schwangeren legt man sich besser nicht an. Nicht, wenn man weiterleben möchte. »Danke, Alice.«

»Möchtest du noch einen Saft, Schätzchen?«, erkundigt sich Rachel. Sie wird bestimmt eine tolle Großmutter. Das merkt man deutlich.

»Wasser mit Eis bitte, Mom.«

Die Weihnachtsfeier der Elliot Corp. ist genauso nobel, wie man es erwarten würde. Sie findet im Veranstaltungssaal eines der besten Hotels von Denver statt, und Hunderte Gäste sind zugegen. Wohin man schaut, sieht man Smokings, schicke Abendkleidung und glitzernde Kronleuchter. In den vergangenen Jahren saßen die Mitglieder der Familie über mehrere Tische verteilt zusammen mit anderen Mitgliedern des Vorstands und so weiter. Doch dieses Jahr sitzen wir alle an einem großen runden Tisch zusammen. Beck und ich, Emma und Matías, Ethan, Henry und Rachel. Alle sind da.

Penny und River schauen von einem Tisch in der Nähe immer wieder zu uns herüber. Sie haben an Thanksgiving geheiratet. Ich habe noch nie an einer Überraschungs-Thanksgiving-Hochzeit teilgenommen. Sie war fantastisch. Beck wusste allerdings im Vorfeld schon Bescheid, weil er ihnen für die Feier sein Haus in Aspen zur Verfügung gestellt hat. Mir hat er allerdings nichts verraten. Anscheinend hat Matías' und Emmas spontane Erneuerung des Ehegelübdes sie dazu inspiriert, alles heimlich zu organisieren. Niemanden vorzuwarnen reduziert durchaus das Chaos im Vorfeld. Ich fände es toll, auf irgendeine Insel durchzubrennen. Ich könnte einen Hochzeitsbikini tragen. Doch Beck müsste der Idee erst einmal zustimmen. Ich habe den Eindruck, dass meine Mutter ihm mit subtilen Drohungen klargemacht hat, dass sie von Heimlichtuereien bei unserer Hochzeit nichts hält. Sie wünscht sich eine kleine Zeremonie mit Familie und Freunden in Kalifornien, und in Denver können wir anschließend feiern, wie wir wollen.

Es ist nie einfach, alle zufriedenzustellen.

»Du siehst wunderschön aus«, sagt Beck, nimmt meine freie Hand und verschränkt seine Finger mit meinen. Er trägt einen Smoking, und selbstverständlich würde ich den Guten am liebsten augenblicklich bespringen. Allerdings will ich das schon, seitdem wir uns kennen. Manche Dinge ändern sich eben nie.

»Vielen Dank. Du auch.« Ich habe für diesen schicksalhaften Abend ein wadenlanges, paillettenbesetztes Stretch-T-Shirt-Kleid ausgewählt und dazu Plateau-Pumps von Louboutin. In diesem Outfit fühle ich mich wie eine futuristische Power-Discoqueen. An Schmuck trage ich nur die Diamantohrstecker und am Ringfinger den Klunker, den ich von Beck bekommen habe. Mein Verlobter küsst ihn übrigens gerade. Ich muss lachen. »Ich dachte, das macht man nur beim Papst.«

Er grinst. Es ist dieses verschlagene Grinsen, vor dem ich gelernt habe, mich in Acht zu nehmen, weil Beck eben Beck ist. »Liebste, du weißt doch, wie gern ich den Nektar deines Leibes koste und dass ich lebe, um jeden Tag den Tempel deiner süßen, nassen –«

»Nicht. In. Der. Öffentlichkeit.«

Henry sieht uns fragen an. »Wie bitte?«

»Nichts. Starr weiter auf dein Handy.«

Ethan sieht uns kurz irritiert an, bevor er sich wieder abwendet. Er hat die typische ausdruckslose Miene aufgesetzt. Dieser Gesichtsausdruck und die angespannte Kieferpartie scheinen wirklich charakteristisch für die Elliots zu sein. Am heutigen Abend ist diese Miene durchaus angebracht. Aber zumindest ist er hier bei uns, und das ist das Einzige, was zählt.

»Worum geht's bei euch beiden?«, fragt Emma und beschmiert ihr beziehungsweise mein Brötchen mit Butter. Lecker.

Matías setzt sich aufrecht hin. »Sie ist da.«

Ich habe Catherine seit jenem Zwischenfall nicht mehr gesehen. Als sie in unserem Haus auftauchte, um mir unmissverständlich klarzumachen, wie die Dinge ihrer Ansicht nach zu laufen hätten, und mich nach Kräften mit ihren Beleidigungen zu erniedrigen. Nachdem Henry, Ethan und Emma ihr jedoch verklickert hatten, dass sie ihren Versuch, Beck wegen Ungehorsams aus dem Vorstand zu werfen, nicht unterstützen, verwarf sie diese Idee ganz schnell wieder. Soweit ich gehört habe, ist seitdem die Beziehung zwischen ihr und Beck wieder relativ herzlich. Ich schätze, im Grunde ihres Herzens will sie ihren Enkel nicht verlieren, auch wenn sie seine Lebensentscheidungen nicht gutheißt. Und so sollte es auch sein.

Sie trägt einen grünen Seidenanzug – grün wie Geldscheine – und ist mit Diamanten behängt. Wie immer gibt sie sich wie die Königin der Elliot Corp. Und tatsächlich neigen die anderen Gäste die Köpfe vor ihr, in der Hoffnung, sie möge ihnen einen Augenblick ihrer wertvollen Zeit widmen. Vielleicht bin ich wegen dieses Zwischenfalls doch noch ein wenig sauer auf sie. Wer könnte es mir verdenken.

Als sie in Begleitung von Winston, der für sie den Weg freimacht, an unseren Tisch tritt, bleibt sie wie angewurzelt stehen. Da sind wir, alle zusammen, und treten ihr als geeinte Front entgegen. Man könnte fast sagen, wie eine Familie. Ihr Blick huscht über uns hinweg, bleibt an jedem einzelnen Gesicht kurz hängen. Und meine Güte, dieser erzürnte Gesichtsausdruck, mit dem sie schließlich mich ansieht.

Beck steht auf und zieht für sie einen Stuhl unter dem Tisch hervor. »Großmutter.«

»Ich hatte explizit darum gebeten, an einem anderen Tisch zu sitzen.«

Emma sieht sie mit geneigtem Kopf an. »Und wir haben uns explizit darüber hinweggesetzt.«

»Wir sind sogar alle früher gekommen, um eventuelle Fisimatenten von vornherein zu unterbinden«, ergänzt Beck.

»Damit ist jetzt Schluss.« Ethan steht auf. »Alice und Beck verkünden nachher ihre Verlobung. Sie ist ein Teil dieser Familie. Das wird sie immer sein. Und du wirst dich damit abfinden.«

Catherine bläht entrüstet die Nasenflügel, sagt jedoch nichts.

»Mrs Elliot, möchten Sie, dass ich –«

»Halt die Klappe, Winnie«, sagt Beck gedehnt. »Das geht dich nichts an.«

Wow. Der Haushofmeister wird vor Zorn ganz bleich.

Ich nehme einen Schluck von meinem Drink. »Setzen Sie sich, Catherine. Wir lassen diese ganzen Unannehmlichkeiten hinter uns.«

Entsetzt über meine Unverfrorenheit oder was auch immer reißt sie die Augen auf.

»Setz dich, Großmutter«, bittet Emma etwas sanfter. »Das ist deine Familie, ob es dir passt oder nicht. Ich werde sie bald um eine dritte Generation ergänzen und gedenke nicht, diese Machtkämpfe und deine anderen bescheuerten Sperenzien zu dulden.«

Rachel seufzt. »Achte auf deine Ausdrucksweise, Schätzchen.«

Aber es ist Henry, der das letzte Wort hat. »Entweder bist du für uns oder gegen uns, Großmutter. Wofür entscheidest du dich?«

Das ist er, der Augenblick der Wahrheit. Wieder lässt sie den Blick über die am Tisch Versammelten schweifen, auf der Suche nach einem Anzeichen von Unterstützung. Erfolglos. In diesem Moment ist zweifellos sie die Außenstehende. Fast tut sie mir leid. Trotz ihrer Gemeinheiten liebt sie ihre Enkel bestimmt. Nur ihre Art, diese Liebe zu zeigen, lässt leider zu wünschen übrig.

Wird sie das Friedensangebot annehmen oder nicht?

Die Gäste an den Nachbartischen beobachten uns interessiert. Heute Abend wird sicherlich einiger Klatsch die Runde machen. Aber geklatscht wird immer. Eine wohlhabende Dynastie wie die Elliots ist eben immer ein interessantes Thema. So ist das Leben.

Catherine reckt das Kinn. Ihr Blick ist eiskalt, als sie auf den

Stuhl zugeht. »Selbstverständlich freut es mich, bei meiner Familie sitzen zu können.«

Fast scheint es, als würden alle am Tisch erleichtert aufatmen, als würden sich alle entspannen und denken: *Verdammt noch mal, na endlich.* Interne Machtkämpfe bringen niemandem etwas.

Winston gießt Catherine ein Glas Champagner ein. »Verlobung.«

Es ist eine Feststellung, keine Frage. Beck setzt sich wieder auf seinen Platz und nimmt erneut meine Hand. Wie er mich ansieht, diese Liebe in seinen Augen … Davon werde ich noch immer ganz kribbelig. So wird es wahrscheinlich immer sein. »So ist es. Alice hat gestern endlich meinen Antrag angenommen. Wir könnten nicht glücklicher sein.«

Catherine schnaubt nur.

»Das ist ein wunderschöner Ring«, sagt Rachel.

Ich lächle. »Ja, stimmt.«

»Dann bin ich ja jetzt der zweitbegehrteste Junggeselle in Denver«, sagt Henry schelmisch. Von Giada haben wir schon eine Weile nichts mehr gehört. Keine Ahnung, was sie gerade treibt. Aber Henry weiß, dass wir alle ihn lieben und gern bei uns haben. Das ist die Hauptsache. Die Jungs sind erst kürzlich von ihrem Snowboard-Urlaub zurückgekehrt, und nach dem, was ich gehört habe, hatten sie alle eine Menge Spaß.

»Lass dir das nicht zu Kopf steigen«, warnt Ethan und nippt an seinem Whisky. »Ich bin nach wie vor die Nummer eins.«

Henry schnaubt nur. »Es sieht so aus, als läge verdammt viel Liebe in der Luft. Pass bloß auf, dass sie dich nicht auch erwischt und in den Arsch beißt.«

Catherine sieht ihn finster an. »Deine Ausdrucksweise, Henry.«

»So weit wird es nicht kommen«, sagt Ethan überzeugt. »Emma liefert einen Erben, während Beck und Alice den Leuten mit ihren Hochzeitsplänen etwas zum Reden geben werden. Ich bin also vorerst vom Haken.«

»Wir werden ja sehen.« Beck bedenkt seinen Bruder mit einem äußerst provozierenden Grinsen, bevor er wieder meine Hand küsst. »Alles gut, Liebste?«

»Es geht mir gut, danke.«

Catherine wendet sich angesäuert ab. Sie würdigt mich also noch immer keines Blickes und redet auch kein Wort mit mir. Was soll's. Hauptsache, alle vertragen sich einigermaßen. Ich hatte nicht erwartet, dass sie mich nach allem, was vorgefallen ist, mit offenen Armen willkommen heißt. Aber Beck und ich sind glücklich, und die Familie befindet sich nicht mehr im Krieg miteinander.

»Eigentlich sogar mehr als gut«, verbessere ich mich und beuge mich dichter zu meinem Verlobten. »Ich bin so glücklich.«

»Wir sind alle verliebte Narren.« Dann schenkt er mir dieses Lächeln, das einzig für mich reserviert ist. Mein absolutes Lieblingslächeln.

»Ich bin keine Närrin. Eigentlich war es sogar ziemlich clever von mir, dich mir zu schnappen.«

Er sieht mich verwundert an. »Und ich dachte immer, ich hätte mir dich geangelt.«

»Wir haben einander eingefangen«, sage ich grinsend und beuge mich zu ihm, um ihn zu küssen. Und er küsst mich nach allen Regeln der Kunst, ohne darauf zu achten, wo wir uns befinden und wer uns zusieht. Das Einzige, was zählt, ist die Art, wie sich seine Lippen auf meine pressen. Wie wir beide die Augen erst im letzten Moment schließen. Wie sich seine Hand in meinen Nacken stiehlt. So macht es Spaß, in der Öffentlichkeit seine Zuneigung zu zeigen. Manchmal kann Liebe schwer sein. Das wissen wir beide. In unserem gemeinsamen Leben werden wir immer wieder auf Widrigkeiten stoßen. Wir werden noch für lange Zeit die Paartherapie fortsetzen und an unseren Problemen arbeiten. Daran, gegenseitiges Vertrauen aufzubauen und es aufrechtzuerhalten. Daran, unsere Kommunikationsfähigkeiten zu verbessern und schöne Stunden miteinander zu verbringen. Aber heute Abend ist unsere Liebe perfekt.

»Ganz, wie du meinst, Fast-Ehefrau.«

Die Liebe ist das gefährlichste Spiel

Kylie Scott
SWEET LITTLE LIES
Aus dem australischen
Englisch von
Katrin Reichardt
288 Seiten
ISBN 978-3-7363-1439-9

Betty hat die Nase voll. Zwar liebt sie ihren Verlobten Thom, doch hält er sie stets auf Abstand und lässt sie nie wirklich Teil seines Lebens werden. Daher hat sie sich entschlossen, ihn zu verlassen – und das mit einem Knall. Buchstäblich! Denn eine Explosion zerstört ihre Wohnung. Betty kommt mit knapper Not davon und findet dabei heraus, dass Thom, der Versicherungsvertreter, in Wahrheit Thom, der Geheimagent ist. Betty fällt aus allen Wolken – aber sie hat keine Zeit, sich daran zu gewöhnen. Denn jemand spielt ein falsches Spiel! Betty und Thom müssen nun nicht nur ihre Beziehung, sondern auch ihr Leben retten …

»Wow! Einfach grandios!« SARINA BOWEN

LYX